HAJO YKERT
Spur des Tasmanischen Tigers
Thriller

Die Romanhandlung umfasst drei Bücher.

*

**Die beschriebenen Geschehnisse sind von mir von A - Z
frei erfunden.**

Auch wenn es auf der Insel Tasmanien
die beschriebenen Orte, Landschaften, Gebäude
und Einrichtungen tatsächlich gibt,
sind Ähnlichkeiten
mit lebenden oder bereits verstorbenen Personen
nicht beabsichtigt und rein zufällig.

HAJO YKERT, Jahrgang 1948, wurde in Zwickau (Sachsen) geboren. Als studierter Bauingenieur arbeitete er viele Jahre in Deutschland auf verschiedenen Baustellen. Nebenbei inspirierte ihn seine Leidenschaft zur Literatur so, dass er nebenbei mit dem Schreiben anfing. Es entstanden viele lyrische Arbeiten und Kurzgeschichten, bevor er nach dem Studium des *Kreativen Schreibens* mit seinem ersten Roman „*HANJO RETCHIR– Legende über den Retter der Erde*" .sein schriftstellerisches Debüt gab.
Mit der jetzigen Veröffentlichung seiner Trilogie, dem erotischen Thriller „*Spur des Tasmanischen Tigers*" unterstreicht der Autor seine schriftstellerische Vielfältigkeit.

Er lebt mit seiner Familie im Land Brandenburg, wo er derzeit an seinen weiteren Buchprojekten arbeitet.
Mehr über den Autor erfahren Sie unter www.hajoykert.de .

Hajo Ykert

SPUR DES TASMANISCHEN TIGERS

THRILLER

1. Buch

MIDWAY POINT

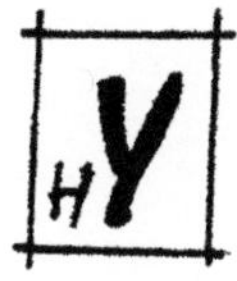

Deutschsprachige Buchpremiere mit dem 1. Buch
<MIDWAY POINT>
aus dem dreiteiligen Thriller
<SPUR DES TASMANISCHEN TIGERS>

Umwelthinweis:

Dieses Buch wurde auf chlorfrei gebleichtem Papier gedruckt.

1. Auflage
Taschenbuchausgabe Juli 2019

Lektorat: .... *Alexander Planken*
Layout: .... *Joachim Sternitzky*
Umschlagabbildung: .... *Peter Funken*
Umschlaggestaltung: .... *Mirko Zschirnt .*
Druck und Herstellung: .... *BoD – Books on Demand*

Printed in Germany
ISBN: 978-3-945461-07-5

www.smart-letters-verlag-barnim.de

INHALT

Kapitel

PERSONEN

<u>Das Ehepaar</u>

Dr. Robin Brown .... International bekannter und anerkannter
Professor der Philosophie an der Universität Tasmanien mit Sitz in Hobart;
begeistert mit Vorlesungen seine
Studenten;

wohnt mit seiner Ehefrau in Midway Point;

Sarah Brown .... 12 Jahre jüngere und hübsche Ehefrau von
geb. Flämming   Dr. Robin Brown;
studierte Kunstwissenschaften in der
Zweigstelle der Universität Tasmanien in
Launceston;
talentierte Bildhauerin;
in ihrem Beruf damit schon auf der Insel
Tasmanien erfolgreich, aber noch nicht in
der Kunstszene von Australien;

Bekannte

David Pincal .... ehemaliger Studienkollege und Exfreund
von Sarah Flämming (zwei Jahre liiert);
studierte Wirtschaftswissenschaften in der
Zweigstelle der Universität Tasmanien in
Launceston;
nach dem Studium sehr erfolgreicher
Unternehmer;

John Edwin .... befreundeter Platzwart vom benachbarten
Pittwater Golf Club, welcher bis an die
westliche Seite vom Wohngrundstück des
Ehepaares Brown heranreicht;

Ranke Cryon .... Listenschreiber beim Golfspiel;

Collin Pier .... Wohnungsnachbar in Midway Point;
Renny Lark .... Wohnungsnachbar in Midway Point;

Gerett Huber .... Assistent bei Prof. Dr. Robin Brown
an der Universität Tasmanien mit Sitz in
Hobart – Lehrstuhl Philosophie;

WORTE DES AUTORS

Liebe Leser,

neulich las ich etwas Überraschendes in einer deutschen Nachrichtenanzeige. Es erschrak mich.
„So werden doch täglich Menschen zu Mördern, von denen niemand geglaubt hätte, dass sie jemals zu solchen Taten fähig sein könnten – am allerwenigsten sie selbst."

Das äußerte ein früherer Chef einer süddeutschen Mordkommission. Es war die Ermittler-Legende Wilfing. Und er sei davon überzeugt, dass in uns allen ein Mörder steckt.

Was ich las, war keinesfalls ein fiktiver Artikel. Denn in diesem Artikel steckten nüchterne Erfahrungen aus seiner siebenjährigen leitenden Tätigkeit in einer Mordkommission. Die inhaltlichen Aussagen beruhen also auf realen Geschehnissen.

Was ist der Antrieb zum Morden?
Wann beginnt die unheilvolle Entwicklung?
Was sind hierzu die wesentlichen Triebfedern?

Und ich las, dass die allermeisten Taten Beziehungstaten seien. Da gehe es um Habgier, Wut, drohende Trennung, finanziellen Ruin. Doch auch grenzenlose Machtgier und grausame Enttäuschungen seien dabei.
Die nüchterne Analyse des Chef-Ermittlers habe ergeben, dass

bei allen Ursachen dabei die Angst eine ganz wesentliche Rolle spiele. Eben die Angst, alles zu verlieren, was man im Leben erreicht hat. Das kann den Menschen unberechenbar, ja sogar sehr gefährlich machen. Und bei den Tötungsdelikten gingen nur wenige Prozent auf das Konto von Gewalt- und Gewohnheitsverbrechen. Diese Tötungsarten sind eher „kurz und schmerzlos".

Laut Wilfing gehe es dort am grausamsten zu, wo Menschen sich nahe stünden. Hier entlade sich dann eben die oft lange angestaute Emotion.

Der frühere Chef-Ermittler meint aber auch, dass jeder Mensch solch ein mögliches Verbrechen selbst verhindern könnte.
Denn wenn nach seiner Meinung in uns allen ein Mörder steckt, so möge sich doch nur jeder Mensch einen Spiegel vorhalten, damit er sich selbst erkennt: „Hoppla, ich befinde mich in so einer Entwicklung."

*

Und da ich schon lange einen Thriller schreiben wollte, war das Lesen des erwähnten provokanten Artikels meine Initialzündung, es doch nun endlich zu tun.
Hinzu kamen auch noch die täglichen Nachrichten über kriminelle menschliche Handlungen, über absurde Todesfälle, die mich zum Schreiben des Thrillers stimulierten.

Für den Handlungsort der zeitgenössischen Geschehnisse wählte

ich hierzu die einzigartige Insel Tasmanien. Eben deshalb, um gut darstellen zu können, dass sich menschliche Tragödien überall auf unserer Erde entwickeln können. Selbst auf so einem naturbelassenen, einzigartigen Eiland.
So ergab das Schreiben der einzelnen Handlungen, die in unserer aktuellen Zeit platziert sind, letztendlich eine Trilogie.

Sämtliche Handlungen sind zwar vom Autor frei erfunden, doch er platzierte sie in die Nähe unglaublicher, schon geschehener bzw. möglicher menschlicher Erscheinungsformen.

Gerade in unserer aktuellen erbarmungslosen kapitalistischen Leistungsgesellschaft treten sie immer gehäufter auf. Tasmanien ist zwar der kleinste Bundesstaat von Australien, aber mit 67 800 km² die größte Insel davon. Dieses einzigartige Eiland ist mit seiner wilden Berglandschaft, seinen tobenden Flüssen und wunderschönen Tälern ein Paradies für Naturschützer und Wanderer. So finden die auf der Insel oft modern eingebundenen Wohnlandschaften in der nahen Umgebung ideale Naturbedingungen vor.
Aber was ist schon so eine romantische Umgebung wert, wenn sich in so einer wunderbaren Landschaft menschliche Konflikte über Jahre anstauen und dann schließlich brutal eskalieren.

An der Trilogie des Thrillers zu arbeiten, hat mir großen Spaß gemacht, obwohl es zuweilen anstrengend und schwierig war. Nach den anfänglichen reichhaltigen Recherchen kam es mir so vor, dass mir Tasmanien immer vertrauter wurde. So reiste ich viel auf der Insel herum, fuhr mit dem Auto über gut ausgebaute

Autobahnen und ländlichen Straßen, lernte die Vielfalt der dortigen Städte, Ortschaften, Hotels und wunderbaren Landschaften kennen – ohne je selbst dort gewesen zu sein. Mit seinem Flair zog mich Tasmanien einfach in den Bann. Zeitweise schien es mir so, dass ich selbst dort wohnen würde. Und so entwickelte ich die Handlung im Eiltempo - ohne Anleitung. Ich empfand diese Erfahrung als extrem befriedigend.

Zuerst wollte ich die einzelnen Puzzle der Handlung in einem Buch zusammensetzen. Doch bald bemerkte ich, dass ich die Charaktere und ihre Beziehungen zueinander eingehender beleuchten muss, um den Dingen ihren natürlichen Lauf zu lassen.
Deshalb wurde wegen der Komplexität der erotische Thriller, die SPUR DES TASMANISCHEN TIGERS, viel länger als erwartet – genau genommen zwei Bücher länger. So entstanden letztendlich drei Bücher zum Thriller.

Ich hoffe, dass der Lesestoff es erahnen lässt, wie liebende Menschen zwischen die Mühlsteine einer tödlichen Intrige geraten können und wie grausam sich schließlich alles entwickeln kann.

Eine unterhaltsame Lektüre wünscht Ihnen

Hajo Ykert

*"Wie bedeutsam auch unsere Gedanken
sein mögen,
die Abstraktion und die Dürre
unserer Arbeiten,
der Traum der Liebe fegt das alles hinweg. "*

Sully Prudhomme, Intimes Tagebuch

BUCH 1

MIDWAY POINT

ESCORT:

Die beschriebenen Ereignisse spielen zu unserer Zeit.

Es ist Januar auf der Insel Tasmanien.
In den Breiten herrscht hier gerade ein außergewöhnlich
heißer Sommer.

Ein sehr warmer Abend neigt sich dem Ende
und
die klebrige schwüle Luft will keineswegs der Abendkühle
weichen.

Dr. Robin Brown, Professor der Philosophie an der
Universität Tasmanien mit Sitz in Hobart,
hält sich noch in den Räumen seiner Sektion auf.

01

Bevor Professor Dr. Robin Brown kurz vor 21.00 Uhr sein Sektionsbüro in der Universität von Tasmanien verlassen wollte, versuchte er wiederholt mit seiner Frau zu telefonieren. Ständig wählte er ihre mobile Telefonnummer. Doch sie meldete sich nicht.

Langsam wurde er ungeduldig. Ärgerlich schaute er zum offenen Fenster. Da wehte gerade ein warmer Luftzug herein.

Ach ja, er musste es noch schließen. Schnell schloss er das geklappte Fenster. Dann versuchte er erneut, sie zu erreichen.

"Hallo Sarah, ich bin es", sprach er wiederholt. "Gehe doch bitte ans Telefon."

Nach weiteren fünf Minuten gelang endlich eine Verbindung.

"Hallo Sarah, bist du dran?"

"Ja, Robin", rief Sarah vollkommen außer Atem.

"Na endlich. Ich dachte schon, dass du schon schläfst!"

"Ach iwo. Ich habe doch die ganze Zeit auf deinen Anruf gewartet. Ich musste mal mit dem Hund raus."

"Ach so, du warst mit Bellow vor dem Haus."

"Ja, nicht weit weg. Und dann habe ich das Telefon gehört. Ich hatte es in der Küche gelassen … Wo steckst du jetzt?"

"Na in der Uni in Hobart. Vor zwei Stunden bin ich gelandet. Jetzt bin ich noch im Büro."

"Und waren deine Gastlesungen auf dem Festland erfolgreich?"

"Ja, die Vorträge in Sydney und Melbourne waren ausgebucht. Das war für mich selbst überraschend. Na bei diesen trockenen philosophischen Themen!"

"Früher bin ich als Studentin doch auch begeistert zu deinen Vorträgen gekommen", bemerkte Sarah.
Und sie fügte mit zärtlicher Stimme hinzu, dass das eben an seinem guten Aussehen gelegen hätte.

"Du willst doch nicht sagen, dass weniger der wissenschaftliche Inhalt, sondern mehr meine Ausstrahlung die hohe Resonanz erzeugt?"
"Na klar, besonders bei den Studentinnen. Oder liege ich falsch, wenn ich behaupte, dass deine Zuhörer zu mindestens 80 % Studentinnen waren?"
Dr. Robin Brown dachte nach. "Ja, das stimmt. Aber an so etwas habe ich die ganze Zeit gar nicht gedacht. Du weißt, dass bei mir die wissenschaftliche Arbeit im Mittelpunkt steht."
"Natürlich weiß ich das. Und deshalb liebe ich dich auch. Und deshalb sind wir auch verheiratet."
"Das beruhigt mich … Ach, ich freue mich auf unseren gemeinsamen Urlaub an der Westküste. Gleich nach unserem Gespräch werde ich nach Midway Point losfahren. Und dann von Zuhause aus sofort weiter. Der nächtliche Verkehr ist ja gering. Ich denke, dass ich am frühen Morgen bei dir sein werde."
"Liebling, lass dir ruhig Zeit. Fahr lieber vorsichtig."
"Soll ich von Zuhause noch etwas mitbringen?"
Sarah überlegte kurz. "Ja, den Haarföhn – den habe ich vergessen. Und schau bitte auch noch mal nach den Blumen in der Blechwanne. Vielleicht musst du da noch etwas Wasser nachgießen."
"Und wo hast du sie hingestellt?"
"Na die steht im Atelier an der Fensterfront - an der Wandseite

zum Wasser.“

„Okay, ich weiß Bescheid.“

„Ach so, noch etwas. Vergiss bitte auch nicht den Briefkasten zu leeren. Der wird wahrscheinlich voll sein.“

„Ja, mache ich. Noch etwas?“

„Nein.“

„Wie geht es Bellow? Hat er dich gut beschützt?“

„Ja. Ohne ihn hätte ich hier an diesem einsamen Ort schon Angst

gehabt. Er hat dich gut vertreten. Nie ging er von meiner Seite. Selbst am Strand lag er immer neben mir. Aber er ist sehr traurig und schaut oft nach Osten.“

„Ja, er wartet auf sein Herrchen“, antwortete Robin.

„Das denke ich auch. Ich glaube er spürte irgendwie, dass du bald kommst.“

„Du bist bestimmt schon in den fünf Tagen überall braun geworden. Bei dieser Gluthitze kann man es doch nur am Strand aushalten.“

„Natürlich war ich jeden Tag am Strand – vormittags und nachmittags. Jetzt ist mein Körper überall braun. Auch dort, wo du gerne verweilst.“

Robin schluckte. Gerne würde er jetzt schon diese erotischen Stellen berühren wollen. Doch die nächsten Stunden musste er noch aushalten.

„Schlafe jetzt, damit du ausgeruht bist, wenn ich komme“, sprach er sehnsuchtsvoll in den Hörer.

„Ja, ich werde mich jetzt zum Schlafen ins Bett begeben ... Robin, du fehlst mir sehr!“

„Du fehlst mir auch.“

“Fahr ja vorsichtig. Robin, das musst du mir versprechen.“
“Ja, ich werde darauf achten. Bald werde ich bei dir sein.“

02

Wie es Professor Dr. Robin Brown richtig angenommen hatte, war der nächtliche Verkehr gering. Sein silbriger Cabriolet erreichte nach wenigen Minuten die Tasman Brigde und danach den Tasman Highway.

Während des Fahrens dachte er an das scheunenartige Haus, das sie vor dreieinhalb Jahren im Wohnort Midway Point erworben hatten. Deshalb gaben sie damals ihre Dreizimmerwohnung in Richmond auf.

Sie war für beide zu klein geworden.

Sarah hatte da gerade ihr Studium an der Universität von Tasmanien, an der Zweigstelle in Launceston abgeschlossen. Den Studienjahrgang der Bildenden Kunst hatte sie nicht nur mit guten Ergebnissen beendet, sondern es wurde ihr auch künstlerische Begabung bescheinigt.

Nun vollgestopft mit mehr theoretischen Wissen als mit handwerklichen Erfahrungen, wollte sie trotzdem sofort freischaffend wirken.

Natürlich schlug er ihr zu jener Zeit vor, dass sie doch erst einmal in ihrer speziellen Fachrichtung Plastik in einer beruflichen Anstellung arbeiten möge. So einige Jahre, um einfach Erfahrungen zu sammeln.

Aber davon wollte Sarah nichts hören. Was sie wissen müsste über die Kunst der räumlichen Gestaltung eines Bildwerkes, wäre ihr ausreichend bekannt. Ob aus Holz oder Elfenbein geschnitzt, aus Stein gehauen, aus einer weichen, später erhärteten Masse modelliert oder aus Metall gegossen – alles hätte sie in den Studienjahren durchlaufen. Jetzt wäre für sie einfach schon die Zeit reif, vollkommen frei zu schaffen.

Keinerlei Vorschrift und Zwang wolle sie unterworfen sein, außer

ihren eigenen Ingenium – sozusagen als Künstlerin einer nur ihr zugänglichen Welt.

Und für ihre künstlerische Modellierungen würde ihr in der damaligen gemeinsamen Dreizimmerwohnung in Richmond ein einziges Zimmer für den Beginn ausreichen.

Seine junge Frau hatte eben einen sturen Kopf. Sie wählte sofort den schwierigeren Weg. Anfänglich gab es in der Wohnung in Richmond auch keine Flächenprobleme. Sarah hielt sich an ihre selbst auferlegten Vorgaben.

Natürlich war er als Professor der Philosophie oft auf dem australischen Festland unterwegs. Dort referierte er an den Universitäten in Melbourne und Sydney. Da konnte er nicht jeden Tag Zuhause sein. Doch mit den stetigen Anwachsen der künstlerischen Inspirationen von Sarah wurde der ausgewählte 20 Quadratmeter große Raum dafür bald zu klein. Werkzeuge, Materialien und die von ihr geschaffenen Werke ließen den Raum nach 15 Monaten überquellen.

Als er einmal überraschenderweise von einer Gastprofessorenreise zeitiger nach Hause zurückkehrte, entfernte gerade Sarah ihre abgestellten Sachen aus den anderen Zimmern.

Da hatte er ihr gesagt, dass sie nun bald ein größeres und eigenes Atelier benötige.

Sarah nickte darauf. Denn das umgebende Raumflächenverhältnis stimmte nun tatsächlich in der Wohnung nicht mehr. Sie brauchte einfach mehr Platz für die Umsetzung ihrer künstlerischen Ideen.

Monate später kam ihnen der Zufall zu Hilfe. Das war genau vor vier Jahren, als sie gemeinsam mit dem PKW durch den Wohnort Midway Point auf dem Weg nach Richmond fuhren.

Es war der Tag, als sie von einem Kurzurlaub vom nahen Festland auf die Insel mit dem Flugzeug zurückkamen. Da der Flughafen von Hobart nahe Midway Point liegt, schlug Sarah damals den Rückweg durch diesen romantischen Ort vor. Und

weil sie diese Strecke noch nie mit dem PKW gefahren waren, auch weil die Entfernung nach Richmond keinen großen Umweg darstellte, wählten sie diese ihnen unbekannte Strecke. Als sie dann nachmittags über die Halbinsel fuhren, verlief die dortige Hauptstraße entlang den Wasserflächen von Pittwater. Der beeindruckende Anblick des glitzernden, im Winde kräuselnden Wassers, ließ sie anhalten. Hier stellten sie das Auto an einer günstigen Stelle am Rande der Straße ab. Anschließend schlenderten sie in gemächlichen Schritten über die hügelige Halbinsel.

Auf einer erkletterten Anhöhe fanden sie heraus, dass die Halbinsel an der schmalsten Stelle nur 800 Meter breit war. Da gingen sie weiter, um auch noch die andere Seite zu erkunden. Dort stießen sie auf einen befestigten Uferweg, der an der wasserreichen Lagune entlangführte. Hier verharrten sie nicht lange. Sie folgten einfach dem Uferweg in Richtung des nahen Ortes. Dort standen viele schmucke Häuser. Und sie bewunderten die Vielfalt der hier stehenden kleinen und größeren Baulichkeiten.

Natürlich war Sarah sofort von diesem herrlichen Wohnort begeistert. Sie träumte davon, hier einmal zu wohnen. Als sie wieder zum Auto zurückgingen, fragte sie deshalb spontan einen älteren Mann, welcher gerade seinen Hund ausführte, ob im Ort ein Haus zum Verkauf stünde. Zu ihren beiderseitigen Erstaunen bejahte er diese Frage. Mit seiner rechten Hand zeigte er in die nördliche Richtung zur nahen Lagune hin. Dort würde ein altes Scheunengebäude ganz am Ende des Uferweges stehen. Die alten Besitzer wären vor ein paar Monaten in eine altersgerechte Wohnung nach Hobart gezogen. Und weil keines ihrer zwei erwachsenen Kinder in das sanierungsbedürftige elterliche Haus einziehen wollte, hätten letztendlich auch die Besitzer die anstehenden enormen Sanierungskosten gescheut. Ihre beiden

Kinder arbeiteten ja auf dem Festland und hatten dort eine feste Anstellung gefunden. Und da eine baldige Rückkehr ausgeschlossen schien, wären auch die Besitzer nach Hobart gezogen. Nun stünde das Grundstück zum Verkauf. Doch der Befragte erwähnte auch noch, dass das scheunenartige Gebäude seit dem Auszug leerstehen würde. Das Grundstück wäre sehr heruntergekommen. Sie würden es nicht verfehlen. Die Verkaufsadresse hänge am Gartentor.
Da waren sie natürlich sofort umgekehrt und zur besagten Stelle ans Ende vom Uferweg gelaufen. Hier fanden sie auch das etwa 7.000 Quadratmeter große Grundstück. Es grenzte an der nordöstlichen Seite an die Lagune. Und etwas dahinter an der nördlichen Seite begann das Gelände vom Pittwater Golfclub.

Tatsächlich wirkte das Grundstück stark verwildert. Auch das darauf- stehende große scheunenartige Gebäude hinterließ schon von außen keinen guten baulichen Eindruck. Enttäuscht gingen sie zum Auto zurück.

Doch in Richmond ging Sarah das zum Verkauf stehende Grundstück in Midway Point nicht mehr aus dem Kopf. Immer wieder erinnerte sie ihn daran, dass der dortige Wohnort wirklich ideal wäre. Sie würden beide im Haus genügend Platz finden. Und sie selbst könnte sich im Gebäude auch ein Atelier einrichten.

Trotz seiner enormen Einwände zum Erwerb des Grundstückes setzte sich Sarah schließlich durch.

Anschließend folgten sehr schwierige Verhandlungen mit den Besitzern. Doch ein halbes Jahr später konnten sie schließlich das ersehnte Grundstück erwerben. Dann folgten fast zwölfmonatige umfangreiche Sanierungsarbeiten, ehe ein guter baulicher Zustand für das langgestreckte Gebäude wieder hergestellt werden konnte.

Aber sie nahmen dabei auch eine Menge an Veränderungen

innerhalb des Gebäudes vor. So ließen sie die große bauliche Nutzfläche in zwei Hälften aufteilen. Einmal in einen Wohnteil und einmal in ein Atelier für Sarah.

Im Wohnteil des Hauses richteten sie zwei Ebenen ein. Hier umfasste das Erdgeschoss einen langgestreckten Flur, einen Wirtschaftsraum, einen Waschraum, ein kleines WC, eine separate Küche und ein größeres Wohnzimmer. Dieses erhielt einen Zugang zum Terrassenbereich, welcher zur nahen Lagune zeigte.

Und in der darüber liegenden Etage teilten sie die gesamte

Nutzfläche auf in ein großes Schlafzimmer, einen Raum für Bekleidung, einen Raum für Stapelwäsche und ein größeres Bad mit separaten WC. Auf dieser Etage erhielt auch Robin einen Arbeitsraum für seine Professorentätigkeit.

In ihrem Atelierbereich wollte Sarah keine Decken, so dass diese ganz entfernt wurden. Doch auch in den Außenwänden zur Lagune hin ließ sie einige neue und großflächige Fenster einbauen. Somit erhielt sie einen riesigen lichtdurchfluteten Raum bis zur Dachfläche. Auch wollte sie von ihrer künstlerischen Oase aus einen Abstand zum privaten Wohnteil haben. Deshalb verzichteten sie auf eine direkte Verbindungstür zwischen Wohnteil und Atelier. Beide erhielten generell einen separaten Eingang.

Als sie schließlich von Richmond nach Midway Point umgezogen waren, empfand es Sarah als Lottogewinn. Nun hatte sie endlich ihre großflächige Werkstatt erhalten, die inspirative Umgebung gefunden, die sie bisher so bitter benötigte.

Aber auch Robin sagte die ruhige Umgebung um das eigene Grundstück zu. Denn der gewählte neue Wohnort Midway Point war eine nur halb bewohnte Halbinsel. Dazu lag sie noch sehr

romantisch zwischen den Wasserflächen vom Pittwater und der Lagune – der Onelton Lagoon. Landseitig grenzte das 7.000 Quadratmeter große Grundstück an den nördlich liegenden ruhigen Pittwater Golf Club, südlich an die Wohnsiedlung. An der westlichen Seite umgab sie sogar noch eine parkähnliche Erholungsfläche. Und an der nördlichen Seite grenzte das Grundstück sogar direkt an die Wasserfläche von der Lagune.

Zudem hatte Dr. Robin Brown es nicht mehr so weit bis zur Uni
in Hobart. Da war die Wegstrecke bedeutsam geringer als früher
vom alten Wohnsitz Richmond aus.
Deshalb bot ihnen dieser neue ruhige Wohnsitz jetzt ein ideales
Zuhause. Er wurde ihr erträumter Hauptwohnsitz.
Ja, wer hier in Midway Point wohnte, fand schnell Erholung vom
täglichen Stress.

03

Gerade spielte die im Autoradio eingesteckte Musikkassette den achten Song, als Dr. Robin Brown auf der Halbinsel ankam. Hier bog er in einem lokalen Straßenring von der Hauptstraße nach Midway Point ab.

Die Autouhr zeigte genau 23.10 Uhr an. Um diese Zeit herrschte natürlich hier in der Wohnsiedlung die von vielen Bewohnern auch eingehaltene Nachtruhe vor.
Nur vereinzeltes, spärliches Licht drang zu dieser späten Stunde aus den Fenstern der Häuser.

Langsam fuhr der nächtliche Fahrer durch die befestigten Querwege der Siedlung. Diese wurden nur von wenigen Straßenlaternen beleuchtet.

Als der silbrige Cabriolet am Ende des nordöstlichen Uferweges anlangte, endete hier generell die spärliche Straßenbeleuchtung.
Die Scheinwerfer des Autos erfassten das geschlossene eiserne Eingangstor vom letzten Grundstück. Es war jetzt ihr Zuhause.

Kurz davor hielt Dr. Robin Brown sein Auto an. Aber wegen seiner geplanten baldigen Weiterfahrt wendete er es schnell noch vor dem Eisentor. Bevor er ausstieg, schaltete er die Scheinwerfer auf Parklicht. Dann ging er zum Kofferraum und entnahm dort einen Handkoffer, der mit allerlei Akten und Büchern gefüllt war. Aber die danebenstehende Reisetasche rührte er nicht an. Er benötigte sie ja noch im bevorstehenden Urlaub.

Beim Zuschlagen der Heckplatte zum Kofferraum erschrak er selbst. Denn es knallte mächtig in der umgebenden Totenstille. Da hörte man schon aus einiger Entfernung jedes Geräusch. Doch in der Umgebung blieb es ruhig. Niemand fühlte sich belästigt.

Erleichtert drückte er mit seiner rechten Hand auf die Funktaste seines Schlüsselanhängers. Sofort rollte dröhnend das fünf Meter lange Eisentor nach der linken Seite weg. Dort rastete es am Ende ein.

Schon während des andauernden Rollvorganges lief Dr. Robin Brown mit dem Koffer durch die sich ständig vergrößernde Öffnung. Im Halbdunklen folgte er dem gepflasterten Weg bis zum 40 Meter entfernten Haus.

Etwa 20 Meter davor klickte es plötzlich. Es waren die im Gelände verborgenen Bewegungsmelder, die nun automatisch die an den Hausaußenwänden installierten Scheinwerfer einschalteten. Blitzartig erstrahlten die Rasenflächen vor dem länglichen Gebäude in satter grüner Farbe.

Der Hausbesitzer überschaute mit kontrollierenden Blick die hell erleuchteten südöstlichen Außenflächen des Grundstückes. Da nichts Ungewöhnliches festzustellen war, schritt er weiter ruhig bis zum Hauseingang. Dort stellte er den Koffer ab. Dann schloss er die mehrfach verschlossene Tür auf, die er sogleich mit dem erneut ergriffenen Koffer, den er nun mit der linken Hand trug, durchschritt. Gleich hinter der Tür griff er mit der rechten Hand nach den zentralen Schaltkasten für das Hausinnenlicht. Und als er ihn geöffnet hatte, betätigte er die richtigen Schalter.

Als alle zentralen Hausinnenwege beleuchtet waren, schloss er die Hauseingangstür hinter sich im Flur. Und weil er natürlich nicht lange in der Wohnung bleiben wollte, schritt er zielgerichtet in das Obergeschoss weiter.
Da ächzten unter seinen schnellen Schritten die hölzernen Treppenstufen nur so. Den flotten Gang hielt er aufrecht – er war doch ein sportlicher Typ.
Schließlich in seinem Arbeitszimmer angelangt, stellte er dort den Koffer ab. Aber auspacken wollte er ihn nicht mehr, das sollte erst nach dem Urlaub geschehen.
Weil die Luft im Zimmer sehr muffig wirkte, wollte er wenigstens den Raum noch kurzfristig lüften. So öffnete er die beiden Fenster vollkommen und schaute bei einem Fenster hinaus.
Noch immer strahlten außen die Scheinwerfer, die er auf drei Minuten Beleuchtungszeit eingestellt hatte. Und als er gerade dachte, dass diese nun sich wieder abschalten müssten, erloschen sie auch. Außen an der südöstlichen Hausseite waren die Rasenflächen nun wieder finster. Er sah nur sein nahes Auto mit eingeschaltetem Parklicht am rollbaren Eingangstor stehen.

Hier herrscht tatsächlich eine Totenstille - dachte Dr. Robin Brown.

Nachdenklich verließ er den Fensterplatz und ging in die Mitte des Raumes zurück, wo der Koffer stand. Vielleicht sollte er doch noch ein Buch dem Koffer entnehmen. Im Urlaub würde er sicherlich Zeit für eine Lektüre finden. Und so wollte er den Koffer öffnen. Doch dazu kam es nicht. Denn genau in diesen Moment schaltete sich plötzlich erneut die südöstliche Außenbeleuchtung ein. Der Hausbesitzer stürzte schnell zum geöffneten Fenster und sah eilig hinaus. Aber er konnte im äußeren hellerleuchteten Rasenbereich überhaupt nichts feststellen.

Um nun ganz sicher zu gehen, was wohl die Ursache hierzu gewesen sein könnte, wollte er auch auf der anderen Hausseite nachschauen. Sollten dort die Außenscheinwerfer ebenfalls zugeschaltet sein?

Dr. Robin Brown stürzte nun regelrecht ins gegenüberliegende Schlafzimmer, was auf der anderen Seite des Ganges lag. Als er das Zimmer betrat, bemerkte er sofort, das auch auf dieser anderen Hausseite die Außenscheinwerfer strahlten. Also haben auch hier die unsichtbaren Bewegungsmelder reagiert. Hastig öffnete er ein Fenster.
Von hier konnte er den gesamten Terrassenbereich überschauen. Dazu noch die anschließende Rasenfläche bis zum nahen Wasserrand der Lagune. Aber er entdeckte nichts Außergewöhnliches.

Was konnte nur die Bewegungsmelder ausgelöst haben?
Ein streunendes Tier?
Oder etwa sogar ein Einbrecher?

Davon aufgeschreckt, wollte er sich, bevor er wieder losfuhr, auf alle Fälle genau vergewissern. Man kann ja nicht vorsichtig genug sein, dachte Dr. Robin Brown. So ging er anschließend durch alle Zimmer des Obergeschosses, prüfte dort alle Fenster auf richtigen Verschluss. Ebenso den Zustand aller Räume. Die vorher geöffneten Fenster schloss er wieder.
Alles schien hier oben in Ordnung zu sein. Und weil er auch im Erdgeschoss nichts feststellen konnte, deutete nichts auf einen Einbruch hin. Selbst das Schloss der Hauseingangstür wies keine Spuren eines gewaltsamen Öffnens auf.

Als er gerade mit der Inspizierung des letzten Raumes, dem Wohnbereich, fertig war, begann hier plötzlich die Wanduhr zu dröhnen.
„Oh, schon Mitternacht!", raunte Dr. Robin Brown.

Nun wieder ruhiger geworden, erinnerte er sich an die letzten Worte seiner Frau, dass er ihren Haarföhn mitbringen sollte. Und auch die Blumen im Atelier sollte er noch kontrollieren, natürlich auch den übervollen Briefkasten nicht vergessen!

Im Obergeschoss fand er im Bad schnell den Haarföhn mit sämtlichen Zubehör. Alles steckte er in einen daneben liegenden Plastikbeutel.
Auf seinem Rückweg zur Hauseingangstür schaltete er im Haus die beleuchteten Zimmer aus. Und zuletzt betätigte er im Flur wieder den zentralen Schalter für das Hausinnenlicht.

Als er dann aus dem Haus trat, schalteten sich sofort wieder die an den Außenwänden dieser Seite installierten Scheinwerfer ein. Hell erstrahlten die nahen Außenflächen im satten Licht. Da verschloss er sehr gewissenhaft die Eingangstür. Natürlich kontrollierte er sie noch einmal.

Den Weg zum Atelier von Sarah wählte er über die andere Hausseite. Es war die südöstliche Seite, die zur Lagune zeigte.

Langsam schritt er hier den gepflasterten Weg um die südöstliche Stirnseite des Hauses herum und danach entlang dem länglichen Gebäude.

Und sobald er eine Hausseite betreten hatte, registrierten es hier die unsichtbaren Bewegungsmelder. Sofort schalteten jene in diesen Bereichen die Scheinwerfer ein. Somit konnte er auf seiner Wegstrecke alles genau sehen.

Als er an der mit grauen Steinplatten ausgelegten Terrassenfläche anlangte, schaute er zum nahen Uferrand der Lagune hin. Von dort hörte er kleine zierliche Wellen plätschern. In kurzer Folge schlugen sie ständig und ruhelos an den flachen sandigen Uferrand. Es war der leichte nächtliche Wind, der sie bewegte. Selbst jetzt zu dieser mitternächtlichen Stunde verlor hier die romantische Umgebung keinerlei an Wirkung.

Als Dr. Robin Brown beim weiteren Schreiten an der Glasfront vom Atelier vorbeikam, sah er dahinter die Blechwanne voller Blumentöpfe stehen.

„Ah, hier steht die Wanne", murmelte er erleichtert.

Ganz nah lehnte er sich an die Scheibe, um hineinzuschauen. Im gedämpften, von außen eindringenden Licht, wirkten die in der

Blechwanne stehenden Blumentöpfe noch gut erhalten. Da waren sicherlich die geäußerten Sorgen von Sarah unbegründet, dachte er. Aber zur eigenen Kontrolle wollte er trotzdem den darin befindlichen Wasserstand noch einmal prüfen. Also würde er ins Atelier gehen.
Als er sogleich um die nordöstliche Stirnseite des Hauses bog, erleuchtete auch diese Seite. Hier befand sich die Eingangstür zum Atelier. Dr. Robin Brown kramte nach dem Schlüssel. Und als er ihn endlich hatte, wollte er die Tür aufschließen. Doch dabei stellte er fest, dass diese Tür überhaupt nicht verschlossen war. Da erschrak er.
Sollte Sarah etwa vergessen haben die Tür abzuschließen? So etwas wäre ja denkbar.

Vorsichtig betrat er nach Öffnen der Eingangstür den großen Atelierraum. Durch das einstrahlende gedämpfte Außenlicht im Türbereich und auch durch das noch nicht erloschene südöstliche Außenlicht, was noch durch die Glasfront einstrahlte, konnte er den riesigen Raum erfassen.
Sofort schaute er prüfend nach rechts und nach links. Dann bis zur Dachschalung hoch, welche aus gehobelten Brettern bestand. Doch er konnte nichts Außergewöhnliches im hallenförmigen Raum feststellen.

Gerade als er sich beruhigte, erlosch zuerst das südöstliche Außenlicht an der Hausseite zur Lagune hin. Etwas später auch das Außenlicht an seiner Türseite. Nun war es im Raum ganz finster geworden.
Um nun sofort die Innenbeleuchtung einzuschalten, suchte Dr.

Robin Brown mit tastenden Handbewegungen die in der Nähe der Tür befindlichen Lichtschalter. Doch beim Suchen berührte er gleichzeitig dort angelehnte mannshohe Holzleisten. Diese hatte seine Frau zwischenzeitlich in der Nähe der Eingangstür abgestellt. Nun fielen diese mit höllischen Lärm reihenweise zur Seite um.

Da fluchte er. Und sein Schimpfen hielt auch noch nach dem Betätigen des Lichtschalters an.

Nach und nach erhellten nun die sich zuschaltenden Neonlampen die gesamte riesige Fläche des Atelier. Hier standen unvollendete, aber auch einige fertige Skulpturen. Alles stand ungeordnet durcheinander.

Da zwischen den künstlerischen Arbeiten auch noch aufgeklappte Leiter standen, an welchen mannsgroße papierartige Skizzen hingen, die mit Holzlatten daran befestigt waren, konnte er den vollständigen Raum nicht überschauen.

Aber auch noch andere Gegenstände engten das Sichtfeld ein. Es waren gestapelte Gipssäcke und Eimer, auch Holzkisten verschiedener Größe. Diese standen auf einzelnen Holzpaletten. Und auf den dazwischen stehenden Tischen lagen eigenartige künstlerische Hilfsmittel. Da lächelte Dr. Robin Brown. Und er dachte daran, das es Zeiten der Ordnung hier wohl nicht geben wird. Sie wären nur die Atempause des Chaos. Und sogleich fiel ihm durch seine berufliche Professorentätigkeit ein Spruch von Voltaire ein, einem französischen Schriftsteller und Philosophen:

> *„Wisst ihr denn nicht,*
> *dass das Chaos der Vater allen Seins ist*
> *und Form und Materie der Welt ihren jetzigen*
> *Zustand gegeben hat?"*

Noch beim Nachsinnen vernahm Dr. Robin Brown plötzlich aus dem hinteren Bereich des Ateliers einige eigenartige Laute. Sofort ließ er den Plastikbeutel mit dem Haarföhn zu Boden sinken und bewaffnete sich mit einer danebenliegenden Holzlatte. Dann schritt er vorsichtig in Richtung der gehörten Geräusche, wich dabei wiederholt einzelnen Skulpturen aus.
Als er schließlich im hinteren Bereich vom Atelier anlangte, traute er seinen Augen nicht. Auf der mit einer braunen Decke bezogenen Liege, die seine Frau manchmal in ihren künstlerischen Pausen nutzte, lag eine miauende Hauskatze. Ihr schwarzes Fell betupften viele weiße bis helle Flecken. Die Katze trug auch ein blaues Halsband.

Als Dr. Robin Brown sich ihr näherte und dabei ihre friedlichen Augen bemerkte, wich sofort seine Anspannung.

Die Holzlatte beiseitelegend, streichelte er im Stehen über ihren warmen flauschigen Kopf. Die Katze genoss das Streicheln und schnurrte mächtig. Dabei bemerkte er die aufgewühlte braune Decke, in welcher sie sich wohlig streckte.
„Da hast du dir aber eine tolle Mulde zurecht geschoben“, bemerkte er und überlegte:
Wie kam die Katze nur ins Atelier?
Über die Fenster? Aber alle Fenster waren geschlossen!
Durch die Eingangstür? Auch diese Tür war geschlossen gewesen, wenn auch nicht abgeschlossen!

Vielleicht bei Sarah, als sie noch hier war. Aber sie war doch schon über eine Woche weg!

Und wie konnte die Katze so lange ohne Wasser auskommen?

Von der Situation völlig überrascht, setzte sich Dr. Robin Brown neben die Katze auf die Liege. Prüfend betrachtete er die schnurrende wohlgenährte Katze. Nichts deutete bei ihr auf eine dürstend, geschweige denn hungernd verbrachte einwöchige Zeit hin. Und er fragte sich erneut, wie die Katze nur ins Atelier gelangt sein könnte? Nach einer erklärenden Antwort suchend, stand er auf und schritt alle Fenster im riesigen Raum ab. Aber alle waren tatsächlich geschlossen.

Als er dann bei der großen verglasten nordöstlichen Fensterfront angelangte, kontrollierte er den Wasserstand in der Blechwanne. An einer freien Stelle zwischen den Blumentöpfen hielt er den rechten Finger in das Innere. Dort berührte er kurz den Boden der Wanne. Als er dann den Finger wieder zurückgezogen hatte, stellte er noch etwa zwei Zentimeter Wasserstand fest. Da entschloss er sich, wegen der noch anstehenden 14 Urlaubstage, doch noch etwas Wasser nachzugießen.
Sofort blitzte es ihm durch den Kopf, dass ja die Katze aus der blechernen Wanne getrunken haben könnte. Aber da hätte sie doch hinein und wieder heraus springen müssen!

Doch der feine Gipsstaub, der um die Wanne herum den Boden bedeckte, wies keinerlei Spuren auf. Also verwarf Dr. Robin Brown auch diese Variante.

Nachdem er einen leeren Eimer mit Hilfe eines Wasserschlauches zur Hälfte gefüllt hatte, drehte er den

Wasserhahn an der Wand wieder zu. Doch bevor er das Wasser in die Blechwanne goss, ging er zur ruhenden Katze zurück. In Sorge, dass die Katze sehr durstig sei, wollte er ihr etwas Wasser geben. Doch wie groß war sein Erstaunen, als sie das gereichte frische Wasser nicht trinken wollte. Trotzig sprang sie von der Liege, worauf sie laut miauend hinter der am nächsten stehenden Statue verschwand.

Dr. Robin Brown folgte der Katze und ging zur Eingangstür. Als er sie öffnete, dauerte es auch nicht lange, bis die Katze zwischen den herumliegenden und stehenden Gegenständen auftauchte. Schnurrend ging sie durch seine beiden Beine und streifte sie. Beim Hindurchgehen spürte er ihren anschmiegsamen Körper, auch ihren nach oben gestreckten Schwanz.

Noch einmal schaute die Katze kurz zu ihm hoch, ehe sie gemächlichen Schrittes über den nun wieder hell erleuchteten Rasen weglief. Schließlich verschwand sie in Richtung des geöffneten Eisentores.

Dr. Robin Brown wurde aus dem gerade erlebten Vorfall überhaupt nicht schlau.

Wie konnte die Katze nur in das Atelier gelangen? Und an welchem Tag soll das gewesen sein?

Nachdem die Katze außer Sicht war, erlosch darauf wieder die Außenbeleuchtung. Danach ging er wieder in das Atelier zurück. Und mit besonderer Aufmerksamkeit schloss er hinter sich die Eingangstür.

Dann schritt er zum halb gefüllten Wassereimer, den er neben der Liege abgestellt hatte. Beim Bücken, um den Henkel des Eimers zu ergreifen, streifte sein Blick den staubigen Boden neben der Liege. Dort wies eine Bodenfläche an einer Stelle viele, noch nicht ganz eingetrocknete Spritzer auf. Da diese Stelle auch noch einen eigenartigen süßlichen Geruch verbreitete, deutete er die vielen Spritzer als frisches Katzenurin. Da hätte sie auch draußen Pullern können, dachte er.

Aber ein weiterer Riecher machte ihn stutzig, ließ ihn die erste Deutung überdenken. Schließlich verwarf er die erste Deutung. Nun ordnete er diese Spritzer eher als Katzensperma ein – weil sie eben mehr nach Sperma rochen.

Nicht weit von dieser sonderbaren Spritzerstelle bemerkte er auch noch ein braunes beutelartiges Damentäschchen. Bisher hatte er es nicht bemerkt. Es lag ganz nah am linken Holzfuß der Liege. Neugierig geworden, was wohl darin stecken möge, hob er es behutsam auf.
Beim Nachschauen der Pompadour sah er darin ein zusammengedrücktes Tuch stecken. Daran ziehend, erkannte er sofort, dass es ein Taschentuch war. Es war mit rosafarbenen, gelben, braunen und auch grünen Fäden durchzogen, welche nach einem entworfenen Muster eingenäht waren. Und wenn man das bestickte Taschentuch aus zarter Seide ausbreitete, gaben die darin abgestimmten farblichen Linien ein großes *SF* wieder. Es waren die Anfangsbuchstaben von Sarah Flämming. Gerne trug Sarah das Damentäschchen bei sich.

Aber warum hatte sie es hier vergessen? Vielleicht durch die Aufregung vor ihrer Abfahrt zur Westküste!

Bevor er das herausgezogene Taschentuch wieder in das Innere des braunen Damentäschchen stopfte, berührte er es noch kurz mit seiner Nase.
Sofort roch er den ihn bekannten Duft eines erotischen Parfüms, was nur Sarah verwendete. Sogleich stöhnte er. Ach wäre er doch jetzt schon bei seiner lieben Frau.
Träumend schaute er auf seine lederne Armbanduhr. Da erschrak er, dass die Ziffern schon eine Stunde nach Mitternacht anzeigten. Nun wollte er keine weitere Zeit mehr verlieren. So stopfte er hastig das seidene wohlriechende Taschentuch wieder ins Pompadour zurück. Weil es Sarah mit Sicherheit irgendwann während der gemeinsamen Urlaubstage suchen würde, nahm er es mit.

Nun erledigte er hastig die restlichen Arbeiten, schüttete das Wasser des halbvollen Eimers in die Blechwanne. Und auf dem Weg zur Eingangstür stellte er den leeren Eimer am alten Standort ab.

Noch einmal überflogen seine kontrollierenden Augen den gesamten riesigen Raum des Ateliers. Alles schien in Ordnung zu sein.
Und so öffnete er die Eingangstür und schritt nach außen. Dort fuchtelte er sofort mit den Armen herum. Das tat er, um die unsichtbaren Bewegungsmelder für das Zuschalten der Außenbeleuchtung zu aktivieren – was auch klappte. Dann schritt er in der Helligkeit der Außenbeleuchtung durch die Eingangstür ins Atelier zurück, holte dort den am Boden abgestellten Plastikbeutel.

„Oh je, wenn ich den Fön vergessen hätte!", murmelte er. „Da wären ein paar Urlaubstage verloren gegangen!"

In den aufgehobenen Plastikbeutel drückte er das gefundene Pompadour hinein.

Als nach dem Ausschalten die allerletzte Neonlampe erloschen war, verließ er das Atelier. Und die Eingangstür zum Atelier schloss er doppelt ab - zur Sicherheit.
Dann schritt er bei andauernder Außenbeleuchtung sehr zügig zum offenen Eingangstor hin. Dort schaute er noch einmal zurück. Da er alles in Ordnung fand, betätigte er mit seiner rechten Hand die Funktaste zum eisernen Tor.

Dröhnend rollte nun das fünf Meter lange Eingangstor wieder in die alte Ausgangslage zurück. Dort rastete es mit einem lauten Klick ein.
Genau in dem Moment erlosch auch die Außenbeleuchtung dieser Gebäudeseite.

Da ging Dr. Robin Brown ging schnell zu seinem silbrigen Cabriolet hin und betätigte hastig die beiden Scheinwerfer. Sofort erhellte sich die nahe Umgebung wieder.

Nun entleerte er die Briefkastenanlage. Sie stand an der rechten Seite vom eisernen Eingangstor.
Kaum stand er davor, bemerkte er die überquellenden Kästen. Ein Briefkasten für die Künstlerin *Sarah Flämming-Brown*. Ein weiterer Briefkasten für seine Unitätigkeit mit Vermerk

Professor Dr. Robin Brown. Des weiteren noch ein ein Briefkasten für beide mit der Beschriftung *Fam. Brown.* Und letztlich ein weiterer größerer Briefkasten. Darauf stand: *Sammelkasten für alle Zeitungen und Zeitschriften.*

Da in jedem Briefkasten viele Briefe steckten und selbst der Sammelkasten mit den Zeitungen und Zeitschriften überquoll, musste er den Weg zum Auto zweimal gehen. Dort warf er alles ohne Zuordnung auf dem Beifahrersitz. Jetzt wollte er die Post nicht mehr sortieren.
Noch einmal ging er zur Briefkastenanlage zurück und verschloss wieder alle Kästen.

Als alles abgearbeitet war, atmete Dr. Robin Brown sehr erleichtert auf.
Jetzt geht es endlich in den Urlaub! Das waren seine Gedanken.

Erwartungsvoll stieg er in sein Cabriolet und fuhr los.

04

Nachts war auf der gut asphaltierten Autobahn A4 kaum Verkehr. Nur wenige Lichter bewegten sich durch die nebligen Schluchten des westlichen Nationalparks.

Mit müden, aber konzentrierten Augen schielte der Fahrer in den Rückspiegel seines geschlossenen Cabriolet. Er sah darin, das es hinter den letzten Bergspitzen zu dämmern begann. Bald würde das einsetzende sanfte Morgenlicht die vor ihm liegende flache Landschaft erhellen. Dann würde er die beiden Scheinwerfer abstellen. Und das Fahren würde leichter werden. Nun begann sich auch die umgebende bergige Landschaft immer mehr zu verflachen.

Dr. Robin Brown kannte genau diese Fahrstrecke. Schon oft hatte er sie alleine oder mit Sarah befahren. Jetzt würde auf der rechten Seite bald ein Binnensee auftauchen. Den musste er umfahren. Danach würde er nach weiteren 20 Kilometern die Stadt Queenstown erreichen. Dort musste er die Autobahn A4 verlassen und auf eine Hauptstraße in Richtung Strahan wechseln.

Diese 40 Kilometer lange Strecke war sehr kurvenreich. Aber dort würde es schon hell sein. Die Sichtweise wäre nicht mehr so anstrengend. Ja, und dann nach Strahan folgte nur noch eine Kürstrecke. Das war ein angenehmer flacher 20 Kilometer langer Fahrweg bis zum Standort ihres zweiten Zuhauses.

Das kleine, steinerne Haus lag an der Westküste von Tasmanien. Es stand genau am Ufer des Henty River, an seiner letzten Flussbiegung. Genau am Standort des Hauses schwenkte der Fluss in südwestliche Richtung ab. Anschließend floss er parallel zur Küste, bevor er dann sanft in den nahen, etwa 800 Meter entfernten Indischen Ozean mündete.

Die Autouhr zeigte 4.05 Uhr an. Es begann zu dämmern. Langsam wich die Nacht - es wurde immer heller. Dr. Robin Brown schien es, als hätte er die bisher dunstige Umgebung in den durchgefahrenen Schluchten zurückgelassen. Nichts mehr war davon übriggeblieben.

Nach weiteren Fahrkilometern auf der gut asphaltierten Hauptstrecke A4 wurde es flacher. Jetzt sah er auch in rechter Fahrrichtung die Wasserfläche des Binnensees auftauchen. Hier begann nun der letzte Fahrabschnitt zum kleinen steinernen Haus an der Westküste.
Sofort empfand er die Fahrt ab hier weniger anstrengend. Und so stimmte er sich auf die baldige Ankunft ein.

Das erworbene Haus lag an der tasmanischen Westküste, etwa 800 Meter hinter mächtigen Dünen. Der nahe Strand am Indischen Ozean bestand aus feinstem weißen Sand und das kristallklare Wasser des Meeres wirkte türkisblau.
Da schmunzelte der Fahrer. Es sind eben die von den Seeleuten gefürchteten Westwinde, welche Tasmanien zu reinem Wasser und auch zu sehr sauberer Luft verhelfen.

Ihr neu erworbenes Haus lag am kleinen Fluss Henty River, der in einer Entfernung von 50 Meter in einer Schleife an ihrem Haus vorbeifloss. Man hatte den Eindruck, dass sich das langsam fließende Flusswasser scheue, direkt in das saubere Meerwasser zu fließen. Denn genau vor dem Haus stoppte es seine gerade Richtung. Von da floss der Henty River dann parallel zur nahen Küste weiter.
Aber nach etwa einer halben Meile bog er doch nach rechts ins nahe Meerwasser ab.

Hier an der Westküste war die Landschaft ursprünglich. Und weil auch das kleine steinerne Haus sehr bescheiden war, schlugen sie am Standort schon nach wenigen Tagen Aufenthalt sofort Wurzeln.

Nein – Sarah und auch er wollten keinen zweiten Wohnsitz in Nähe von spiegelnden Asphaltstraßen, gepflegten Parks der großen Seebäder und dicht bevölkerten Kurpromenaden mit belebten Konzertplätzen.
Nein – das wollten sie nicht. Eher suchten sie die Begegnung mit einem Stück eigenwilliger Natur, auch Einsamkeit und Stille. Hier spürten sie überall noch einen leisen Hauch von Abgeschiedenheit. Deshalb verbrachten sie, so oft wie es nur ging, hier ihre Wochenenden. Und wenn es sich einrichten ließ, sogar mehrere Urlaubswochen. Natürlich zu jeder Jahreszeit – selbst im Herbst oder Winter.

Man muss hier an der Westküste einen Sturm der Windstärke 10 oder 11 einmal erlebt haben, um zu spüren, welche Kräfte dann entfesselt sind. Wenn der harte Seesand ins Gesicht peitscht, dass man kaum die Augen öffnen kann, wenn es im Windschatten der hohen Dünen oder des zahlreichen Buschwerks gelingt, sich einigermaßen zügig vorwärts zu bewegen. Und wenn dazu die donnernde Brandung vom ohrenbetäubenden Gebrüll des Sturms noch übertönt wird. Ja, dann fühlt man, dass der küstennahe Streifen bedroht ist.

Ihr kleines steinernes Haus am Meer, massiv aus Steinen von früheren Erbauern errichtet und wetterfest mit Blechdach versehen, trotzte bisher allen Wetterunbilden. Es erwies sich als sehr standhaft.
Und innen, durch Sarahs künstlerische Hände wohnlich gestaltet, schenkte ihnen dieser sinnliche Ort immer wieder den inneren Frieden.

Deshalb schrieb Sarah eines Tages an die massive hölzerne Eingangstür: Haus SEELENFRIEDEN.

*

Als am Straßenrand das hinweisende Ortsschild Strahan auftauchte, drosselte Dr. Robin Brown die Geschwindigkeit seines PKW.
Obwohl es nun mittlerweile hell genug war, um weit schauen zu können, brannten hier in der Hafenstadt noch die Laternen. Ihr milchiges Licht verlieh der Uferstraße, einschließlich dem nahen Hafengelände, ein majestätisches Aussehen. Und dahinter auf der

linken Fahrerseite überzog das fließende Morgenrot den Himmel, auch die Wasserflächen vom Macquane Harbour. Alles verschmolz ineinander.
Dr. Robin Brown warf beim Durchfahren des verträumten Hafengeländes einen kurzen Blick auf das stille Wasser in der Bucht. Zwei verspätete Fischerkutter von den Strahaner Fischern verließen gerade den Hafen, um noch Fischzügen aufzulauern. Und ein größeres Schiff passierte in einiger Entfernung die Fahrrinne. Es wollte bald im Hafen anlegen. Auch auf ihm leuchteten noch die Lichter.

Das durch die Autoscheibe eingerahmte Bild der morgendlichen Momentaufnahme, empfand er als stummes, freundliches Wort oder helfende Hand zum neuen Tag. Jetzt hätte er am liebsten angehalten, wäre ausgestiegen, um in feierlichen Schweigen den kurzen Moment zu genießen. Nur um immer zu schauen - zu schauen. Aber schon wechselten die Bilder. Beim weiteren Fahren auf der kurvenreichen innerstädtischen Straße verlor er bald das romantische Hafengelände aus seinen Augen. Die Wegrichtung der nun wieder gerade verlaufenden Straße führte stadtauswärts.
Noch bevor das geschlossene, silbrige Cabriolet die letzten Häuser von Strahan hinter sich gelassen hatte, erloschen am Straßenrand schlagartig die milchigen Lichter der Laternen.

Das nun stärker ausbreitende, klare, morgendlich goldene Licht ließ den Fahrer erahnen, dass der heutige Tag erneut die andauernde erbarmungslose Sommerhitze nicht vertreiben wird. Schon seit zwei Wochen lagerten die sommerlichen Hitzewerte über dem größten Teil von Tasmanien. Das war für die Insel schon außergewöhnlich. Denn hier lagen die durchschnittlichen Temperaturen im Sommer, von Dezember bis Februar, bei etwa + 22 Grad C. Und im Winter, von Juni bis August, bei +12 Grad C. Am ehesten vergleichbar empfand er das Klima an der französischen Atlantikküste, als er einmal in Europa als Professor an verschiedenen Universitäten in Frankreich gastierte.

Die derzeitig andauernde Hitzewelle bot ihnen genügend Grund, um aus ihrem 350 Kilometer entfernten Haus in Midway Point zum zweiten Wohnsitz an die kühlende Westküste zu flüchten. Weil eben am Indischen Ozean das westliche Meer ausgleichend auf die Temperaturen wirkt. Im Sommer ist es selten heiß, genauso wie die Winter selten extreme Kälte bringen.

Das kleine steinerne Haus an der Westküste hatte Dr. Robin Brown von der Universität von Tasmanien sehr baufällig zum Kauf übernommen. Es war eine ehemalige Beobachterstation am Rande des Südwest Nationalparks. Infolge notwendiger Kosteneinsparungen und neuer Strukturen musste das heruntergekommene Haus zur wissenschaftlichen Nutzung aufgegeben werden. Die mit der Station anstehenden Sanierungskosten konnte und wollte die Universität nicht mehr tragen. So kamen sie letztendlich zu diesem Haus.

*

Dr. Robin Brown lehnte seinem Kopf zurück. Dabei schaute er auf die Autouhr. Die Zeiger zeigten 4.45 Uhr an.

Wenn ich da sein werde, wird Sarah sicherlich noch tief schlafen - dachte er.

Nein, wecken würde er sie nicht. Er würde sich neben sie hinlegen und versuchen, noch etwas zu schlafen. Vielleicht für zwei bis drei Stunden. Das müsste ihm schon reichen.

Die umgebende Landschaft verlor nun gänzlich ihre flachen Hügel. Ein kleiner Fluss tauchte auf. Es war der Henty River. Der Fluss führte nun wegen der andauernden Trockenheit wenig Wasser. Eine Brücke führte darüber.

Nun wusste der müde Fahrer, dass er nach der Brücke die asphaltierte Straße nach links verlassen musste. Von dort führte ein zwei Kilometer langer sandiger Weg direkt zum Zielort.

Beim Überqueren der Brücke präsentierte sich der Fluss in einem erbärmlichen Zustand. Infolge der sehr geringen Wasserführung zeigte er große Teile seines steinigen Untergrundes. Sogleich verlangsamte Dr. Robin Brown die Geschwindigkeit seines Cabriolet.

Nach der Brücke bog er etwa 600 Meter weiter nach links ab. Hier führte ein sandiger Weg parallel entlang dem spärlich fließenden Gewässer. Beim linken Abbiegen in den unbefestigten, sandigen Weg drückte er die Taste zum Öffnen des Daches. Geschwind verschwand es im hinteren Teil des Sportautos. Nun genoss er bei verhaltener Fahrweise die angenehme, nahe Meeresluft. Doch obwohl er langsam fuhr, zog das silbrige Sportauto eine weiße, staubige Fahne hinter sich her. Auch hier hatte die andauernde Hitzeperiode, selbst in Nähe des kühlenden Meeres ihre Spuren hinterlassen. Der gesamte nahe westliche Küstenbereich durstete nach fälligem Regen.

An einer günstigen Stelle stoppte der Fahrer und stieg aus. Sofort atmete er tief die wohltuende morgendliche Wärme ein. Sie kam von den ersten zaghaften Sonnenstrahlen. Mehrfach rekelte er die trägen Beine und Arme, schritt dabei langsam zum erkennbaren Flussufer. Hier setzte er sich auf einen der trockenen Steine, die massenhaft herumlagen. Tief atmete er durch.
Auf dem kaum fließenden Wasser schnatterten zwei Enten dem plötzlichen Störenfried entgegen. Dann schwammen sie erschreckt davon, schnatterten weiter. Schließlich verstummten sie.
Am anderen Flussufer hörte man das Plätschern springender Fische oder springender Frösche. Sofort starteten im nahen, mit Gras bewachsenen Uferbereich zwei Störche. Wahrscheinlich flogen sie mit ihrer ersten Tagesbeute zu ihren Nestern – irgendwo in der Nähe. Sicherlich wollten sie schnell zum Fluss zurückkehren, um auf weitere Jagd zu gehen.

Es lag eine sonderbare Stille über der sich im Morgentau zeigenden Landschaft.

Dem Betrachter schien es, als würde hier die Natur an diesem sehr frühen Sommermorgen ihren Atem anhalten. Als würde sie verordnen, die Sorgen zu vergessen – um einfach nur zu träumen.

Dr. Robin Brown atmete noch einmal die frische morgendliche Luft ein. Das tat ihm sehr gut. Den müden Kopf hebend, schaute

er mit einem letzten Blick zum fernen, leuchtenden Horizont hin. Dort bildeten die dunklen Bergspitzen eine abhebende geschwungene Linie. Im milchigen Dunst stiegen von dort aus die ersten wärmenden Sonnenstrahlen auf. Sie bestrahlten die vielen östlichen Berge und aufragenden Hügel des Hochplateaus. Bestimmt drangen sie auch schon in die dazwischen verborgenen Täler vor, die er nachts durchfahren hatte. Sicherlich würden sie jetzt die dort eingelagerten kristallklaren Gletscherseen versilbern. Und sie würden auch die saftigen Wiesen und Weiden im morgendlichen Tau erleuchten.
Seine Gedanken prägten den dankbaren Blick.

Ja, gerade darin liegt die Eigentümlichkeit und das Geheimnis von Tasmanien: Weil es eben auf der Insel eine so abwechslungsreiche und verschiedenartige Landschaft vereint.

Ungern riss er sich aus seiner verweilenden Pause. Schließlich ging er zum staubigen Cabriolet zurück. Nun war es nicht mehr weit.
Nur noch zwei Meilen bis zum kleinen Haus am Meer.

05

Nach vielen Kurven tauchte endlich am Flussufer des Henty River das kleine, vollkommen weiß getünchte, steinerne Haus auf. Als der erleichterte Fahrer näher kam, blendeten ihn die hellen Hauswände vom ersten Abtasten der morgendlichen Sonne.

Dr. Robin Brown fuhr vor dem Haus eine kleine Schleife. Danach stellte er seinen staubigen Cabriolet neben den parkenden schwarzen Jeep seiner Frau. Dann stieg er aus und ergriff die zwei im hinteren Bereich liegenden Reisetaschen. Da er Lärm unbedingt vermeiden wollte, drückte er die Fahrertür leise zu. Ebenso leise schloss er die hölzerne, massive Eingangstür vom Haus auf. Sarah hatte den inneren Schlüssel wegen seines Kommens abgezogen. Sonst ließ sie ihn nachts von innen stecken.

Geräuschlos öffnete er die Haustür, trat in den Flur. Ebenso schloss er sie hinter sich wieder. Schon kam ihm im Flur freudig winselnd sein Hund Bellow entgegen. Der wachsame, treue vierjährige Dalmatinerrüde schlug seine lange Rute mächtig von links nach rechts. Dabei stupste er seinem Herrchen immer wieder die Schnauze in seine tragenden Hände, leckte sie ausgiebig ab. Der mittelgroße Laufhund konnte sich kaum beruhigen.

Dr. Robin Brown stellte die beiden Reisetaschen im Flur ab. Jetzt konnte er den Kopf des Hundes streicheln, auch seine dicht anliegenden Ohren. Natürlich war auch er sehr erfreut über das Wiedersehen nach zweiwöchiger Trennung. Langsam beruhigte sich Bellow. Aber er wich seinem Herrchen nicht von der Seite. Und als dieser die hölzerne Treppe hochging, um nach seiner Frau zu schauen, trottete er dicht neben ihm her.

Die Tür zum hellen Schlafzimmer stand offen. Als er hineintrat, sah er Sarah, abgewandt von der Tür, auf dem großen Rundbett bauchseitig liegen. Durch die Schwüle der Luft und durch ihre nächtlichen Bewegungen hatte sie das rosafarbene Betttuch beiseite geschoben. Da ihr seidenes Hemdchen teilweise nach oben gerollt war, lag ihr weiblicher Körper fast nackt vor ihm. Ein Höschen trug sie nicht. Natürlich konnte sich der Betrachter nicht versagen, sich an den weiblichen Schönheiten seiner noch schlafenden jungen Frau zu weiden.
Mit Entzücken verschlang er ihre schlanken, leicht gebräunten Beine. Sie waren so schön geformt, dass sie veredelten Säulen glichen, die es verdienten, so ein schönes Gebäude zu tragen. Und sein aufsaugender Blick wanderte höher, über die sanften Schwellungen ihrer Hüften zum Unterleib hin. Ach wie geschmeidig wirkte ihre zarte, gebräunte Haut. Weiter zu ihrem zierlichen Hals, den die schulterlangen schwarzen Haaren verzierend überdeckten. Vollkommen unordentlich lagen sie auf dem weißen Bettlaken. Doch es schien ihm so, dass sie eher das Bild versüßten.
Und das aufgerollte seidene Hemd hinderte ihn auch nicht daran, ihre flachen, festen Brüste mit den eingenisteten roten Warzen zu bewundern. Lockend boten sie ihm ein Bild von zwei

aufblühenden Rosen.
Weiter oben konnte er auch ihr abgewandtes Gesicht sehen. Es
war ohne Makel. Zwei rosarote, volle Lippen, die es wert waren,
immer geküsst zu werden.

Ach, welche Gewalt kostete es ihn schon, sich nicht sofort zu ihr
zu legen. Nein, er wollte sie nicht aufwecken. Dazu war er durch
die lange nächtliche Autofahrt müde.
Und sein verschwitzter Körper war auch nicht werbend. So ging
er seufzend ins Erdgeschoss zurück.

Da er Durst hatte, entnahm er aus dem Kühlschrank eine Flasche
Mineralwasser und trank daraus. Als er sich dabei hinsetzte,
stupste ihm Bellow mehrmals an. Der Hund begann zu winseln.
„Ach, pinkeln musst du – wegen der Aufregung!", sprach sein
Herrchen zu ihm.

In Sorge stand er wieder auf, ließ den unruhigen
Dalmatinerrüden aus dem Haus. Dieser rannte sofort zu einem
nahen Uferbusch. Dort verrichtete er mehrfach seine Geschäfte.

Jetzt war die Sonne vollkommen aufgegangen. Milchig weiß
erhellte sie nun die sanfte nahe Uferlandschaft. Morgendlicher
Tau betupfte die Gräser und Pflanzen um das Haus herum.

Dr. Robin Brown hörte die schäumende Brandung des nahen
Meeres. Die dortigen Schaumkronen donnerten rhythmisch über
den feinkörnigen, weißen Traumstrand immer wieder hinweg.

Ja, heute würde er mit Sarah baden gehen. Darauf beschlich ihm schon Vorfreude. Jetzt hörte er auch einige Möwen zirpen, die er vorhin beim schnellen Aussteigen aus dem Auto nicht bemerkt hatte. Kreisend flogen die fluggewandten Wasservögel an der nahen rauschenden Brandung umher.

Als Bellow wieder angelaufen kam, gingen sie gemeinsam ins Haus zurück. Stets lief der Hund neben seinem Herrchen. Als dieser eine Reisetasche öffnete und einen Kosmetikbeutel entnahm, schnupperte Bellow daran. Und als sein Herrchen zum Baderaum ging, wollte er ihn ebenso dorthin folgen.
„Nein, du gehst jetzt zu Frauchen zurück", forderte sein Herrchen ihn bestimmend auf.
Dabei zeigte er mit seiner rechten Hand zur Treppe. „Ich komme gleich nach."

Der Dalmatinerrüde gehorchte und lief .auch sofort die Treppe hoch.
Nachdem sich Dr. Robin Brown darüber vergewissert hatte, betrat er im Erdgeschoss den im Vergleich zum kleinen Haus sehr großzügigen Baderaum. Sarah hatte den vollkommen neu gefliesten Raum mit verschiedenen, von ihr selbst ausgesuchten Gräsermotiven gestaltet. Er wirkte optisch sehr einladend. Ein angenehmer Duft strömte ihm entgegen. Es war der Lieblingsduft seiner Frau, den sie immer in eine sprudelnde Wasserschale tat. Die Schale stand auf der gegenüberliegenden Fensterbank. Ganz feinen, kaum zu sehenden Nebel produzierte sie.

Auf der hölzernen Sitzbank, die gleich neben dem Eingang stand, legte er seine völlig durchgeschwitzte Kleidung ab. Anschließend betrat er in freudiger Erwartung auf die baldige Erfrischung die offene, mit Duschschutzwänden eingerahmte Fliesenecke. Sogleich stellte er die Armaturen auf lauwarmes Wasser ein. Doch mehrmals musste er das perlende Wasser auf die gewünschte Temperatur neu regulieren. Als endlich das strömende Wasser temperaturbeständig blieb, schob er die beiden Duschschutzwände hinter sich zu.

Erwartungsvoll trat er in den erquickenden Strahl. Nun rasselten die fadenförmig aufgereihten Perlenschnüre mit hoher Geschwindigkeit auf seine schwarzen, lockigen Haare.

„Oh, wie herrlich", murmelte er.

Dabei trat er nun vollständig unter den warmen, beruhigenden Wasserstrahl, hob die Arme nach oben, rekelte sich im tropfenden Nass.

Nach einigen Minuten trat er aus dem Wasserstrahl. Nun begann er seine Körperreinigung mit dem Einschäumen eines duftenden Duschgels.

Zuerst schäumte er seine Kopfhaare ein. Danach folgten alle Körperflächen abwärts. Und bevor er den Vorgang wiederholte, spülte er den reichlichen Schaum wieder weg. Als die letzten Reste abgeflossen waren, widmete er sich dem wertvollsten Stück seiner Intimzone, reinigte den entblößten Kopf. Hierzu war er Sarah verpflichtet, denn sie pflegte ihr Paradies ebenso ständig. Als seine mehrmaligen Fingerberührungen die hängende Form merklich anschwellen ließ, wollte er es nicht weiter treiben. Jetzt ist es aber genug - dachte er. Sarah wird ihn später richtig aufrichten.

Die abgeschlossene Körperreinigung tat ihm gut. Und so trat er erneut unter den warmen Wasserstrahl. Es waren diese Momente, dessen er nach der nächtlichen Autofahrt bedurfte, um sein erschöpftes Inneres zu beruhigen und um neue Energie zu tanken. Mit geschlossenen Augen hörte er in sich hinein. Und er spürte die vorbereitete Freude auf den gemeinsamen Urlaub - hier an der Westküste mit Sarah. Denn oft waren sie beruflich über Tage, manchmal sogar über Wochen getrennt. Da taten die gemeinsamen Tage hier gut.

Nach einigen weiteren Minuten kühlte der Wasserstrahl ab. Da drehte der Duschende sich zu den Armaturen hin, regulierte daran erneut die Temperatureinstellung. Einige Minuten sollten es schon noch unter dem warmen Wasserstrahl sein, ehe das warme Wasser ganz versiegte. Und mit kalten Wasser wollte er nicht weiter duschen.
So schloss er noch einmal seine Augen, genoss das wohltuende Trommeln des neu temperierten Wasserstrahles auf seinem Kopf. Und weil er die letzten Minuten noch richtig auskosten wollte, rekelte er die beiden Arme zum Duschkopf hoch. Unzählige Wasserperlen rauschten an seinem sportlichen Körper ab. Da der Genießende unter dem Wasserstrahl zur gefliesten Wand stand und auch wegen des lauten Wasserrauschens, vernahm er nicht das Öffnen der beiden Duschschutzwände. Plötzlich berührten zarte Hände seinen nassen Rücken. Erschrocken drehte er sich um - öffnete die Augen.
„Sarah – du bist wach? Du hast doch vorhin geschlafen!"

Seine Frau lächelte. „Ich habe dich schon bemerkt, als du nach mir geschaut hast. Bellow hatte mich geweckt, als er dein Kommen hörte."

Da zog er sie in die dampfende Duschkabine hinein, umschlang sie, küsste sie innig. Das kurze seidene Nachthemd, was Sarah trug, wurde sofort nass. Es gewann sofort an Durchsichtigkeit. Seine suchenden warmen Hände glitten über die zarte Haut ihres mit Wasserperlen gebräunten Nackens. Da das nun total nasse Nachthemd hierbei störte, streifte es Sarah einfach ab. Jetzt schwamm es im Wasser der Duschwanne.

Beide standen nun nackt unter dem Wasserstrahl. So wie die Natur sie erschaffen hatte.

Seine gleitenden Hände wanderten über den oberen Teil ihres makellosen Körpers. Die warmen Finger suchten ihre angenehmen festen Brüste - fanden sie.
Sanft berührten sie die nun aufgerichteten Warzen. Und dann glitten sie noch tiefer, über ihren Bauch hinweg, befühlten die wohlgeformten Lenden.

So spielten sie unter dem noch angenehmen Wasserstrahl. Und sie reizten sich gegenseitig durch allerlei Fühlungen, die der andere stets beantwortete.
Kurz, sie überließen sich einer entspannten Fröhlichkeit. Niemand wollte nicht eher ruhen, bis alle Hände über jeden körperlichen Teil herumgeirrt waren. Nichts wurde beiderseitig ausgespart: Die Nacken, der Brustbereich, die Flächen des

Unterleibs, die Hüften und alle übrigen lieben Orte, die besonders nach Berührung verlangten.

Als dann Robins Finger sanft in ihre nasse Furche glitten, darin verweilten, brachten sie mehr Flammen als Wasser hinein. Dabei stöhnte Sarah. Verlangend griff sie hastig mit ihrer rechten Hand nach seinem gut aufgerichteten Liebesstab. Dieser drückte nun mächtig gegen ihren Unterleib. Trotz der ungünstigen beiderseitig stehenden Position forderte er den sofortigen Einlass. Aber Sarah veränderte ihre Position.
Robin, nun vollkommen hitzig geworden, umschlang sie röchelnd mit seinen Armen. Er wollte jetzt sofort die Vereinigung herbeizuführen. Doch Sarah war diese unbequeme Stellung des Genusses nicht angenehm. Da nun auch noch der Wasserstrahl kälter wurde, unterstützte sie nicht das weitere Eindringen. Sanft stupste sie Robin weg. Sogleich drückten die Augen ihres leidenden Mannes eine gewaltige Enttäuschung aus. Aber auch Sarah war mit der Situation nicht zufrieden, dass er ihre zärtliche Absage so sehr beachtet hatte. So gab sie Robin einen neu belebenden, heißen Kuss. Dabei drückte sie zärtlich ihren Unterleib gegen sein wertvollstes Stück.

Robins Augen begannen mit neuer Begierde zu leuchten, denn seine Frau begehrte ihn auch.
„Es wäre wohl jetzt besser, den Duschraum zu verlassen", hauchte sie ihm ins linke Ohr. „Lass uns ins Schlafzimmer gehen!"

Robin nickte in beginnender Vorfreude. Denn sein hartes

Körperteil war nun so fest aufgerichtet, dass dieses bald vor Anspannung springen könnte.
Bald würde er mehr durch Taten als durch Berührungen antworten. Sogleich stoppte er unverzüglich den inzwischen kalt gewordenen Wasserstrahl.

Beim Verlassen der Duschkabine fasste Sarah mit ihrer rechten Hand sein bestes Stück. Fest haltend ließ sie ihn nicht mehr los. Er bot sich ihr doch so einladend an. Dazu gab es in seiner Größe, in seinem Umfang und in seiner Steifheit einen Anblick von gediegenen Wohlstand.

Sanft führte sie mit der gefüllten Hand den gelehrigen Liebenden über die Holztreppe hoch ins Schlafzimmer. An beiden Körpern hafteten noch die letzten Wasserperlen. Und als sie an Bellow vorbeigingen, ahnte der Hund wohl das baldige Spiel von Herrchen und Frauchen. Ruhig blieb er auf seiner Decke liegen - hob nur ein wenig und kurz den Kopf.

Im runden Bett angekommen, legten sich die Liebenden so darauf, dass ein weiterer kleiner Verzug dem Vergnügen nur noch höheren Geschmack geben würde. So drückte Sarah ihren Mann in die von ihr oft bevorzugte Stellung des Verweilens. Bald lagen sie in verkehrter Position, aber zueinander gedreht, dem beiderseitigen Ziel ihrer Wünsche ganz nah. Er mit seinem Kopf an ihrer feuchten Furche und sie ebenso nah an seinem aufgerichteten Liebesstab. Bedingt durch die vollkommene optische Nähe der beiderseitigen Liebeszonen, konnten sich die beiden Aufgewühlten dem nahen Anblick nicht entziehen.

Gleichzeitig beschauten sie die Reize des anderen Geschlechts, was die Natur so gegeben hat. Neue wollüstige Gefühle entstanden.

Sarah betrachtete aus nächster Nähe, wohl 10 Zentimeter entfernt, das begehrte Ungetüm. Gierig griff sie danach, befühlte ihn sanft. Und während sie ihn mit ihren Fingern umschloss, schwoll er noch mehr an. Bald erreichte er einen neuen Grad von Vermessenheit, die ihr begehrende Seufzer entlockten. Sie fühlte in ihren Fingern etwas, was sie nicht umspannen konnte. Es war eine Säule vom edlen Aussehen, überdeckt mit vielen Adern und vollkommen entkappt. Alles leuchtete in aufregendem Rot. Sie fühlte etwas Weiches – so wie ein zarter Samt. Doch zugleich war es auch hart wie ein Horn.

Ihre warmen, zärtlichen Finger wanderten noch tiefer hinunter. Dorthin, wo die Natur den Samen herstellen ließ. Vorsichtig drückten sie das Paar der rundlichen Kugeln, begannen damit zu spielen. Und Sarah bemerkte, dass sie bei jedem sanften Druck zu entschlüpfen schienen. Später liebkoste sie die Hoden mit der Zunge, glitt mit ihr langsam aufwärts, fuhr damit über seinen Liebesstab. Am Ende der Entdeckungstour leckte sie den entblößten Kopf. Alles tat sie der Reihe nach, simultan zu ihrer eigenen Erregung, welche Robin mit seinen eigenen Initiativen bewusst zu steuerte.
Denn er verstand es stets bei seinen erotischen Betrachtungen, mit den Fingern und mit seiner Zungenspitze ihre geheimen Zonen schnell zu erobern. Auch diesmal wieder. So hatte er anfänglich, nach erfolgter Einnahme der Stellung, mit seiner

gesamten Handfläche nur ein wenig den feuchten Bereich der unteren Lippen berührt. Dabei fuhr er erst nur sanft mit seiner rechten Hand über die kurz geschnittenen, schwarzen Schamhaare hinweg. Das tat er mehrere Male, ehe er mit dem Handballen das feuchte Tal der großen und kleinen gewölbten Lippen zu streifen begann. Und berührte er sie dort, bewegte Sarah leicht ihre Hüften. Damit drückte sie aus, dass er doch dort verweilen möge. Ihren Gefühlen folgend, bewegte er seine drei zusammengehaltenen Finger. Dann legte er den Zeigefinger und den Ringfinger am Außenrand der äußeren Schamlippen ab, während er dem Mittelfinger in die nasse Öffnung gleiten ließ. Ihr Verlangen erhöhte sich ins uferlose, sobald er seine drei Finger in den nassen Schlund bewegte. Es waren dann seine gleichmäßigen Fingerbewegungen, die sie erwarten ließ, dass er sie dort nun zärtlich küssen möge. Und sobald er dies tat, setzte auch sie die Zunge zu ihren zärtlichen Liebkosungen bei ihm ein.

Daraus entwickelte sich eine verliebte Verrücktheit, die die beiden Liebenden schnell in einen aufgewühlten Ozean grenzenloser Freuden stürzen ließ.
Die beiderseitigen untersuchenden Berührungen mit den hitzigen Händen und mit den kreiselnden Zungenspitzen hatte das liebende Paar so in eine explodierende Erregung versetzt, dass sie beide den baldigen Abschluss herbeisehnten. Laut stöhnend und dem Höhepunkt nahe, wechselten sie schnell die Stellung.
„Nun komm endlich", hauchte Sarah.

Schnell legte er noch ein Kissen unter ihre Hüften, röchelte: „Damit es noch intensiver wird!"

Als er über sie kroch, öffnete Sarah sogleich weit ihre Beine. Damit versicherte sie ihm alle Freiheiten.

Ihre nasse Öffnung, die nun stark ausgedehnt war, nahm schnell den ungestümen, ungeheuerlichen Liebesstab auf. Sogleich fühlten beide eine unbeschreibliche Mischung aus leichtem Schmerz und höchstem Vergnügen. Doch das Gefühl des Vergnügens erlangte bald die Oberhand. Und als er so richtig Quartier gefunden hatte, enteilten Sarah wohltuende Seufzer.

Nach den ersten zärtlichen Stößen folgten immer heftigere. Die Wangen von Robin erglühten in blühendem Rot, währenddessen seine feuchten Hände sich mit denen von Sarah vereinigten. Jetzt verloren die beiden Liebenden alle Zurückhaltung. Keuchend überließen sie sich der Heftigkeit ihrer Bewegungen.
Aus Sarahs Mund sprudelten die Ausgüsse der absoluten und tiefen Freude. Es waren Laute, die nur wahre Liebe einer Frau schenkt, die den Genuss gegenseitiger Liebe krönt, wenn zwei zärtliche und aufrichtige Herzen vereinigt sind.

So wie sie jetzt verschmolzen waren, waren sie auch so ermattet, dass sie nebeneinander eng liegend und schweigend im Rundbett verharrten. Der heutige frühe, warme Sommermorgen hatte sie mit intensiver Liebe beschenkt. Es war wohl die vor ihnen liegende, gemeinsame Urlaubszeit, die ihre Gefühlswelt so vollkommen geöffnet hatte. Vom völligen Auskosten ihres liebenden Vergnügens erschlich die Beiden bald eine süße Müdigkeit.

Es war zuerst Robin, der einschlummerte. Als Sarah es bemerkte, lächelte sie. Sanft rutschte sie noch enger an den warmen Körper des Liebsten. Später schlief auch sie ein.
Doch nur zwei Stunden sollte der tiefe Schlaf bei den beiden Schlummernden andauern.

Durch die Unruhe eines verschwindenden Traumes und sicherlich auch durch das Drehen des nach einer neuen Schlafstellung suchenden Körpers von Sarah, erwachte Robin als erster. Nachdem er sich seines liegenden Ortes vergewissert hatte, lag neben ihm ganz nah der ihm zugewandte nackte Hinterzugang von Sarah. Und da ihr zartes lockendes Körperteil sich ihm so hinweisend präsentierte, bekam Robin erneut Gefühle. Daher rutschte er sanft an die bewusste Stelle. Dort angelangt, dirigierte er sein erneut steifes bestes Stück mit einer Hand so, dass es sein Ziel nicht verfehlen konnte. Mit dem ersten vorsichtigen Eindringen schmiegte er sogleich seine Oberschenkel und seinem gesamten Körper fest an Sarah. Seine Frau erwachte in ihrer ruhenden Stellung. Sogleich fühlte sie den harten Liebesstab, der langsam und immer tiefer in ihre immer noch feuchte Öffnung eindrang. Erst war sie erschreckt, was geschah und wollte sich herumdrehen. Aber vom Voranschreiten des Eindringlings animiert, fand auch sie Gefallen daran. So verharrte sie in ihrer Stellung.

Als Robin genügend eingedrungen war, hob er ihr linkes Bein etwas auf. Nun drang er soweit er nur konnte ein. Doch zum Erstaunen von Sarah hielt Robin alle Bewegung zurück. Eher genoss er das Vergnügen, ganz eng den weiblichen Körper in seinen Teilen fest zu umschlingen.

Sarah musste so liegen bleiben, obwohl sie die unverzügliche Fortführung nach dem erfolgten Eindringen gewollt hatte. Löffelweise – wie es Robin nannte.

So genossen sie diese Stellung, welche durch das totale Anschmiegen ihres hinteren Hüftteils und durch die Einbuchtung seines Bauches und seiner Oberschenkel in dieser Lage gehalten wurde. Doch einige Zeit später wurde der unruhige Eindringling aktiv. Die ungeduldige Natur seiner Veranlagung zwang ihn einfach dazu, mehr zu tun.
Erneut begann das berauschende Liebesspiel, was schließlich in flüssigen Beweise beiderseitig endigte. Die Liebenden spürten, dass in ihrer fünfjährigen Ehe ihre wollüstigen Einfälle für den heißen Genuss ihrer Liebe keineswegs abgestumpft waren. Und sie rühmten sich ihrer Übereinstimmung, dass die Flammen der Begierde noch voll loderten, gleich nassen Kohlen, die danach noch mehr in Glut geraten.

Ihr kurzweiliges Liebesspiel zog sich am Vormittag bis 10.30 Uhr hin, so dass es notwendig wurde, aus Frühstück und Mittagessen eins zu machen.

06

Als die beiden Liebenden das Rundbett verließen, strömte aus dem offenen südlichen Fenster des Schlafzimmers heiße Luft. Ein leichter Küstenwind bewegte die Gardinen. Die ins Zimmer scheinenden Sonnenstrahlen deuteten auf die nahende Mittagszeit hin.

Der Hund, der freudig das Aufstehen von Herrchen und Frauchen bemerkte, verließ seinen Liegeplatz vor der Tür des Schlafzimmers. Laut bellend lief er nun unruhig im Schlafzimmer umher und forderte seine Runde ein.
„Dass er solange ausgeharrt hat, ist erstaunlich“, bemerkte Sarah zu Robin. „Um diese Zeit waren wir von der Runde längst zurück.“

Und weiter bemerkte sie, dass er doch jetzt gleich mit ihm losgehen möchte. In der Zwischenzeit würde sie das Essen zubereiten, vorher aber noch Duschen gehen.“
„Und welche Strecke seid ihr gegangen?“, fragte Robin.
„Am sandigen Ufer des Flusses entlang bis zu seiner Mündung. Dann wieder zurück“, antwortete Sarah. „Bellow wird dich schon führen!“

Nackt verließ sie das Schlafzimmer und lief die hölzerne Treppe zum Duschraum hinab. Da sprang auch Robin vom Rundbett auf. Schnell ging er zum Schrank. Dort entnahm er eine kurze Hose und ein Freizeithemd. Alles streifte er sich über.

Als er die Armbanduhr an seinen Unterarm umschnallte, stellte er erschrocken fest, dass die Ziffer der Uhr tatsächlich schon auf die Mittagszeit zeigten.

Nun drängelte der Hund gewaltig. Jetzt stupste er ständig mit seiner Schnauze an Robins Beine.

„Ja doch – wir gehen schon", beruhigte er den ungeduldigen Dalmatinerrüden. Robin kraulte dessen Kopf mehrmals.

Als sie dann das Haus verließen, sprang der Hund sofort freudig bellend auf dem Vorplatz vom Haus umher. Doch dann vergewisserte er sich bei seinem Herrchen, dass dieser auch zum nahen Uferbereich des Flusses ging.

Nachdem ihm Robin mit einer Armbewegung die Richtung bestätigte, trottete er zum nahen Henty River hin. Hier waren nun an beiden Seiten des Ufers größere Flächen ausgetrocknet, so dass man bequem darauf entlanggehen konnte. Da das Wasser im Flussbett aber wegen größerer Steine und tieferer Mulden verteilt floss, mussten sie immer wieder die Seiten wechseln. Einmal blieb Bellow bei einer Stelle am seitlichen Ufer stehen. Dort schnüffelte er ganz intensiv.

Weil selbst das Rufen seines Herrchens ihn nicht von den weiteren Untersuchungen abhalten konnte, sah schließlich Robin nach der Ursache. Es waren im feuchten Sand mehrere tief eingedrückte Fußspuren, die den Hund beschäftigten. Robin betrachtete sie. Die Fußspuren waren relativ groß und tief in den Sand gepresst.. Da die Ränder sich noch gut sichtbar gestalteten, mussten diese Spuren nur wenige Stunden alt sein. Sie zeigten in Richtung der Mündung des Flusses - also zum nahen

Meeresstrand hin.

Um die eigene Neugier zu befriedigen, trat Robin mit seinem rechten Schuh in so einen Abdruck. Sogleich stellte er mit sichtlichen Erstaunen fest, dass darin sein Schuh spielend verschwand.

„Das ist ja eine übergroße Schuhgröße!", bemerkte er. „Na ich denke, vielleicht 46 oder 47."

Seine eigene Schuhgröße war viel kleiner. Er hatte nur eine 42. Und er wägte ab, dass es wohl ein einzelner Wanderer gewesen sein könnte, der hier nach einem effektiven Weg suchte. Vielleicht schritt er vor einer Gruppe voran. Deshalb würden bald auch die anderen Spuren sichtbar sein.

Doch auf der Wegstrecke bis zur Flussmündung stießen sie auf keine weiteren Spuren. Auch auf dem Rückweg konnte Robin nur an der besagten einzelnen Stelle, aber sonst nirgends weiter etwas entdecken.

Dann müsste es wohl doch nur ein einsamer Wanderer gewesen sein. Das schlussfolgerte er. Sicherlich hat er orientierungslos hier alleine die einsame Gegend durchstreift. Das beunruhigte ihn aber nicht. Denn im nahen Strandbereich fanden sie oft Spuren von Wanderern. Und da hier der fast ausgetrocknete Fluss neue Routen anbot, nutzte diese der einsame Wanderer.

Sarah wartete schon vor dem kleinen, weißen, steinernen Haus.

„Du warst ja fast eine Stunde unterwegs!", sagte sie etwas ärgerlich. Aber sie war auch erleichtert. „Bei mir dauert so ein Rundgang nie so lange."

Während sie sich umdrehte, um ins Haus zurückzugehen, streifte Robin ihre mädchenhafte Figur. Sarah trug nun ein weißes Stoffhemd, was schon am Bauchnabel endete. Dazu eine kurze, gelbe Hose, welche genügend Raum für den nackten Bauch ließ. Und ihre verdeckten festen Brüste, die ohne Halterung unter dem weißen Hemd wippten, krönten aufgerichtete Brustwarzen. Sofort fühlte Robin wieder ihre erotische Ausstrahlung. Er folgte ihr mit dem Hund ins Haus.

„Bellow führte mich. Wir gingen am sandigen Ufer des Flusses entlang bis zu seiner Mündung. Dann wieder zurück. Es wird sicherlich deine morgendliche Strecke gewesen sein.“

„Bei mir dauert der Rundgang aber nie so lange“, wiederholte Sarah noch ärgerlich.

Ihren Unmut darüber hatte sie noch nicht abgelegt. Schnurgerade ging sie in die Küche zum Herd. Dort kontrollierte sie den Inhalt des dampfenden Topfes.

„Das Essen ist schon seit ein paar Minuten fertig. Warum kommt ihr jetzt erst?“

„Durch den geringen Wasserstand gab es im Fluss viele neue Buchten. Da hatte der Hund viel zu erschnüffeln!“

Sarah gab sich nun mit dieser Erklärung zufrieden. „Ist das wenige Wasser nicht beunruhigend?“

„Es ist wirklich besorgniserregend“, antwortete Robin. „Zur Hälfte hat die andauernde Trockenheit ihn schon dezimiert. Und im Strandbereich, wo er verästelt ins Meer fließt, kann man ihn jetzt sogar durchqueren. Da geht das Wasser höchstens noch bis zu den Knien.“

„Das war aber vor ein paar Tagen noch nicht der Fall", erinnerte sich Sarah.

Dabei dachte sie nach. „Weißt du, da könnten wir doch heute, ich meine nach dem Essen, mit dem Auto nach Strahan fahren. Dort stellen wir es günstig ab. Und zurück wandern wir zu Fuß am Strand entlang. Was hältst du davon?"

Robin, der froh war, dass die kurzzeitige Verstimmung bei Sarah wegen seines überlangen Rundganges mit Bellow nun gewichen schien, signalisierte sein sofortiges Einverständnis.

„Das ist eine gute Idee - so machen wir´s", antwortete er. „Am Strand entlang bis zurück sind es höchstens 10 Kilometer. Etwa zwei Stunden Fußmarsch – wenn wir uns Zeit nehmen. Und die Bewegung am Strand wird uns und dem Hund gut tun."

Doch dann stutzte er. „Aber was wird mit deinem Auto in Strahan?"

„Ganz einfach. Morgen Vormittag wandern wir in die umgekehrte Richtung. Da werden wir gegen Mittag in Strahan sein. Dann essen wir dort etwas. Und am Nachmittag werden wir einkaufen und bummeln."

Robin war von diesen Dingen nicht unbedingt begeistert. Weil er sich nach seiner Ankunft hier auch erst noch ein paar Tage entspannen wollte, meinte er leise: „Aber können wir die Aktion nicht ein paar Tage später planen!"

Doch Sarah blieb dabei. „Doch – es muss sein. Denke daran, dass ich hier schon eine Woche alleine mit Bellow bin. Da muss ich nun mal den Ort wechseln. Auch sind viele Sachen zu kaufen. Der Kühlschrank muss aufgefüllt werden, der Diesel für das Stromaggregat wird knapp, ich benötige neue Duschartikel und andere Kosmetika ... Übrigens ist auch die Hundenahrung für Bellow fast alle."

Sarah setzte sich verkehrt auf einen Küchenstuhl. Dabei umschlang sie mit ihren schlanken Beinen die Rücklehne. Lächelnd schaute sie Robin, der vor ihr stand , in seine braunen Augen.

„Weißt du, wir sollten in Strahan auch nach schicken und preiswerten Sachen für dich schauen. Du hast doch nur alten Kram. Du brauchst neue Kleidung. Das fängt bei den Socken und der Unterwäsche an und hört beim Hemd auf. Du musst dir neue modische Freizeitkleidung zulegen. Da hast du nichts Verwendbares - solche Sachen für die gegenwärtige Hitze!"

„Daran habe ich nicht gedacht."

„Also bist du einverstanden."

„Ja - ja."

Sarahs Augen wurden sanfter.

„Liebling, ich will doch auch nur, dass du dich zeitgemäß und dem aktuellen Wetter angepasst kleidest. Bei dieser jetzigen Hitze brauchst du dich nicht ständig mit deinen alten Sachen zu präsentieren."

„Okay – Okay!", wiederholte Robin kleinlaut.

Da hatte schon Sarah recht. In seiner Bekleidung war er tatsächlich sehr konservativ. Ja sogar ein Stinkstiefel. Lieber würde er sich für ein Buch entscheiden, als ein neues Kleidungsstück zu kaufen. Deshalb achtete Sarah neuerdings sehr darauf, dass er sich nicht zu sehr von der Mode entfernt. Seit sie ein Paar waren, hat sie viele seiner alten, getragenen Sachen aussortiert. Später hat sie diese entsorgt. Und als er einmal meckerte, war sie sehr zornig geworden. Da sagte sie, dass sie keinen Playboy aus ihm formen wolle. Das wolle sie nicht. Sondern sie möchte nur eine kleine, bessere optische Darstellung seines Erscheinungsbildes erreichen.

Schließlich hatte er eingewilligt. Und sich gleichzeitig von seinen zehn Jahren alten, abgetragenen, auch nicht mehr zeitgemäßen Hosen und Hemden verabschiedet.

Das vollkommene Gegenteil zu ihm verkörperte Sarah. Sie war sehr modebewusst. Ständig achtete sie auf den gegenwärtigen zeitlichen Stil. Und es gelang ihr damit immer wieder, selbst eine gelungene ausstrahlende Wirkung zu erreichen. Das verdankte sie ihrer künstlerischen Veranlagung und ihres erworbenen Hochschulwissens.

Mit dem Geld ging sie dabei sehr sparsam um. Diese gepaarte Tugend setzte sie bewundernswert neben ihrer beruflichen Tätigkeit als Designerin ein. Stets bewunderte sie neumodische Sachen von bekannten Models. Aber davon erwarb sie sich nur selten etwas. Eher kaufte sie dann den passenden Stoff und nähte das begehrte Kleidungsstück selbst nach. Und da sie einen perfekten Körper hatte, erzielte sie damit immer die erhoffte erotische Wirkung.

Er hingegen hatte früher immer nur seine Standardkleidung getragen. Daran hatte er sich nicht gestoßen.

Ja – vollkommen gegenteilig waren sie in modischen Dingen. Aber wenn man sich richtig liebt, gewinnen eben beide

Geschlechter.
Jedenfalls war ihm seine anhaltende konservative Einstellung zur Mode, bevor sie ein Paar wurden, nie aufgefallen.

Sarah stand vom Küchenstuhl wieder auf und ging zum Herd.
„Dein immenser Kräfteverschleiß in den letzten Stunden erfordert nun eine schnelle Energieaufnahme", sprach sie errötend.
„Eine gute Idee", bestätigte Robin. „Mein Magen knurrt."
„Das Essen ist auch soweit fertig. Aber bei diesem herrlichen Sommerwetter sollten wir draußen essen."
Robin nickte.
„Na dann hol mal die ganzen Sachen aus dem Schuppen. Und vergiss bitte nicht, Stühle und den Tisch abzuwischen. Ich habe sie in der letzten Woche noch nicht benutzt."
„Bei diesem warmen Wetter? Du hattest wohl Angst, alleine vor dem Haus zu sitzen? Bellow hat dich doch beschützt!"
„Ich möchte das so erklären: Hier im Innern des Hauses habe ich mich einfach sicherer gefühlt. Auch wenn der Hund stets bei mir gewesen ist!"
„Hat Bellow oft angeschlagen?"
„Ja, besonders am gestrigen Tag. Da hat der Hund einige Male sehr laut gebellt."
„Sind da Leute vorbeigekommen?"
Sarah schüttelte den Kopf. „Nein, ich habe nichts bemerkt."
„Dann waren es bestimmt herum streuende Tiere, vielleicht aus den nahen Nationalparks", erwiderte Robin. „Aber die sind eher scheu. Sie wollen mit den Menschen nichts zu tun haben."

Da war Sarah beruhigt. Am Herd beugte sie sich über die darauf
stehenden Töpfe. Sie begann darin herumzurühren.
„Nun hole schon den Tisch und die Stühle aus dem Schuppen“,
sprach sie nachdrücklich. „Ich bereite das Essen vor.“

Robin holte die zwei Gartenstühle, den Gartentisch und auch den
Sonnenschirm aus dem nahen kleinen Holzschuppen. Dieser
stand etwa 10 Meter vom Haus entfernt, fast am Flussufer.
Sämtliche Gegenstände trug er zu einer sandigen, vom Unkraut
befreiten Fläche, gleich links neben der Hauseingangstür. Dort
stellte er alles hin. Diese sandige Stelle bewerteten beide als den
gewählten künstlichen Terrassenbereich außerhalb des Hauses.

Und weil sie kaum vor dem Haus etwas veränderten, also keine
Platten verlegten, ließen sie daneben alles mit Gras überwachsen.
Robin mähte das umgebende, hochgewachsene Gras vor und
seitlich vom Haus nur unregelmäßig bei den Besuchen ab. Wohl
deshalb wirkten diese Stellen als fließender Übergang zum
nahen, wildwachsenden Buschwerk. Und da das kleine Haus an
der Westküste nur eine Außentür besaß, eine zusätzliche
Terrassentür wollten sie ja aus Sicherheitsgründen nicht
einbauen, wählten sie hierzu eben diese sandige Stelle aus.
Gleich links neben dem Hauseingang befand sie sich.

Ließ es das Wetter zu, dann verweilten sie hier oftmals abends
bis weit nach Mitternacht. Da genossen sie bei Wein und
Kerzenschein die in dieser Gegend so seltenen schönen
Abendstunden.
Oft war es nur die einsetzende nächtliche Kühle oder auch

manchmal die erloschene Kerze, was sie dann ins Haus trieb. Geschah es so, gingen sie anschließend gleich schlafen. Da berührten sie sich nur beim Einschlafen. Meistens verführte dann erst der frühe Morgen ihre ausgeruhten Körper zur Liebe.

Während Robin den Essplatz herrichtete, wich der Dalmatinerrüde nicht von seiner Seite. Auf der kurzen Wegstrecke zwischen Schuppen und Essplatz folgte er stets seinem Herrchen.
Als nun Robin mit allen Aufstellarbeiten fertig war, ging er ins Haus und gleich in die Küche. Hier sah er, wie gerade Sarah zwei Teller mit gebratenen Schnitzeln und dampfenden Kartoffeln belegte. Da alles auch wunderbar roch, spürte Robin sofort seinen ungeheuren Hunger.
„Bald gibt es Energie", meinte Sarah und lächelte.
Sie reichte Robin einen feuchten Lappen. „Also du wischst jetzt bitte noch vorher die Holzflächen ab. Die Tischdecke und die Sitzschoner liegen im Flur. Und wenn du damit fertig bist, kannst du beim Hinaustragen mit behilflich sein."

Da Sarah großen Wert auf gute Essmanieren legte, dauerte es anschließend doch noch eine ganze Weile, ehe der gesamte Tisch gedeckt war. Es fehlte an nichts. Neben dem Besteck für die Gemüseteller, das Hauptessen, dem Nachtisch, platzierte sie auch bunte Servietten und eine Vase voller frischer, wildwachsender Blumen.
Doch dann musste Robin doch noch einmal ins Haus zurückgehen. Zur Vervollständigung des Mahles musste noch eine Flasche trockenen Weißwein nebst Gläsern holen. Und

nachdem er die Flasche geöffnet und die Gläser gefüllt hatte, prosteten sie sich zu.

Damit Bellow sie dabei nicht störte, hatte Robin dem Hund vorher etwas Hundenahrung in seinen Futternapf getan. Den hatte er seitlich neben sich gestellt. Das empfand der Hund als gemeinsames Rudelessen.

So herrschte am Tisch eine entspannte Atmosphäre. Auch verminderte eine kühlende Meerespirse die mittägliche Hitze unter dem aufgespannten Sonnenschirm.

„Wie spät bist du von Midway Point losgefahren?", wollte Sarah wissen.

„So gegen 1.15 Uhr."

„Bellow hat mich kurz nach Sonnenaufgang aufgeweckt. Dann bist du eigentlich gut durchgekommen."

„Ja – nachts war wenig Verkehr."

„Bist du über Hobart gefahren?"

„Nein", meinte Robin. „Ich habe von Midway Point aus die Panna Road gewählt, bin dann nordwärts über Richmond und von dort weiter nach Brightone gefahren.. Und als ich dort war, bin ich auf der Hauptstraße in Richtung Bridgewater eingebogen … Das Fahren war bis dahin unproblematisch."

Während seiner Schilderung schenkte Robin in beide Gläser neuen Wein nach.

„Aber dann bin ich auf der Wegstrecke nach Bridgewater auf eine Kolonne von LKWs gestoßen. Da waren auch zwei Tieflader mit Überbreite dabei."

Robins Miene drückte nun Ärger aus. „Ich konnte sie einfach

nicht überholen. Dieser Zustand hat sich erst am Ringverkehr vor Gauton geändert … Aber dort sind zu meinem Glück die Fahrzeuge in Richtung Hobart weitergefahren. Da hatte ich endlich wieder freie Fahrt. Und die nachfolgende Strecke bis Queenstown und ab der Abbiegung nach Strahan kennst du ja."
„Hattest du auch Nebel in den Tälern?"
„Oh ja, nach Ouse ging die Brühe los. Schlimm wurde es aber erst in manchen Tälern des Nationalparks. Da kroch der Nebel fünf bis zehn Meter über den Boden dahin. Das waren streckenweise sogar gigantische Nebelbänke. Ich musste oft abbremsen. Aber etwa 50 Kilometer vor Queenstown sind die letzten Nebelschwaden verschwunden. Da hat es auch schon begonnen zu dämmern. Da wich meine Anspannung."
„Mir geht es auch immer so. Wenn ich einmal Queenstown erreicht habe, bin ich immer froh", bestätigte Sarah. „Dann sind die letzten 20 Kilometer nur noch Kür."

Robin lehnte sich zurück, streckte seine Beine aus. „Hier kann man tatsächlich die Welt vergessen."
„Weil du gerade von vergessen sprichst", räusperte sich Sarah. „Hast du meinem Haarföhn mit?"
„Habe ich", beruhigte Robin sie. „Und die Blumenstöcke im Atelier habe ich auch kontrolliert. Ich musste nur noch wenig Wasser in die Blechwanne gießen. Da war noch allerhand drin. Übrigens fand ich die Tür zum Atelier unverschlossen vor. Hattest du vergessen sie abzuschließen?"
„Was – die Tür zum Atelier war nicht abgeschlossen?"
„Ja – es ist kein Witz. Die Tür war unverschlossen. Und es lag auch noch eine Katze auf der hinteren Liege."

„Du spinnst!"
„Es ist tatsächlich wahr."

Sarah war nun durcheinander. Sollte sie tatsächlich die Tür zu ihrem Atelier nicht abgeschlossen haben?

Unvorstellbar! Nein, das konnte nicht sein. Den Wohnteil und das Atelier hatte sie doch gemeinsam abgeschlossen! Oder doch nicht?
„Der Wohnteil war aber abgeschlossen!", fragte Sarah nach.
„Ja, sonst war alles in Ordnung. Nur dein Atelier war nicht abgeschlossen."
„Du erwähntest noch eine Katze?"
Robin nickte. „Sie hatte ein schwarzes Fell mit vielen weißen Flecken. Und am Hals trug sie ein blaues Band."
„Das war die Murle - die Nachbarkatze."
„Du kennst sie?"
„Ja – wir haben uns angefreundet. Das ist bei meiner letzten Gipsmodellierung passiert, als ich die Tür zur besseren Belüftung des Raumes offen ließ. Da kam sie zu mir und schnurrte an meinen Beinen. Ich gab ihr eine Schale Milch. Seitdem kommt sie oft zu mir. Dann bettelt sie miauend vor der Tür um Milch. Aber ich hätte sie doch bei der Abfahrt hören müssen? Sehr komisch!"
„Weil sie eine Woche im Raum gewesen sein müsste, wollte ich ihr sofort Wasser geben. Aber sie hat nicht getrunken. Das fand ich übrigens auch eigenartig."
„Vielleicht hat sie aus der Blechwanne getrunken."
„Das konnte deshalb nicht sein, weil ich dort keine Katzenspuren

gesehen habe. Da lag doch überall Gipsstaub umher."
„Dann hat sie eben eine andere Wasserstelle im Raum gefunden.
Katzen sind doch schlau!"

Aber davon war Sarah selbst nicht überzeugt. Was sollte das für
eine andere Wasserstelle sein? Ihr fiel nichts ein.
Für einige Zeit herrschte Schweigen. Jeder hing seinen
Gedanken
nach.
Warum war das Atelier nicht verschlossen gewesen?
Wie kam die Katze dort hinein?
„Wir sollten noch die Post nachschauen, bevor wir losgehen",
unterbrach Robin das Nachsinnen. „Vielleicht ist etwas
Wichtiges dabei."
„Und wo hast du sie?"
„Die liegt auf dem Beifahrersitz - alles ungeordnet!"
„Okay, dann hol sie."

Robin stand auf und ging zu seinem Cabriolet. Vom Beifahrersitz
nahm er so viele Briefe, Zeitungen und Zeitschriften, wie er nur
tragen konnte. Als er zum Tisch zurückkehrte, hatte Sarah in der
Zwischenzeit mit dem Tablett den Tisch abgeräumt und alles in
die Küche gebracht. Da jetzt auf dem Tisch nur noch die beiden
halbvollen Weingläser und die Blumen standen, konnte Robin
die getragene Post darauf ablagern. Doch er musste noch einmal
zum Auto zurückgehen, um den Rest zu holen.

Als Sarah aus dem Haus wieder zurückkam, nahm sie auch noch
die Blumenvase vom Tisch, stellte sie im sandigen Boden

daneben ab.

„Du kannst jetzt auch den Rest an Post auf den Tisch legen“, sprach sie. „Dann sortieren wir alles aus.“

07

Beide wurden nun plötzlich ganz neugierig. Welche Nachrichten würden dabei sein?

Sarah nahm auch noch die beiden Weingläser in die Hand. So konnte Robin den weiteren Rest auf den Tisch schütten.
„Ist das jetzt alles?", fragte Sarah.
„Ja, alles."

Nachdem Sarah Robin sein Weinglas gereicht hatte, setzten sie sich. Dann begannen sie gemeinsam die vielen Zeitungen und Zeitschriften zuerst von der Briefpost zu trennen. Alles stapelten sie zu Haufen. Als das abgeschlossen war, nahm Robin den Stapel Briefe in die Hand und durchblätterte ihn. Dabei schaute er auf die Adresse. Fand er einen an Sarah adressierten Brief, sortierte er ihn aus und gab ihn ihr.
Etwa 80 % der Post war an ihn adressiert, der Rest an Sarah. So hatte bald jeder mit dem Lesen seiner Post zu tun – Sarah mit ihren acht und Robin mit seinen 32 Briefen.

Plötzlich frohlockte Sarah. „Robin, das ist ja sensationell, was ich hier lese. Unglaublich!"
„Ist wohl wieder eine überzogene Rechnung?"
„Nein ... Du wirst es nicht glauben. Es ist ein wahnsinniges Angebot von einer Firma."
„Was – Angebot? Bei deiner jetzigen Flaute!"
„Ja, erstaunlich. Ich muss es noch einmal lesen. Dann kannst du

das Schreiben selbst einmal anschauen.“
Sarah überflog noch einmal das Angebot. Alle wichtige Stellen las sie erneut. Dann bemerkte sie stolz, dass sie den künstlerischen Durchbruch damit schaffen würde!
„Ist das nicht wahnsinnig?“, wiederholte sie gerührt. „Der Himmel hat mir einen Engel geschickt. Und noch dazu im Urlaub.“

Sarah übergab das Schreiben an Robin, damit er es selbst lesen konnte. Dieser studierte es mit seiner akademischen Gewissenhaftigkeit. Und er erfasste das Angebot von einer gewissen Firma „HUSDLER – **Hu**manes **S**ichern **d**er **Le**tzten **R**uhe“. Darin stand, dass diese Firma die Künstlerin Sarah Brown-Flämming mit einem Großauftrag für die moderne Friedhofsanlage ABENDSONNE beauftragen möchte. Die Entscheidung der hierzu beauftragten Kommission zur Sichtung von ausgewählten Künstlern wäre auf sie gefallen. Deshalb, weil sie mit ihren bisher geschaffenen Skulpturen ihre künstlerischen Fähigkeiten am überzeugendsten darstellen konnte. Thema wäre ein fünf x fünf Meter großes, steinernes Bild, auf dem eine Familie zur Abendsonne schaut und mit ihren ausgestreckten Händen sehnsüchtig nach ihr greift.

Sarah frohlockte. Nun hatte sie die beste Laune der Welt. „Auf so einen Großauftrag habe ich bisher immer gewartet. Das ist geil. Das ist der reine Wahnsinn! Darauf müssen wir anstoßen.“

Sogleich ging sie ins Haus.

Natürlich freute sich auch Robin über dieses Angebot. Doch seine jahrelange nüchterne Professorentätigkeit zwang ihm eher zum tieferen analytischen Lesen. Schon kamen ihm erste Fragen. Wieso gab es zu diesem speziellen Großprojekt nicht eine nationale, mindestens aber eine lokale Ausschreibung? Wenn schon nicht auf dem Festland, so hätte es doch mindestens hier auf der Insel eine öffentliche Ausschreibung geben müssen!
Warum wurde gerade Sarah als junge Künstlerin ausgewählt? Es gab doch in Australien viele Künstler, viele namhaftere. Denn Sarah war in der nationalen Kunstszene noch völlig unbekannt – selbst hier auf der Insel Tasmanien.
Warum wählte die Firma HUSDLER gerade sie aus?
Wollte die Firma etwa Geld sparen?

Als Sarah mit der Flasche Champagner und zwei Gläsern zurück kam, sah sie das nachdenkliche Gesicht von Robin.
„Natürlich tickt jetzt wieder dein konservativer Motor. Die zweifelnden Blicke kenne ich!"
„Aber wenn du mir schon das Schreiben zum Lesen gibst, kann ich den Inhalt nur gewissenhaft lesen und analysieren. Oder möchtest du etwa, dass ich dich belüge?"
„Nein mein Liebling, deine Ehrlichkeit ist mir schon sehr wichtig", lenkte Sarah ein. „Gibt es etwa nach deiner Meinung einige Zweifel am Inhalt?"
„Eigentlich kaum! Die Firma HUSDLER scheint ja eine ordentliche Firma zu sein. Alle nachprüfbaren Daten sind im Kopf des Schreibens exakt vorhanden."
Robin überlegte. „Ich glaube, dass ich in der Uni in Hobart über diese Firma schon einmal ein Werbeprospekt gesehen habe. Das

war in einer Pause zwischen einer meiner Vorlesungen. Da teilten Studenten einige Werbeprospekte dieser Firma aus. Und über die moderne Friedhofsanlage ABENDSONNE wurde auch schon im tasmanischen Fernsehen berichtet. Sie soll östlich von Launceston liegen."
„Na siehst du - alles ist okay!", bemerkte zufrieden Sarah.

Erleichtert und voller Vergnügen schenkte sie aus der schon in der Küche geöffneten Riesenflasche den Champagner in die Gläser.

Doch Robin nörgelte weiter. „Trotzdem sagt mir mein Bauchgefühl, dass hier nicht alles glatt ist. Irgendetwas stimmt nicht!"
„Was soll das sein?"
„Es hätte doch ein bekannter Künstler aus irgendeinem Bundesland von Australien den Großauftrag erhalten können. Oder sogar ein weltweit bekannter Künstler. Selbst im selbstständigen Bundesland Tasmanien, also hier auf der Insel, ist nicht einmal eine lokale Ausschreibung erfolgt."
Skeptisch bewegte er den Kopf. „Es ist deshalb anzunehmen, dass die Firma HUSDLER eine richtige Sichtung sowohl der vorhandenen lokalen, als auch der internationalen künstlerischen Potentiale gar nicht wollte."
„Und wenn schon. Das ist mir doch egal", sagte trotzig Sarah. „Ich bin eben mit meinen bisherigen Werken positiv aufgefallen. Und die Technik für Großprojekte beherrsche ich eben. Die Formstücke fertige ich im Atelier in Kachelform an und füge sie vor Ort zum Großbild zusammen. Für mich ist das schon seit

einiger Zeit kein Problem: Weil ich eben diese Puzzle-Technologie bei anderen bearbeiteten Projekten schon erfolgreich angewendet habe, hat das wahrscheinlich den Ausschlag gegeben."

Sarah suchte nach weiteren Argumenten. Und sie bemerkte noch, dass es nicht viele bekannte Künstler aktuell gebe, die diese Technologie auch schon gut beherrschen würden.

„Komm lass uns einfach anstoßen!", schloss sie ihre Antwort.

Ihre Freude über das unterbreitete Angebot wollte sie nicht schmälern.

Robin gab ihr das Schreiben zurück und prostete ihr zu. Und er fragte, wann sie darauf antworten wolle.

„Na diese Woche noch, um den Termin zum Vertragsgespräch zu bestätigen. Die Vertragsverhandlung soll in Launceston, in ihrem Inselbüro stattfinden. So steht es darin."

„Und welcher Tag wurde hierzu benannt?"

Sarah überflog erneut das Schreiben. „Erst in vier Wochen."

„Okay, dann bestätige den Termin und vermerke, dass du noch im gesamten Monat Januar im Urlaub bist. Und unterschreibe dann am Tag der Verhandlung nicht gleich den Vertrag."

Robin dachte weiter nach.

„Nein, noch besser wäre es: Bestätige dein Interesse am Großauftrag und lass dir vorab die Schriftstücke zum Vertragsentwurf nach Midway Point übersenden. Einfach damit du sie vor dem Vertragsgespräch kennst, damit du dich vorbereiten kannst. Vielleicht wäre es dann auch in Launceston noch möglich, beim Vertragstext einige Änderungen zu

veranlassen – wenn es sein sollte.“
„Okay, so werde ich es machen“, sagte Sarah. „Dann kannst du den Vertragsentwurf auch noch einmal genau überprüfen.“

Als Robin nickte, küsste Sarah ihn erleichtert. Und je mehr sie beide vom kühlen Champagner in der umgebenden Hitze tranken, um so mehr bestimmte nur noch das zukünftige Großprojekt das Tischgespräch. Als Bellow schließlich einen Rundgang forderte, verschoben sie ihr heutiges nachmittägliches Programm gänzlich auf den morgigen Tag. Aber zum Rundgang mit dem Hund wollte Sarah nicht mitgehen. Weil sie nun auch beschwipst war, wollte sie sich im Schlafzimmer hinlegen.

So ging Robin alleine mit dem Dalmatinerrüden los. Erneut schritten sie im sandigen Uferbett des fast wasserlosen Henty River bis zu seiner Mündung.

Am weißen Sandstrand vom Indischen Ozean angekommen, empfing sie ein kühlender Wind vom Meer. Die herandriftenden Wellen türmten sich vor ihnen meterhoch auf, bevor sie dann strandnah zusammenbrachen. Dabei donnerte es immer rauschend – nur das kreischende Möwengeschrei hielt dagegen. Hier war der traumhafte Strand einfach wunderbar. Hier traf man keine Menschenseele an – er war vollkommen einsam. Hier konnte Robin mit Sarah für ein paar Tage die Seele baumeln lassen.

Zurück wählte er den Weg entlang des türkisblauen Meeres. Dabei benutzte er die auslaufenden Wellen zum vergnüglichen

Spiel, in deren Enden er barfüßig schritt.
Auch Bellow spielte mit den Wellen, schnappte danach. Da er nicht wasserscheu war, sprang er oft hinein.

Die Strecke am Strand wurde länger als geplant. Als Robin schließlich am späten Nachmittag ins Haus zurückkehrte, schlief Sarah im Schlafzimmer noch ganz fest auf dem Rundbett. Sie lag nicht nackt da. Ein kleines, gelbes Höschen und ein dünnes, weißes Unterhemd bedeckte ihren Körper. In ihrer schrägen Lage wirkte sie sehr sexy. Sofort wollte sich Robin an sie kuscheln. Doch sie jetzt aufwecken? Nein, das tat er doch nicht. Leicht streifte er die dünne Bettdecke über ihren Körper. Sarah schlief genüsslich den Schlaf der Gerechten. Und als Robin ihr Gesicht so betrachtete, nahm er an, dass sie wohl gerade vom großen Auftrag träume.

Als er am späten Abend nach dem Fernsehen und nach einer anschließenden Kurzrunde mit Bellow zu ihr ins Bett kroch, schlief Sarah weiterhin sehr friedlich. Durch ihr oftmaliges Körperdrehen hatte sie die dünne Bettdecke abgestreift. Da legte Robin erneut den wärmenden Stoff über sie, um sie vor der kommenden Kühle der Nacht zu schützen.
Weil er selbst nackt war, wandte er sich von Sarah ab, drehte sich auf die andere Seite. Damit wollte er sich selbst disziplinieren. Sarah sollte durchschlafen.

08

Am folgenden frühen Morgen wurde Robin von Sarah geweckt. Ihr nackter Körper bedrängte seinem Rücken. Noch bevor seine letzten Träume bei ihm entschwanden, umschlang sie mit ihrem rechten Bein seine beiden Beine.

„Warum hast du mich nicht gestern Abend entkleidet, als du dich schlafen gelegt hast?", hauchte sie ihm ins Ohr. „Du weißt doch: Wir haben uns immer versprochen nackt zu schlafen, wenn wir zusammen sind!"

Als Robin vollkommen munter war und die Situation erfasst hatte, drehte er sich Sarah zu. Zärtlich küsste er ihre Lippen.

„Ich wollte dich durchschlafen lassen", erwiderte er gähnend. „Hätte ich dich ausgezogen, wärst du aufgewacht."

„Ja, ich habe wunderbar durchgeschlafen. Das hat mir gut getan. Aber nun bin ich schon seit 45 Minuten wach."

„Wie spät ist es denn?"

„Es ist kurz nach 6.00 Uhr!"

„Das ist weit vor unserem Aufstehen!"

„Aber ich bin jetzt schon munter", flüsterte Sarah. „Du solltest auch nicht mehr schlafen."

„Mhm, du duftest ja nach verführerischem Duschgel!", stellte Robin schnuppernd fest, als Sarah ihm bedrängte. „Hast du etwa geduscht?"

Sarah lächelte. „Da fragst du noch? ... Na für dich!"

Sarahs warme rechte Hand suchte unter der dünnen Bettdecke

sein wertvollstes Stück. Als sie es mit den Fingern sanft umschloss, seufzte Robin laut. Da leckte Sarah mit ihrer Zunge sein linkes Ohr, fuhr mit der Zungenspitze in die Öffnung. „Möchtest du?", fragte sie leise.
„Fühlst du nicht schon seine Härte?", seufzte er. „Es wäre jetzt grausam, es nicht zu wollen."
„Dann genieße es. Bleib auf dem Rücken liegen."

Sarah kroch über ihn, bis sie vollkommen auf ihm lag. Ihre Hände vergruben sich in den seinen, welche Robin über seinen Kopf seitlich abgelegt hatte.

Nun fühlten die beiden Liebenden ganz intensiv die Haut des anderen. Und beide genossen für eine geringe Zeit diesen erotischen Zustand der berauschenden Inaktivität. Da ihre Lippen so nah lagen, berührten sie sich. Doch Sarah vermied den Zungenkuss, weil sie noch ein bisschen weiter verharren wollte. Sie wollte einfach mehr auskosten. Durch dieses weitere Verharren konnte Robins bestes Stück nicht länger stillhalten. So hob er sein Becken an und presste seinen quer liegenden, erhärteten Liebeskrieger an Sarahs Bauch. Robin röchelte.

„Dein feuriger Lümmel kann es wohl nicht mehr aushalten?", hauchte sie ihm ins Ohr.

Gleich darauf verführte sie Robin mit einem tiefen, rührenden Zungenkuss. Aber dabei veränderte sie keinesfalls ihre Lage. Robin wurde immer verzweifelter. Doch dann begann sie endlich mit ihrem Unterleib sanft am steifen Glied zu reiben.

Sarah spürte dabei, dass er immer fordernder nach zügigem Einlass bettelte. Obwohl sie den baldigen Höhepunkt noch hinauszögern wollte, hielt sich ihr Körper nicht daran. Jetzt selbst in unkontrollierbaren Rausch geraten, ging er eigene Wege. Hastig löste Sarah die feuchten Finger aus seinen Händen. Dann richtete sie ihren Oberkörper auf. Und damit ihr Gewicht gleichmäßig zwischen beiden Knien lagerte, rutschte sie ein wenig in dieser Stellung hin und her. Dabei fiel ihr langes schwarzes Haar über ihre flachen festen Brüste. Doch die Haare konnten die aufgerichteten Brustwarzen nicht verdecken. Nun funkelten Sarahs blaugrüne Augen erwünschtes Begehren. Sie senkte ihr Gesicht, um Robin erneut zu küssen. Als sie nahe seinen Lippen war, umschlang er sie heftig mit beiden Armen. Er wollte sie drehen, um endlich auf ihr liegen zu können. Doch Sarah verwehrte es ihm.

„Heute musst du unten bleiben", hauchte sie. „Gleich werde ich es zu Ende bringen!"

Um nun in die angenehmste Sitzstellung zur Empfängnis zu gelangen, bewegte sie hockend erneut ihr Unterteil hin und her. Doch der steinharte Liebesstab rutschte mehrmals an ihrem feuchten Einlass vorbei. Damit er nun endlich Quartier finden möge, half sie, selbst ungeduldig geworden, mit ihrer rechten Hand nach.

Dann geschah das Eindringen blitzartig. Sarah fühlte eine bohrende heiße Fackel, die bis auf den letzten Millimeter alles in ihrem Innersten zu verbrennen schien. Robin jauchzte sogleich. In seiner auf dem Rücken liegenden inaktiven Lage wollte er sich bewegen, aber Sarah bestimmte die dynamischen

Bewegungen. Nachdem ihre inneren Beckenmuskeln den Eindringling fest umschlossen hatten, begann sie langsam mit den rhythmischen Beckenbewegungen. Und je länger der begehrte Gast in ihr weilte, um so heißer und unkontrollierbarer wurde es in ihrem Körper. Da verursachten die inneren Verbrennungen keine Bedachtsamkeit mehr. Eher führten sie Sarah zu weiteren Aktivitäten – zu noch schnellerem, intensiverem und berauschenderem Reiten. Nun vereinigte sich in ihr alles automatisch.

Das spürte auch Robin. Im Herannahen des baldigen Samenergusses ergriff er mit beiden Händen ihre festen, jugendlichen Brüste, befühlte die aufgerichteten Brustwarzen. Im rhythmischen Gleichklang der Bewegungen wippten sie ganz nah vor seinem Gesicht auf und ab.

Sarah schrie. Ein unbeschreibliches Gefühl erschütterte sie – ihr Unterleib explodierte. Stöhnend fiel sie auf Robin, krallte sich an seiner Schulter fest. Den stechenden Schmerz auf seiner Haut spürte er nicht. Denn genau in dem Moment fand auch er die Erlösung. Bei beiden Liebenden geschah die innere Explosion fast gleichzeitig, sodass sie die aufgesaugte Nässe des Bettlakens und ihre eigenen lauten, begleitenden Schreie nicht bemerkten.

Von dem vielen Schreien und tönenden Jauchzen wurde nur der vor der Schlafzimmertür liegende Hund erschreckt. Aber er stufte diese Laute nicht als Gefahr ein.

Nach vollzogenem Liebesakt verharrten die Liebenden noch einige Zeit in ihrer letzten Stellung. Sarah blieb auf Robin liegen. Beide Körper waren total mit Schweiß überströmt und beide atmeten auch eine lange Zeit schwer.

Als Robin sich nun bewegen wollte, wollte aber Sarah den liebestollen Besucher noch nicht entlassen. Mit den kräftigen Muskeln ihres Beckenbodens hielt sie das abgeschwächte Glied noch fest umschlungen.
„Gönn´ mir noch ein paar Minuten", flüsterte sie. „Ich möchte damit noch einmal fallen, alles noch einmal auskosten!"

Nachdem Robin längst eingeschlafen war, herrschte in ihr immer noch Aufruhr. Sie war jetzt nur erschöpft – müde war sie nicht. Sie hatte ja fast 14 Stunden lang geschlafen. Doch als sie bemerkte, dass Robin döste, rollte sie sich vorsichtig seitwärts weg. Die Entlassung seines erschlafften Gliedes ging schnell – alles war ja so fürchterlich nass von Schweiß und Samen. Trotzdem wurde Robin dabei wieder wach.
„So müde bin ich auch nicht mehr, um noch weiterzuschlafen", sagte er lächelnd zu Sarah. Dabei küsste er ihre Wange ganz zärtlich, übermittelte damit seine Gefühle.

Sarahs blaugrüne Augen leuchteten auf. Sie kroch erneut auf seinen sportlichen Körper.
„Robin, ich liebe dich so tief", hauchte sie zärtlich in sein rechtes Ohr. „Bitte verlasse mich niemals! Tu mir so etwas nie an."

Da umfasste Robin mit seinen beiden Händen ihren Kopf. Er zog ihn zu sich heran. Und nachdem er die störenden langen, schwarzen Haare weggeschoben hatte, küsste er ihre heiße Stirn. „Auch ich liebe dich über alles. Ich liebe nicht nur deinen himmlischen Körper, ich liebe auch dein begehrenswertes Inneres. Ich liebe deine Ehrlichkeit, deine Sanftheit, deine modische Begeisterung, deinen beruflichen Ehrgeiz. Auch deine sture Beharrlichkeit achte ich, wenn auch nicht in allen Dingen ... Nein, ich werde dich niemals verlassen. Du kannst mir vertrauen."

„Welche falsche Beharrlichkeit in gewissen Dingen meinst du da bei mir?", fragte sie verwirrt.

Etwas überrascht war sie schon von seiner für sie nicht deutbaren Aussage.

„Na ich meine, dass ich mir schon seit langer Zeit ein Kind wünsche. Aber du wartest immer noch."

Sarah ging in sich. Ach ja - die Planung einer Familie hatte sie im Berufsalltag fast vergessen. Wie schnell vergingen doch die Jahre. Sie war nun mittlerweile 29 Jahre alt geworden, Robin war 12 Jahre älter. Und sie waren seit sieben Jahren ein Paar - davon fünf Jahre verheiratet. Ihr Kunststudium war lange geschafft. Und mittlerweile waren sie auch von Richmond nach Midway Point umgezogen. Jetzt hatten sie da ein wunderbares Zuhause. Dazu besaßen sie noch das kleine, steinerne Haus hier am Meer. Auch als Bildhauerin hatte sie sich bisher gut profiliert. Aber nun stand ja ein Großauftrag an!
Würde ihr Herz über ihren Verstand siegen und sich ein Kind wünschen? Oder sollte der Verstand den Kinderwunsch doch erneut hinauszögern?
Sarah war unsicher. Was würde siegen?

„Liebling, mein Herz wird darüber sicherlich bald entscheiden", sprach sie zärtlich zu Robin

Robin umschlang mit seinen Händen den Körper von Sarah, drückte ihn an sich.

Schweigend verweilten sie in dieser engen, berührenden Stellung minutenlang. Gerade da verschmolzen sie miteinander so tief, wie noch nie bisher in ihrer Ehe.

Die bekennende, tiefe Liebe vergrub sich in ihren beiden Herzen ganz tief - brannte sich ein. Es schuf ihnen ein Polster gegen die Gefahren des Alltags.

09

Als Bellow begann, seine Runde einzufordern, standen Robin und Sarah auf. Beide gingen direkt in den Duschraum. Dort schäumten sie sich gegenseitig ein und ließen den warmen Wasserstrahl über ihre Körper rinnen. Hier konnten sie ihre Seelen baumeln lassen.

Doch bald erschreckte sie der Dalmatinerrüde. In kurzen Lauten bellte er und kratzte dazu an der geschlossenen Tür zum Duschraum.
„Du solltest jetzt mit ihm eine Runde gehen", meinte Sarah. „Es ist seine Zeit – er muss sicherlich", meinte Sarah.

Sanft schob sie Robin aus dem Duschstrahl. „Ich werde noch hier bleiben. Dann bereite ich das Frühstück zu. Also sei bitte nicht länger als eine Dreiviertelstunde unterwegs!"

Robin gehorchte. Er zog sich schnell an. Natürlich freute sich der ungeduldig wartende Hund. Nun konnte er endlich die anschließende Runde mit Herrchen durchführen. Und als er vor dem kleinen, steinernen Haus die westliche Gehrichtung gezeigt bekam, sprang er freudig jaulend los.

Robin hatte den direkten sandigen Pfad zum nahen Strand gewählt. Dorthin mussten sie auf dem Weg einen Bach passieren. Jetzt konnten sie diese Stelle wegen seiner totalen Austrocknung problemlos durchschreiten. Ansonsten wählten sie zur

Überwindung des Baches einen umgestürzten Baumstamm. Hierzu benutzten sie den breiten Stamm als Holzbrücke. Und bevor sie zu den ersten großen Dünen gelangten, mussten sie noch einige Flächen von wildwachsendem Buschwerk durchlaufen.

Als sie an den Dünen anlangten, wählte Robin heute nicht die Ersteigung einer hohen Düne. Dazu hatte er diesmal keine Lust. Sondern er durchschritt das dazwischenliegende Dünental. Schnell wollte er zur schäumenden Brandung gelangen. Dort, wo die Wellen endeten und zurückflossen, blieb er stehen.

Plötzlich ertönte Möwengeschrei. Die Vögel ahnten wohl, dass sie bald eine kleine Mahlzeit erhielten. Deshalb flogen sie im Tiefflug an ihm vorbei. Damit wollten sie den einsamen Strandwanderer zum Werfen des Essbaren auffordern. Doch diesmal erhielten sie kein Brot. Robin hatte es vergessen. Langsam schritt er in die nördliche Richtung. Am Strand wollte er bis zum nächsten hohen Dünenberg gehen und dort wieder umkehren.
So schritt er langsam an den Enden des schäumenden Wassers entlang. Dabei rannte Bellow neben ihm hin und her, um nach den Möwen zu schnappen. Natürlich war dies zwecklos. Aber es machte dem Hund einfach Spaß.

Während des Spazierengehens betrachtete Robin die menschenleere Umgebung. Mit seinen Augen verfolgte er die flimmernde graue Linie der Küste bis nach Norden hin, wo in einer sanften Kurve die weiße Brandung auslief. Dort bemerkte er in dunstiger Ferne einige felsige Hügel. Ja, dorthin wollte er schon lange einmal mit Sarah wandern. Und schaute er nach Süden, glänzte dort ebenso ein weißer Strand. Dieser schimmerte silbrig. Dort hinten liegt Strahan - überlegte Robin. Dorthin wollten sie heute laufen.

Da er zum Frühstück nicht wieder zu spät erscheinen wollte, kehrte er wieder um. Und bevor er die Dünen mit dem Hunde verließ, warf er noch einmal einen Blick auf das lichtblaue ruhige Meer. Weit draußen sah er einige Schiffe kreuzen, die weitab von der Küste im fernen glitzernden Wasser fuhren. Da wusste er, dass die gegenwärtige Hitzewelle weiterhin andauern wird.

*

Nach dem Frühstück, das sie wieder vor dem kleinen, steinernen Haus einnahmen, fuhren sie mit den beiden Autos los. Sarah fuhr mit ihrem schwarzen Jeep voraus. Ihr folgte Robin mit seinem geschlossenen silbrigen Cabriolet.
Da der Hund sich für sein Herrchen entschieden hatte, saß er brav neben ihm auf dem Beifahrersitz.

Die knapp 18 Kilometer auf der B 27 bis Strahan bewältigten sie locker in 20 Minuten. Schon bald tauchte das Stadtschild auf. Sarah fuhr nicht weiter ins Stadtzentrum, sondern bog bei der ersten kreuzenden Querstraße dort rechts ab. Hier wiesen ausgeschilderte Wegweiser die Richtung zum Parkplatz des Strahan Golf Clubs.

95

Tatsächlich fanden sie hier genügend freie Parkplätze vor. Damit aber das fremde Parken nicht sofort auffiel, wählte Sarah eine freie Stelle am äußersten Ende.

Robin fuhr nicht mit dorthin, sondern wartete in seinem Auto am Rande des Parkplatzes. Als Sarah zu ihm zurückschritt, blieb sie plötzlich auf halber Strecke stehen. Dort winkte sie Robin zu, damit er zu ihr kommen möge. Dieser wunderte sich, stieg aber trotzdem aus. Den Hund ließ er im Auto zurück.

Als er bei Sarah angekommen war, deutete sie auf ein dort parkendes schwarzes Sportauto hin. Es war ein Porsche – ihr Traumauto. Ganz begeistert war sie von der flachen Formgestaltung. Und besonders schwärmte sie von dessen beeindruckendem Design und von der modernen Einmaligkeit der Konstruktion.

„So ein Sportauto können sich doch nur Stinkreiche leisten", meinte Robin. „Vielleicht Lottogewinner, reiche Erben oder Menschen, die unsauberes, also kriminelles Geld verdienen. Vielleicht auch Firmenbesitzer höherer Kategorie."

„Was meinst du damit?", fragte Sarah.

„Na, die Firmeninhaber von kleinen Firmen oder selbstständige Personen, die können doch kaum solche Überschüsse erarbeiten. Selbst wenn einmal ein warmer Regen sie finanziell beglückt, halten sie doch lieber das Geld für schlechtere Zeiten zurück. Oder noch schlimmer: Sie stopfen damit gleich wieder andere finanzielle Ausfälle. Geld reicht dann höchstens nur zu einem kleinen Glück."

„Aber Kredit geht doch auch", meinte Sarah.

„Stell dir einmal vor, wir würden für so einen Porsche einen

Kredit aufnehmen. Dann müssten wir bei der Bank mit Sicherheit unser Wohnhaus in Midway Point erneut beleihen. Somit käme zu der jetzigen Grundbucheintragung wegen des noch nicht getilgten Hauskredites eine weitere hinzu ... Das wäre doch selbstmörderisch."

„Mhm, das stimmt", bestätigte Sarah. „Falls etwas schiefgeht, würde unser Zuhause dranhängen - Wohnhaus plus Atelier."

„Später, wenn der Hauskredit soweit getilgt ist, könntest du deinen Traum schon realisieren. Und bei einem gebrauchten Porsche wäre auch der Preis bedeutsam niedriger."

Sarah nickte. Natürlich hatte Robin recht. Er war eben der sachlichere Teil ihrer Ehe - der vorsichtigere, der sparsamere. Deshalb liebte sie ihn auch so sehr. Denn er blieb immer bei Kaufabsichten ruhig und wägte vorher stets ab. Erst dann handelte er. Sie selbst neigte eher zu schnelleren Entscheidungen, mehr aus dem Bauch heraus. Da war sie viel risikofreudiger als Robin.

Hier bei diesem Sportauto gab sie ihm aber sofort recht. Der Erwerb so eines Porsches war tatsächlich noch viel zu früh, aktuell nicht realisierbar.

Gemeinsam warfen sie noch einen letzten Blick in das Innere des Sportautos, wo braune Ledersitze und ein marmorfarbenes Schaltpult das Auge füllte.

„Das scheint wohl das neueste Fabrikat zu sein", bewertete Robin seine Feststellung, „höchstens ein paar Monate alt. Da ist mein 12-jähriges Cabriolet natürlich kein Vergleich. Aber damit bin ich eben zufrieden. Das Auto fährt mich gut."

Sarah wollte den gegenwärtigen Kilometerstand erkunden, aber sie konnte nichts erkennen. Das Anzeigepult war abgeschaltet. Ihr Blick streifte auch noch den inneren, verchromten Rückspiegel, an welchem eine silbrige Kette mit einem kleinen Kreuz hing. Wohl ein Talisman - dachte sie. Wem wird er nur gehören?

Dann gingen sie wieder zum silbrigen Cabriolet zurück. Dort begrüßte sie der wartende Hund ganz freudig.

Nachdem Robin den Dalmatinerrüden auf den hinteren Notsitz bugsiert hatte, fuhren sie zu ihrem Haus am Meer zurück. Dort angekommen, verharrten sie nicht lange. Nach einer kurzen Inspektion des Hauses schritten sie wieder los. Hierzu liefen sie im sandigen Uferbereich des wenig führenden Flusses. Schon nach wenigen Minuten erreichten sie dessen Mündung ins nahe Meer. Hier an dieser Stelle reichten die im Sand verästelten Wasserströme kaum bis zu ihren Knien. So konnten sie diese Mündungsstelle ohne Probleme passieren.

Selbst Bellow machte es Spaß. Mit hoher Geschwindigkeit sprang er durch das niedrige, warme Flusswasser - tollte regelrecht darin.

Vor ihnen lag ein endlos wirkender, leicht gebogener weißer Sandstrand. Rechts davon eingerahmt von der schäumenden Brandung des türkisblauen Meeres und links von den Dünen und den dahinterliegenden Büschen und Bäumen.

Sarah und Robin schritten barfüßig nebeneinander am Rande der auslaufenden Wellen. Es fühlte sich wunderbar an. Und genauso entspannt lief auch der Hund neben ihnen.

„Weisen nicht diese Strände auf grenzenlose Weite und Leere hin!“, sagte Sarah nachsinnend.

„Ja, hier findet man traumhafte Strände“, bestätigte Robin. „Dazu noch einsame Lagunen.“

„Und zugleich eine tiefe Entspannung“, ergänzte Sarah. „Für mich sind es gigantische Projektionsflächen für meine innere Inspiration. Diese Landschaft schenkt mir unheimliche Kraft. Davon bin ich jedes Mal selbst überrascht.“

Zärtlich lehnte sie sich im Gehen an Robin. „Und hier gemeinsam mit dir explodiere ich regelrecht.“

Robin blieb stehen. Sie küssten sich zärtlich. Dazu spielten sie mit ihren Zungen lange und ausgiebig - ließen sie ineinander umkreisen. Da spürte Sarah bei ihrem engen Anlehnen zunehmend sein aufquellendes Glied in seiner kurzen Hose. Obwohl es hier sehr einsam war und keine Menschenseele auftauchte, wollte sie den Spaß doch nicht weiter treiben. Deshalb hörte sie mit dem verführerischen Küssen auf.

„Schatz, dein stolzes Stück erwacht schon wieder“. bemerkte sie lächelnd.

Zur Kontrolle betastete Sarah die harte Wölbung. Obwohl sie sogleich selbst eigenen Appetit auf mehr verspürte, wollte sie sich nicht weiter erregen.

„Liebling, hier würde es mir nicht gefallen“, hauchte sie. „Lass uns jetzt aufhören.“

Und damit sie selbst nicht rückfällig wird, löste sie die Umarmung, schritt weiter.
Robin sah ein, dass dieser örtliche, unbekannte Strandbereich hier für die Liebe weniger geeignet schien. So war er Sarah nicht böse. Und so liefen sie bald wieder nebeneinander am herrlichen weißen Strand entlang.

Nach dreieinhalb Stunden Wanderung am Strand stießen sie auf erste Menschen. Es waren zwei Pärchen, die nebeneinander am Rande einer Düne lagen. Sie sonnten sich. Weiter südlich strandabwärts sahen sie weitere Menschen, die sich in der Nähe der Brandung tummelten. Nun wussten Robin und Sarah, dass sie der Stadt Strahan sehr nahe waren. Sicherlich waren diese Strandgäste von dort gekommen.

Als Robin sie darauf ansprach, bestätigten sie es auch. Und sie verwiesen auf einen östlichen Sandweg, der zur Stadt führte. Die Stelle wäre etwa 200 Meter weiter südlich.

Tatsächlich stießen sie dort auch auf den beschriebenen Sandweg. Dieser führte von den Sanddünen weg in die östliche Richtung. Später fanden sie am Rande des dahinter beginnenden, dichten Buschwerkes auch die Bestätigung. Da zeigte ein hinweisendes Schild nach Osten. Es verwies auf die vier Kilometer entfernte Stadt Strahan.
Sogleich streiften Robin und Sarah wieder ihr Schuhwerk über. Zur Sicherheit nahm Robin den Dalmatinerrüden an die Leine.

Und je weiter sie sich nun vom Strand entfernten und ins Innere dahinter vordrangen, um so mehr verdrängten bald verschiedene Kieferbäume die küstennahe Buschlandschaft. An manchen Bäumen blieben sie stehen. Da bewunderten sie ihre Höhe, die bis in den Himmel reichten.
Nach etwa zweieinhalb Kilometer stießen sie auf die gut befestigte Hauptstraße, die an der Küste entlang verlief. Hier standen auch schon erste Häuser von Strahan.

Eine gemeinsame Uhrkontrolle ergab 15.30 Uhr. Da waren sie sich einig, dass sie vor den zu tätigenden Einkäufen zuerst etwas essen und trinken sollten. Nach ihrer kilometerlangen Wanderung benötigten sie diese notwendige Pause. So schritten sie direkt zur Promenade, suchten die Nähe des Hafens. Hier stießen sie auf eine einladende Gaststätte, deren Außenbereich fast bis zur Kaimauer reichte.
Sarah fand schnell einen leeren, günstigen, hundefreundlichen Platz. Dazu garantierte er ihnen gleichzeitig auch einen schönen Blick über die Wasserfläche vom Hafen.

Kaum hatten sie sich gesetzt, brachte auch schon die aufmerksame Bedienung dem Hund eine Schüssel frisches Wasser. Bellow schmatzte sofort darin, bis alles leer war. Anschließend legte er sich dankbar zu Robin neben dem Tisch. Dabei berührte er mit seiner Schnauze den rechten Fuß seines Herrchens.

Von den in der Tageskarte angebotenen, leckeren Gerichten wählten sie die Position FISCH. Sarah bestellte die von der netten Kellnerin empfohlenen Austern. Das wollte Robin aber nicht. Er wählte lieber hafenfrische Barramundi. Und dazu bestellten sie zwei Gläser Weiswein.

Das später servierte Essen entsprach voll ihren Erwartungen. Es ließ sie über die lokale Küche schwärmen.
Anschließend blieben sie noch eine längere Zeit am Tisch in entspannter Atmosphäre sitzen. Hier verfolgten sie von ihrem Standort aus ganz nah das pulsierende Hafengeschehen. Gerade verließ ein bis zum Überquellen beladenes Schiff das Kai. Da wirbelte die Schiffsschraube mächtig das ölhaltige Hafenwasser durcheinander. Schnell wendete sich der Bug des Schiffes der Fahrrinne zu. Diese verlief nach Südwesten, ehe sie nach zwei Meilen etwas abknickte.
Während der Fahrt hinterließ das Schiff einen hellen Schaumstreifen, der die Wasserfläche in der Strahaner Bucht durchzog. Später verschwand dass Schiff in der von Bojen flankierten Fahrrinne hinter der rechten Landzunge. Von dort war das offene Meer nicht mehr weit.
Das war auch für die beiden träumenden Gäste der Anlass, um nun aufzustehen. Sie wollten ja noch die ausstehenden Einkäufe tätigen. Doch heute am Donnerstag brauchten sie sich nicht zu beeilen. Viele Geschäfte hatten heute hier bis 20.00 Uhr geöffnet.

Langsam spazierten sie ins Stadtzentrum. Dort angekommen besuchten sie einige modische Geschäfte. Doch meistens blieb Robin mit dem Dalmatinerrüden davor stehen. Und beide warteten dann auf Sarahs Rückkehr. Ihre Suche nach moderner Freizeitkleidung für ihn gab sie erst auf, nachdem sie mehrere

Variationen an Shorts und langen Sommerhosen einschließlich passender Hemden gefunden hatte.

Als dies geschehen war, war Robin danach natürlich sehr erleichtert. Endlich hatten sie diese belastende Prozedur abgeschlossen. Denn er liebte dieses Einkaufsgeschäft nicht - hielt nicht viel vom zeitaufwendigen Shopping. Sarah dafür eher. Denn das Ende des heutigen Einkaufsbummels war noch nicht erreicht. Sarah wollte noch einmal im nahen Center nach Schuhen schauen. Da dachte sie eher an sich selbst als an Robin. Denn er war mit seinen zwei Paar Sandalen und drei Paar flachen Sommerschuhen sehr zufrieden. Diese trug er schon über zehn Jahre. Sarah dagegen besaß so viele Schuhe. Er konnte sie nicht mehr zählen.

Diesmal sollte Robin mit dem Hund mitkommen. Doch er bereute es nicht. Sarah suchte für sich drei Paar aus, für Robin ein Paar. Darüber freute er sich sogar. Die Schuhe gefielen ihm.

Als sie schließlich das Center verlassen hatten, vereinbarten sie, dass sie nicht weiter mit den vielen Päckchen und Tüten durch die Stadt marschieren wollten. Deshalb sollte Robin den schwarzen Jeep holen. Sarah wollte mit dem Hund auf dem nahen Parkplatz des Lebensmittelmarktes warten.

So ging Robin schnellen Schrittes los. Zielgerichtet lief er nordwärts durch die innere Stadt, dann links weiter. Und nach weiteren 200 Metern fand er schnell auf dem Parkplatz des Strahan Golf Clubs den abgestellten Jeep von Sarah. Dort schaute er noch einmal neugierig in Richtung des parkenden schwarzen Porsches. Doch die dortige Parkfläche war jetzt leer.

Als Robin mit dem Auto wieder bei Sarah war, verstauten sie sogleich das angesammelte Einkaufsgepäck im großen Kofferraum. Danach gingen sie in den Lebensmittelmarkt, ließen den Hund im Jeep zurück.
Trotzdem zog sich der Einkauf über 45 Minuten hin. Die vielen Positionen auf dem Merkzettel nahmen einfach kein Ende. Anschließend mussten sie noch zur innerstädtischen Tankstelle fahren, um die zwei 50 Liter Kanister mit Diesel zu füllen. Diesen Kraftstoff benötigten sie. Denn er garantierte ihnen die stabile Aufrechterhaltung des Notstromaggregates für ihr Wochenendhaus.
Gleichzeitig kaufte Sarah mehrere lokale Zeitungen und Zeitschriften. Diese wollten sie später lesen.

Nach sämtlichen Erledigungen gingen sie zum Jeep zurück. Hier verschnauften sie einige Zeit. Nun hatten sie die Liste der geplanten Einkäufe komplett abgearbeitet. Zwar waren sie jetzt erschöpft, aber gleichzeitig auch erleichtert. Heute hatten sie die Grundlage zu ihrem mehrwöchigen Urlaub geschaffen. Nun, wo sie davon unabhängig waren, konnten sie in absoluter Ruhe und Entspannung die nächsten Urlaubstage planen.

Als sie später den schwarzen Jeep vor ihrem kleinen, steinernen Haus zum Entleeren abstellten, dämmerte es schon. Während Sarah und Robin nun zügig die sämtlichen Einkäufe ins Haus brachten, schnüffelte der Hund um das Haus herum. Oft blieb er bei einzelnen Stellen lange stehen, roch daran ganz intensiv. Und

wenn er eine Stelle verließ, markierte er diese mit seinem Urin.
Doch davon bekamen sein Herrchen und Frauchen nichts mit.
Beide hatten mit dem Einräumen der getätigten Einkäufe zu tun.

10

Immer wenn sie an der Westküste Tasmaniens ihr Wochenendhaus aufsuchten, ließen sie nie eine Wanderung am herrlichen Strand aus. Das tat ihnen immer gut, natürlich auch ihrem lebhaften Hund. In welche Richtung sie dann gingen, war dem Dalmatinerrüden vollkommen egal. Für ihm galt nur das Erlebnis des gemeinsamen Laufens mit Herrchen und Frauchen. Das war für Bellow die wichtigste Sache der Welt.

Auch in den jetzigen gemeinsamen Urlaubstagen planten sie wieder viele Spaziergänge. Es ließ sich doch so gut auf dem feinkörnigen Sand zwischen den Abschnitten voller Geröll und Steinen marschieren. Aber oftmals entschieden sie erst am Strand, in welche Richtung sie gingen. Doch diesmal hatten sie schon zum Frühstück ihren Tagesplan geschmiedet. So wollten sie am Strand weiter nach Norden wandern. Länger als bei den bisherigen Touren. Es sollte der acht Kilometer entfernte steinige Strand sein, der dort begann und den breiten Brandungsbereich ins Meer fast gänzlich zurückdrängte. Ja, diese Stelle sollte ihr heutiges Ziel sein.
Weil es eine weite Wandertour bis dahin war und sie danach auch wieder zurückmussten, planten sie den ganzen Tag ein. Deshalb nahmen sie auch einen Rucksack voller Verpflegung mit. Diesen trug Robin auf dem Rücken.

Noch bevor die mittägliche Hitze einsetzte, verließen sie ihr Haus. Schnell durchstreiften sie die kleine, dazwischenliegende

Fläche bis zum Weststrand, welche mit viel Buschwerk und kleinen Bäumen durchwachsen war. Dahinter begannen die ausgedehnten Dünenlandschaften, die einzelne hitze- und trockenheitsresistente Büsche, Sträucher und Gräser zierten. Auch
einige blühende Akaziensträucher säumten ihren Gang zum Strand.

Als sie schließlich an der schäumenden Wasserfläche anlangten, schauten sie sofort nordwärts. Da sahen sie eine endlose Linie des sandigen Strandes. Diese endete erst in dunstiger Ferne an einer bergigen Silhouette.
War das heutige Marschziel etwa zu weit entfernt? - fragten sie sich. Jetzt kamen Robin und Sarah doch einige Zweifel am gesteckten heutigen Ziel.

Bellow drängelte, dazu bellte er. Sofort erwartete er eine eindeutige richtungsweisende Marschinformation. Erst dann wollte er in seinem Lauf weiter trotten. Und weil Herrchen und Frauchen eher die nahe rauschende Brandung bewunderten, als ein Zeichen zu geben, wurde er noch fordernder. Bellend sprang er um die beiden herum - forderte den Hinweis ein. Erst als der zögernde Robin mit seiner rechten Hand die Marschrichtung anzeigte, hörte der Hund mit dem Bellen auf. Nun sprang er beglückt und zufrieden los, blieb aber stets in der Nähe der beiden Nachzügler.

Mittlerweile hatten Robin und Sarah ihre Schuhe ausgezogen. Jetzt schritten sie barfüßig im feinkörnigen Sand. Dabei liefen sie immer am Rand der auslaufenden Wellen entlang, genossen die gleichmäßig rauschende Brandung. Auf Menschen trafen sie hier nicht. Nur tönende Vogelgeschreie begleiteten sie unter dem großen, gewaltigen Himmel. Hier war es sehr einsam, ganz merkwürdig still. Dieser verlorene Strand veränderte sich auf ihrer Wegstrecke nicht. Immer zeigte er das gleiche unveränderte Bild. Dies zwang die Wanderer dazu, sich öfters umzuschauen. Erst dann gelang es ihnen, die entstandenen Zweifel, ob sie überhaupt vom Fleck gekommen waren, zu verdrängen. Nordwärts vor ihnen wurde der Reiz der Küstenlandschaft durch weitere sanfte Erhebungen einiger größerer Dünen unaufdringlich betont. Voller stiller Schwermut zierte graugrünes Buschwerk diese hellen Flecken.

Und auch der weitere Weg bot den aufmerksamen Wanderern natürlich immer wieder Abwechslung. Fesselte der Strand nicht mehr, ließ man den Blick über die weite, selten ruhige Wasserfläche schweifen. Da schnappte der suchende Blick schon etwas auf – seien es ein paar Möwen oder andere Wasservögel, die am Himmel ihre Flugbahn zogen, sei es ein Fischkutter oder weiter draußen ein großes Frachtschiff.

Nach etwa drei Stunden erreichten sie die ersten steinigen Stellen. Sofort verengte sich die bisherige angenehme Breite des sandigen Strandes.

Bellow rannte nun sofort zwischen größeren Steinen herum. Dort jagte er einige flüchtende Wasservögel. Robin pfiff ihn zurück.

Als immer mehr spitze Steine den Strand pflasterten, wollte Sarah in Wassernähe nicht mehr weitergehen. Hier ist ja kaum noch Sand - meinte sie.

Tatsächlich bot der veränderte Strand ihnen nicht mehr das bisherige Gehvergnügen. Zu viele größere und kleinere, nasse Steine füllten nun den immer schmaler werdenden sandigen Bereich. Robin wurde es hier auch ungemütlich – er willigte ein.

Am Rande des steinigen Bereiches wählten sie einen größeren, flachen Stein, setzten sich darauf nieder. Und tief durchatmend schauten sie auf ihre zurückgelegte Wegstrecke. Sie sahen eine unendliche Küstenlinie, welche in südlicher Ferne im Dunst verschwand. Nein, diese Strecke wollten sie nicht noch einmal zurückgehen. Da waren beide der gleichen Meinung. In angenehmer Sitzposition ließen sie ihre Beine ausruhen. Dann begannen sie mit ihrem eingeplanten Picknick. Natürlich schlossen sie Bellow mit ein. Er erhielt eine Büchse Hundenahrung und eine Schüssel Wasser aus der Flasche.

An diesem steinigen, sehr einsamen Ort blieben sie über eine Stunde. Hier beobachteten sie die tosende Brandung. Und sie verschmähten dabei auch nicht den stillen Blick zum Sinnen und Träumen. Als sie gerade aufbrechen wollten, landeten nicht weit von ihnen, auf einer vorgelagerten Sandbank, zwei Pelikane. Noch nie hatten Robin und Sarah diese riesigen Vögel so nah gesehen. Darüber waren sie ganz begeistert. Aber Bellow spielte sofort verrückt. Laut bellend rannte er bis zur auslaufenden Brandung. Ins Meerwasser zu springen, um zur zehn Meter entfernten Sandbank zu gelangen, das getraute er sich doch nicht. Auch machten die imposanten Pelikane in Richtung des Hundes

mit ihren riesigen Schnäbeln böse Bewegungen. Das registrierte natürlich der Dalmatinerrüde. Da blieb er lieber auf Distanz zu ihnen. Sein Bellen verstummte. Wohl akzeptierte er jetzt die beiden Pelikane in seiner Nähe. Trotzdem lief er weiterhin unruhig am Strand vor ihnen hin und her.
Robin und Sarah lachten darüber. Aber nach einigen Minuten flogen die Riesenvögel weg. Sicherlich trauten sie wohl dem kurzen Frieden nicht. Als die Vögel verschwunden waren, beruhigte sich auch Bellow wieder. Siegestrunken kehrte er zu ihnen zurück.

Nachdem Sarah und Robin ihre Schuhe übergestreift hatten, verließen sie den steinigen Bereich am Wasser. Danach schritten sic über eine 50 Meter breite, ausgedehnte Dünenlandschaft. Diese war mit verschiedenen Gräsern und einigen durch Sturm gekennzeichneten Büschen bewachsen. Anschließend gelangten sie in den dahinter liegenden immergrünen Wald. Sein Bewuchs ähnelte sehr dem eines Regenwaldes. Breite Flächen bedeckten damit den westlichen Teil von Tasmanien.

Als sie den Wald betraten, spürten sie sofort, dass hier plötzlich kühlere Temperaturen herrschten. Und hier fühlte es sich auch viel feuchter an. Bald fanden sie einen Pfad, der in östlicher Richtung verlief. Den folgten sie. Nach etwa 400 Meter stießen sie überraschend auf einen südwärts verlaufenden, sehr sandigen Weg.
Da schauten sie sich um und staunten. Hier standen riesige Bäume. Es waren angepasste Buchenarten. Weil sie sehr hoch waren, meinte Robin, dass diese Bäume bis zu einer Höhe von

40 Meter wachsen können. Darunter wuchsen andere urtümliche Baumarten, die ihresgleichen suchten. Wie Nadelbäume ohne Nadeln sahen sie aus, mit blattartig verbreiterten Stielen. Dazwischen sahen sie Baumfarne mit ihren weit ausladenden Wedeln. Und etwas weiter östlich, wo der Wald in Richtung der beginnenden großflächigen Nationalparks dichter wurde, entdeckten sie erste, noch höher stehende Eukalyptusbäume. Es waren monströse Baumgiganten mit den ledrigen, immergrünen Blättern und sehr hartem, wasserbeständigem Holz. Diese Bäume können eine Höhe von 100 Meter erreichen – meinte Robin.

Plötzlich kreuzte etwa 50 Meter vor ihnen ein hundeähnliches Tier den Weg, es verharrte kurz. Neugierig und prüfend schaute es sekundenlang in ihre Richtung.

Sarah bemerkte es zuerst. Sofort teilte sie es Robin mit. Ruhig blieben sie stehen. Da der Dalmatinerrüde gerade hinter seinem Herrchen in den Gräsern schnupperte, hatte er noch nicht die Witterung des wilden Tieres aufgenommen. Deshalb pfiff Robin den Hund zu sich. Schnell streifte er ihm die Leine über den Kopf. Diese außergewöhnliche Maßnahme seines Herrchens spitzten aber seine scharfen Sinne. Sogleich bemerkte auch er das noch auf dem Weg verharrende Tier. Es hatte ein stattliches Aussehen und sein Fell war dunkelbraun bis gelblich.

Sofort bellte Bellow wie verrückt. Mächtig zerrte er an der Leine. Aber Robin hielt ihn zurück und versuchte den Hund zu disziplinieren.

Durch das laute Getöse des Hundes aufgeschreckt, verschwand das einem Wolfe sehr ähnliche Tier in die östliche Richtung. Dort begann auch das dichte Buschwerk.

Sarah atmete erleichtert auf. „Es wird wohl ein Tasmanischer Teufel gewesen sein!“, meinte sie.
„Da bin ich mir nicht so sicher“, antwortete Robin.
„Viele solcher Beutelteufel sollen doch in den nahen Nationalparks herumlaufen!“, erneuerte Sarah ihre Einschätzung.
„Sicherlich!“
„Zweifelst du etwa?“
Robin nickte. „Aber diese Beutelteufel haben eine viel kleinere Statur. Außerdem ist ihr Fell dunkler. Es hat weniger Streifen. Das macht mich sehr stutzig!“
Sarah sah Robin missverständlich an. „Was soll es denn sonst für ein Tier gewesen sein? Etwa ein wilder Hund?“, fragte sie.
„Wenn er nicht in Tasmanien ausgestorben wäre, würde ich sagen: Es war ein Tasmanischer Tiger!“
„Aber den gibt es doch hier seit Jahrzehnten nicht mehr“, spottete Sarah.
„Ja, das wird so behauptet. Aber dieser Beutelhund, den wir gerade gesehen haben, hatte schon ein sehr ähnliches Aussehen. Ich denke an den Kopf, das gestreifte, farbige Fell und die Körpergröße.“
Sarah überlegte. „Mhm, in den Zeitungen habe ich tatsächlich vor kurzem gelesen, dass von Augenzeugen ein einzelnes Exemplar gesehen wurde. Und Wildhüter der Nationalparks sollen gegenwärtig nach weiteren Spuren suchen.“
„Das habe ich auch gelesen“, bestätigte Robin.

„Aber vielleicht war es doch nur ein wilder, umherstreifender Hund!“, meinte Sarah.

Damit wollte sie sich festlegen. Aber Robin blieb hartnäckig. An seinen eigenen Beobachtungen konnte er nicht zweifeln.
„Natürlich! Das Tier muss doch Spuren hinterlassen haben. Also schauen wir danach.“

Als sie an die Stelle kamen, wo das Tier den Weg überquert hatte, standen sie auf steinigem Boden.
Robin schimpfte. „Gerade hier ist der Boden hart, hinterlässt keine optischen Spuren.“

Bevor er nun die nähere Umgebung weiter nach Abdrücken untersuchte, übergab er Sarah die Hundeleine. Doch schon nach kurzer Zeitz kam er enttäuscht wieder zurück.
„Es ist zwecklos, etwas zu finden. Es fehlt hier einfach der sandige Boden.“

Doch dann stutzte Robin. Mit dem Handteller seiner rechten Hand schlug er an seine Stirn.
„Natürlich, dieser harte Pfad ist hier eine Art befestigte Straße – sozusagen eine Autobahn für die Tiere. Über diese Wegstrecke gelangen sie schnell zur Westküste, dann auch wieder zurück.“
„Sind diese Tasmanischen Tiger gefährliche Tiere?“, fragte besorgt Sarah.
„Nach der Literatur kann er in seiner ausgewachsenen Größe mit dem europäischen Wolf verglichen werden.“
„So groß ist er!“

Robin nickte. „Mit einer Rückenlänge von etwa 1,20 Meter erreicht er dessen Größe. Deshalb war er auch in der Lage, größere Beutetiere zu reißen.“

„Hat er auch Menschen angefallen?“

„Nein. Dazu war er eher zu schlau. Meistens jagte er in der Dämmerung oder im Dunkeln. Du kannst also unbesorgt sein!“

„Aber warum soll er ausgestorben sein?“

„Das weiß niemand so genau. Wahrscheinlich wurden ihm die in der frühen Kolonialzeit ausgewilderten Hunde zum Verhängnis. Deshalb, weil der Tasmanische Tiger als langsam und etwas unbeholfen galt. Besonders die Schafhirten sollen ihm nachgestellt haben. Und später wäre er zu einer außerordentlich begehrten Jagdtrophäe geworden.“

„Vielleicht haben doch ein paar einzelne Exemplare überlebt“, sagte Sarah. „Hier auf der Insel gibt es doch noch einige schwer zugängliche Gebiete, wo Menschen überhaupt nicht oder kaum hinkommen.“

„Ja, so könnte es sein!“

Sarah sah Robin an. „Wir sollten es melden!“

„Okay, ich werde es dem örtlichen Wildhüter noch heute melden. Gleich wenn wir zurück sind.“

Um die Stelle später wiederzufinden, suchte Robin eine am Weg stehende Buche aus. Dort ritzte er mit dem Messer die zwei Buchstaben TT in die weiche Rinde des Stammes.

Bevor sie danach ihre Wanderung in die südliche Richtung fortsetzten, sahen sie sich noch einmal um. Vielleicht waren noch weitere Tiere in der Nähe. Aber alles blieb ruhig. Nichts

Auffälliges entdeckten sie.

Dann schritten sie zügiger weiter. Doch dabei schauten sie jetzt öfters nach rechts und links in die seitlichen Waldflächen. Und beim Gehen nahm Robin zur Vorsicht Bellow die Leine nicht mehr ab. Wäre plötzlich ein weiteres Tier in ihrer Nähe aufgetaucht, hätte er den Dalmatinerüden wohl nicht zurückrufen können. Der unruhige Hund wäre dem Tier hinterhergestürzt. Das wollte Robin unbedingt vermeiden.

Bald wurde der Weg wieder sandiger. Doch Spuren von Abdrücken konnten sie darin nirgendwo entdecken. Da war sich Robin sicher, das hier kein Wildwechsel mehr stattfand. Sogleich ließ er den Hund wieder von der Leine.

Als sie dann in die Nähe ihre Unterkunft kamen, fühlten sie, dass die heutige Wanderung sehr aufregend und inhaltsreich war.

11

Die nachfolgenden Strandtage am Meer unterbrachen sie nur einmal. Es war ihre Neugier, auch andere nahe Städte in der Umgebung näher kennenzulernen. Es sollten die zwei, nicht weit entfernten Städte Zeehan und Queenstown sein.

Beim letzten Besuch in Strahan hatten sie ein touristisches Taschenbuch über den westlichen Teil von Tasmanien gekauft. In diesem Buch lasen sie vor ihrer geplanten Ausfahrt einiges über die Geschichte dieser beiden Städte. Über Zeehan erfuhren sie, dass dieser Ort einer der ersten in Tasmanien war, den Europäer betraten. Entdeckt wurde das Gebiet im Jahr 1642 von Abel Tasman. Es wäre der dortige Berg „Mount Zeehan" gewesen, den er erforschte - der heute dem Ort seinen Namen gibt. Die damalige Gegend wäre ein wildes und unzugängliches Gebiet gewesen. Dennoch begann damals sehr aggressiv deren schnelle Besiedlung.
Und es wären die Edelmetalle gewesen, die man dort entdeckte. Weil dann die Menschenmassen dorthin strömten, wäre danach auch die Landwirtschaft auf der Strecke geblieben.

Heute würden leider in der Stadt nur noch etwa 1000 Einwohner leben. Aber in der ersten Dekade des 20. Jahrhunderts konnte es Zeehan der Größe nach mit Launceston und Hobart aufnehmen. Da erreichte die Einwohnerzahl des Ortes kurzzeitig sogar etwa 10.000 Einwohner. In jener Zeit hätte es in seiner mehr als 3,2 Kilometer langen Hauptstraße mehr als 20 Hotels gegeben. Das hing eben damit zusammen, dass man damals in der Region viel Geld verdienen konnte. Das wäre auch heute noch im alten Stadtteil erkennbar, wo viele hübsche und gut erhaltene Gebäude stehen würden.

Dagegen wäre die traditionelle Goldgräberstadt Queenstown viel später als Zeehan gegründet worden. Und zwar erst im Jahr 1856.
Als dann in der Nähe am Mount Lyell auch noch Gold, Silber und Kupfer gefunden wurde, dauerte es nicht lange, bis dort ein intensiver Abbau der Vorkommen einsetzte. Die Goldgewinnung und der Abbau anderer Rohstoffe erstreckte sich danach über einige Jahrzehnte.
Und um diese Rohstoffe vor Ort verhütten zu können, wurden damals die noch reichlich vorhandenen Regenwälder kontinuierlich abgeholzt. So geschah es, dass es bald in der Umgebung nur noch kahle und lebensfeindliche Hügel rund um Queenstown gab.

Zu jener Zeit zog es viele Arbeiter in diese rasant wachsende Stadt, die schnell bald 10.000 Einwohner erreichte. Als aber das Ende des wirtschaftlichen Booms kam, schlossen viele Minen. Und mit den entlassenen Arbeitern verminderte sich natürlich auch wieder die Bevölkerung der Stadt.

Heute würde die hinterlassene apokalyptische Mondlandschaft inzwischen eine touristische Attraktion darstellen, so dass derzeitig der Wunsch nach intensiver Wiederaufforstung keinen großen Stellenwert hätte. Die kahlen Hügel würden je nach

Sonneneinstrahlung und Mineraliengehalt rosa, golden, grau oder purpurrot schimmern.

*

So fuhren Robin und Sarah, versorgt mit den notwendigen Informationen, nach dem Frühstück des folgenden Tages los.

Obwohl sich dieser noch junge Tag erneut als ein weiterer Hitzetag in seiner Entwicklung abzeichnete, wollten sie den Besuch dieser beiden ausgewählten Städte doch nicht versäumen. Deshalb nahmen sie auch die sich andeutende Hitze in Kauf. Zum Fahren wählten sie den schwarzen Jeep von Sarah. Darin fand der Hund mehr Platz auf dem Rücksitz.

Sarah fuhr als Fahrerin gemächlich auf der Zeehan-Strahan-Straße in die nördliche Richtung. Die Hauptstraße war gut asphaltiert.
Da das Verkehrsaufkommen zu dieser Stunde gering war, konnten sie gemeinsam die umgebende, fast hügellose, 25 Kilometer lange Strecke bis zum Ziel genauer beschauen. Die Flora zeigte sich hier auf der ganzen Strecke sehr artenreich. Zuerst durchfuhren sie ein etwa 15 Kilometer langes, ursprüngliches Waldgebiet. Hier sahen sie viele vorbeifliegende, bunte Vögel. Auch ein Papagei soll darunter gewesen sein, was aber Sarah nicht bestätigen konnte. Dann fuhren sie in eine offene Landschaft. Hervorzuheben waren hier an den lichten Stellen jede Menge Blumen und Flechten. Sie verliehen der wilden Landschaft ein einzigartiges Aussehen. Aber auch

118

verschiedene Büsche, Moose, farbige Gräser und einige Koniferen gediehen in der Nähe der Straße. Ebenso fielen ihnen die weißen linienartigen Blumen auf, welche in dieser Gegend öfters vorkamen.

Nachdem sie auf der rechten Seite in Fahrtrichtung einige Sandflächen passiert hatten, sahen sie auch schon die ersten Häuser von Zeehan. Sie verließen die asphaltierte Straße und bogen links in die Main Street, die Hauptstraße von Zeehan ein. Dort stellten sie etwa 800 Meter weiter den schwarzen Jeep ab.

Beim Aussteigen nahm Robin sofort den lebhaften Dalmatinerrüden an die Leine. Dann spazierten sie über einen Kilometer an der Hauptstraße entlang. Wie schon im Touristenführer beschrieben, kamen sie hier an vielen hübschen und gut erhaltenen Gebäuden vorbei. Besonders verharrten sie an einem schmucken alten Gebäude, genannt das „School of Mines Gebäude". Die darin befindliche Attraktion, das „West Coast Pioneers Museum", wollten sie aber heute nicht besuchen. Das verlegten sie auf einen späteren Zeitpunkt. Aber dann würden sie auch den Hund im Jeep lassen.

Nachdem sie daraufhin beim weiteren Gehen einige Baulücken passieren mussten, verging ihnen die Lust am Weiterlaufen. Sie sahen, dass sich Zeehan noch nicht wieder vom erlittenen Niedergang erholt hatte. Deshalb kehrten sie um.

Nach den gewonnenen Eindrücken vom jetzigen Zustand der Stadt und da es nun auch auf Mittag zuging, wollten sie hier an der Hauptstraße keine weitere Zeit verlieren. So wählten sie sogleich den Weg zum Jeep zurück. Dabei schauten sie während des Laufens nach einem günstigen Restaurant - was sie aber nicht fanden. Und da sie die nächste, heute anvisierte Stadt Queenstown in nur 40 Minuten Autofahrt erreichen würden, vereinbarten sie, das Mittagessen dort nachzuholen. Deshalb fuhren sie gleich wieder los.

Nach etwa vier Kilometer Autofahrt stadtauswärts in nordöstlicher Richtung gelangten sie an den Kreuzungspunkt der befahrenen B27, zur A10. Hier wählten sie die südliche Richtungsanzeige nach Queenstown.

Sarah fuhr weiterhin sehr zügig. Diese Fahrweise bewirkte, dass durch die offenen Fenster der warme Luftzug sehr angenehm wirkte. So spürten sie wenig von der nun schon herrschenden mittäglichen Hitze. Diese löste die aufheizende Sonne am kaum bewölkten Himmel aus.

Natürlich sahen sie nahe der Straße ständig die strömende heiße Luft in der Landschaft. Da ahnten sie schon die hohen Temperaturen.

Die Zeehaner Landstraße führte zuerst durch wenig bewaldetes Gebiet. Auch diese durchfahrene Region bestach durch eine abwechslungsreiche Gegend. Gleich neben der Straße sahen sie farbige Gräser, Moose, Eukalyptusarten, Koniferen, Fingerhüte und viele andere Pflanzen. Schließlich wurde das Buschwerk stärker, was bald dichter Wald verdrängte.

Nach weiteren 15 Kilometern lichtete sich wieder die umgebende Landschaft. Da sahen sie erneut ein Eldorado verschiedener

Pflanzen und Gräser.

Als es auf dieser abwechslungsreichen Strecke durch flache, unberührte Landschaften gebirgiger wurde, fielen ihnen die ungewöhnlichen Farben der Berge auf. Und je näher sie der Stadt Queenstown kamen, um so mehr verstärkte sich das bergige Farbenspiel. Nach einer Senke nahe der Stadt, zeigten die Berge ungewöhnliche; rosafarbene und graue Färbungen.
Darüber las Robin im Touristenführer, dass diese Farben an den beiden Bergen „Mount Lyelt" und „Mount Owen" vom Sedimentgestein in unmittelbarer Nähe verursacht werden. Es sollen die Kupfervorkommen sein, die den Bergen dieses ungewöhnliche farbige Aussehen verleihen.
Aber im Winter sollen die Berggipfel um Queenstown herum oft schneebedeckt sein. Wobei es in der Stadt selbst nur einige Tage im Jahr schneien würde.

Auf dieser teilweise gebirgigen Strecke passierten sie kaum eine Ortschaft. Links und rechts der Straße war ja auch nur öde Natur. Wer sollte hier auch wohnen?
Nach 40-minütiger Autofahrt kamen sie an eine ihnen sehr bekannte Stelle. Hier bogen sie immer; auf dem Weg von Hobart kommend; zu ihrem Wochenendhaus von der A10 nach Strahan ab. Von dieser Stelle aus waren es nur drei Kilometer bis Queenstown.
Die umgebenden kahlen Hügel trugen nun den Charakter einer apokalyptischen Mondlandschaft. Man erkannte deutlich, dass diese Gegend durch die bergbaulichen Aktivitäten förmlich umgepflügt war. Und dass die für die Schmelzöfen benötigten

Holzmengen zum Kahlschlag der Bergwälder der näheren Umgebung geführt hatte.

Die hier vergewaltigte Natur erschütterten Robins und Sarahs sensible Naturverbundenheit. Beide machten sich sogleich Gedanken darüber, ob dieser Besuch wohl vertane Zeit sei. Doch als sie schließlich in Queenstown einbogen, bedrückte und faszinierte dieser Ort die beiden, überraschten Besucher gleichermaßen.

Nach dem Auffinden eines leeren Parkplatzes in der Nähe des Zentrums, stellten sie den Jeep dort ab. Anschließend spazierten die beiden Ausflügler eng umschlungen und mit Bellow an der Leine die alte dortige Hauptstraße entlang. Da stellten sie schnell fest, dass Queenstown bis heute den früheren Charme aus dem 19. Jahrhundert erhalten hat.

Viele alte Gebäude aus der Zeit des Goldbooms präsentierten sich links und rechts der Straße liebevoll restauriert und gepflegt. So zum Beispiel das Gebäude des einstigen Imperial Hotels aus dem Jahr 1901, das vom früheren Reichtum der Stadt zeugt. Das darin beherbergte Heimatmuseum von Queenstown wollten sie zwar nicht heute, aber ein anderes Mal anschauen. Ebenfalls beeindruckte die beiden Neugierigen das historische Postamt der Stadt. Ein sehr auffälliger Turm prägte es.

Als sie etwas später an einem einladenden Restaurant mit offenem Biergarten vorbeikamen, setzten sie sich hier an einen Außentisch. Große ockerfarbige Sonnenschirme garantierten eine schattige Sitzgelegenheit. Auch dem schwitzenden Hund tat diese schattige Ruhepause gut.

Nachdem er aus einem extra für die Hunde bereitgestellten Wassertopf getrunken hatte, legte er sich nahe von Robins Füßen unter den Tisch.

Sehr hungrig geworden, bestellten Robin und Sarah gemeinsam das angebotene Mittagsgericht. Es war Steak mit Pilzen und Kartoffeln. Dazu wählten sie je ein Glas Wein und eine Flasche spritziges Wasser.

Während ihrer Wartezeit auf das Mittagsgericht blätterte Sarah im regionalen Touristenführer. Dabei fand sie interessanterweise heraus, dass Queenstown der Zielbahnhof der „Westküsten Eisenbahnstrecke" sei, die nach Süden am Quenn River und dann am Nordufer des King River entlang zum Hafen Strahan führt. Diese einzigartige Eisenbahnlinie wäre eine tolle touristische Strecke durch eine einzigartige Natur mit ständig wechselnden Bildern.

Robin meinte, dass sie beim nächsten Besuch mit der Eisenbahn diese Linie einmal fahren sollten. Dann müssten sie eben ein Auto hier in Queenstown stehen lassen und das andere Auto in Strahan vorher abstellen. Und nach der Eisenbahnfahrt von Strahan aus das Auto in Queenstown wieder holen. Sarah nickte. Dabei blätterte sie im Reiseführer weiter. Bald fand sie noch weitere Hinweise über Sehenswürdigkeiten in der näheren Umgebung von Queenstown. Sie erwähnte die beeindruckenden Nelson River Wasserfälle. Diese würde man nach 20 minütiger Autofahrt östlich von der Stadt inmitten eines dichten, artenreichen Regenwaldgebietes erreichen. Auch die

Wanderwege dorthin wären gut ausgebaut. Eine weitere touristische Option wäre auch die Besichtigung der letzten hier noch arbeitenden Mine. Sie läge ebenfalls einige Kilometer außerhalb, im Osten der Stadt. Für Besucher würden dort tägliche Führungen stattfinden.

Als die Kellnerin das Essen brachte, legte Sarah sofort das Buch in ihre Umhängetasche zurück.
„Für unseren heutigen Ausfahrttag sollte es reichen", sagte sie. „Was meinst du?"
„Ja", bestätigte Robin. „Wir sollten nach dem Essen zurückfahren. Erste Eindrücke haben wir doch hier genug gesammelt! Das sollte reichen."

Aber nach dem Essen verweilten sie doch noch einige Zeit unter dem großen, schattenspendenden Sonnenschirm. Trotzdem spürten sie die vorherrschende Hitze. Denn der angebrochene Nachmittag hatte mittlerweile die sommerlichen Temperaturen voll entfaltet.
„Jede Stadt hat etwas für sich", meinte Sarah. „Aber Queenstown gefällt mir besser als Zeehan. Hier ist es einfach lebhafter."
„Hier in Queenstown sollen ja auch derzeitig noch etwa 5000 Einwohner wohnen", ergänzte Robin. „Und dazu kommen die täglichen Touristen, die weiteres Geld in die Stadt bringen."
Sarah nickte. „Ja, so ähnlich steht es auch im Touristenführer. Und das soll hier sogar eine wieder steigende Einwohnerzahl ausgelöst haben."

Robin wischte sich den Schweiß von der Stirn. Unter dem

großen ockerfarbigen Sonnenschirm sammelte sich die Hitze so regelrecht. Es herrschte keine Luftbewegung.

Natürlich dachten beide sofort an ihren kühlenden Strand. Sarah schielte zum fast wolkenlosen Himmel.
„Weißt du Robin", sagte sie nachdenklich, „auf unserer Fahrt zurück sollten wir in Strahan anhalten. Wir brauchen doch noch einige Vorräte. Dann wären die letzten Urlaubstage am Strand total abgesichert. Wir bräuchten nicht mehr einkaufen zu fahren. Damit würden wir bei dieser anhaltenden Hitze einen halben Strandtag gewinnen!"

Natürlich war Robin dafür. Bei dieser mörderischen Hitze ließ es sich wirklich nur am Strand aushalten. Das sollten sie bis zum Ende ihres Urlaubes voll ausnutzen. So bezahlten sie, gingen zum Jeep zurück und fuhren los.

12

Da die Fahrstrecke von Queenstown nach Strahan nur 30 Kilometer betrug, erreichten sie schon nach 25 Minute die Hafenstadt.

In Strahan fuhren sie direkt zu ihrem Lebensmittelmarkt, stellten dort auf dem Parkplatz den Jeep ab. Und während Sarah den Einkauf tätigte, ging Robin mit dem Hund eine kleine Runde. So fand auch der Dalmatinerrüde seine Abwechslung, bevor die Fahrt weiterging.

An ihrem kleinen, steinernen Haus angekommen, wollten sie den Tag noch angenehm ausklingen lassen. So deckten sie vor dem Haus den Tisch wieder reichlich ein und aßen vergnüglich das Abendbrot. Dabei gab Robin auch Bellow sein Futter.

Da es zu dieser frühen abendlichen Zeit noch sehr heiß war, wollten sie den heute bisher nicht erfolgten Strandbesuch nachholen. Deshalb einigten sie sich spontan, den heutigen einzigartigen Abend am nahen Strand zu verbringen. Davon begeistert, standen sie schnell auf. Robin wollte schon mit dem aufwendigen Abräumen beginnen. Doch Sarah hatte eine andere Idee.
„Weißt du, wir stellen den kompletten Tisch einfach in den Flur", sagte sie. „Das Abräumen können wir später vornehmen."

Nur die Weingläser stellten sie zur Vorsicht seitlich ab. Dann trugen sie den gedeckten Tisch in den Flur. Dabei bekam der aufmerksame Hund mit, dass Herrchen und Frauchen am heutigen Abend keineswegs hier am Haus bleiben wollten. Es stand also noch ein Rundgang an. Das begeisterte Bellow natürlich. Und als Robin ihm etwas später die Gehrichtung anzeigte, wusste er, dass es zum nahen Strand ging. Diesen Weg lief er gerne. Bald konnte er dort die 800 Meter vom Haus entfernten Dünen erklettern – was ihm stets Spaß bereitete.

Sarah hatte aus der Küche schnell noch eine Korbtasche geholt. Darin verstauten sie die angetrunkene Flasche Wein und die beiden Weingläser. Dann schlossen sie das Haus ab und gingen los.
Nach wenigen Minuten gelangten sie schon zu ihrem bevorzugten „Admiralshügel". Es war ein hoher Dünenhügel, von welchem die Sicht besonders gut war. Von hier oben konnten sie wunderbar auf das spielende Meer schauen, wenn die großen Wellen in sanften Strandbereich zusammenschlugen. Dort wurden sie vom feinsten Sand regelrecht aufgeschluckt, ehe die Sandkörner wieder die Nässe abgaben und ihre ehemalige Farbe annahmen.

Immer wieder war es für beide überwältigend, dieses beeindruckende Zusammentreffen von Meer und Land, dieser einzigartige Schauplatz ihrer oft stattfindenden Kämpfe bewundern zu können. Auch heute fanden sie von hier aus befreiende Blicke auf den nahen Strand, ebenso über die unendlichen Weiten des Indischen Ozeans.

An warmen sonnigen Abenden hatten sie oftmals schon diese markante Stelle aufgesucht. Hier setzten sie sich immer in den warmen Sand. Dabei lehnte sich Sarah stets an Robins Schulter. Dann schwiegen sie einfach, sprachen kaum ein Wort. Wer laut redete, zog den missbilligten Blick des anderen auf sich – wie jemand, bei dem im Kino das Mobiltelefon klingelt.

In solchen Minuten fanden sie heraus, dass zwar jeder helle Tag anders endete, aber stets die gleiche Nachdenklichkeit zurückließ. So war es auch heute.
Selbst den Dalmatinerrüden inspirierte wohl erneut das abendliche Schauspiel. Ganz in sich verkehrt, verfolgte er das majestätische Szenarium vom Oberschenkel seines Herrchens aus, auf dem seine Schnauze lagerte.

Sank dann die rote Abendsonne ins Meer, sprang der flammende Schein von Welle zu Welle, erreichte den Strand, die glitzernden Dünen und tauchte die Beobachter in aufleuchtende Glut. Und erst nachdem der strahlende Herd versunken war und der Nachthimmel den letzten roten Schein geschluckt hatte, schritten sie ins Haus zurück.

Auch heute wiederholten sie das angenehme Szenario. Aber heute unterbrach Sarah die Minuten der schweigsamen Bewunderung.
„Ich glaube, heute scheinen die Farben intensiver zu leuchten als sonst", flüsterte sie.
„Ja, ich bemerke es auch", bestätigte Robin. „Vielleicht findet gerade eine atmosphärische Umstellung statt. Die Hitzeperiode

scheint wohl zu Ende zu gehen."

„Wenn wir wieder in Midway Point sind, braucht es ja auch nicht mehr so warm zu sein", meinte Sarah.

Robin nickte. „Kühlere Temperaturen wären auch mir dann lieber. Aber der letzte Wetterbericht hat noch keine Beendigung der jetzigen Hitzewelle angekündigt. Sie soll noch mindestens zwei Wochen andauern."

„Das müssen wir hier am Strand noch ausnutzen. Wir sollten die weiteren geplanten Ausfahrten streichen", hauchte Sarah.

„Du hast recht", bestätigte Robin. Zärtlich küsste er ihre Stirn.

Als sie das letzte Glas Wein getrunken hatten, war es schließlich dunkel geworden. Ein einsetzender kühler Wind aus der Ferne des Meeres wehte ihnen nun entgegen. Er begann die noch warmen Temperaturen zu mischen. Da brachen sie auf und gingen in ihr Wochenendhaus zurück.

Mit ihren mitgenommenen Taschenlampen erhellten sie den kurzen sandigen Rückweg, den ihnen Bellow sicher anzeigte.

13

Wie sie sich vorgenommen hatten, gestalteten sie die weiteren Urlaubstage abwechselnd durch Fläzen am nahen weißen Strand und durch ausgiebige Spaziergänge um ihr Haus herum. Aber durch die weiterhin andauernde Hitze bevorzugten sie besonders das tägliche Auskosten des Strandlebens. Stets gingen sie täglich kurz nach dem Frühstück los. Dabei nahmen sie eine Decke, das Sonnenzelt und natürlich auch einen Korb voller Verpflegung mit.

Ihr stets gewählter Liegepunkt lag in der Nähe des Strandes zwischen zwei größeren Dünen, am Fuße ihres „Admiralhügels“. Hier stellten sie das halbseitig runde Sonnenzelt so auf, dass die geschlossene Seite zur Windrichtung zeigte – also in Richtung Meer. Hinter das Sonnenzelt legten sie die Decke. Und nachdem dies erledigt war, stellten sie den Verpflegungskorb in den schattigen Bereich des Zeltes. Ihre abgelegten Kleidungsstücke legten sie ebenfalls darin ab.

So verbrachten sie die heißen Stunden an fast allen Urlaubstagen immer vollkommen nackt am herrlichen, weißen, menschenleeren Traumstrand.

Mittlerweile waren ihre sportlichen Körper von der Sonne gut gebräunt. Fast alle Stellen ihrer Körper hatten eine durchgehende knackige, braune Färbung angenommen. Und wurde es ihnen in der Sonne doch zu heiß, liefen sie zum nahen Meer, dort wo die Brandung ihr Spiel trieb.

Obwohl die Meeresströmungen an der Westküste der Insel nicht besonders warm sind, können hier die sommerlichen Wassertemperaturen in der Nähe des Strandes schon angenehme Badewerte erreichen. Voraussetzungen sind hierzu kein stürmisches Meer und intensive tägliche Sonneneinstrahlung. Das spendete ihnen die jetzige Hitzeperiode im Überfluss: Und das Meer blieb auch ruhig. All diese Faktoren garantierten ihnen den täglichen Badespaß. Deshalb herrschten auch im flachen Strandbereich angenehme Wassertemperaturen.
Weil weiter draußen eine vorgelagerte Sandbank sie schützte, fühlten sie sich hier vollkommen sicher vor unliebsamen, ufernahen Raubfischen.

Oftmals tollten sie im Wasser wie jauchzende Kinder herum, bespritzten sich gegenseitig. Manchmal schulterte Robin Sarah ausgelassen, warf sie dann aber sogleich wieder in die nächste, herandonnernde Welle. Und da auch Bellow nicht wasserscheu war, sprang er im schäumenden Wasser immer bellend um die beiden Badenden herum. Am liebsten hatte er es, wenn Robin einen kleinen, roten Ball ins wellenreiche Meerwasser warf. Dann stürzte er sofort hinterher und brachte das Beutestück stolz seinem Herrchen zurück, damit er es erneut werfe. Nach so einem ausgiebigen Badespaß sonnten sie sich wieder auf der Decke, aber auch manchmal im warmen Sand. Da lag der Hund stets nahe bei ihnen.

Obwohl Robin und Sarah täglich am Strand ganz nackt nebeneinander lagen, liebten sie sich hier nur einmal. Das verursachte bei beiden das völlige Auskosten der leidenschaftlichen Liebesnächte, welche sie stets nach zwei oder drei Tagen Pause durchlebten.

Diese Liebe am Strand geschah in der zweiten Urlaubswoche, als sie ihre nassen Körper nach einem ausgelassenen Badegang zur wärmender Sonne ausrichteten. Da sich ihr Standort in der Talsohle zweier mächtiger Dünen befand, zur Strandseite das aufgestellte Zelt stand und auf der anderen Seite der Talsohle eine vorgelagerte Düne das Buschwerk abschirmte, erfüllte der Standort angenehme Bedingungen einer vollkommenen Abgeschiedenheit. Noch dazu, dass es hier sowieso sehr einsam war und ganz selten Menschen vorbeikamen. Und zur Bewachung der beiden nackten Sonnenanbeter gab es ja auch noch Bellow. Diesmal hatte er sich im schattigen Zelt niedergelegt.

Als es am Strand passierte, lag Sarah am Fuße des „Admiralhügels" etwas höher als Robin. Dabei rekelte sie wohlig ihre schlanken; braunen Beine hin und her – ebenfalls ihre beiden Arme. Als sie dann die richtige Ruhestellung gefunden hatte, ließ sie ihre mit vielen Wasserperlen übersäten Beine weit gespreizt ruhen. In einem wunderbaren Gefühl von innerer; glücklicher Zufriedenheit schloss sie die Augen.

Auch Robin genoss im gleichen schweigsamen Zustand die innere Ruhe. Selbst der Hund döste zu dieser mittäglichen sehr heißen Zeit, etwas seitlich gedreht, im schattigen Bereich des Zeltes.

Es war wohl die Wirkung der erneuten Erwärmung seines Körpers, die Robin nach einigen Minuten zum Positionswechsel seiner Liegestellung veranlasste. Als er nun beim Drehen seines Körpers den Kopf zur höher liegenden Sarah bewegte, schaute er plötzlich direkt in ihre nahen; großen und kleinen, leicht geröteten Schamlippen. Die ovale Scheidenöffnung bildete zwischen ihren gespreizten Beinen darin das unübersehbare Zentrum. Und rings um dem Scheidenhügel kräuselten sich die kleinen; lockigen schwarzen Haare. Darin glitzerten noch einige Wasserperlen. Dieses schwarze Buschwerk verlieh der unteren Landschaft von Sarahs makellosem Körper die sanfte begehrenswerte Vollendung. Und weiter oben rundeten ihren vorzüglichen schlanken Körper, der ganz schmal an der Taille war, zwei feste wohlgeformte Brüste ab.

Robins Blick bemerkte dabei auch die aufrecht stehenden, dunklen Brustwarzen, die die jugendlichen Brüste zierten. Wie konnte er dies beim Baden vorhin nur übersehen haben?

Es waren eben diese ganz nahen, erotischen Bilder, die ihm nicht losreißen ließen - eher noch mehr stimulierten.

Durch den gesamten erregenden Anblick total gebannt, konnte er seine aufsaugenden Blicke von so ganz nahen, erotischen Früchten nicht mehr abwenden.
Als er erneut mit seinen funkelnden Augen starr am auseinander gelegenen, größten Prunkstück der weiblichen Schönheit hängenblieb, breitete sich das entfachte Feuer in seinem Körper aus.
Robin sprach zu Sarah kein Wort über seine plötzliche Erregung.
Sie lag doch entspannt im warmen Sand und fühlte sich so wohl.

Aber sein schnelleres Atemholen bekam sie schnell mit. Instinktiv öffnete sie die Augen. Was sie nun sah, hatte sie nicht erwartet. Robins seitlich liegender, korallenroter Kopf seines aufgerichteten Gliedes präsentierte seine gesamte, riesige Größe. Als sie beim kurzen Beschauen seines stolzen Stückes deren glühende Röte mitbekam, erwachte in ihr selbst Begehren. Da sie nun selbst erotische Gefühle in der Tiefe ihres Bauches bemerkte, fand sie Geschmack an dieser Szene. Ein beiderseitiger, kurzer Blick genügte ihnen.

Sofort und ohne Zeit zu verlieren, kroch der heißblütige Robin auf allen Vieren zu Sarah hoch. Kaum war er über ihr, bestürmte er auch schon, ohne jegliches Vorspiel, ihr erotisches Zentrum. Und je tiefer er vorsichtig, Zentimeter auf Zentimeter, eindrang, entstand auch in Sarah verlangendes Vergnügen. So weit gespreizt wie ihre Beine, so weit breitete sie ihre Arme in den umliegenden, warmen Sand. Überrascht, doch auch gleichzeitig entzückt über die spontane Liebe am Strand, bemühte sie sich, ihre eigenen Bewegungen zum beiderseitigen höchsten Vergnügen zu gestalten. Dazu benutzte sie die kräftige Muskulatur, die ihre Scheide umgab, die sie sich durch tägliche Übungen antrainiert hatte.

Als Sarah nun spürte, dass sein mächtiger Liebesstab in ihrem Innern nun gänzlich angekommen war, wurde sie selbst aktiv. Nun umschlossen ihre inneren Muskeln wie mit einem Handschuh sein steifes warmes Glied. Das löste beiderseitig ein tolles, sinnliches Gefühl aus. Um so mehr verstärkten die begleitenden intensiven Zungenküsse die Handlung, so das alles noch stürmischer und heftiger wurde. Bald ertönten Laute brennender Begierden, die die beiden Liebenden von vergangenen Liebesnächten her kannten. Ein wildes sexuelles Vergnügen erfasste sie im warmen Sand. Es war eine ungezähmte Raserei der Bewegungen.

Nun galt für die beiden Liebenden nur eines: Zum Höhepunkt zu gelangen, zum beiderseitigen inneren, himmlischen Genuss. Als es dann soweit war, brachen sie in begleitende tiefe Seufzer aus. Die Laute flossen in ihre empfindsamen Seelen. Diesen himmlischen Augenblick kosteten sie in ihrer Liebesstellung noch einige Zeit aus.

Später, als die inneren Gefühle des Vergnügens nachließen und nachdem Robins Glied auch vollkommen erschlafft war, trennten sie ihre Verbindung. Doch nah nebeneinander liegend kuschelten sie weiterhin, hielten ihre Hände fest.

Und der Hund? Die ganze Zeit lag der Dalmatinerrüde still und treu im Zelt daneben - gewährte Herrchen und Frauchen dieses Erlebnis.

Was ihrem leidenschaftlichen Liebesspiel am Strand ausmachte, war der überraschende Sex an diesem außergewöhnlichen Ort, der besonders aufregend war. Und was an vorgelagerter Romantik bei diesem Liebesakt fehlte, wurde durch die Hitze der Leidenschaft wettgemacht.

Die Vorstellung, dass Robin sie hier am Strand sofort genommen hat, hatte für sie etwas Aufregendes gebracht. Es war wohl hier die einsame Natur, die so stimulierend wirkte. Da hemmte nichts

Künstliches die beiden Körper. Außerdem genoss es Sarah, dass sie so sehr begehrenswert für Robin war. Da wurde sie selbst in dieser Situation von der überraschten zur geduldigen und selbst zur liebestollen Frau, die dann die reiche Flut an balsamischen Süßigkeiten kaum erwarten konnte.
Und Robin selbst schätzte es hinterher umso mehr, dass Sarah ihm den Gefallen getan hatte.
Um so länger dauerten ein paar Tage später die nächsten sexuellen Berührungen, welche im nächtlichen Bett zärtlicher als je zuvor stattfinden sollten.

14

Am Nationalfeiertag, dem „Australia Day", der in Australien am 26. Januar gefeiert wird, gab es in den Nachbarstädten Strahan, Zeehan und Queenstown viele organisierte Veranstaltungen. Robin und Sarah wollten aber nicht in solch einen Trubel geraten. Eher wollten sie diesen erneut herrlichen Sommertag wieder am nahen Meer verbringen.

Doch aus Anlass des feierlichen Tages würden sie am Abend etwas feiern. So diskutierten sie, wie sie den ausklingenden Tag gestalten könnten. Letztendlich entschieden sie sich für einen außergewöhnlichen Grillabend vor dem kleinen, steinernen Haus. Und partyähnlich wollten sie diesen wolkenlosen Abend ausgestalten.

In Vorbereitung auf diesen Abend hatte Robin vier Pfähle in den sandigen Boden gerammt. Danach hatte er die Pfahlköpfe kreuz und quer mit starker Schnur verbunden. Beim Anbringen der vielen Girlanden half ihm auch Sarah mit. Nach Abschluss der Dekoration sah alles toll aus. Überall hingen nun bunte, unterschiedliche Girlanden, wobei die Mitte des Vierecks ein roter, hängender Mond zierte. Anschließend teilten sie sich bei den weiteren Vorbereitungen auf. Robin richtete außen alles her. Sarah hantierte in der Küche. Und später wollte Robin ihr beim Heraustragen der vielen Speisen und Getränke helfen.

Als Robin zum Holzschuppen ging, begleitete ihn Bellow. Und als sein Herrchen den Grillwagen daraus hervorholte, bellte er mehrmals. Der Hund erinnerte sich wohl daran, dass dieses Gerät einen Bezug zum Fleisch hat, was er ja heute noch bekommen würde. Robin schob den Grillwagen, den er vor einem Jahr in Strahan gekauft hatte, in die Nähe ihres geschmückten Bereiches. Hier platzierte er ihn ein paar Mal an verschiedenen Stellen, bis er sicher war, dass es nun der beste Standort sei. Dann bestückte er den eisernen Boden des Grillbereiches reichlich mit Holzkohle.

In der Zwischenzeit bereitete Sarah in der Küche viel frisches Gemüse als Beilage vor, so dass nicht nur die leckeren Fleischsorten den heutigen Abend bestimmen sollten. Als Robin ins Haus kam, um Kerzen zur Bestückung der Girlanden zu holen, war Sarah schon mit allen Zubereitungen fertig. Sie bat ihn ihr beim baldigen Hinaustragen zu helfen. Die dazu notwendigen Abstellflächen für alle Speisen und Getränke hatte Robin in seinen Vorbereitungen schon geschaffen. So konnte alles schnell hingestellt werden.

Das Getränkearsenal, was aus Bier-, Rotwein- und Wasserflaschen bestand, dazu weitere Teller, stellten sie auf zwei in Tischnähe übereinander gestapelten Holzkisten ab. Ein weißes Laken überspannte die Holzkisten und machte sie unsichtbar. Auf einem weiteren Tisch, den sie aus der Küche holten, stellten sie die leckeren Grillsachen ab.
Zur romantischen Vervollkommnung des feierlichen Anlasses vergaßen sie auch nicht den verglasten Kerzenständer nebst Radio zu platzieren.

Nachdem sie alles zu ihrer Befriedigung vorbereitet hatten, präsentierte sich der sandige Vorplatz danach in einer eindrucksvollen, festlichen Atmosphäre. Und da zu dieser frühen abendlichen Zeit noch immer hochsommerliche Temperaturen herrschten, es sogar fast windstill am Haus war, garantierten die begleitenden Umstände den erwünschten feierlichen Rahmen.

Als Sarah ins Haus gegangen war, um sich noch etwas frisch zu machen, zündete Robin schon die Holzkohle an. Der Hund spazierte dabei ganz unruhig und ständig an den abgestellten Fleischsorten schnuppernd herum. Da gab sein Herrchen ihm schon das vorbereitete Hundefutter. Der hungrige Dalmatinerrüde sollte sie später nicht beim Essen stören.

Wohl waren schnell 45 Minuten vorbei. Robin hatte schon einen Teil des Fleisches gegrillt. Als er gerade nach Sarah rufen wollte, kam sie jetzt aus dem Haus. Sie trug das kurze rote Sommerkleid, was er so besonders mag. Ganz geschmeidig ging sie zum Speisetisch, setzte sich. Ihre langen schwarzen Haare hatte sie lässig hochgesteckt. Robin musterte sie und pfiff.
„Du siehst himmlisch aus", sagte er ehrlich beeindruckt. „Deshalb wohl erst dein spätes Kommen!"
„Na ich wollte im Urlaub auch einmal dein Lieblingskleid anziehen. Heute ist dieser Tag."
„Da hast du mich damit wirklich überrascht. Es ist dir gelungen."

Robin schwitzte am Grill. Mit einem Tuch wischte er den Schweiß von seiner Stirn. Da er heute für das Grillen verantwortlich war, überprüfte Sarah mit einem Blick seine erfolgte Arbeit.

„Ich sehe, dass du den Hauptteil schon geschafft hast", meinte sie mitfühlend. „Nur noch den Käse und das Brot musst du drauflegen."

„Ja, gleich wird alles fertig sein!", beteuerte Robin. Und sogleich legte er die in Alufolie eingeschlagenen Käsestückchen und die geschnittenen Brotscheiben am Rand des Rostes ab.

„So, nun kann die Party losgehen", seufzte er mit festlicher Stimme.

Dabei streifte er erleichtert die umgebundene Grillschürze ab, legte sie seitlich neben dem Radio ab. Im Zurückbeugen schaltete er das vorbereitete Musikgerät ein, lächelte. Plötzlich erklang klassische Gitarrenmusik eines Welthits. Doch die schon vorher eingelegte CD tönte in viel zu großer Lautstärke.

Sarah hielt sich die Ohren zu. „Bitte leise", rief sie. „Wir sind doch nicht auf einen wilden Rockkonzert."

„Okay, so laut sollte es auch nicht sein."

Robin stellte die Musik leiser. Da er sich nun erneut anschickte, nach dem Grill zu schauen, wurde Sarah ungeduldig. Sie erwartete mehr.

„Gibt es heute auch etwas zu trinken?", fragte sie schalkhaft, gleichzeitig hinweisend.

Da begriff Robin, dass er nun die feierliche Eröffnung des wunderbaren Abends kundtun musste. Als aufmerksamer Gentleman öffnete er eine gekühlte Sektflasche, schenkte in beide Gläser ein. Das musste er mehrmals tun, da es sehr perlte. Doch dieser abwartende, beobachtende Zustand erhöhte nur noch

die gemeinsame Vorfreude auf dem Abend. Und als sie dann anstießen, verschwand gerade, wie nach Protokoll, die untergehende Sonne hinter dem küstennahen Buschwerk. Da fühlten sie, dass die kommenden Stunden halten werden, was sie sich im voraus gewünscht hatten – und zwar gemeinsame Stunden voller Romantik.
„Prost, auf unseren Abend", sagte Robin.
„Prost darauf", antwortete Sarah.

Nach dem Anstoßen nahm Robin schnell die gerösteten Scheiben Brot vom Grill, wendete die in Alufolie eingeschlagenen Käsestückchen. Danach bediente er seine Frau sehr aufmerksam. Dabei vergaß Robin auch nicht den Wein und das Wasser in den Gläsern nachzugießen. Auch nahmen sie bedacht langsam das reichhaltige leckere Essen zu sich, so dass der Appetit bei beiden nicht schnell verloren ging.
Auf kleine, knusprige Rippchen ließen sie den warmen Käse folgen, auf den Genuss der kleinen braunen Bratwürste das reichhaltige Gemüse. Und auf den dampfenden Schaschlik das geröstete Brot. Dann folgten noch die Ministeaks.

Als Sarah nach etwa einer Stunde nicht mehr konnte und das Essen aufgab, aß Robin weiter. Mit Genuss verzehrte er die restlichen Portionen von Sarah. Doch dann war auch er satt. Da streckte er genüsslich die Beine von sich, schaute nach Bellow. Dieser lag ebenfalls wohlig und total ausgestreckt neben dem Tisch im Sand. Weil er eben dem Hund vorher genügend Fleisch gegeben hatte, blieben sie beim Essen von ihm ungestört. Es war eben so richtig gewesen. Das wollte er zukünftig nun immer so tun.

„Oh je, mein Bauch ist jetzt übervoll“, stöhnte Sarah. „Am morgigen Vormittag sollten wir am Strand eine Strecke rennen. Das musst du mir versprechen.“

„Spricht jetzt dein voller Bauch oder der Verstand?“

„Was soll das?“

„Na ich dachte jetzt an Norman Mailer, an ein Zitat von ihm.“

„Norman Mailer? Meinst du etwa den amerikanischen Schriftsteller?“

„Ja, den meinte ich“, bestätigte er, nickte dazu.

„Und der fiel dir jetzt gerade so ein!“

„Ja, denn er sagte einmal: *„Der Wohlstand beginnt genau dort, wo der Mensch anfängt, mit dem Bauch zu denken.“*

Sarah griente und meinte, dass daran schon etwas Wahres wäre. Dann dachte sie kurz nach.

„Ja, über den Wohlstand habe ich einmal gelesen, dass man ihn auch als ein Durchgangsstadium zwischen Armut und Unzufriedenheit bewerten kann.“

Robin analysierte. Skeptisch schüttelte er den Kopf. „Weißt du, das trifft aber auf uns nicht zu“, antwortete er spontan. „Du bist eine ehrgeizige Künstlerin und ich ein philosophischer Professor. Da spielt doch in unserer gemeinsamen Lebensplanung die Anhäufung von Reichtum keinesfalls die bestimmende Rolle. Wir beide wollen doch neben unseren Berufen nicht die Kultur vermissen. Wir wollen sie in unserer wenigen Freizeit nur ausleben. Na, wir tun einfach etwas für unsere Seele.“

Sarah nickte. Sie nippte aus ihrem Glas mehrere Schlucke Wein. Dann sah sie Robin an und meinte:

„Tatsächlich hält das Essen und Trinken sprichwörtlich Leib und Seele zusammen. Jetzt bin ich vollkommen satt, fühle mich deshalb auch richtig wohl. Aber wenn ich in einem mich begeisternden Projekt stecke, dann hungere ich meistens. Dann vergesse ich einfach das Essen. Da verliere ich schnell einige Kilos.“

„Also integrierst du dich schöpferisch voll in deine Arbeit, was ich auch tue. Deshalb sollten wir uns nicht über diesen zeitlichen Wohlstand freuen, ihn eher als Ausnahme genießen.“

Als Robin bemerkte, dass Sarah ihm wohl nicht ganz in seiner Aussage gefolgt war, ergänzte er.

„Na ich meine: Weil wir uns eben nicht sicher sein können, dass er immer andauert!“

„Wie meinst du das?“

„Stell dir einmal vor, ich oder du würden einmal beruflich scheitern … Ich meine, es könnte doch einer von uns aus irgendwelchen Gründen ausfallen. Sei es gesundheitlich durch Krankheit oder durch einen Unfall. Und obwohl wir uns in unserer Ehe bestimmt weiterhin lieben werden, müssten wir dann einiges vom erreichten Wohlstand streichen.“

„Damit hätte ich überhaupt keine Probleme“, antwortete Sarah sofort. „Unser Haus in Midway Point könnten wir verkaufen, damit die Kredite bei der Bank ablösen. Und dann könnten wir uns etwas Kleineres in Hobart oder in der Umgebung suchen. Das würde doch unserer Liebe nicht schaden. Eher wären wir an Erfahrung reicher. Was meinst du?“

„Da hast du schon recht. Das würde unserer Liebe nichts anhaben."

„Aber egal, ob wir uns einmal notgedrungen verkleinern müssten oder wenn es nicht eintritt", fuhr Sarah mit fester Stimme fort, „hier das kleine steinerne Haus am Meer dürfen wir niemals verkaufen ... Nein, wir dürfen es nicht verkaufen, weil es der heilige Ort unserer Liebe ist. Und den müssen wir uns bewahren. Weißt du, das ist unser gemeinsames Zentrum, wo wir dem bitteren Alltag entfliehen können. Hier werden wir immer zu uns finden - in jeder Lebenssituation."

Sarah sah tiefblickend in seine braunen Augen. Sie flüsterte: „Ich fühle es einfach in meinem Bauch, Robin! Dieses kleine, steinerne Haus wird unsere Liebe erhalten. Deshalb dürfen wir es niemals aufgeben. Wir sollten uns dies gegenseitig heilig versprechen!"

Robin war von ihrer Aussage gerührt. Er stand vom Stuhl auf, küsste sie innig auf ihre Wange.
„Ja, so werden wir es auch tun. Egal wie das Schicksal uns hold sein wird. Und weißt du: Hier werden wir auch keinen Besuch vom Freundeskreis empfangen. Das kleine, steinerne Haus hier soll nur uns beiden dienen!"

Ganz glücklich lehnte sie sich am Tisch zurück. Und ihre blaugrünen Augen glänzten im Seelenfrieden.
„Aber unsere Eltern sollten uns hier schon besuchen können", ergänzte sie und träumte weiter. „Und unseren Kindern soll der Ort hier ebenso heimisch werden."

„Natürlich, unsere Kinder gehören ja dann zur Familie", antwortete Robin, „wenn sie irgendwann einmal da sein werden."
Sarah schmunzelte. „Die Kinder werden schon eines Tages kommen. Aber gegenwärtig bin ich noch nicht so weit. Vielleicht nach dem Großauftrag – wenn er kommen sollte. Also habe noch etwas Geduld."

Robin schenkte Wein nach. Nein, auf dieses Thema wollte er jetzt nicht mehr eingehen. Darauf hatten sie sich vor ein paar Jahren geeinigt. Sarah sollte in ihrer Selbständigkeit erst Fuß fassen. Danach sollten die Kinder kommen. Er selbst wünschte sich drei. Weil Sarah davon nicht abgeneigt war, drängte er auch nicht. Ja doch, seit dem Umzug nach Midway Point hatte sie einen gewaltigen, künstlerischen Sprung gemacht. Das bemerkte er an ihren fertiggestellten Skulpturen, welche immer mehr an Aussagekraft gewannen. Sicherlich war es das großflächige und ruhige Atelier, was sie zu diesen Leistungen inspirierte. In dieser störungsfreien Umgebung konnte sie ihr Talent entwickeln, ihre Fähigkeiten ausleben. Das tat ihr sichtlich gut. Doch der große künstlerische Durchbruch fehlte ihr hier noch auf der Insel. Natürlich auch auf dem Festland. Und gerade in dieser noch andauernden, zwischenzeitlichen Phase trudelte überraschenderweise ein Großauftrag von der Firma HUSDLER ein. Was sollte er davon halten?

Natürlich wünschte er Sarah vom ganzem Herzen solch ein Großprojekt, damit sie sich weiter profilieren kann. Aber warum kam dieser große Auftrag gerade jetzt? Das erschien ihm einfach

unlogisch. Dieser verlockende Auftrag passte einfach nicht zu ihrem gegenwärtigen Entwicklungsstand. Deshalb schien ihm auch der schmeichelhafte Inhalt des Schreibens von der Firma HUSDLER etwas zweifelhaft zu sein. Oder hatte sie etwa Gönner in der hiesigen Kunstszene? Davon wusste er nichts. Bisher hatte Sarah an teilgenommenen Ausschreibungen auch nie vordere Plätze belegt. Und belobigende Pressemitteilungen über ihre Arbeit kannte er auch nicht.
Was waren nur die wahren Gründe für ihre Nominierung?
Und je mehr er bisher darüber nachgedacht hatte, fielen ihm hierfür nur finanzielle Gründe ein.

Da Sarahs künstlerische Persönlichkeit noch nicht ausgeprägt war und noch weitere Zeit zur Entfaltung benötigte, war sie eben als Künstlerin in der Kunstszene noch sehr preiswert zu haben. Das sollte nach seiner Meinung zutreffen. Sicherlich hat der Auftraggeber diese Fakten bei seiner Auswahl favorisiert. Ja – nur so könnte es sein.

Da Robin fest damit rechnete, dass Sarah sich trotz ihrer eigenen schwankenden Meinung schließlich doch für die Firma HUSDLER entscheiden wird, würde sie sich bald in den Großauftrag stürzen. Folglich könnte es bis zur Fertigstellung des Großprojektes wohl zwei Jahre dauern, ehe sie den Kopf für ein Kind wieder frei hätte!
Aber denkt er jetzt nicht zu egoistisch? Kann man Liebe überhaupt planen?

Robin beschlich bei diesen Überlegungen immer ein sonderbares

Gefühl. Denn jeder Partner hat doch das Recht auf die volle Ausprägung seiner eigenen Persönlichkeit. Mit seiner Professorentätigkeit macht er es doch selbst so. Also besitzt auch seine junge Frau das Recht, ihren eigenen beruflichen Weg gehen zu wollen. Deshalb sollte er sich wirklich mit seinem schlummernden Kinderwunsch zurückhalten. Sarah sollte hierzu den richtigen Zeitpunkt alleine festlegen. Und seine ständigen Erinnerungen verunsicherten sie nur. Ja, er würde jetzt nichts mehr darüber sagen.

Mittlerweile war es später Abend geworden. Der westliche Abendhimmel hatte das dämmernde Rot verloren. Längst war seine Vereinigung mit dem dunklen Band des östlichen Himmels vollzogen. Nun warfen die hell leuchtenden Girlanden ein angenehmes Licht in die schwarze Umgebung. Auch war es jetzt ganz windstill geworden. Dazu herrschten am warmen Grill wohl immer noch um die 25 Grad Celsius.

„Was für ein seltener warmer Sommerabend", stöhnte Sarah. „So etwas gibt es viel zu wenig auf der Insel. Darauf trinken wir!"

So stießen sie ihre Weingläser an. Und mit genüsslichem Zug tranken sie den Restwein ihrer Gläser leer.

„Ich glaube, wir brauchen bei dieser heutigen Hitze noch mehr", meinte Sarah. „Hol doch bitte aus dem Kühlschrank noch eine Flasche."

Robin stand sofort auf. Doch bevor er ins Haus ging, wechselte er noch die dritte CD von der Gitarrenmusik in eine neue CD voller bekannter Popsongs. Dann verschwand er geschwind im Haus, um den frischen Wein zu holen.

Sarah, von der neuen Popmusik inspiriert, bewegte sogleich im Rhythmus der Melodie ihre schlanken, braunen Beine. Dabei rutschte ihr, auf dem Stuhl noch sitzend, das kurze, rote Minikleid schnell nach oben weg. Weil sie darunter ein weißes, sehr dünnes Höschen trug und man den dunklen Fleck ihrer Schamhaare darunter sah, wirkte alles sehr erotisch.
„Jetzt kannst du lauter stellen", rief sie, als Robin aus dem Haus trat. „Den Song liebe ich, der geht mir ins Blut."
Robin stellte die Lautsprecher lauter, die Musik dröhnte nun bedeutend mehr. Das gab Sarah den richtigen Schub. Um sich nun noch gelöster und ausgelassener bewegen zu können, stand sie vom Stuhl auf. Sofort ließ sie ihren makellosen Körper parallel mit der berauschenden Melodie vibrieren. Dabei reckte sie abwechselnd ihre Arme in den Himmel. Sofort lösten sich durch diese ruckartigen, streckenden Bewegungen ihre hochgebundenen schwarzen Haare. Lässig bedeckten sie bald ihre Schulter und flogen im Takt der Bewegungen herum. Während des Titels ging sie kurz zum Tisch. Hier nippte sie ein paar Schlucke am Wasserglas, trat dann wieder nach hinten zurück. Um noch sicherer im Sand tanzen zu können, streifte sie ihre flachen, roten Sommerschuhe ab. Diese warf sie einfach im hohen Bogen hinter sich. Darauf verfiel sie schnell wieder in ihre berauschenden, mit der Musik abgestimmten Bewegungen. Wahrlich war es ein wahnsinniges, himmliches Feuerwerk an geschmeidigen Muskelbewegungen ihres Körpers, auch der

Beine, der Arme und des Kopfes.

Robin sah schmunzelnd der tänzerischen Ausgelassenheit von Sarah zu. Ihre wirbelnden Haare auf dem kurzen, roten Minikleid und die absolut geschmeidigen Bewegungen ihres Körpers zogen ihn immer mehr in den Bann. So nippte er weiter an seinem nachgefüllten Weinglas herum, obwohl er es längst schon wieder ausgetrunken hatte. So absolut locker hatte er Sarah noch nie erlebt.
Und Robin wurde es jetzt richtig bewusst: Ja doch. Was für eine hübsche, selbstbewusste, junge Frau er doch hatte. Nicht nur intelligent war sie. Nein, nicht nur das. Sie könnte mit ihrer tänzerischen Begabung sogar in einem Ballett voll mithalten. Ganz stolz konnte er auf sie sein.

Mit besonders betonten, schlängelnden Bewegungen bewegte sich nun Sarah auf Robin zu.
„Komm, lass uns tanzen", forderte sie, als sie ganz nah bei ihm war, auf. Dabei verbog sie ihren Rücken derartig nach hinten, das plötzlich bei ihr ein Schlucken einsetzte. Robin stand vom Stuhl auf und bemerkte, dass sie doch wüsste, dass er ein tollpatschiger Tanzmuffel sei.
„Gilt hier nicht", meinte Sarah. „Hier sieht es doch niemand."

Sarahs umgarnenden, tänzerischen Bewegungen steckten ihn bald zur eigenen Ausgelassenheit an. Und so tanzten sie viele Minuten in ihren eigenen Bewegungen nebeneinander. Doch der eingetretene Schlucken wich nicht von Sarah.

Gerade als eine träumende Melodie eines Welthits begann, und sich Robin auf diesen langsameren Tanz freute, intensivierten sich bei Sarah die rhythmischen Schlucktöne. Diese ständigen lauten Geräusche wirkten nun immer störender beim Tanzen. Da Sarah die Schlucktöne nicht loswerden konnte, hielt sie in ihren tänzerischen Bewegungen inne. Sie ging zu einer Stuhllehne und stützte sich. In dieser Stellung versuchte sie nun mehrmals, das lautstarke Schlucken zu unterdrücken. Doch es klappte nicht.
„Trink etwas Wasser, da geht es schon weg", empfahl Robin, während er selbst noch weiter tanzte.

Obwohl Sarah darauf wohl ein halbes Glas Wasser trank, bekam sie trotzdem das Schlucken nicht los. Robin stellte seine tänzerischen Bewegungen ein. Neben ihr blieb er stehen.
„Du hast einen mörderischen Schwips", sagte er.
„Ja, das wird es wohl sein", hauchte Sarah. „Mir ist auch komisch zumute, etwas schwindlig." Langsam sank sie auf den Stuhl, hielt dabei die Lehne fest.
„Ich muss mich jetzt hinlegen", murmelte sie. „Ich habe bestimmt zuviel getrunken. Kommst du mit dem Aufräumen klar?"

Robin nickte, wollte sie abstützen. Als er dabei ihre schlaffe Haltung bemerkte, nahm er sie sogleich in seine Arme. Er hob sie kurzerhand auf. Dankbar umschlang Sarah seinen Hals mit ihren Händen, lehnte ihren Kopf an seine Brust.

Robin trug sie ins Haus, von dort vorsichtig ins Schlafzimmer. Sarah schlief, als er sie ins Bett legte. Da entkleidete er sie nicht mehr. Und damit sie sich nicht verkühlte, streifte er ihr vorsichtshalber die weißen Laken über.

Da Robin selbst noch nicht müde war, wollte er bei dieser sommerlichen Nacht noch einige Zeit vor dem Haus verweilen. Er musste ja auch alles dort noch aufräumen. Somit gönnte er sich am Tisch noch einige Gläser kühlen Weins.

15

Solche warmen Sommernächte gab es auf Tasmanien wahrlich selten. Mit ihrer Wahl, den Jahresurlaub diesmal an der Westküste zu verbringen, hatten sie viel Glück. Das lag an der außergewöhnlichen Hitzeperiode. Schon drei Wochen dauerte sie nun an. Robin wünschte sich, dass sie zumindest bis zum baldigen Urlaubsende noch anhalten möge.

Bellow lag neben ihm. Er wich nicht von seiner Seite. Mittlerweile war Mitternacht schon lange vorbei. Die letzte, leiser gestellte CD der Popmusik verstummte. Aber weil die sommerliche Nacht noch so angenehm war, wollte er doch noch ein paar Minuten bleiben. Deshalb legte er erneut eine CD der Gitarrenmusik ein, wobei er die Lautstärke des Radio so stellte, dass die Klänge beim Träumen und Nachdenken nicht störten.

So nippte Robin öfters an seinem Weinglas, goss es nach. Als er einmal hochsah zum schwarzen, mit tausenden von flimmernden Sternen übersäten Himmel, begann er zu philosophieren: Was herrschte da oben in den unendlichen Weiten der vielen Sternenbilder?
Da fand wohl ununterbrochen ein ständiges Wechselspiel der Bilder in den unendlichen Tiefen statt! Ein Teil davon ging unter, gleichzeitig erneuerte sich ein Teil. Doch deuten letztendlich alle vom Menschen beobachteten chaotischen Geschehnisse auf eine übergeordnete Ordnung hin. Jahrzehntelange Messungen und wissenschaftliche Analysen bestätigen es. Und obwohl das

menschliche Wissen den eigenen Horizont ständig erweitert, verkleinert es trotzdem nicht den Himmel. So deckt jede neue Entdeckung in seinen Randbereichen stets neue Rätsel auf!

Robin fielen bei seinem weiteren Nachsinnen die Aussagen des deutschen Philosophen Ludwig Feuerbach ein, der sagte: *„Der Himmel erinnert den Menschen an seine Bestimmung. Daran, dass er nicht bloß zum Handeln, sondern auch zum Beschauen bestimmt ist."*

Ja, das hatten er und Sarah erkannt, auch verinnerlicht. Deshalb liebten sie beide auch die Natur so sehr. Und deshalb werden sie auch niemals hier das kleine, steinerne Haus aufgeben. Darüber war er sich mit Sarah einig.
Besuche aus dem beiderseitigen Freundeskreis wollten sie hier nicht empfangen. Als Ausnahmen betrachteten sie nur ihre beiden Eltern. Aber sie wohnten weit weg und würden hier kaum oder selten einmal erscheinen. Das Wochenendhaus an der Westküste von Tasmanien sollte nur ihnen allein und ihren zukünftigen Kindern gehören.

Plötzlich bemerkte Robin im Licht der noch brennenden, flackerten Laternen ein auftauchendes Tier. Es war ein Tasmanischer Teufel, der vom nahen Fluss kam. Etwa 20 Meter neben dem Tisch lief er daran vorbei, verschwand aber nicht im nahen Buschwerk zum Strand hin, sondern blieb davor stehen. Robin bemerkte das Tier eher als Bellow, welcher weiterhin, ruhig im Sand langgestreckt, neben ihm lag. Er döste vor sich hin. Das lag wohl an der entgegengesetzten Luftbewegung, die dem Hund die Witterung versagte.

Das aufgetauchte Tier blickte zu ihnen. Es verzog mehrmals seine Nase. Jetzt erkannte Robin im Licht auch deutlich den weißen Kehlstreifen an seinem dunklen Rumpf. Das herumstreifende Tier hatte die Größe eines mittleren Terriers.

Robin wusste, dass diese Raubbeutler auf Tasmanien besonders entlang der küstennahen Waldgebiete herumstreuten und diese gerne bevorzugten. In diesen Flächen jagte er meist nachts oder in der Dämmerung. Tagsüber verbargen sich die Einzelgänger lieber im dichten Gebüsch oder in einem unterirdischen Bau.

Längst hatte der Beutelteufel den Menschen bemerkt. Da er aber sehr menschenscheu war, hielt er sich von Robin fern. Deshalb galten seine aggressiv geäußerten, drohenden Laute eher dem Hund, damit dieser sich von ihm fernhielt. Da spitzte sofort Bellow die Ohren, sprang blitzartig auf, bellte laut. Dabei suchte der aufgeschreckte Hund nach dem Ausgangspunkt der drohenden Laute. Doch er konnte es nicht feststellen. Längst war der Beutelteufel im nahen Buschwerk in Richtung Strand verschwunden. Da wollte Bellow natürlich sofort hinterherrennen. Aber Robin hielt ihn zurück. Der aufgeregte Dalmatinerrüde beließ es beim drohenden Bellen.

Etwas später trieb der eingesetzte leichte Küstenwind den beißenden Geruch des Raubbeutlers zu ihnen herüber. Die Düfte des Tieres ähnelten in seiner Wahrnehmung, so empfand es Robin, dem des Stinktieres sehr ähnlich.

Da der geflüchtete Beutelteufel in der Dämmerung erneut
kommen würde, begann nun Robin alle Speisereste ins Haus zu
bringen. Und weil das hungrige Tier alles nach etwas
Verwertbarem untersuchen würde, nahm er auch alle Gläser und
Flaschen vom Tisch und stellte sie in der Küche ab. Nichts sollte
zu Bruch gehen. Schließlich nahm er auch noch Kerzenständer,
Radio, CDs, selbst das Elektrokabel mit nach innen. Und bevor
er die Tür abschloss, ließ er den Hund noch ein paar Minuten
seine flüssigen Markierungen um das Haus setzen.

Doch die sehnliche Nachtruhe dauerte danach nicht lange. In der
morgendlichen Dämmerung wurde sie jäh durch mehrere laute
Geräusche vor dem Haus unterbrochen.
Als Sarah Robin erschrocken weckte, fing auch gleichzeitig der
Hund an zu bellen.
Blitzartig rannte er die Holztreppe hinunter bis zur geschlossenen
Hauseingangstür. Dort kratzte er wild an der hölzernen
Türinnenfläche und bellte, was das Zeug hielt.

Robin schaute zuerst im Schlafzimmer aus dem angelehnten
Fenster, um festzustellen, was wohl die Ursache sein könnte.

Tatsächlich bemerkte er einen Beutelteufel, der sich am
erkalteten Grillgerät zu schaffen machte. Das Tier war darauf
gesprungen und hantierte dort herum. Es sah auch so aus, als ob
er ständig in die Gitterstäbe hineinbiss. Als er dann einmal mit
seinen spitzen Zähnen darin hängen blieb, kreischte er laut auf
und sprang herunter. Bei seinem Satz riss er dabei das Grillrost
aus der Verankerung, was zur Folge hatte, dass das ganze Gerät,

was auf drei Füßen stand, seitlich umkippte. Es krachte fürchterlich. Darüber selbst erschrocken, rannte der Raubbeutler fluchtartig in Richtung Flussufer davon.
Im dämmrigen Licht des Morgens schien es Robin so, als ob das erschrockene Tier mit dem verklemmten Gitterrost im Maul davon gerannt wäre. Er teilte es Sarah mit. Aber nachschauen wollte er jetzt nicht, erst nach dem Aufstehen. Deshalb rief er auch den Hund zurück. Und als Bellow wieder auf seiner Decke vor der Schlafzimmertür lag, streichelte Robin ihn so lange, bis er sich wieder beruhigt hatte. Erst danach kehrte er ins eigene Bett zurück.

Sofort schmiegte sich Sarah im Halbschlaf an ihn. Sie hatte vorher ihr rotes Minikleid abgestreift, trug nichts mehr außer ihrem winzigen Slip.
„Lass uns noch ein bisschen schlafen", hauchte sie ihm zu.

Noch sichtlich müde lehnte sie ihr Gesicht an seine behaarte Brust. Robin legte eine Hand auf ihren nackten Rücken ab. Obwohl sie nun nah beieinander lagen, zollte doch die beiderseitige Müdigkeit ihren Tribut. Beide träumten viele erotische Traumbilder – sie lagen ja so nah beieinander.

Als dann die morgendliche Sonne ihre ersten wärmenden Strahlen in den Raum warf, zwang ein letzter verblassender Traum Robin zum Aufwachen. Doch die vorher geträumte, erotische Handlung ging weiter. Das spürte er tatsächlich. Es waren Sarahs zärtliche Finger, die seine erhärtete sensibelste Stelle befühlten. Aber das war doch vorher im Traum auch so gewesen, als er den Erguss vor Anspannung kaum erwarten konnte.

Robin war nun vollkommen durcheinander. War es noch der herrliche Traum oder war es nackte Realität?

„Heute ist mein Hafen geschlossen. Na – wegen meiner Regel“, flüsterte Sarah erregt in sein Ohr, leckte mit ihrer Zungenspitze darin. „Deshalb trage ich den Slip.“

Robin öffnete die Augen, sah sie schlaftrunken an. Es war doch Realität! Er fühlte Sarahs warme Finger an seinem harten Stab.

Zärtlich sprach Sarah weiter: „Als ich vor dir aufgeweckt bin, hab ich eng an deiner Seite gelegen. Da habe ich dein aufgerichtetes Glied gefühlt, was gegen meine Oberschenkel gedrückt hat. Und als ich dich angesehen hab, hast du noch geschlafen - also musstest du von Liebe geträumt haben. Da war mir auch sofort danach.“

Während sie sprach, befühlten ihre Finger ständig weiter sein überhartes, stolzes Stück, strichen zärtlich über seine Kuppe.
Robin stöhnte.
„Leider können wir es heute nicht wie sonst treiben“, seufzte sie.
Da bemerkte sie Robins leidende Augen.
„Weißt du, aufgeschoben ist aber nicht aufgehoben“, flüsterte sie in sein Ohr.

Sie spielte noch ein bisschen mit der Zungenspitze darin. Robin zersprang fast, denn ihre gleitenden zärtlichen Finger brachten ihn der Weißglut immer näher.

Sarah frohlockte. „Das bezwecke ich auch“, meinte sie. „Aber du sollst nicht mehr lange leiden. Ich habe genauso Spaß dran. Genieße es einfach.“

Sarah schob das Bettlaken ganz zur Seite, sodass das nackte harte Ungetüm sich in seiner furchtbaren Größe optisch ganz präsentierte. Zugleich setzte sie sich auf seine Oberschenkel. Dabei nahm sie ihre Hand vom Zielobjekt keineswegs weg, hielt es während ihres Aufsitzens einfach fest. Und als sie dann ruhig saß, spielte sie mit ihren Fingern am Schatzbeutel herum, befühlte die zwei Hoden, ließ sie wandern. Danach glitt sie mit den Fingern ihrer rechten Hand am aufgequollenen Schaft entlang nach oben. Das tat sie bewusst langsam. Deshalb, um die Vorhaut über den roten Kopf stülpen zu können. Doch erst beim zweiten Versuch gelang es ihr erfolgreich. Als dies vollbracht war, strich sie mit der Handmulde mehrfach anerkennend darüber. Robin verdrehte die Augen. Und als Sarah die Vorhaut wieder total zurückrollte, um sie erneut nach oben zu bewegen, begann Robins aufgepeitschter Körper zu vibrieren. Schnell kam er unter ihren rhythmischen zärtlichen Handbewegungen immer mehr in Fahrt. Seine stöhnenden Laute wurden extremer. Doch als Sarah spürte, dass der Erguss gewaltig nahte, unterbrach sie ihr Liebesspiel. Schnell legte sie sich mit ihrem nackten Körper vollkommen auf ihn. Dabei zwängte sie seinen unbändigen verzweifelten Liebesstab mit ihrem warmen Bauch auf den seinen. Und nachdem sie ihre Hände mit seinen Händen vereinigt hatte, begann sie ihren Körper rhythmisch zu bewegen. Es dauerte dann in der Tat auch nicht mehr lange, bis eine riesige Überschwemmung die beiden aufeinanderliegenden Körper einschmierte.

Während der mehrfachen Schübe des strömenden warmen Ergusses vergrub Sarah ihre Zunge im Mund von Robin, durchstöberte darin die innigsten Winkel in seiner Mundhöhle, bis schließlich beide Zungen in verhakter Stellung verweilten. Auch wenn Sarah selbst diesmal nicht den tiefsten Orgasmus erlebte, war sie doch in den Liebestunnel eingetaucht. So blieben die Liebenden glücklich in dieser nassen, klebenden Stellung noch eine längere Zeitdauer liegen.

Später gingen sie dann gemeinsam duschen, beseitigten die geruchsintensive Samenflüssigkeit von ihren Körpern.

*

Nach dem anschließenden ausgiebigen Frühstück, was sie in der Küche einnahmen, ging Robin mit dem Hund eine Runde. Dabei wollte er nach dem umgefallenen Grillgerät schauen. Als er dann am frühen Vormittag mit Bellow aus dem Haus trat, fanden sie in der sandigen Vorfläche ein Chaos vor. Neben dem Grillgerät hatte der Beutelteufel auch noch die beiden Klappstühle umgeworfen. Überall im Sand lagen nun die Aschenreste von der Holzkohle zerstreut herum.

Da war Robin schon erleichtert, dass er in der gestrigen Nacht noch alles ins Haus gebracht hatte. Sicherlich wäre davon heute nicht viel heil, hätte er es nicht getan.
Aber wo steckte das Grillrost?

Robin verfolgte mit dem Dalmatinerrüden die Spuren des Beutelteufels, die zum nahen Ufer des Henty River führten. Der trottende Hund lief schnüffelnd voraus.
Dort im Flussbett angekommen, bellte er einen gefundenen Gegenstand an. Es war tatsächlich das gesuchte Grillrost. Als Robin es aufhob, fand er es total verbogen vor. Selbst einzelne metallene Stäbe waren aus den Schweißnähten gerissen. Da ahnte er, welche enorme Bisskraft dieser Raubbeutler haben musste.

Später, als sie am gleichen Vormittag alles wieder vor dem Haus aufgeräumt hatten, sprachen sie noch einmal über das Vorgefallene.
Wegen des vollkommen unbrauchbar gewordenen Gitterrostes, hätten sie beim nächsten Städtebesuch nun ein neues Stück kaufen müssen. Aber Sarah wollte in den letzten Urlaubstagen nicht mehr grillen. Und da auch die Vorräte noch ausreichten, brauchten sie nicht nach Strahan zu fahren. Da verschoben sie den Neukauf des defekten Gitterrostes. Das konnten sie auch aus Hobart beim nächsten geplanten Hausbesuch mitbringen.

Auf alle Fälle nahm es Robin als eine Lehre an, selbst das Gitterrost nach dem Grillen wegzuräumen. Daran hafteten eben einige verkrustete Fleischreste. Das rochen die Beutelteufel, weil sie neben dem guten Gehör eben auch einen ausgezeichneten Geruchssinn besitzen.

16

Am Ende ihres ersten größeren Urlaubes an der Westküste
Tasmaniens hatten sie das Gefühl, wohl einen ganzen Monat hier
verbracht zu haben.
Sicherlich stand ihnen dabei das beständige Sommerwetter ganz
toll Pate. Dafür waren sie sehr, sehr dankbar. In dieser Region
war es sonst oft instabil. Diesmal hatten sie damit aber Glück.
Denn ihr fast dreiwöchiger Aufenthalt hier an der Westküste lag
inmitten der hier auf der Insel 28 Tage andauernden
Hitzeperiode.

Die hohen sommerlichen Temperaturen dieser Hitzewelle hatten
große Teile von Tasmanien von Anfang Januar bis Mitte Februar
erfasst. Da herrschten fast jeden Tag über 30 Grad Celsius. Bei
so einem stabilen und warmen Sommerwetter brauchten sie
natürlich keinen Urlaub außerhalb der Insel zu buchen. Da waren
sie sich vollkommen einig. Und sie fühlten es gemeinsam: Hier
im kleinen, steinernen Haus an der einsamen Westküste am
Indischen Ozean gelang es ihnen, ihre inneren Kräfte wieder
randvoll aufzutanken. Ja, das schenkte die einzigartige Natur hier
kostenlos. Diese abwechslungsreiche Landschaft hatten sie durch
ausgiebige Spaziergänge und einzelne größere Wanderungen
schätzen gelernt.
Und was sie hier alles vorfanden: Unglaublich lange, weiße
Traumstrände, eine beeindruckende Dünenlandschaft,
blumenreiche Wiesen und Weiden, rote Felsen, farbige Berge -
bis hin zu dichten Regenwäldern.

Besonders begeistert waren sie darüber, dass ihre Badestelle einen tollen, märchenhaften Sandstrand aufwies, dahinter das Meer türkisblau schimmerte und der Ort so menschenleer war. Am Strand selbst tobten fast immer hohe Wellen, die sich im Ausmaß nach den Gezeiten richteten. Selbst das saubere, salzige Meerwasser hatte während ihrer Urlaubstage angenehme Badetemperaturen erreicht. Das verursachte die lang andauernde Hitzewelle.

Auch konnten sie hier an der Westküste neben Strahan auch die nahen Städte Zeehan und Queenstown näher in Augenschein nehmen. Da fanden sie interessante Anregungen für spätere Besuche. So bewerteten sie gemeinsam ihren ersten großen Urlaub hier an der Westküste als wirklich sehr erholsam. Beide waren glücklich.

Sicherlich prägte ihr positives Urteil nicht nur die einzigartige Landschaft, das stabile Sommerwetter oder ihre nächtlichen oder täglichen Berührungen. Nein - nicht nur das.
Es war das gegenseitige sensible, leise Zuhören, was in den vielen Wörtern unserer ausdrucksstarken Sprache oft versteckt lagert. Diese Übersetzung erlernten sie gemeinsam wieder aufs Neue.
Hier am Urlaubsort erledigten sie alles gemeinsam, durchlebten den ganzen Tag zu zweit. Die beruflichen Gedanken, verdrängten sie. So vermied Robin über anstehende Gastlesungen als Professor für Philosophie auf dem Festland zu reden. Auch Sarah erwähnte nicht mehr das interessante Angebot von der Firma HUSDLER. Das wollte sie erst wieder in Midway Point tun. Und

auf ihre sonstigen wöchentlichen sportlichen Aktivitäten verzichtete sie hier ganz. Hinzu kam auch noch die gemeinsame Freude über ihren Hund Bellow, der hier wahrlich sein Paradies mit Herrchen und Frauchen gefunden hatte. Stets hörte er aufs Wort, war wachsam und friedlich zugleich.

Hier im kleinen, steinernen Haus an der Westküste von Tasmanien wollten sie sich treiben und ihre Seelen baumeln lassen. Das war ihr beiderseitiger Wunsch vor Urlaubsbeginn gewesen.
Tatsächlich war es ihnen auch gelungen. Dadurch hatte ihre starke Liebe zueinander einen neuen Schub erhalten.

Als dann der Tag kam, an welchen sie in ihr Wohnhaus in Midway Point zurückkehren mussten, packten sie schon abends davor zwei Koffer voller angesammelter verbrauchter Wäsche. Es waren: Bettwäsche, Handtücher, Tischdecken und natürlich viele eigene schmutzige Kleidungsstücke. Auch wollten sie während ihrer baldigen Abwesenheit hier der Gefahr eines Einbruches vorbeugen. Deshalb wollten sie auch alle mitgebrachten elektrischen Kleingeräte wieder mitnehmen. Es waren u.a. Toaster, Kaffeemaschine, Schneider, Haarföhn, Staubsauger, Fernseher, Radio nebst CDs. Alles legten sie seitlich vom Standort des Fernsehgerätes ab. So konnten sie bei Bedarf einiges noch benutzen und beim Mitnehmen am anderen Tag nicht vergessen.

Am letzten Abend ging Sarah zeitig schlafen. Ihre Gedanken waren nur auf die morgige Abreise fixiert. So machte Robin einen alleinigen Fernsehabend für sich daraus.

Zu später Stunde ging er noch einmal kurz mit dem drängelnden Bellow aus dem Haus. Als er die Haustür öffnete, herrschte sternenklarer Himmel. Der Mond leuchtete ganz hell. Der Hund rannte sofort zum nahen Ufer des Henty River. Dort schnüffelte er herum. Robin folgte ihm. Das ließ der helle Mond zu.

Nachdem Bellow einige Markierungen gesetzt hatte, hob er seine Schnauze. Irgendwie versuchte er eine Witterung aufzunehmen. Als Robin bei ihm war, jaulte er kurz auf. Beim genauen Hinschauen fielen Robin im feuchten Ufersand mehrere Fußabdrücke auf. Er hielt sie aber für seine eigenen aus den vergangenen Tagen. Aber zur eigenen Kontrolle schaute er über das im hellen Mondschein glitzernde Flusswasser. Östlich des Flusses, etwa 400 Meter entfernt, zogen erste Nebelschwaden über das Wasser dahin. Sie querten die Uferbereiche. Das helle Mondlicht projizierte darin den undeutlichen Schatten eines gehenden Menschen.
Doch als die Schwaden weiterzogen, entpuppte sich Robins Annahme wohl als ufernahes Buschwerk.

Ringsherum war es ganz still. Nur ab und zu hörte Robin die leichte Brandung des nicht fernen Meeres.

Und er war sich sicher: Nein, hierher konnte kein Mensch gelangen. Es sei denn nachts durch orientierungslose Verirrung oder am Tag durch zufälliges Wandern.

Robin schaute müde auf die leuchtende Armbanduhr. Im hellen Mondschein konnte er das Ziffernblatt deutlich erkennen. Es war kurz vor Mitternacht - eine würdige Zeit, um schlafen zu gehen. Da kehrte er um und Bellow folgte ihm ins Haus.

*

Am anderen Tag war Sarah schon zeitig wach. Als Robin durch ihr mehrmaliges Rufen schließlich aufwachte, hatte Sarah längst das Frühstück vorbereitet. Ungeduldig wartete sie vor dem Haus am reichlich gedeckten Tisch, der zum vergnüglichen Mahl einlud. Noch ganz müde schaute Robin aus der Tür. Überrascht bemerkte er sofort den einladenden Tisch, an welchem Sarah den Sonnenschirm bereits aufgespannt hatte.
An diesem frühen Vormittag zeigte das Thermometer schon erneut 23 Grad Celsius im Schatten an. Die warme Sommerluft begann sich wieder aufzuheizen.

Sarah sah toll aus. Vorher frisch geduscht hatte sie ihre langen schwarzen Haare zum Pferdeschwanz gebunden. Und ihr makelloses, faltenloses Gesicht bedeckte eine frisch aufgetragene feuchte Tagescreme. Sie verlieh ihrer natürlichen Gesichtshautfarbe einen zusätzlich getönten Ton.
Robin bekam auch mit, dass ihre Fingernägel im neuen rosafarbenen Teint glänzten. Dazu verlieh ihr weit aufgeknöpftes weißes Hemd, was sie über ihre kurze Hose trug, eine faszinierende Wirkung.

„Du siehst scharf aus", sagte Robin, der sofort munter wurde.

165

„Ich könnte denken, du fährst eher zum Shoppingcenter als nach
Hause!“
Sarah lachte. „Erst einmal danke, dass du es bemerkt hast. Dafür
habe ich auch zwei Stunden benötigt!“
Sie stand vom Tisch auf und wollte das vergessene Salz aus der
Küche holen. Beim Vorbeigehen küsste sie Robin.
„Du weißt doch, dass ich das jedes Mal vor einer größeren
Autofahrt tue“, bemerkte sie lächelnd. „Das langen Fahren macht
mir dann eben mehr Spaß.“

Doch Robin versperrte ihr den Weg ins Haus, bedrängte sie an
der Haustür.
„Du riechst so sexy“, sagte er: Dabei schnupperte er an ihrem
Hals, fuhr darauf mit seiner Zunge entlang. “Komm, lass es uns
jetzt schnell noch tun.“
Aber Sarah entwand sich seinem Drängen. „Jetzt ist nichts drinn.
Mein Aussehen möchte ich nicht zerstören.“

In seinen enganliegenden Shorts bemerkte sie die entstandene
Wölbung. Neugierig griff sie mit einer Hand danach, befühlte
kurz die dahinterliegende Steife.
„Donnerwetter - du bist gut drauf“, meinte sie zögerlich.

Doch dann zog sie ihre Hand schnell wieder zurück. „Nein, es
muss jetzt nicht sein“, hauchte sie.

Und sie schlug ihm vor, dass er sich jetzt unter einer kalten
Dusche abreagieren solle. Lieber solle er sich den Druck für
heute Abend aufsparen, wenn sie wieder Zuhause wären. Weil

Robin enttäuscht schaute, fügte sie noch hinzu: „Versprochen!"

Robin duschte anschließend kalt. Erfolgreich delegierte er seine frühe vormittägliche Hitzigkeit auf den kommenden Abend. Sarah hatte es ihm ja versprochen.
Beim anschließenden gemeinsamen Frühstück nahmen sie sich viel Zeit. Dabei besprachen sie noch einmal den weiteren Tagesablauf. Da sie zwei Autos hatten, würde zuerst Sarah mit ihrem schwarzen Jeep, den sie schon frühzeitig beladen hatte, losfahren. Als Vorauskommando sozusagen. Robin sollte nach ihrer Abfahrt das gesamte kleine, steinerne Haus genau kontrollieren. Natürlich auch Restliches aufräumen. Als letzte Handlung seiner Überprüfungen wollte er alle Fensterläden fest von innen verriegeln. Abschließend das Haus und den nahen Schuppen abschließen.

Bei ihrer Verabschiedung wusste der Dalmatinerrüde nicht so richtig, ob er bei Frauchen mitfahren sollte oder nicht. Um so freudiger wedelte er mit dem Schwanz, als Herrchen ihm sein Bleiben signalisierte.

Sarah fuhr gegen 10.30 Uhr los. Als sie außer Sichtweite war, blieb Robin am Tisch vor dem Haus noch etwa eine halbe Stunde sitzen. Ruhig trank er noch eine weitere Tasse Kaffee, blätterte in den noch nicht gelesenen Seiten der hier gekauften lokalen Zeitungen. Dabei stieß er auf ein abgebildetes Foto, was ein herumstreifender Tourist einer Zeitung vor 14 Tagen präsentiert hatte. Die danach vom Zeitungsverlag veranlasste wissenschaftliche Fotoanalyse ergab, dass es sich eindeutig um einen Tasmanischen Tiger handelte. Sofort vertiefte sich Robin in dem zugeordneten Artikel. Darin stand, dass der Fleischfresser auf der Insel Tasmanien angeblich seit dem Jahr 1933 ausgerottet sei. Weil aber große Teile der Insel immer noch unerschlossene Wildnis sind, bestünde schon eine geringe Chance, dass einige Exemplare den jahrelangen Vernichtungsfeldzug überlebt haben könnten. Aber die seit dem Jahr 1938 unter Schutz stehenden Tiere waren seitdem nicht nachweislich von Wildhütern gesehen worden. Trotzdem würden fast jedes Jahr mehrere Wanderer hartnäckig behaupten, ihnen sei ganz sicher ein Tasmanischer Tiger über den Weg gelaufen.

Da dachte Robin an die eigene Begegnung mit dem fleischfressenden Beuteltier im nördlichen Küstenwaldgebiet.

Auch er hatte die Streifen am hinteren Körperteil deutlich erkannt. Es musste sicherlich ein Tasmanischer Tiger gewesen sein. Davon war er fest überzeugt. Das hatte er auch der zuständigen Wildhüterstation noch am gleichen Abend telefonisch mitgeteilt.
Sollte auch er seine Beobachtung einer Inselzeitung mitteilen? Aber weil er kein Foto hatte, verwarf er diese Überlegung.

Als er einmal auf die Uhr sah, erschrak er. Sarahs Abfahrt lag nun schon mehr als 45 Minuten zurück. Nun musste er sofort die Frühstückszeit beenden. Seine vorgenommenen Abarbeitungen erledigte er danach um so geschwinder und gewissenhafter. Zuerst räumte er den Tisch ab, brachte alles in die Küche. Dann folgten sämtliche Aufräumarbeiten außerhalb des Hauses – er

brachte die beiden Stühle, den Tisch und den Sonnenschirm in den Holzschuppen.
Dabei wich ihm der Hund nicht von der Seite. Stets blieb er bei ihm. Wohl ahnend, dass die Abreise unmittelbar bevorstand.

Nachdem Robin das gesamte Haus Zimmer für Zimmer kontrolliert, in der Küche das restliche Geschirr abgespült und im Hängeschrank eingeräumt hatte, ging er in den benachbarten technischen Raum. Dort stellte er sämtliche Systeme für Wasser, Propangas und Stromaggregat ab. Dabei vergaß er nicht, die aktuellen Zählerstände in einem speziellen Kontrollbuch einzuschreiben. Dieses Buch führte er seit Erwerb des kleinen, steinernen Hauses sehr gewissenhaft. Das Kontrollbuch verstaute er in einem Fach der Kücheneinrichtung.

Nach Beendigung sämtlicher Aufräum- und Kontrollarbeiten innerhalb des Hauses betätigte er vor den Fenstern die einzelnen Holzläden. Zuerst klappte er diese zu, welche außen angebracht und verschieden groß waren. Alle brachte er in die innere Verankerung - verriegelte dann alles. Anschließend schloss er innen das jeweilige Fenster. Das tätigte er im Haus von oben nach
unten. Dabei schloss er auch immer die einzelnen Innentüren mit ab.
Alle Schlüssel, welche er selbstverständlich kennzeichnete, hinterlegte er bei einer sicheren Verwahrstelle im technischen Raum.

Als Robin das Haus verließ, prüfte er noch einmal seine

bisherigen Arbeitsabläufe auf Vollständigkeit. Weil er bei seinen Überlegungen nichts Fehlendes fand, klappte er hinter sich die massive Haustür zu und betätigte das Schloss zweimal. Und als eine weitere Sicherheit holte er aus dem Holzschuppen den zusätzlichen Verriegelungsschutz. Es war eine speziell angefertigte, maßgenaue, hölzerne Platte mit einem überdeckenden Blechschutzmantel und mit seitlichen Verschlusshaken. Diese rastete Robin im eisernen Rahmen der Haustür in das vorhandene Lochsystem ein, sodass die Schutzplatte als Zweitschutz dienen konnte. Anschließend stellte er das integrierte Zahlenschloss auf eine ihm bekannte Zahl ein, rastete es ein.

Natürlich war ihm klar, dass er damit einen vorbereiteten Einbruch eines Profi nicht vereiteln konnte. Aber weil das Wochenendhaus sehr einsam lag und dazu bescheiden aussah, traf das weniger zu. Eher bestand die Gefahr darin, das zufällig herumstreunende Wanderer Einlass begehrten. Genau das wollte Robin durch gute Absicherungsmaßnahmen vermeiden.

Ehe er später den Holzschuppen abschloss, holte er eine Harke daraus hervor. Damit glättete er rings um das Haus den sandigen Boden, verwischte darauf sämtliche bisherige Spuren. Es sollte als optische Kontrolle dienen, ob bei ihrer nächsten Anreise neue Spuren um das Haus waren. Egal ob menschliche Fußspuren oder Wildwechsel.

Als Robin zum Holzschuppen zurückkehrte, bellte der davor angebundene Dalmatinerrüde. Erst als er die Schuppentür verschlossen hatte, entfernte er dessen Leine. Doch dabei wies er den Hund mit seiner rechten Hand den Weg in Richtung Flussufer. Dort sollte Bellow sich noch etwas austoben, bevor sie von hier losfuhren. Auch wollte Robin nicht, dass der Hund neue Spuren am Haus hinterlässt.

Am Ufer des Henty River rannte Bellow sofort wieder zur gestrigen spätabendlichen Stelle, zu den entdeckten Fußspuren hin. Dort schnüffelte er erneut intensiv daran. Bellend forderte der Hund sein Herrchen auf, damit er sich die Fußspuren noch einmal genau anschaue.

Robin ging zu ihm. Dort angekommen, betrachtete er die noch relativ frischen Abdrücke, die vom hiesigen Ufer in östlicher Flussrichtung verliefen. Da wurde er stutzig: Nein - diese Spuren konnten niemals von ihm sein. Bisher war er ja auch immer mit dem Hund nie in die östliche Richtung gegangen. Immer hatten sie den südwestlichen Weg gewählt.

Sollte sich hier ein einsamer Wanderer verirrt haben? Aber es schien unwahrscheinlich. Meistens wandert man nicht alleine. Da die Spuren deutlich vor ihm lagen, konnte er sie genauer untersuchen. Vorsichtig trat er mit seinem rechten Schuh in den rechten Spurenabdruck. Da staunte er über dessen Länge. Der deutliche Fußabdruck musste mindestens die Schuhgröße 46 haben - seine betrug nur 42.

Nun neugierig geworden, verfolgte Robin im feuchten Sandbett die verlaufende Spur der großen Fußabdrücke. Schnurgerade

verlief sie in die östliche Richtung. Doch nach 250 Metern wechselte die Spur zum anderen Uferrand über. Da es an dieser Flussstelle flach war und viele Steine aus dem seichten Wasser ragten, war der Wechsel zum anderen Flussufer für Mensch und Tier unproblematisch. So gingen die beiden diesen Weg.
Doch auf der anderen Seite des Flusses verlor sich die Spur in der weitläufigen buschfreien Landschaft.

Robin wollte nun nicht mehr weiter suchen, die Zeit schritt voran. So kehrte er wieder um.
Doch bis zum Standort seines silbrigen Cabriolet gingen ihm diese Fußabdrücke nicht mehr aus dem Kopf. Der fremde Wanderer musste bis nahe an ihr Haus gekommen sein. Aber seine Spuren hörten etwa 50 Meter davor auf. Wohl musste er wieder umgekehrt sein! Hatte er etwa den Hund bemerkt? War es etwa ein streunender Einbrecher?

Daran wollte Robin aber nicht so richtig glauben. Und so verwarf er sofort wieder diese beunruhigenden Gedankenspiele. Sicherlich wird es ein normaler Wanderer gewesen sein. Dieser wird sich wohl hier in dieser einsamen Gegend verirrt haben. Und als er dann hier am bewohnten Haus angekommen war und das Hundebellen hörte, wollte er bestimmt nicht stören. Da kehrte er wieder um. Ja – so wird es gewesen sein. Dabei ließ er es.

Am silbrigen Cabriolet angekommen, schob er den Beifahrersitz maximal nach vorn. Dann ließ er den Hund auf dem Rücksitz Platz nehmen. Dort hatte Robin vorher eine Decke ausgerollt.

Bellow befolgte willig die Aufforderung seines Herrchen. Natürlich wusste er, dass nun eine längere Fahrt anstand.

Als Robin gegen 13.20 Uhr losfuhr, warf er noch einmal einen kurzen Blick auf das kleine, steinerne Haus. Es war ein sehr dankbarer Blick für die wunderbaren Urlaubstage, die er hier mit Sarah verleben konnte.

17

Sarah stand am geöffneten eisernen Schiebetor. Erwartungsvoll schaute sie in Richtung der Uferstraße.

Im letzten Telefonat hatte sie von Robin erfahren, dass er schon Hobart passiert hätte. Mittlerweile wäre er auf der Tasmanischen Hauptstraße. Nun wartete sie ungeduldig am Eingang des Grundstückes.
„Jetzt müsste er aber eintreffen", dachte sie.

Vor drei Stunden war sie selbst hier eingetroffen. Und als erste Handlung hatte sie die übervollen Briefkästen geleert. Die vielen Briefe wollte sie aber erst später mit Robin gemeinsam anschauen. Deshalb steckte sie diese erst einmal alle in einen Beutel. Selbst die vielen Zeitungen und Zeitschriften. Danach hatte sie den gesamten Wohnbereich des großen Hauses kontrolliert - dabei alle Fenster zur Durchlüftung geöffnet. Alles fand sie in Ordnung.
Anschließend nahm sie ihr Atelier in Augenschein. Doch auch hier stellte sie nichts Widersprüchliches fest.

Erleichtert war sie auch darüber gewesen, dass es die vielen Blumentöpfe in der Blechwanne ausgehalten hatten. Zügig hatte sie die bunten Gewächse aus dem Atelier wieder zu den alten Standorten im benachbarten Wohnbereich gebracht. Dafür musste sie trotz eines verwendeten Korbes mehrmals gehen. Das dauerte einige Zeit. Erst nach dieser Erledigung gönnte sie sich eine Ruhepause. Dazu hatte sie sich eine Kanne von ihrem Lieblingstee gekocht und dieser mehrere dünne Zitronenscheiben und etwas Zucker beigegeben. Das langsame Trinken genoss sie dann auf dem Liegestuhl auf der mit dicken Brettern ausgelegten Terrasse. Es sollte hier an der angrenzenden Lagune nur eine kurze Pause zum Verschnaufen sein.

Ganz nah der kühlenden Wasserfläche genoss sie deren majestätischen Anblick. Denn gerade jetzt glitzerte sie in der nachmittäglichen Sonne. Es war immer noch sehr heiß. Die schon über vier Wochen andauernde Hitzewelle auf Tasmanien sollte nun in den kommenden Tagen abflauen. Das meldete der Wetterbericht. Es war ihr sehr recht. Denn die gemeinsamen Urlaubstage an der Westküste waren nun vorbei. Gleich wurde ihr warm ums Herz.

Ja, dort am einsamen, kleinen, steinernen Haus an der Westküste hatte sie mit Robin glückliche Tage verlebt. Es hatte ihrer jungen Ehe gut getan. Und so schwärmte sie innerlich von den besinnlichen Tagesstunden und den vielen zärtlichen Liebesnächten. Weil sie eben alles gemeinsam taten, immer zusammen waren und weil sie auch kaum über ihr unterschiedliches Berufsleben sprachen, konnten sie ihre Seelen neu erkunden.

Ach, könnte dieser gemeinsame Zustand des neuen Verliebtseins doch noch länger andauern.

Nun wird sie beide der tägliche erbarmungslose Alltag mit voller Gewalt wieder erreichen. Robins Termine als Professor für Philosophie werden sie bald wieder häufig trennen. Das neu beginnende Semester an der Universität von Tasmanien und seine terminlichen Verpflichtungen als Gastredner auf dem Festland, werden ihre gemeinsamen Stunden erbarmungslos schmälern. Ach ja, dazu kämen ja auch noch seine separaten Auslandsreisen zu internationalen Kongressen.

Eine kreischende vorbeifliegende Möwe unterbrach ihre Gedanken. Wohl hatte sie mitbekommen, dass die Bewohner hier wieder da waren. Verwöhnt von vergangenen Fütterungen forderte sie neue Nahrung ein. Doch Sarah winkte ab. Nein, sie möchte jetzt mehr an den kommenden Alltag denken. Doch alles gänzlich wegdrängen konnte sie doch nicht. Da fiel ihr auch wieder das Schreiben von der Fa. HUSDLER ein. Sie dachte an das erhaltene Angebot für ihren ersten künstlerischen Großauftrag. Da könnte sie sich doch hineinknien! Dadurch könnte sie zukünftig bestimmt die vielen leeren Stunden und Tage ohne Robin viel besser verkraften! Ja – sie sollte den Auftrag annehmen. Doch mit Robin wollte sie vorher alles noch einmal besprechen.
Mit sich nun innerlich zufrieden, nippte sie besonders genussvoll an der letzten Tasse Tee.

Nach der erholsamen Teepause hatte sie die verbliebene Zeit mit dem Entleeren der Koffer und mit dem Waschen der angesammelten Wäsche genutzt. Dann hatte sie noch im Schlaf- und im Wohnzimmer Staub gesaugt und das abendliche Essen vorbereitet. Und jetzt stand sie am geöffneten eisernen Schiebetor. Ständig schaute sie ungeduldig in Richtung der Uferstraße.

„Nun komm schon endlich!“, wollte sie ihn herbeizaubern.

Endlich sah sie das silbrige Cabriolet in einer zuführenden Straße auftauchen. Gerade hatte Robin das Dach eingefahren, so dass er im offenen Auto von weitem winken konnte. Da bellte auch Bellow vor Freude. Die ihm vertraute Umgebung war ganz nah. In aufgeregter Erwartung des Endes der langen Autofahrt, sprang er auf dem Rücksitz hin und her.

Als Robin am offenen Eingangstor bei Sarah anlangte, stoppte er sein Auto. Sofort sprang der Dalmatinerrüde mit einem mächtigen Satz aus dem Cabriolet. Sogleich schwänzelte er ganz wild vor Freude um sein Frauchen herum. Sarah kraulte ihn.
„Bellow fing schon nach Hobart mit dem Bellen an“, meinte Robin. „Da wusste er, dass es nicht mehr weit war.“
„Ja, unser Hund kennt den Weg“, lachte Sarah, „er hat ihn sich eingeprägt.“

Nun war sie endlich beruhigt, dass Robin da war. „Du bist sicherlich gut durchgekommen!“, sprach sie zu Robin. Dabei kraulte sie den schwänzelnden Hund weiter.
„Ja, es gab unterwegs keine Störungen. Aber erschöpft bin ich trotzdem.“
„Das ist doch klar“. antwortete Sarah. „Jetzt kannst du dich aber auf der Terrasse entspannen. Das Abendessen habe ich schon vorbereitet.“

Als sich der Dalmatinerrüde beruhigt hatte, begann er sein zu bewachendes Grundstück neu zu inspizieren. Langsam trottete er an der Innenseite der Einfriedung entlang. Das tat er sehr bedächtig. Ständig schnüffelte er. Und wenn er es für notwendig hielt, markierte er an bestimmten Stellen seine Duftmarke. Doch manchmal verharrte er dort auch eine längere Zeit.

„Jetzt hat Bellow voll zu tun“, meinte Robin. „Er wird sein altes Reich neu absichern. Und das wird einige Zeit dauern … Sarah, ich fahre jetzt rein.. Schließ doch bitte das Schiebetor hinter mir.“

Sarah nickte. Doch als Robin anfuhr, hielt er noch einmal kurz im Torbereich.

„Hast du schon aus den Briefkästen die Post geholt?“, fragte er.

„Ja, gleich nach meiner Ankunft. Die Briefkästen waren randvoll.“

„War Wichtiges dabei?“

„Keine Ahnung! Ich habe erst einmal alles in einen Beutel getan. Er liegt in der Küche.“

Robin nickte. „Nach dem Abendessen schauen wir nach!“

Nachdem Robin mit seinem offenen silbrigen Cabriolet durchgefahren war, betätigte Sarah den Schalter zum eisernen Schiebetor. Sogleich bewegte sich das Tor dröhnend entlang der Schienenführung. Am Ende dieser rastete es ein.

Währenddessen war Sarah an Robins Auto angelangt. Das hatte er auf der gekennzeichneten Parkfläche vor dem Haus neben dem schwarzen Jeep von Sarah abgestellt. Gerade stieg Robin aus dem Auto. Er küsste Sarah. Und er bemerkte dabei, das es doch auch wieder schön sei, Zuhause zu sein. Sarah nickte. Auch sie empfand es so.

Anschließend entlud Robin das Auto und Sarah half ihm dabei. Gemeinsam stellten sie alles im Flur ab. Als das erledigt war, stöhnte Robin.

„Jetzt reicht es mir aber. Ich benötige eine Pause.“

„So ging es mir genauso, als ich heute hier ankam“, erwiderte Sarah. „Ich musste erst eine Zeit verschnaufen, ehe ich wieder etwas tun konnte.“

„Du hast dann bestimmt alles im Haus kontrolliert!“

„Natürlich. Zuerst die Räume im Wohnteil und danach das Atelier. Alles fand ich in Ordnung vor.“

„Mhm, in deinem Atelier auch? Dir war nichts aufgefallen?“

„Was sollte mir denn aufgefallen sein?“

„Na deine Tür fand ich doch unverschlossen vor, als ich hier war, bevor ich zu dir an die Westküste fuhr.“

„Ach so“, grübelte Sarah, „du hattest es mir ja erzählt. Nein, mir war wirklich nichts aufgefallen!“

Robin schaute Sarah nachdenklich an.

„Aber so genau habe ich auch nicht nachgeschaut“, antwortete sie, kratzte sich am Kopf. „Vielleicht hatte ich vor der Abfahrt doch die Tür nicht abgeschlossen. Das könnte wohl an Bellow gelegen haben.“

„Am Hund?“

„Ja. Ich musste ihn regelrecht ins Auto zwingen. Er hat einfach nicht auf meine Rufe gehört. Und obwohl ich ständig nach ihm gerufen habe, ist er nicht gekommen. Als ich dann nachschaute, wo er bellte, da lief er aufgeregt an der Gartenhecke hin und her. Der Hund wollte die dortige Stelle einfach nicht verlassen.“

„Du meinst sicherlich unsere Grundstücksgrenze zum Gelände des Pittwater Golf Club.“
Sarah nickte.
„Vielleicht war dort jemand?“, überlegte Robin. „Ich meine auf der anderen Seite!“
„Keinesfalls. Ich habe doch deshalb extra durch das Gittertor ins Golfgelände geschaut. Da war aber niemand.“
„Das ist aber wirklich sonderbar“, sprach Robin. „Ohne Grund bellt Bellow doch nicht! So kenne ich den Hund nicht. Na, vielleicht war es ein herumstreunendes wildes Tier, was zwischenzeitlich geflohen war. Das könnte alles erklären.“
„Ja, vielleicht!“
„Am besten, ich schaue jetzt nach dem Hund.“
Sarah nickte. „Das ist mir sehr recht“, meinte sie. „Noch besser, du gehst gleich mit ihm eine Runde. Diese benötigt der Hund nach der langen Autofahrt sowieso. Und der Rundgang würde dir jetzt auch gut tun ... Stimmt´s?“
„Du hast recht. Es wird uns beiden gut tun.“
„Und wenn ihr dann zurückkommt, geht ihr gleich zur Terrasse. Dort essen wir dann, ich bereite alles vor. Auch Bellows Futternapf.“

Robin fand den Hund an einer Stelle vor der mannshohen Gartenhecke verweilen. Es war diese Hecke, welche ihr Grundstück zum Pittwater Golf Club hin abgrenzte. Dort schnüffelte der Dalmatinerrüde sehr intensiv. Punktuell untersuchte er fremde Gerüche. Gerade signierte er diese Stelle mit seinem Urin. Deshalb bemerkte er auch sein Herrchen erst, als dieser schon neben ihm stand. Sofort wedelte er freudig mit dem Schwanz.

„Du nimmst dein Reich wieder in Besitz. Das ist gut so", sprach Robin zu ihm. Mehrfach streichelte er den Kopf des Hundes. „Du bist ein guter Hund. Komm, wir gehen eine Runde."

Als Bellow es mitbekam, lief er sofort in Richtung des nahen Uferrandes von der Lagune los. Deshalb, weil dort am Wasserrand das Gittertor zur benachbarten Golffläche stand. Dorthin trappte er.

Aber die eingeschlagene Richtung des Hundes duldete Robin nicht. Denn er wollte die Runde mit Bellow am eisernen Eingangstor beginnen. Deshalb pfiff er ihn zurück. Der Hund kehrte gehorsam um. Als er bei seinem Herrchen ankam, schnallte dieser ihn sofort an der Hundeleine fest. Später würde er den Hund wieder frei laufen lassen. Ja später. Denn Robin schien es, dass der Dalmatinerrüde noch nicht ausgeglichen genug sei, was wohl an der langen Autofahrt lag.

Als er nun in Richtung des Eingangtores gehen wollte, verweigerte es ihm der Hund. Kraftvoll zerrte er an der ledernen Leine. Keinesfalls wollte er ihm folgen – eher sollte sein Herrchen ihm folgen.

Weil der Dalmatinerrüde dazu noch nachhaltig bellte, ließ Robin schließlich ihm gewähren. Der Hund lief sofort an der östlichen Gartenhecke entlang in Richtung des Wassers. Während des Laufens verweilte er dort wieder an einzelnen Stellen, schnüffelte ausgiebig. Doch als er sicher war, die richtige Spur gefunden zu haben, lief er blitzartig los. Sofort spannte die etwa drei Meter lange Hundeleine. Robin wurde mitgezogen.

Welche Spur verfolgte Bellow?
War er deshalb so unruhig?

Da es sonst nicht der Fall war, überlegte Robin, ob der Hund ihm vielleicht etwas zeigen wolle. Vielleicht die heiße Spur einer verdächtigen Person, welche wohl auf ihrem Grundstück gewesen war.

Nun selbst neugierig geworden, gewährte er Bellow die aufgenommene Witterung. Dieser lief nun mit gesenkter riechender Nase weiter an der dichten Gartenhecke entlang in Richtung des Gartentores. Dorthin, wo am Ende der Hecke, fast in Wassernähe, ein aus einzelnen Eisenstäben sehr kunstvoll geschmiedetes gebogenes Tor die Grenze ihres Grundstückes markierte.
Diese begehbare Toröffnung war mit dem Pittwater Golf Club im beiderseitigen Einvernehmen vereinbart worden. Es sollte damit die Möglichkeit zur Zurückholung eines verirrten Golfballes geschaffen werden.

Da Sarah aber ein einfaches Gartentor nicht wollte, bestand sie auf einer künstlerischen Variante. Weil sie in den besuchten Baumärkten nichts Passendes fanden, entwarf sie schließlich nach eigenen Vorstellungen das Tor selbst. Und sie legte auch den Standort des Tores genau am Uferrand fest. Damit sollte der durchgehende optische Schutz der mannshohen Hecke zum Golfgelände hin erhalten bleiben – was auch so geschah. Doch seitdem sie hier in Midway Point wohnten, war noch nie ein Golfball auf ihrem Grundstück gelandet.

Robin öffnete das kunstvolle schmiedeeiserne Gartentor. Es war ebenfalls mannshoch. Beim Öffnen und Schließen hielt er dabei die lederne Leine kurz.

Und erst nachdem er hinter sich das Tor wieder geschlossen hatte, ließ er den Hund seine Spurenverfolgung wieder aufnehmen.

Der Dalmatinerrüde schritt auf dem Golfgelände wieder schnell voran. Unbeirrbar verfolgte er eine unsichtbare Bodenspur. Sein Herrchen schritt kurz dahinter. Bald gelangten sie auf erste kurzgeschnittene Rasenflächen, danach auf eine sandige Mulde. Als der Hund diese durchquerte, entdeckte Robin darin gut eingedrückte Fußabdrücke.

Die optischen Reliefs zeigten tatsächlich in Richtung des Golfclub-Gebäudes. An diesen Fußabdrücken schnupperte Bellow beim Laufen nur kurz. Es sah so aus, als ob er sich nur vergewissern wollte, dass es noch die gleiche Spur ist. Schon wollte der Hund weiter eilen. Doch Robin hielt jetzt den aufgeregt winselnden Dalmatinerrüden zurück. Da er selbst bei den Fußspuren verweilen wollte, beruhigte er erst einmal den Hund. Anschließend ließ er ihn außerhalb der Sandmulde Platz nehmen.

Als dies geschehen war, ging Robin in die Sandmulde zurück. Dort widmete er sich den tief im Sand eingedrückten, gut modellierten frischen Fußabdrücken. Dabei stellte er fest, dass es

Abdrücke einer großen Schuhgröße waren– viel größer als die seinen, die er daneben eindrückte. Und alles sah auch eher nach einem sehr schnellen Gang eines Flüchtenden aus. Nicht nach einer bedächtigen Schrittfolge eines Golfspielers, der den gesuchten Ball endlich gefunden hatte.

Robin trat aus der Sandmulde wieder heraus, blieb neben dem sitzenden Bellow stehen. Vielleicht konnte er diese Person noch entdecken. Die Fußabdrücke waren doch ganz frisch. Forschend ließ er seinen Blick über das weitere Gelände des Golfclubs schweifen. Doch am heutigen Tag waren zu dieser Stunde die vielen flachen und hügeligen Spielflächen fast menschenleer. Nur hinter zwei nahen, künstlich angelegten Hügeln sah er einige Golfspieler noch üben. Sonst war hier alles ruhig. So entschloss er sich, mit dem Hund nicht weiter auf dem Golfgelände zu laufen.
Warum sollte er auch weiterlaufen? Hierzu hatte er keinen Anlass! Vielleicht verfolgte der Hund die Spur eines verirrten Tasmanischen Teufels, welcher hier ab und zu herumstreifen soll! Wer weiß?
Und was sollte er von den frischen Fußspuren halten?

Robin überlegte. Ach, das könnte man auch anders bewerten. Er dachte dabei wegen der schnellen Schrittfolge an verschiedene theoretische Möglichkeiten, die einen Golfspieler widerfahren konnten: Zum Beispiel ein wichtiges Telefonat im nahen Clubgebäude über einen baldigen geschäftlichen Termin oder …!
Ja - in diese Richtung wollte er es werten.

Damit er Bellow aber nicht enttäuschte, belobigte er ihn, kraulte lange seinen warmen Hals. Das beruhigte den Hund gänzlich. Sogleich begriff er die Beendigung der heutigen Spurenverfolgung. Doch seiner angeborenen Wachfunktion war er nachgekommen - hatte es angezeigt.
Und wenn er jetzt nicht weiter die frische Spur verfolgen soll, vertraute er seinem Herrchen.

Gleich danach verließ Robin mit Hund das zaunlose Gelände vom Pittwater Golf Club.
Nun wählte er die Richtung zum nahen, etwa 5000 Quadratmeter großen Parkgelände. Dieser Park teilte die nur teilweise bewohnte Halbinsel nicht nur längsseitig, sondern auch zwischen den beiden Wasserflächen vom Pitt Water und der Lagune. In diesem Park mit den vielen kleinen und großen Bäumen war er oft mit dem Hund unterwegs. Hier konnte er ihn frei herumlaufen lassen, da gewährte er ihm seinen benötigten Auslauf.

Auf einer kleinen Anhöhe im Park stand auch eine Bank, von welcher man die 600 Meter schmale mittige Stelle der Halbinsel gut überschauen konnte. Hier verweilte er bei jedem Hunderundgang oft bis zu einer halben Stunde - was ihm selbst gut tat. Und da diesen Ort auch noch andere Hundebesitzer oder Spaziergänger des Ortes aufsuchten, konnte er viele örtliche Neuigkeiten mit nach Hause nehmen. Diese teilte er dann Sarah mit, die immer aufmerksam zuhörte.

Aber am heutigen frühen Samstagabend traf er hier niemand an.

Das lag sicherlich am heutigen heißen und dazu schwülen Sommertag. Da waren wohl viele Anwohner zu Ausfahrten ans Meer gefahren.

So verweilte Robin diesmal auch nicht lange auf seiner Lieblingsbank sitzend, sondern beschäftigte Bellow mit Suchen und Laufen.
Es war ein ellenlanges Holzstück, was er im hohen Bogen weit wegwarf. Dabei verfolgte der Hund genau den Flug. Doch bevor dessen Landung erfolgte, rannte er los. Das tat er mit allerhöchstem Vergnügen. Und gleichfalls brachte er mit stolzen Bewegungen seinem Herrchen das Beutestück wieder zurück. Dann forderte er ihn auf, erneut zu werfen.

Als sie nach 45 Minuten vom Parkgelände ins Haus zurückkehrten, war der Dalmatinerrüde nun vollkommen ausgeglichen. Ohne Leine lief er willig und rechts neben Robin her.

Nachdem sie später das Grundstück über das eiserne Schiebetor betraten, erwartete sie Sarah schon. Freudig winkte sie aus einem der oberen Fenster.
Als Robin ihr nah genug war, sagte sie, sie sollten gleich zur Terrasse gehen. Dort hätte sie schon alles zum Abendessen vorbereitet. Er bräuchte dort nur Bellow zu füttern und die Weinflasche zu öffnen.

18

Es wurde ein angenehmes, zufriedenes Abendessen, was alle Anwesenden sichtlich genossen. Gemeinsam waren sie wieder zu Hause. Es war ihre gewohnte Umgebung. Und glückliche und gemeinsam erlebte Tage lagen hinter ihnen. Selbst das sommerliche Wetter hielt weiterhin an. Jetzt herrschten abends noch 25 Grad Celsius. Dazu war es fast windstill. Natürlich schmeckte da alles um so besser.

Nachdem Bellow seinen Futternapf geleert und anschließend aus dem Wassernapf getrunken hatte, legte er sich zufrieden auf die kühlenden Steinplatten neben der Terrasse. Diese lagen dort als befestigte Fortsetzung bis zur zehn Meter entfernten Lagune. Vollkommen ausgestreckt und mit der Schnauze zur Wasserfläche hin, genoss der Hund die leicht aufkommende kühlende Brise.

Robin und Sarah ließen sich beim Essen viel Zeit. Und sie waren immer noch dabei, als Bellow längst schon döste. Diese abermals angenehmen sommerlichen Temperaturen wollten sie am heutigem Abend voll auskosten. Es war ja ihr erster Tag wieder hier zu Hause.
Und weil sie sich eben so wohlfühlten, blieben sie noch eine längere Zeit auf der Terrasse. Erst weit nach Sonnenuntergang wollten sie ins Haus zurückgehen. So wechselten sie nur ihren Standort auf der hölzernen Terrasse. Sie gingen vom unaufgeräumten Tisch zu den gepolsterten Liegestühlen. Dorthin

nahmen sie auch ihre Weingläser und die noch halbvolle Weinflasche mit. Das alles stellten sie auf dem hölzernen Partywagen ab, der daneben stand. Dann richteten sie die Lage der Liegestühle nach der untergehenden Sonne aus, machten sich darauf bequem.

Die abendliche Sonne begann gerade ihre sanften Strahlen zu aktivieren. Und je näher sie dem Horizont kam, um so mehr entfalteten ihre rötlichen Strahlen eine glitzernde Straße auf der Wasserfläche der nahen Lagune.

„Schau – was für ein grandioser Augenblick", schwärmte Sarah. „So etwas inspiriert mich gewaltig."
„Ja, das ist schon beeindruckend", bestätigte Robin. „Hier an der Lagune ist der Sonnenuntergang auch sehr toll."
„Natürlich war der Sonnenuntergang an der Westküste viel grandioser", bemerkte dazu Sarah.
Und sie schwärmte: „Ach, was waren das nur für wunderbare Sonnenuntergänge am Strand gewesen. Da sind wir immer mit der umgebenden Natur verschmolzen. Ja wir haben uns darin selbst aufgelöst!"

Robin nippte nachdenklich am Weinglas. Er dachte an philosophische Schriften, die er an der Universität von Tasmanien in seinen Lehrplänen mit verwendete. Als er einige Schlucke Wein sichtlich genossen hatte, sagte er: „Es sind die lichten Augenblicke des Glücks, die unseren Geist erhellen, ihn besänftigen und uns einfach von innen her schön machen."
„Das hast du aber wunderbar gesagt", lobte Sarah ihm.

Robin lächelte und fachsimpelte weiter: „Ist nicht jeder Aufbruch in unserem Leben ein neuer Aufbruch? Da berühren sich Ende und Anfang – wie auf einem Faden aufgefädelt!“
„Deshalb empfinde ich solche Augenblicke als ein Geschenk der Natur, die der gesunde Menschenverstand nicht verpassen sollte.“ „Ja das stimmt“, bestätigte Robin und nickte. „Auf so etwas weise ich immer meine Studenten hin. Aber leider haben es in unserer hektischen medialen Zeit nur wenige begriffen. Viel zu wenige!“

Sarah lächelte Robin zu. Dabei lehnte sie sich auf ihrer gepolsterten Liege zurück, streckte ihre schlanken Beine darauf aus. Träumend und sehnsüchtig sah sie in das verblassende Abendlicht, was sich auf der ruhigen Wasserfläche noch widerspiegelte. Plötzlich flüsterte sie mit sanfter Stimme:
„...Werde ich zum Augenblicke sagen:
Verweile doch! Du bist so schön!
Dann magst du mich in Fesseln schlagen.
Dann will ich gern zugrunde gehen! ...“

„Ich kenne das Gedicht“, sagte Robin. „Es ist vom deutschen Schriftsteller Johann Wolfgang von Goethe.“
Sarah nickte. „Und er schrieb auch, dass der Augenblick nur entscheidet über das Leben eines Menschen, über seine ganzen Geschicke!“
„Goethe ist wohl dein Lieblingsdichter?“
„Ich will es so sagen: Ihn lese ich am meisten. Er erreicht meine inneren poetischen Gefühle ganz nah.“
Robin lachte. „Wie sind schon ein tolles Paar. Du bevorzugst

mehr die Dichter und ich mehr die Philosophen."

Und nachdem er am Weinglas genippt hatte, ergänzte er: „Aber eigentlich waren so manche Philosophen auch vielseitig – sie waren Dichter und gleichzeitig auch Wissenschaftler."

Sarahs Augen wurden müde. Sie gähnte. Die heutige lange Autofahrt und die anschließenden Hausarbeiten forderten nun von ihr Tribut. Ihre aufkommende Müdigkeit nahm immer mehr zu. Und so einigten sie sich, die angesammelte Post erst am morgigen Sonntag, nach dem Frühstück, gemeinsam anzuschauen.
„Schatz, nimm mir es nicht übel, ich muss jetzt schlafen gehen", gähnte Sarah. „Meine Augen werden immer schwerer."

Sie trank ihr Glas leer, stand auf, gab Robin noch einen Kuss und verschwand im Haus.

Bellow hob sogleich den Kopf. Doch als er sah, dass sein Herrchen sitzen blieb, legte er seinen Kopf wieder nieder.

Robin blieb noch eine halbe Stunde sitzen. Als sich dann die Dämmerung immer mehr ausbreitete und er auch den Rest der Weinflasche leergetrunken hatte, stand er auf.
Sogleich signalisierte er Bellow, dass er noch liegen bleiben kann. Danach ging er in die Küche, um ein Tablett zu holen.

Als Robin danach den Tisch aufräumte, wurde der Hund doch unruhig und stand auf.

„Okay, wenn ich hier fertig bin, gehen wir noch eine kleine Runde", gab er dem Hund zu verstehen.

Doch das Aufräumen zog sich etwas hin, weil er zweimal mit dem Tablett gehen musste. Erst dann war der Terrassentisch vollkommen abgeräumt. Nun begannen auch die Bewegungsmelder am Haus zu reagieren – es war finster geworden.

Als dann Robin mit dem Hund den umlaufenden Plattenweg zum geschlossenen eisernen Schiebetor benutzte, schalteten sie sich je nach ihrem jeweiligen Standort ein. So war ihr beschrittener Weg stets hell beleuchtet.
Am Schiebetor angekommen, ging Robin mit dem Hund durch die eingearbeitete Tür, die er vorher aufschloss. Er wählte diesmal diese Variante, weil er nicht erst das gesamte elektrische Öffnen des Rolltores abwarten wollte.

Außerhalb des Grundstückes legte Robin den Hund vorsichtigerweise die Leine an. Bellow sollte nicht wieder von einer neuen Spur abgelenkt werden.

Da nun das Herrchen den Weg zu den Siedlungshäusern wählte, wurde es nur eine kleine Runde. Das begriff der Hund sofort. Bereitwillig lief er an der lockeren Leine mit.
Während des Rundganges erhellte Wetterleuchten den sternenklaren Himmel. Es kam aus nordwestlicher Richtung. Da es noch windstill war, musste das Gewitter noch fern sein. Trotzdem nahm sich Robin vor, bei Rückkehr vorsichtigerweise

auf der Terrasse noch einmal nachzuschauen. Dort standen noch die gepolsterten Liegestühle. Er würde sie wegräumen. So wurde es eine noch kleinere Runde. Robin kehrte um.

Als er gerade mit Bellow das eiserne Schiebetor durch die eingearbeitete Tür durchschritt, strahlten plötzlich die Scheinwerfer an der Vorderseite des Hauses. Das durfte eigentlich noch gar nicht sein. Längst waren sie noch nicht im Erfassungsbereich der sensiblen Bewegungsmelder angelangt. Jetzt leuchtete vor ihnen die vor dem Haus liegende Rasenfläche ganz hell. Sogleich dachte Robin an herumstreichende Katzen oder andere Tiere, die die sensiblen Bewegungsmelder erfasst hatten.
Als Hausbesitzer wussten sie, dass viele Tiere nachts ihr Grundstück durchquerten. Also war es nichts außergewöhnliches.

Aber nun bellte Bellow, der wohl etwas witterte. Der Hund zerrte mächtig an der Leine, wollte losstürzen. Doch Robin öffnete erst den Verschluss an der Leine, nachdem sie gemeinsam im Grundstück waren und die Tür hinter ihnen zuklappte. Sofort stürzte der Dalmatinerrüde los. Mit großen Sprüngen lief er bellend quer über die Rasenfläche, direkt zum hinteren Teil des Hauses hin.

Neugierig und zügig schritt Robin hinterher. Als er an der westlichen Stirnseite des Hauses ankam, schnupperte der Hund dort ganz intensiv an der Eingangstür zum Atelier.
Nun verfolgte er eine unsichtbare Spur bis zum schmiedeeisernen Gartentor. Dort bellte er fortlaufend,

gleichfalls kratzte er mit seinen Vorderpfoten im Rasen. Doch bevor Robin zum neuen Standort des Hundes eilte, kontrollierte er erst einmal die Tür zum Atelier. Aber sie war verschlossen.

Als er gerade am schmiedeeisernen Gartentor anlangte, erhellte ein intensives Wetterleuchten die nähere Umgebung. Es war eines kurzfristigen Blitzlichtes eines Fotoapparates vergleichbar. Für wenige Sekunden war das vor ihnen liegende Gelände vom Pittwater Golf Club hell erleuchtet - man konnte alles gut überschauen.

Mit einem umher streifenden Blick bemerkte Robin auf dem mittigen Gelände eine flüchtende Gestalt. Aber da das Gelände nur kurzzeitig erhellt war, wurde er unsicher, ob es auch stimmte. Als sich danach der Himmel erneut erhellte, konnte er keine Gestalt mehr erkennen. Also musste er sich sicherlich getäuscht haben.

Robin disziplinierte den Hund, welcher daraufhin auch das Bellen einstellte. Kurz darauf ging Robin direkt zur Terrasse, wählte hierzu die Rasenfläche an der Wasserseite zur Lagune. Dort räumte er die Liegestühle einschließlich der eingelegten Polsterkissen weg. Alles legte er in die dafür vorgesehene Kiste. Anschließend kontrollierte er noch einmal den gesamten Terrassenbereich. Alles schien in Ordnung.

Als er dann mit dem Hund das Wohnzimmer ging, nahm der Rhythmus der fernen Erhellungen zu. Eine leichte Brise umhüllte sie. Doch das Gewitter war noch weit weg.

„Es wird wohl eher Hobart treffen und an unserem Wohnort vorbeiziehen", murmelte Robin. Doch so sicher war er nicht.

Im Wohnzimmer angekommen, sah er noch einige Sportberichte im Fernsehen an. Dabei wanderten seine Gedanken eher zu den deutlichen Fußspuren hin, die er während des heutigen nachmittäglichen Rundganges auf dem Golfgelände gesehen hatte. Ganz deutlich waren sie gewesen.
Sollten es doch die Spuren eines Einbrechers gewesen sein? Und da Bellow vorhin erneut in Richtung des Golfplatzgeländes anschlug, konnte es kein Zufall sein.

Weil es in ihrem Wohnort Midway Point unaufgeklärte Einbrüche gab, sollte er am morgigen Tag einen Gipsabdruck von diesem sehr deutlichen Schuhabdruck machen. Sarah hatte genügend Modellmasse in ihrem Atelier. Also wäre es kein Problem, das zu erledigen. Ja, er würde es am morgigen Tag tun. Aber gleichzeitig ärgerte er sich darüber, es nicht schon getan zu haben. Die Modellierungen einiger dieser gefundener Schuhabdrücke wären in der Sache sicherlich hilfreich gewesen. Aber er hatte nicht daran gedacht.

Als Robin selbst müde wurde, schaltete er den Fernseher aus. Und bevor er das Wohnzimmer verließ, um nach oben zu gehen, schloss er noch die angelehnte Terrassentür. Dabei stellte er fest, dass das Wetterleuchten merklich nachgelassen hatte.

Vor dem Hinaufgehen zum Schlafraum löschte er im Erdgeschoss sämtliche Lichter, geleitete Bellow in das

Obergeschoss zu seinem Platz vor dem Schlafzimmer.

Als der Dalmatinerrüde auf seiner Matratze lag, kraulte er den Hund noch einmal. Dann öffnete er die Schlafzimmertür, die er offen ließ, schaltete im länglichen Gang die Beleuchtung aus. Danach im Schlafzimmer angekommen, entkleidete er sich in der Dunkelheit.
Bei einem Wetterleuchten bemerkte er, dass Sarah friedlich schlief. Sie lag nackt, seitlich zum Fenster gedreht, auf dem Rundbett. Das helle Bettlaken bedeckte ihren Körper bis zur Bauchhöhe.

Als Robin selbst nackt war und seinen körpereigenen Schweißgeruch roch, wollte er sich so nicht neben Sarah legen. So ging er noch einmal ins nahe Bad und duschte sich.

Bellow reagierte kaum, als sein Herrchen an ihm vorbeiging. Längst hatte er sich auf Schlafen eingerichtet.

Und Robin tat auch die erhaltene Frische gut. Da auch er seinen Körper überall gereinigt hatte, bräuchte er sich auch keine Vorwürfe zu einer unterlassenen Hygiene machen. Besonders dort, wo Sarah mit ihrer Zunge gerne spielte.

Zufrieden legte er sich neben seine schlafende und wohlriechende Frau.

19

Am nächsten Morgen erwachte Sarah zuerst. Sie blinzelte nach dem Zifferblatt des nahstehenden Weckers. Die Zeiger verwiesen auf 7.10 Uhr. Erste helle Sonnenstrahlen drangen durch das angelehnte Fenster in den Raum.

Sarah verfolgte ihre strahlende Richtung bis zum gegenüberstehenden ländlichen Schrank. Darauf gewahrte sie eine helle goldene Fläche von den gebündelten Sonnenstrahlen. Ein ferner Hahn krähte mehrfach, wollte nicht aufhören. Seine morgendlichen kräftigen Laute tönten unüberhörbar. Sicherlich wollte er damit seine gefährliche Stärke an örtliche Konkurrenten mitteilen.
Sie drehte sich auf dem Rundbett zu Robin. Auf dem Rücken liegend, lag er gerade ruhig atmend neben ihr. Nur wenig bedeckte das überspannende Schlaflaken seine behaarte kräftige Brust.
Mit Vergnügen betrachtete sie seinen sportlichen Körper. Ja, sie fühlte sich sehr wohl, neben ihm zu liegen. Robin war der Mann ihrer sehnlichsten Träume und Sehnsüchte. Und sie war dem Schicksal so dankbar, ihn gefunden zu haben. Ganz innig liebte sie ihn - so tief. Gleichfalls wusste sie, das auch er sie liebte, treu war und sie niemals verlassen würde.

Mit ihrer rechten Zeigefingerspitze berührte sie sanft seine warme Haut nahe des freiliegenden Bauchnabels. Langsam glitt sie dabei mit dem Finger aufwärts.

Plötzlich verharrte sie gedankenvoll. Robin wollte so gerne eine Familie gründen. Aber wird er auch später ein guter Familienvater sein?

Natürlich wird er es sein – das fühlte sie doch. Aber warum zögerte sie, jetzt schon Mutter zu werden?

Warum eigentlich?

Sie könnte doch während der Schwangerschaft und auch danach künstlerisch weiterarbeiten! Es würde gehen. Ja, dann war es wohl nicht ihre künstlerische Selbstständigkeit, die sie innerlich blockte. Nein, das war tatsächlich nicht der Grund.

Wohl war es ein früheres schockierendes Erlebnis vor der Zeit mit Robin, was noch nicht ganz ihr Herz weggelegt hatte. In Sekundenschnelle erlebte sie alles noch einmal:

Es war ihre damalige erste Studentenliebe an der Universität von Tasmanien. Und es geschah während ihrer ersten beiden Studienjahre in Launceston. Ein junger hagerer Student, etwa 1,88 m groß, welcher im gleichen Ort an der Fakultät für Wirtschaft studierte und schon im fünften Semester angelangt war, begehrte sie eindringlich. Sie selbst war zu diesem Zeitpunkt noch Single. Und weil der Junge ihr gefiel, erlag sie bald seinen ständigen Werbungen. Bald wurden sie ein Paar. Da ihr damaliger Freund Davis Pincal in Launceston eine angemietete Einzimmerwohnung besaß, zog sie zu ihm. Deshalb verließ sie das zentrale Studentenwohnheim.

Im Studentenleben vergingen die zwei gemeinsamen Jahre schnell. Auch verlief ihre gemeinsame Beziehung meist harmonisch. Der Bruch zueinander geschah, als sie selbst im vierten Semester angekommen war. Da schloss sie ihre Grundlagenfächer ab und David machte gerade seine Abschlussprüfungen zum Bachelor of Business.

Genau in dieser angespannten beiderseits stressigen Studienzeit war ihre Monatsregel überraschend ausgeblieben. Bald stellte sie fest, dass sie schwanger war. Als sie es David mitteilte, wollte er damit nichts zu tun haben. Da war sie vollkommen ausgerastet und sie hatten sich fürchterlich gestritten. Weil sie dadurch empfindungslos wurde und seine Nähe ihr an Wert verlor, suchte David bald Trost bei einer anderen Studentin. Als sie seine Untreue erfuhr, packte sie im gemeinsamen Quartier ihre Sachen und verließ die am nördlichen Stadtrand von Launceston gelegene Wohnung fluchtartig.
Damals kehrte sie wieder ins zentrale Studentenwohnheim zurück.

Und so lernte sie frühzeitig: Was passieren soll, passiert sowieso. Alles nimmt seinen Lauf.

Danach durchlitt sie eine schwere Zeit. Es war ja für sie nicht nur eine Enttäuschung gewesen. Nein, das war es keinesfalls nur. Eine ganze Welt war in ihr zusammengebrochen.
Damals hatte sie David geliebt und vertraut. Gleichwohl freute sie sich auf die kommende gemeinsame Zukunft. Aber es sollte eben nicht sein.

Danach stellte sie sich immer die Fragen: Lebten sie die ganze Zeit nur nebeneinander? War die Liebe von David ihr gegenüber nur körperlich gewesen, nur wegen ihres makellosen Körpers? Wieso hatte sie nichts bemerkt?

Zweifel waren bei ihr schon manchmal aufgekommen, das konnte sie nicht verleugnen. Aber David verstand es immer gut, zu blenden. Seines guten Aussehens bewusst und natürlich auch gepaart mit einem beeindruckenden Selbstbewusstsein, schaffte er es immer wieder, sich günstig zu manövrieren und gut zu platzieren.
Niemals hatte sie David richtig kennengelernt.

Zwei Wochen nach ihrer Flucht aus der Einzimmerwohnung von David verlor sie im dritten Monat den teuren Pfand der Liebe in ihr. Anschließend war sie über sechs Wochen krank.
„Doch Frauen haben ein zähes Leben", wie ein Sprichwort sagt.

Ihre Gesundheit kehrte zurück. Und sie setzte ihr Kunststudium fort. Aber danach konnte sie eine längere Zeit eine Miene des Kummers und der Betrübnis nicht verstecken. Trotzdem hatte sie gelernt: Wenn beide Partner keine liebenden Träume leben, kann ein längerer Verbund niemals Bestand haben.

Natürlich ist ihr auch ein gesunder Ehrgeiz eigen und es ist kein Fremdwort für sie. Deshalb waren gute Leistungen immer ihr Lohn. Und auch eine normale Lebenskultur möchte sie nicht vermissen. Ab und zu essen und tanzen gehen, immer etwas Modisches tragen und ein warmes Wohnnest haben. Ja, so sollte es schon sein.
Etwa größere materielle Anschaffungen erreichen, die ständige

Jagd nach dem großen Geld – nein, das war nicht ihr Ding. Dazu neigte sie nicht.

Natürlich würde sie gerne einmal ihr Lieblingsauto, einen Porsche mit einem zurückklappbaren Verdeck durch die Landschaft fahren. Nicht um damit zu protzen, weil eben diese Automarke so teuer ist. Deswegen nicht. Sondern nur, weil es ihr Lieblingsauto war. Das war ihr Traum, den sie gerne träumte - ohne in materiellen Wahnsinn zu verfallen.

Ihre Studentenliebe David war im Gegensatz zu ihr total anders gestrickt. Als er das siebte Semester beendet hatte, sagte er einmal zu ihr, dass er unbedingt Millionär werden möchte. Seine Lebensziele wären eine große Villa am Meer mit einem großen Fuhrpark. Dieser sollte geile Motorräder, verschiedene Jeeps und mindestens ein flottes Sportauto aufweisen. Und das Grundstück sollte recht groß sein, so etwa wie ein Golfgelände. Dann könnte er darauf das Golfspielen üben, was er damals anstrebte zu erlernen. Dazu wollte er alle Annehmlichkeiten dieser heutigen Welt genießen: Teure Hotels, Superreisen, Spitzenmode und was es sonst in der Elite der feinen Gesellschaft noch so gibt.

Über ihre erschrockenen Argumente zu seinen gestellten Zielen belächelte er sie nur. Alles sei im Leben erreichbar, sagte er: Man dürfe sich im Leben nur nicht durch Zufall leiten lassen, denn sonst erreicht man durch Zufall auch nur wenig. Genau er aber wolle alles genau planen, dazu fleißig sein. Letztendlich würde er seine Ziele umsetzen.

Und er sagte auch einmal zu ihr, dass er sie gerne in seinem baldigen luxuriösen Leben als seine zukünftige Frau mitnehmen möchte. Um die häuslichen Arbeiten bräuchte sie sich später nicht
zu kümmern, das würden die Bediensteten tun. Ihre Kunst könne sie zukünftig total ausleben.
Über das Gesagte von David hatte sie damals nicht lange nachgedacht. Weil er sich früher nie so geäußert hatte, wertete sie seine Aussagen auch nicht so prinzipiell. Eher vertraute sie der Zeit, welche bekanntlich die Höhen und Tiefen ebnet - aber selbst bleibt. Und da sie selbst im Leben unabhängig sein wollte, wollte sie erst einmal alle Semester-Prüfungen mit guten Noten abschließen.

Aber mit Fortschreiten des folgenden achten Semesters von David wiederholte er immer öfters sein ehrgeiziges Ziel, einmal Millionär werden zu wollen. Das wäre sein Lebensziel. Und weil er absolut keine Abstriche an seiner Zielgebung machen wollte, wurde er bald zum Superstreber. Bald blieben gemeinsame romantische Momente immer mehr auf der Strecke. Hinzu kam, dass David im achten Semester die schon in früheren Semestern parallel begonnenen zusätzlichen Studienrichtungen noch mehr intensivierte. Immer mehr besuchte er diverse Fachlesungen. So studierte er die ökonomischen Richtungen in Management, in Marketing, in International Business und in Logistik.

Den Bachelor of Business erwarb David mit Doppelabschluss in der Kombination mit Datenverarbeitung und Informationswissenschaft. Doch das alles erfuhr Sarah erst sechs

Monate nach ihrer Fehlgeburt.

Nachdem David seinem Abschluss erfolgreich geschafft hatte, versuchte er sofort, ihre erfolgte Trennung wieder rückgängig zu machen.
Nun bemühte er sich plötzlich täglich um Kontakt zu ihr, schenkte ihr beim Sehen oft Blumen. Dabei entschuldigte er immer wieder sein grausames Fehlverhalten und beteuerte, dass er alles längst bitter bereut hätte. Es wäre sein ungeheuerlicher Stress vor den Prüfungen gewesen.
Aber jetzt sei alles vorbei – er wäre wieder der frühere aufmerksame Liebhaber und treu zu ihr.

Auch würde nun eine erfolgreiche berufliche Entwicklung vor ihm liegen - weil eben seine Geschäftsidee so außergewöhnlich und sicher wäre. Ganz genau würde sie in unsere gegenwärtige Zeit passen. Davon wäre er felsenfest überzeugt. Bald würde er Millionär sein.
Und dadurch könne er die gemeinsame zukünftige Familie voll absichern.

Doch sie schenkte ihm ihr Herz nicht wieder. Es blutete damals ja immer noch fürchterlich. So blieb sie seinen neuen Werbungen gegenüber kühl und zurückhaltend. Seinen versprechenden Aussagen konnte sie einfach nicht mehr trauen.

Waren die entschuldigten Worte von David damals wirklich ehrliche Buße zum Geschehenen? Nein - niemals!

Denn David wollte immer gewinnen. Nie konnte er verlieren. Eben weil sie ihn verlassen hatte und nicht umgedreht er sie, schmerzte es ihn ganz tief. Das konnte er nicht verkraften, das wollte er natürlich wieder korrigieren. Und so versuchte er weiterhin bei ihr zu punkten. Doch sie blieb standhaft.

Einige Wochen später bat er sie trotzdem, ein romantisches Abendessen anzunehmen. Es wäre ihr letztes gemeinsames Beisammensein, da er nun die Insel Tasmanien verlassen würde. Nur zögernd hatte sie eingewilligt. Wenn sie ihm schon keine Liebe mehr schenken konnte, wollte sie zumindest einer friedlichen Verabschiedung nicht im Wege stehen. Schließlich hatten sie gemeinsam einige glückliche Tage erlebt. Sie waren doch über zwei Jahre ein Paar gewesen.

An jenem letzten Abend sagte Davis, dass er nun in wenigen Tagen auf das Festland übersiedle. Seine Einzimmerwohnung in Launceston sei längst schon gekündigt. In Sydney erwarte ihn ein lukrativer Job. Und dort würde er auch bald eine eigene Firma gründen. Dann wäre er in wenigen Jahren Millionär. Da hatte sie zuhörend gelächelt und ihm alles Gute gewünscht.

Damals glaubte sie niemals daran, dass er in so kurzer Zeit sein gestelltes Ziel erreichen könnte. Doch sie traute durchaus seinen Aussagen, denn David war wahnsinnig ehrgeizig. Alles würde er daran setzen, um sein Ziel zu erreichen. Davon war sie überzeugt. Aber er hatte ihre Liebe verraten, ihr Herz blutig getreten. Das konnte und wollte sie keinesfalls verdrängen.

Natürlich entschuldigte er sich bei jenem Abendessen noch einmal für sein zurückliegendes schändliche Verhalten. Ihre gemeinsame Zeit wäre für ihn sehr schön gewesen. Deshalb würde er sie niemals aus seiner Erinnerung streichen. Und er versicherte ihr heilig, dass sie stets auf seine ehrliche Freundschaft zählen könne. Und sollte sie im weiteren Leben einmal Hilfe, egal welcher Art, benötigen, würde er ihr sofort helfen. Da er in unverzeihlicher Schuld bei ihr stände, hätte er viel gut zu machen.
Nach diesem letzten Abend war David gänzlich aus ihrem Leben verschwunden. Seitdem hatte sie sieben Jahre nichts mehr von ihm gehört. Eigentlich berührte es sie auch nicht mehr. Die einstige, nun so ferne Jugendliebe war aus ihrem Leben vollkommen verschwunden.

Dafür hatte sie jetzt ihre große Liebe mit Robin gefunden. Darüber war sie sehr glücklich. Er schenkte ihr die Liebe, die sie benötigte. Durch seinen ausgewogenen Charakter hatte er die Gabe, ihr immer zuzuhören, was sie früher bei David vermisst hatte. So fand sie bei Robin frühzeitig die Wärme, Zuversicht und Sicherheit, was sie sich als junge Frau von einem Liebsten wünschte.
Nun waren sie seit sieben Jahren schon ein glückliches Paar und seit fünf Jahren auch verheiratet.

Sarah lächelte warmherzig. Und ihr Liebster lag ganz nah neben ihr.
Sanft bewegte sie die Fingerspitze ihres rechten Zeigefingers weiter nach oben, in Richtung seiner beiden Brustwarzen. Hier

glitt sie über die vielen kleinen Haare. Das empfand sie beim Gleiten ihres Fingers sehr angenehm.

Noch schlief Robin, doch bald würde er erwachen. Dann würde er sie wohl küssen wollen - vielleicht auch noch mehr wollen. Ihr gemeinsamer Sex war ja heute Nacht wegen ihrer gestrigen abendlichen Müdigkeit ausgefallen. Jetzt war sie aber ausgeschlafen und hatte selbst Lust darauf.

Bis zum sehnlich erwarteten Augenaufschlag von Robin glitten ihre Gedanken doch noch einmal ab:

Damals nach ihrer erfolgten Trennung von David, glaubte sie weiter an die große, noch kommende Liebe. Tatsächlich kam sie ein Jahr später, als sie gerade das achte Semester begann. Und dieser Tag brannte sich detailliert in ihr Gedächtnis ein. Ein Philosophieprofessor aus Hobart hielt in ihrer Fakultät in Launceston eine Vorlesung über das Thema *„Einiges über die Kulturphilosophie oder das bestimmende Bemühen des Menschen um eine denkende Auslegung“*.

Eigentlich hielt sie nicht viel vom theoretischen Gram der Philosophie. Das war ihr alles zu trocken.
Doch jenes Thema berührte ihr künstlerisches Fachgebiet. Auch war es unter den Studentinnen kein Geheimnis, dass der Professor jung und Single wäre und dazu noch ein gutes Aussehen hätte. Deshalb ging sie neugierig und aufgeschlossen zu dieser Vorlesung.
Zu ihrem Erstaunen war der Hörsaal total überfüllt. Einen Platz

fand sie gerade noch. Und sie wurde nicht enttäuscht. Der vorauseilende Ruf des Referenten hielt, was er versprach.

Professor Robin Brown fesselte zu seiner Vorlesung sofort die junge Zuhörerschaft.
Ehe er zu seinem Hauptthema *„Die Kulturphilosophie"* überhaupt kam, erläuterte er kurz die Disziplinen und Strömungen der Philosophie. Das tat er zielgerichtet und so geschmeidig, ohne das es ihr langweilig wurde.
Und ohne dass sie es bemerkte, landeten die Ausführungen des Professors schon in der allgemeinen menschlichen Kulturphilosophie.
Wow - da war sie gewaltig beeindruckt. Und sie verstand sich selbst nicht mehr, wie sie so einem eigentlich trockenen Stoff so aufmerksam verfolgen konnte.

Natürlich nutzte sie die anschließende Fragestunde. Dabei kam sie mit Dr. Robin Brown ins Gespräch. Als dann alle Studenten längst den Hörsaal verlassen hatten, setzten sie den fachlichen Austausch in einem nahen Cafe´ fort.
Nach der anfänglichen beiderseitigen Sympathie zu weiteren Treffen entwickelte sich schnell eine tiefere Beziehung zwischen ihnen. In ihrem Innern erwachte eine neue Liebe. Es war nicht wieder so eine oberflächliche Liebe, wie sie mit David durchlebt hatte. Nein, es war diesmal anders. Es war ein viel tieferes Gefühl.
Als sie dann schließlich nach einem Jahr ein Paar wurden, befand sie sich nicht nur im siebten Himmel, sondern im achten Semester ihres Studiums. Da war sie 23 Jahre jung. Robin

dagegen war 12 Jahre älter als sie und damals 35 Jahre alt. Aber der Altersunterschied störte sie keinesfalls. Es fiel ihr auch nicht auf. Robin war ein sehr sportlicher Typ, der auch sehr auf seine Figur achtete. Schon sein Äußeres gab Auskunft darüber, dass er sowohl gesund als auch bescheiden lebte. Ihm genügten solide Kleidungsstücke, welche er viele Jahre tragen konnte und sich in dieser Zeit nicht genötigt sah sie zu wechseln. Auch beinhaltete damals seine Dreizimmerwohnung in Richmond nur die notwendigsten Dinge - sonst stand nichts herum. Aber auf seine gewaltige Bibliothek achtete er sehr. Und da er von seinen Gastvorlesungen im In- und Ausland stets neue Bücher mitbrachte, quollen die Wandbretter, die Regale und einzelne Schränke nur so mit Büchern über.

Obwohl Robin versuchte, nächtliche Partys zu meiden, war er in seinem Wesen keinesfalls ein Muffel. Mit ihm konnte sie nach der Zeit mit David nicht nur wieder ausgelassen lachen und die einfachsten Dinge der Natur und des Alltags verstehen, sondern auch wunderbare romantische Stunden in Zweisamkeit erleben.

Ja, das Leben hatte ihr damals einen ungeschliffenen Diamanten als neuen Liebsten geschenkt. Von so einem Mann hatte sie immer geträumt.
Und weil Robin ihre tiefe Liebe auch erwiderte, hatte sie dieses Geschenk nicht mehr losgelassen. Niemals wird sie es wieder loslassen.

Aber warum hat sie Robin von ihrer früheren Studentenliebe noch nichts erzählt?

Vielleicht war es ihr bisher nicht so wichtig gewesen, über ihre frühere Zeit mit David berichten zu wollen. Es gab bisher keinen Anlass dazu. Doch Robin sollte darüber schon Bescheid wissen. Irgendwann wird sie mit Robin einmal darüber sprechen. Das nahm sie sich vor.

Und sie spürte jetzt um so mehr: Niemals kann das Geld die treibende Kraft zwischen Mann und Frau sein, sondern nur die Liebe zueinander.

Ja nur die Liebe ist das Einzige, was sich verdoppelt, wenn man es teilt.

Das hatte sie bisher mit Robin erlebt. Und weil sie glücklich ist und ihm ganz vertraut, wird sie sich zukünftig gegen einen Familienzuwachs auch nicht mehr sperren wollen. Doch erst möchte sie den anstehenden Großauftrag erledigen – danach soll es geschehen. Ja, Robin wird ein guter Familienvater sein.

Robin erwachte. Seine Augen öffneten sich. Noch teilweise träumend sah er Sarah an.

„Ach du hast mich geweckt!"

„Na klar, ich hab dich schon berührt", hauchte Sarah. „Aber ich hab dich noch ein paar Minuten schlafen gelassen."

Sarah beugte ihr Gesicht zu ihm runter, küsste seine Lippen. Erst leicht berührend, dann immer immer intensiver. Dabei öffnete sie mit ihrer Zungenspitze seinen Mund, suchte mit ihr seine Zunge, umschlang sie, rieb sie, spielte mit ihr.

Robin stöhnte. „Wow, lass mich atmen", röchelte er. „Du hast mich wieder total erregt."

Sarah streifte sogleich das Bettlaken von seinem Körper, warf es seitlich vom Bett. Mit begehrenden Augen betrachte sie den steifen Wüstling, griff danach.
„Oh, wie mächtig groß er wieder geworden ist."

Robin stöhnte bei der Berührung ihrer zarten, warmen Finger. Doch auch Sarah war nun sichtlich gereizt. Ihr Körper begann zu zittern und sie atmete schneller. Sogleich legte sie sich auf dem Rücken, spreizte ihre schlanken, braun gebannten Beine. Mit ihrer linken Hand nahm sie eine Hand von Robin, dirigierte sie zu einer ihrer festen Brüste, welche eine harte aufgerichtete Brustwarze zierte.
„Komm dreh dich jetzt", sprach Sarah vollkommen erregt, „und warte nicht lange. Ich habe geiles Verlangen nach deinem Schatz."

Als Robin auf ihr war, richtete er den entblößten Kopf seines stolzen Stückes an den Eingang ihrer Furche. Da dort alles nass war, gewann er schnell an Tiefe.

Sarah stöhnte dabei jauchzend auf, suchte seine Finger, umschlang sie.
„Nimm mich jetzt sofort - ohne Zeitverschwendung. Und mache es ganz tief."

Als Robin ganz eingedrungen war, zog er sogleich wieder zurück, um erneut ganz tief zu stoßen.
Sarah hob ihr Becken. „Ja - noch tiefer", röchelte sie.

Hervorgerufen durch die nun immer schneller werdenden rhythmischen Bewegungen der Vereinigung, klebten ihre Unterleibe durch die entstandene Nässe aneinander. Es entstand eine wilde Raserei auf dem Rundbett. Bald durchquerte die beiden Körper ein herrliches Gefühl der kommenden Wonne.

Als es dann soweit war, schrie Sarah laut. Mit beiden Beinen umschlang sie den Körper von Robin, wollte ihn nicht mehr loslassen. Mit ihren Fingern krallte sie sich in dessen Rücken fest. Doch davon bekam Robin nichts mit. Auch er verschwand gerade im himmlischen Bereich der Liebe, genoss danach noch minutenlang die nachklingenden Schwingungen des vollendeten Liebesaktes.
So verharrten die beiden Liebenden noch eine geraume Zeit in dieser Stellung, scheuten jegliche Bewegung.

Später, viel später, als die Sonnenstrahlen im Zimmer längst vom Schrank verschwunden waren und der Hund sich bemerkbar machte, wechselten sie ihre bisherige Stellung.

„Komm lass uns gemeinsam duschen gehen", meinte Sarah. „Wir sind doch total nass."
„Ja", antwortete Robin. „Ich muss danach auch mit dem Hund raus. Bald wird er seine vormittägliche Runde einfordern."
„Okay, und in der Zwischenzeit, wenn du mit dem Hund unterwegs bist, richte ich das Frühstück her."
„So soll es sein", bestätigte Robin.

20

Der gestrige Wetterbericht hatte das weitere Andauern der Hitzewelle bestätigt. Und so herrschten schon wieder an diesem frühen Sonntagvormittag des 05. Februar warme Temperaturen. Einige dunstige Nebelschwaden überzogen noch die Wasserfläche der angrenzenden Lagune. Aber bald sollte die einsetzende Hitze sie auflösen.
Alles war ringsherum gegenwärtig noch sehr nass. Ein nächtlicher Schauer hatte die Gegend mit einer Regendusche gesättigt.

Als Robin mit dem Dalmatinerrüden vom Gassi gehen zum Haus zurückkehrte, ging er sofort um das Gebäude zur Terrasse. Hier hatte Sarah längst schon alles zum Frühstück vorbereitet. Gerade begann sie Kaffee auszugießen.

„Ich habe euch schon kommen sehen", sagte sie zu Robin. „Übrigens muss es in der Nacht etwas geregnet haben. Den Terrassentisch und die Stühle musste ich abwischen."
„Ja, ich habe es beim Rundgang auch bemerkt. Nur gut, dass ich noch am gestrigen Abend die Liegestühle und die Polsterkissen weggeräumt habe."
„Aber am gestrigen Abend war doch ein wolkenloser Himmel gewesen", meinte Sarah.
„Als du schon geschlafen hast, bin ich mit Bellow noch eine Runde gegangen. Da gab es ein fernes Wetterleuchten. Weil es so sehr fern war, habe ich angenommen, dass wir hier nichts

abbekommen werden."
Als Robin es aussprach, dachte er gleichzeitig an die gestrigen Fußspuren in der Sandmulde vom Golfgelände. Natürlich hoffte er, dass sie durch den nächtlichen Regen nicht zerstört waren. Gleich nach dem Frühstück würde er dann die guten Abdrücke mit Gipsmasse modellieren.

„Nach dem gestrigen Wetterbericht sollen im Süden der Insel örtliche Wärmegewitter auftreten", erläuterte Sarah. „Vielleicht bekommen wir heute eines davon ab. Unser Rasen braucht unbedingt viel Regen."
„Ja, er hat schon gelbe Flecken bekommen. Aber das ist doch kein Wunder, wir haben doch drei Wochen lang den Rasen auch nicht gepflegt. Und geregnet hat es hier in Midway Point in dieser Zeit wohl kaum."
„Weißt du, wir sollten uns auf so ein mögliches Gewitter gar nicht verlassen. Am besten wird es sein, wir stellen nach dem Frühstück den Regensprüher auf. Schau zum Golfgelände hin. Dort nässen sie schon seit dem frühen Morgen mit mehreren Regensprühern."

Robin lief ein paar Schritte zum gebogenen schmiedeeisernen Gartentor hin, um sich zu vergewissern. Tatsächlich sah er mehrere aktive Regensprüher auf dem Golfgelände.
„Mhm, da wird wohl in nächster Zeit ein Turnier anstehen", sprach er zu Sarah, als er wieder zurückgekehrt war. „Da sollte der Rasen schon okay sein."

Beim anschließenden Frühstück ließen sie sich viel Zeit,

genossen die umgebende faszinierende Ruhe.

Als Robin nach dem Austrinken seiner zweiten Tasse Kaffee seine Beine ausstrecken wollte, schob er am Tisch den ihm seitlich gegenüber stehenden Stuhl etwas weg. Dabei bemerkte er den darauf abgestellten vollgefüllten Stoffbeutel.

„Ist da die Post drinnen?", fragte er.

„Ja", bestätigte Sarah. „Wir sollten nun endlich nachschauen! Sonst verdunstet sie wohl noch."

Robin nickte. Er griff nach dem Stoffbeutel.

„Warte noch", meinte Sarah. „Zuerst werde ich hier etwas abräumen. Dann kannst du alles auf dem Tisch schütten."

Sarah griff nach dem Tablett, stapelte die Teller darauf. Auch den Rest brachte sie darauf noch unter. Nur die zwei Kaffeetassen, die Kondensmilch und die Thermoskanne ließ sie auf dem Tisch stehen.

Als sie dann aus der Küche zurückkam, hatte Robin schon die gesamte Post auf den Tisch geschüttet: Daraus sortierte er gerade die beiliegenden Zeitungen und Zeitschriften aus. Danach begann er die vielen Briefe zu trennen. Einmal nach Sarah und einmal nach Robin. Sarah half ihm dabei.

„Dein Haufen ist ja groß geworden", bemerkte Sarah. „Ich würde sagen, das ist mehr als Dreiviertel der Briefpost. Bloß gut, dass ich nicht so einen großen Papierkram habe!"

„Sei froh, da brauchst du weniger zu schreiben", sagte Robin. „Ist ja auch nicht gerade dein Steckenpferd."

Und er bemerkte noch stöhnend, dass die vielen Briefe meistens zeitaufwendige Papierarbeiten verursachen.

„Du antwortest wohl auf jeden Brief?“, stocherte Sarah.

„Wenn er Anfragen oder Mitteilungen beinhaltet, dann sollte man darauf auch antworten!“

„Aber nur bei ganz wichtigen Angelegenheiten“, antwortete Sarah bestimmend.

Sie lachte. „Schau her - so wird es gemacht!“

Nur kurz schaute sie auf den Absender ihrer erhaltenen Briefe. Dann zerriss sie einfach einen Großteil ihrer Briefpost.

„Siehst du, so entfällt die Antwort.“

Robin dagegen ging sehr gewissenhaft bei der Sichtung seiner erhaltenen Post vor. Jeden Brief öffnete er. Danach warf er einen kurzen Blick auf den Inhalt. Und gleich danach ordnete er die einzelnen Schreiben vier verschiedenen Stapeln zu.

„Welcher deiner Stapel ist nun wirklich wichtig?“, fragte Sarah spöttisch.

Ihre Augen verrieten den schalkhaften Inhalt ihrer Frage. Doch Robin war zu sehr mit seinen Briefen beschäftigt, um vor seiner Antwort in ihre Augen zu schauen.

„Hier im A-Stapel befindet sich die zuzuordnende Uni-Post für die Sektion Philosophie“, begann er gewissenhaft seine erfolgte Sortierung zu erläutern. Mit seinem rechten Zeigefinger zeigte er jeweils dorthin. „Diese Schreiben gehören zum B-Stapel. Das sind Hinweis- und Einladungsschreiben von anderen Universitäten – die mich persönlich als Professor betreffen. Und hier im C-Stapel liegt Bezugspost für unser Wohnhaus, auch allgemeine Schreiben. Im D-Stapel ist nur allgemeine Werbepost."

„Da wirst du wohl nur den letzten Stapel wegwerfen können", stellte Sarah fest und lächelte.

„Na ja, bevor ich diese Schreiben wirklich zerreiße, werde ich sie mir trotzdem noch einmal kurz anschauen. Vielleicht trifft doch etwas auf uns zu, so dass wir es nutzen können. Aber die andere Post muss ich komplett beantworten."

Plötzlich vertiefte sich Sarah im letzten ihrer geöffneten Briefe. Erschrocken und erstaunt zugleich, lehnte sie sich weit im Terrassenstuhl am Tisch zurück. Als schließlich Robin ihr schweigsames Lesen bemerkte, blickte er zu ihr.

„Hast du etwa auch ein wichtiges Schreiben erhalten?", fragte er.

Sarah sah Robin kurz an und erwähnte einen Brief von der Firma HUSDLER.

„Die Firma bezieht sich auf ihr Angebot, was wir im Urlaub gelesen haben. Und sie hoffen, dass ich den Großauftrag für die Gruppe der Skulpturen annehme. Deshalb, weil sie eben von mir als Künstlerin vollkommen überzeugt wären, dass nur ich die geplante Skulpturengruppe für die moderne Friedhofsanlage ABENDSONNE gefühlvoll und in bester Qualität erledigen könne. Das hätten sie im beiliegenden Vertragsentwurf bedacht. Deshalb wäre er großzügig beinhaltet. Da sie hoffen, dass ich den Großauftrag annehme, erinnern sie mich noch einmal an den Termin im März zur Vertragsunterzeichnung. Gleichzeitig weisen sie auf ihr Inselbüro in Launceston hin, was gleichzeitig auch ihr

Firmensitz wäre."

Robin hatte sofort seine weiteren Briefsortierungen eingestellt und ihr aufmerksam zugehört. Sogleich erinnerte er sich an seine damals aufgekommenen Zweifel beim Lesen des Schreibens an der Westküste.
„Die Firma HUSDLER. versetzt mich immer mehr in Erstaunen", bemerkte er sehr nachdenklich. „Die Firma klebt ja regelrecht an deiner Person!"

Sarah sah Robin verdutzt an. „Aber ich freue mich darüber", antwortete sie spontan. „Und ich bin sogar stolz darauf, dass ich als eine gereifte Künstlerin eingeschätzt werde. Gönne es mir doch - sei nicht so skeptisch!"

Sarah legte die ersten zwei gelesenen Seiten des Anschreibens Robin hin. Darauf las sie davon das dritte Blatt - vertiefte sich darin.
Robin erfasste die von Sarah gereichten Seiten. Schnell überflog er den gesamten Inhalt.
„Dieser Großauftrag hört sich tatsächlich vielversprechend an", sprach er während des Lesens.

Doch je mehr er las, wurde er immer skeptischer. Schließlich meinte er: „Aber ob die schmusenden Sätze auch das beiliegende gesamte Vertragswerk erfassen, muss abgewartet werden. Meine Skepsis bleibt bestehen."
„Aber bis jetzt finde ich nichts Schlechtes darin", widersprach Sarah.

Zitternd reichte sie Robin das dritte Blatt des Anschreibens. Sogleich konzentrierte sie sich ganz auf die beiliegende Anlage. Es war der Vertragsentwurf zum Großauftrag.
„Mal schauen – ich lasse mich überraschen", flüsterte sie sehr optimistisch.

Schnell überflog sie mit ihrer zügigen, schnell erfassenden Lesetechnik die einzelnen Paragraphen des Vertragsentwurfes. Plötzlich jauchzte sie vor Freude und rief begeistert: „Das hätte ich niemals erwartet. Nie in meinen besten Träumen!"
„Na erzähl schon!", forderte Robin sie auf.

Sarahs Stimme überschlug sich nun. „Du wirst es nicht glauben, der Inhalt des Vertragswerkes ist nicht nur fair, sondern auch wohlwollend – ja sogar sehr großzügig. Und dazu ist die Bezahlung überwältigend, ich meine sogar sensationell!"

Sarah reichte Robin die fünf Blätter des Vertragswerkes, welche Robin sofort mit analytischer Sorgfalt las.
„Erstaunlich – sehr erstaunlich", röchelte er beim lesen. Und manchmal schüttelte er dabei sogar mit dem Kopf.
„Ich finde bisher wirklich nichts Verstecktes, nichts Faules. Die ersten Seiten des vorliegenden Vertragsangebotes scheinen in Ordnung zu sein."

Doch er hatte noch nicht alle Seiten durchgearbeitet. So blieb er weiterhin skeptisch – es könnte ja noch etwas kommen.

Als Sarah mitbekam, das nun Robin am Paragraphen des

finanziellen Teils anlangte, frohlockte sie. Nun gewahrte sie den verharrenden erstaunten Blick Robins, der die gesamte Zahlungshöhe und die einzelnen Zahlungsscheiben mehrmals las.„Na, bei diesen Geldbeträgen bleibt einem die Spucke weg", bemerkte Sarah schreckhaft und ängstlich. Doch auch ein wenig Stolz klang in ihren Worten mit.

„Die Höhe des Auftrages mit 490 Tausend Australischen Dollarn verunsichern mich tatsächlich", sprach Robin erstaunt. „Das ist ja fast eine halbe Million!"

„Eine märchenhafte Summe", schwärmte Sarah. „Der reine Wahnsinn!"

Dann neigte sie ihrem Kopf nach hinten. „Und da du als Professor in zwei Jahren kaum so viel verdienen kannst und ich bisher auch nur Aufträge bis höchstens 20 Tausend Australische Dollar hatte, ist doch mein erster Großauftrag ein wunderbares Geschenk des Himmels."

Sarah suchte nach weiteren Worten: „Ja, das ist ein herrlicher Segen für uns beide - ein warmer Sommerregen zur rechten Zeit. Sozusagen ein überraschender Lottogewinn! Nicht wahr, Liebling!"

Doch in Robins Gesichtsausdruck vermisste Sarah sowohl die freudige, als auch die begeisterte Anteilnahme.

„Warum freust du dich nicht so wie ich ... Ist der Vertragsentwurf unseriös, etwa nur ein Scheinvertrag?"

„Nein, die einzelnen Paragraphen scheinen okay zu sein. Nur frage ich mich, ob diese steinerne Skulpturengruppe überhaupt so einen künstlerischen Wert besitzt ... Sind denn die Kosten zur Herstellung und zur Errichtung so enorm? Und noch eine Frage stellt sich mir: Beherrschst du überhaupt schon neben deinen sicherlich vorhandenen künstlerischen Fähigkeiten auch schon das finanzielle Management hierzu? Denk daran, du hast bis zur Einweihung des Denkmals nur 18 Monate Zeit! Das scheint sehr wenig zu sein.“

„Aus deinen Worten höre ich viel mehr, dass du mir den Großauftrag gar nicht gönnst“, war die erste trotzige Reaktion von Sarah.

„Quatsch – natürlich gönne ich dir den Auftrag. Aber bei meinem ausgeprägten analytischen Denken stellen sich automatisch diese Fragen. Ich will dich eigentlich nur anregen, über alles genau nachzudenken und nichts zu übersehen. Noch kannst du vor deiner Unterschriftleistung im Vertrag einige Änderungen erreichen! Oder willst du etwa, dass ich unehrlich zu dir bin? Bedenke – es ist dein allererster Großauftrag!“

Nun entwichen aus Sarahs blaugrünen Augen dankbare Blicke. Es war schon richtig, auf Robin zu hören. Durch seine Professorentätigkeit ist er im analytischen Denken sehr geschult, natürlich ihr voraus. Das akzeptierte sie.

Und so sprach sie über ihre bisherigen Überlegungen: „Ich hatte schon einmal in unserem Urlaub an der Westküste über alle anfallenden Arbeitsgänge nachgedacht. Und da kam ich bei der Zusammenfassung aller Leistungen auf 22 Monate. Also ich meine da den Zeitraum von der Entwurfsplanung und Herstellung im Atelier, über den Transport zur Friedhofsanlage bis hin zur Aufstellung."

„Hast du dabei wirklich alles bedacht", fragte Robin nach.

„Nein – tatsächlich nicht", nickte Sarah. „Dabei hatte ich noch nicht an die anschließende mehrschichtige und zeitaufwendige Versiegelung der Montagefugen gedacht. Hierzu benötige ich bei aller Sorgfalt mindestens noch einen Monat. Dabei muss natürlich das Wetter mitspielen."

„Soll die steinerne Familie nicht auch noch mit einem goldenen Überzug, der witterungsbeständig sein soll, überzogen werden? Das hast du doch nicht überlesen?"

„Ach ja, diese Arbeitsfolge kommt ja nach der fertigen Versiegelung der Montagefugen auch noch dazu."

„Okay. Wenn du jetzt alles bedenkst und noch einen zeitlichen Puffer für unvorhergesehene Verzögerungen mit einplanst, dann solltest du schon sechs Monate dazunehmen. Also musst du im Paragraphen zur Herstellung die angegebene Zeit von 18 Monaten auf 24 Monate, also auf zwei Jahre, ändern lassen."

„Ja - du hast recht. Das werde ich auch tun."

„Übrigens solltest du nach erfolgter Montage der vier Skulpturen, die Gruppe soll ja fünf x fünf Meter hoch und breit werden, die sicher notwendige Einrüstung mit Zeltplanen abdecken. Dann bist du bei den Versiegelungsarbeiten total wetterunabhängig. Natürlich auch bei den nachfolgenden überziehenden Vergoldungen. Hier könntest du dir ein wertvolles Zeitpolster schaffen."

„Ach, könntest du nur mein Bauleiter vor Ort sein!", sprach Sarah und lachte.

Trotzdem erfasste sie jetzt ein Gefühl der Ohnmacht. Sollte sie

den ersten Großauftrag tatsächlich in alleiniger Verantwortung annehmen? Es gab tatsächlich noch einige Punkte, die sie in ihrer lockeren Art noch nicht bedacht hatte!
Aber dafür hatte sie ja Robin, dessen gut ausgeprägtes analytisches Denken schnell die Schwachstellen im vorliegenden Vertragsentwurf erfasste.

„Und wie steht es derzeitig mit deinen künstlerischen Kenntnissen? Beherrscht du wirklich schon alle Arbeitsgänge für die steinerne Herstellung übergroßer Personen. Da meine ich hier besonders die abschließenden Arbeiten. Also die mehrschichtige Versiegelung der Montagefugen und den abschließenden goldenen Überzug über die gesamte Gruppe.“
Darauf antwortete Sarah stolz: „Damit habe ich überhaupt keine Probleme. Die gesamte Technik zur Herstellung von großen Denkmälern beherrsche ich schon seit Beendigung meines Studiums. Übrigens hatte ich damals in der letzten Prüfung zum praktischen Abschlussteil eine ausgezeichnete Bewertung über diese Technik erhalten. Da wusste ich sofort, dass es später einmal mein besonderes Spezialgebiet werden wird. Und mit dieser Technik habe ich auch schon einige Aufträge erfolgreich realisiert. Wahrscheinlich bin ich bei diesen Projekten mit meiner Mosaik-Technik positiv aufgefallen.“
„Mhm“, räusperte sich Robin. „Aber das waren doch bisher nur kleine darstellende Personen gewesen!“
„Das hat deshalb nichts zu sagen, weil die Herstellungstechnik die gleiche ist“, antwortete Sarah sehr selbstbewusst. „Zuerst fertige ich im Atelier einen Entwurf im kleineren Maßstab an – am besten im Gips. Da kann ich mein künstlerisches Talent voll

entfalten. Und steht dann der Entwurf fest, verfeinere ich ich ihn so auf die körperlichen Formen, dass eine exakte natürliche Ausstrahlung eintritt. Danach teile ich die fertige Figurengruppe und alle Flächen in ein Rastersystem ein, was ich dann im gewünschten Maßstab umrechne. Somit bin ich in der Lage, jedes Bild in jeder Größe zu schaffen.“

„Leuchtet mir ein“, bemerkte Robin.

„Und da der Großauftrag eine steinerne Personengruppe ausschreibt, werde ich die einzelnen umgerechneten Mosaiksteine nach Rastersystem herstellen. Und später werde ich sie dann in der Friedhofsanlage zum Großbild zusammenfügen, anschließend die Mosaiksteine glatt verfugen und versiegeln, und als letzten Arbeitsschritt die goldene Beschichtung der Personengruppe vornehmen. Das ist für mich kein fachliches Problem.“

„Das überzeugt mich“, bestätigte Robin. „Es wird dir gelingen!“

„Diese Puzzle-Technologie habe ich bisher sogar weiterentwickelt und auch verfeinert“, fügte Sarah stolz hinzu. „Übrigens habe ich sie bei einigen früheren Projekten schon erfolgreich angewandt.“

„Ja, du hast sie mir gezeigt.“

„Darüber hat sogar die Fachpresse berichtet.“

Robin nickte bestätigend. „Vielleicht bist du damit auf der Insel bekannt geworden und es hat den Zuschlag für dich ausgelöst?“

„Ich glaube schon, dass ich gut bin. Auch war ich bisher in der terminlichen Projekterledigung bei allen Aufträgen stets zuverlässig gewesen. Da denke ich schon, dass das sich herumgesprochen hat.“

„Okay. Ich bin zwar immer noch ein bisschen skeptisch, aber ich freue mich natürlich auch darüber", sagte Robin. „Den Vertragsentwurf kannst du nach der Änderung der Herstellungszeit unterzeichnen. Ich habe zumindest nichts Unseriöses entdeckt."

„Aber soll ich nicht im Finanz-Paragraphen etwas ändern lassen?", meinte Sarah. Ihre Stimme zitterte. „Na ich meine eher Geldzahlungen nach dem Arbeitsfortschritt."

„Keineswegs. Das Angebot ist doch mehr als großzügig. So liegst du doch auch auf der sicheren Seite, wenn du gleich eine große Anzahlung erhältst. Da kannst du doch viel mehr in Ruhe arbeiten. Würdest du viele einzelne Raten erhalten, kannst du dir nicht sicher sein, dass das Geld auch immer pünktlich kommt. Und manchmal kommt es bei Streitigkeiten überhaupt nicht. Dann kann es passieren, dass du plötzlich bei gefährlichen Vorleistungen angelangt bist. Nein – die drei vorgesehenen Raten solltest du nicht ändern lassen. Sie bieten dir eher Sicherheit."

Robin suchte in den Anlagenblättern des vorliegenden Vertragsentwurfes das entsprechende Blatt heraus. Dann zeigte er mit dem rechten Zeigefinger auf die entsprechende Stelle.

„Du erhältst bei Vertragsabschluss sofort 60 % von der Auftragssumme überwiesen, also von 490 Tausend sind das 294 Tausend Australische Dollar. Dann nach der Errichtung der Skulpturengruppe weitere 20 %, das sind 98 Tausend. Und nach der kompletten Fertigstellung des Auftrages die restlichen 20 %, also die noch fehlenden 98 Tausend. Das ist doch finanziell mehr als super."

„Das muss ich überlesen haben", antwortete Sarah mit zittriger Stimme.

„Du hast ja auch alles schnell überflogen.“
„Sofort 294 Tausend bei Vertragsunterzeichnung?“

Robin reichte Sarah das aussagekräftige Blatt, was sie sofort mit
den Augen verschlang.
„Einfach wahnsinnig. Dann sind wir ja in ein paar Wochen
reich!“
Sarah lehnte sich auf dem hölzernen Klappstuhl zurück. Nun
begann sie zu träumen.
„Zuerst werde ich mir ein paar Wünsche erfüllen. Da denke ich
an modische Sachen – Kleider, Taschen, Schuhe. Übrigens werde
ich nicht nur für mich einkaufen, auch für dich.“

Schnell überschlug sich ihre Stimme. Jetzt sprudelte es nur so
aus ihr heraus.
„Dann werden wir im Wohnhaus endlich die Küche umbauen,
auch das Bad erneuern. Und du kannst dein Projekt des
Garagenneubaues verwirklichen. Und … und … und!“
„Nun mach erst mal einen Punkt“, lachte Robin. „Dann kaufst du
dir womöglich noch dein Traumauto – einen Porsche.“

Sarah schmunzelte. Und sie ertappte sich dabei, zumindest davon
einmal träumen zu dürfen. Aber sie hätte es tatsächlich niemals
getan.
„Das hohe Pluskonto beruhigt natürlich erst einmal“, warf Robin
ein, „aber bedenke dabei, dass die Realisierung des
Großauftrages viel Geld kosten wird.“
„Aber das liegt noch weit weg. In den vielen Arbeitswochen bis
zur Fertigstellung kann ich alles wieder korrigieren. Da sitze ich

jeden Tag im Atelier, komme nicht mehr heraus. Glaubst du, dass ich dann noch die Einstellung zum Kaufen aufbringen kann?"

„Jetzt hat dein Zeitbewusstsein gesprochen", philosophierte Robin. „Es ist die unserem Bewusstsein unmittelbar gegebene Zeit, die Bedingung unseres Erlebens ist und sich in Vergangenheit, Gegenwart und Zukunft gliedert."

„Deinen philosophischen Kram als Professor kannst du jetzt stecken lassen!"

Robin lächelte über die Worte von Sarah. „Verzeih mir bitte, aber das lehre ich eben an der Uni ... Eigentlich wollte ich dir damit nur sagen, das strenggenommen die Gegenwart keine Dauer hat, wir die Vergangenheit als Erinnerung und die Zukunft als Vorwegnahme erleben. Also die Gegenwart marschiert unaufhaltsam in Richtung Zukunft und schluckt unaufhörlich ein Stück davon. Das Zurückliegende bleibt dann unveränderbar, die Zukunft kannst du aber beeinflussen. Deshalb solltest du die Vorwegnahme planen und das, was du selbst tun kannst, gut absichern!"

Sarah schwieg erst einmal. Nachdem sie ihre begeisterte Traumphase verlassen hatte, verloren ihre Augen den begehrenden Blick.

Nachdenklich sagte sie zu Robin: „Deine Wörter über die Zeit erinnern mich selbst an ein Zitat eines sehr bekannten Dichters. Da heißt es:

Dreifach ist der Schritt der Zeit:
- Zögernd kommt die Zukunft herangezogen,
- pfeilschnell ist das Jetzt entflogen,
- ewig still steht die Vergangenheit."

„Ja, diesem Zitat stimme ich 100 % zu“, bemerkte Robin beeindruckt. „Du kennst sicherlich den Dichter?“
„Na klar, die Literatur ist doch mein Steckenpferd. Das Zitat stammt vom deutschen Dichter Friedrich Schiller.“
„Wir sollten in unserem täglichen Dasein öfter über solche Zitate nachdenken. Da behaupte ich mit Sicherheit, dass wir in unserem Leben weniger Fehler machen würden.“
Sarah nickte zustimmend. Und sie bat Robin, dass er ihr doch noch ein paar Hinweise zum Großauftrag geben möchte.

„Also zuerst solltest du alle offiziell anfallenden Kosten, einschließlich der in allen Aufträgen vorkommenden verdeckten Kosten, erfassen. Da denke ich an das anzuliefernde Material, an die anfallenden Transportkosten, an die Kosten der Subunternehmer, an die Kosten des Fundamentes für den Sockel, an die Gerüstkosten und an die vor Witterung schützenden Abdeckplanen. Weiter an die Versiegelungskosten, an die Kosten des goldenen Überzuges.“

Robin überlegte weiter.
„Dabei fällt mir jetzt auf, dass der abschließende goldene Überzug über alle Skulpturen im Vertragsentwurf nicht exakt definiert ist. Soll es nur ein goldener Anstrich werden oder soll ein anderes Verfahren zum Einsatz kommen? Da du die jeweiligen Verfahrensweisen kennst, weißt du sicherlich auch über die damit verbundenen Kosten genau Bescheid. Bei allen Kostenerfassungen kann ich mir vorstellen, dass die letzte Position des goldenen Überzuges bestimmt sehr kostenintensiv sein wird. Liege ich da richtig?“

Sarah hatte Robin aufmerksam zugehört. Ja, das liebte sie an ihm, dass er gleichzeitig ehrlich und schonungslos analysieren konnte. Das tat er nicht zynisch, sondern mit einer sympathischen erläuternden Art.

„Du hast recht. Ich werde am besten so verfahren, wie ich es bei den bisherigen Projekten auch getan habe. Da habe ich zuerst meine anfallenden Arbeitsstunden ausgerechnet, diese mit meinem Stundensatz multipliziert. Dann folgten die anfallenden Materialkosten und noch die anderen restlichen Kosten. Dann habe ich alles zusammengerechnet. Und mit dem jeweiligen Endbetrag beteiligte ich mich bisher an Ausschreibungen. Da erhielt ich fast immer den Zuschlag.“

"Die Position *Gewinn* und die Position *Unvorhergesehenes* hattest du wohl in deinen bisherigen Projektplanungen wohl nicht berücksichtigt?"

„Ja, diese beiden Positionen habe ich in meinen Aufträgen bisher nicht berücksichtigt.“

Robin war überrascht. „Da bin ich schon erstaunt, wie du bisher jedes Projekt so erfolgreich abrechnen konntest. Nach meiner Kenntnis gab es bei deinen bisherigen Projekten nie Streitigkeiten. Ich glaube, da hast du bestimmt alle Rechnungen prinzipiell akzeptiert! Aber wie hast du das nur finanziell geschafft?“

„Weil ich eben von den eingegangenen Ratenzahlungen immer nur einen Teil in der Phase der Realisierung angerührt habe. Deshalb kam ich am Ende finanziell nie in Nöten!“

„Na klar, weil du dann einige deiner eigenen Kosten des Friedenswillen geopfert hast.“

Sarah lächelte. Ihre rechte Hand glitt in seine linke Hand. Robin hatte diese gerade auf dem Tisch abgelegt.

„Sei nicht so streng zu mir", hauchte sie zärtlich. „Alles ist doch auch ein Lernprozess für mich. Sei lieber stolz, dass ich selbständig bin und dass ich dich bisher in meine Arbeit nicht mit eingebunden habe. Du hast doch selbst täglich eine Menge Arbeit und Verantwortung in der Uni zu leisten."

„Natürlich bin ich stolz auf dich", antwortete sanft Robin, „und dazu liebe ich dich auch sehr." Während seiner Worte legte er seine rechte Hand auf ihre.

„Sarah, aber nun kommt ein Großauftrag auf dich zu. Jetzt gelangst du auf eine andere Werteebene - jetzt betrittst du gefährliches Neuland. Selbstverständlich helfe ich dir gerne im Management, so wie es meine Zeit zulässt. Du weißt, dass ich als Professor oft unterwegs bin. Aber ich helfe dir auch nur, wenn du es mit deinem Herzen möchtest."

„Natürlich", bestätigte Sarah sofort. „Deine Hinweise beruhen auf ehrlicher Analyse. Das wird mir Sicherheit verleihen."

„Im künstlerischen Bereich brauchst du mich nicht zu fragen. Da habe ich weniger Ahnung. Hier ist deine Qualifizierung hervorragend und dein Talent beeindruckend."

Robin überlegte kurz, dann lächelte er. „Ach, ich bin mir schon sicher, dass dir die Skulpturengruppe gelingen wird." Dabei streichelte Robin über ihre Hand, drückte sie sehr zärtlich. Mutig erklang seine Stimme: „Deshalb leg deine bisherige Scheu über die Annahme eines Großauftrages beiseite. Du hast doch bisher alle Aufträge erfolgreich gemeistert. Knüpfe daran an - mach einfach weiter so. Natürlich kannst du alle bisher gesammelten

Erfahrungen bei deinen Aufträgen auch beim Großauftrag mit anwenden."

Ein frohes Lächeln fuhr über das Gesicht von Sarah. Doch darin verbarg sich bei ihr auch ein Überlegen.
„Meine künstlerischen Arbeitsleistungen hatten bisher bei allen Projekten einen eigenen Kostenanteil höher als 70 % von der Auftragssumme. Gehe ich beim Großauftrag vorsichtiger in Planung, dann liege ich doch bei der Annahme von 60 % gut im Rennen! Was denkst du?"
„Mhm - ich glaube schon. Bei einer sicheren finanziellen Planung wäre das schon angebracht. Aber du solltest davon trotzdem einen Großteil bis zur Beendigung des Projektes zu deiner eigenen Sicherheit parken. Es kann ja immer etwas Unvorhergesehenes passieren. Den angestrebten Gewinn kannst du erst am Ende feststellen."
„Dann wären wohl bei Annahme von 8% Gewinn von den 294 Tausend am Projektbeginn für mich verwendbar?"
„Das wären ja 39.200 Australische Dollar. Unglaublich viel Geld, was tatsächlich möglich wäre."

Robin überlegte weiter. Dann meinte er: „Ich würde dir vorsichtigerweise eher nur 5 % Gewinn vorschlagen. Das wären von den 294 Tausend … Moment ich rechne, das wären 24.500 Australische Dollar."
„Also kann ich von einem Betrag von ca. 25 Tausend ausgehen."
„Ja, das würde im vertretbaren Bereich liegen."
„Toll! Von so etwas habe ich bisher immer geträumt. Dann kann ich vor Beginn der zeitaufwendigen künstlerischen Arbeiten,

welche nun bald auf mich zukommen, mir noch einige Wünsche erfüllen.“

„Na solche Wünsche, wie modische Sachen zu kaufen, kannst du dir schon leisten. Aber ich glaube eher, am Ende siegt wieder dein schlechtes Gewissen und du kaufst nur sehr wenig.“

„Wir könnten doch auch unsere Küche oder das Bad erneuern. Davon sprechen wir doch oft!“

„Das stimmt. Aber nicht nur diese Dinge wären erneuerbar. Denke nur an den schlechten Zustand vieler Fenster. Auch einige Dachrinnen sind undicht geworden, da tropft es manchmal fürchterlich. Aber weißt du: Wir sollten erst das Fell verteilen, wenn der Bär erlegt ist. Beschäftige dich erst einmal richtig mit den einzelnen Projektdisziplinen, die sehr kostenintensiv sind. Überprüfe mit Ruhe und Gelassenheit die Ausgaben hierzu. Studiere auch noch einmal den Vertragstext. Lass bitte die Vertragspositionen ändern, die wir besprochen haben. Dann unterschreibe den Vertrag. Und wenn du dann schwarz auf weiß die 294 Tausend auf dem Konto hast, lass uns erst dann weiter planen.“

Sarah nickte. „Ja, so werden wir verfahren.“

Danach sprachen die beiden nicht mehr über den vorliegenden Vertragsentwurf.

Am Ende ihrer weiteren Briefsichtung vereinbarten sie noch, dass sie heute nicht wegfahren würden. Es lagen noch genügend häusliche Arbeiten an, die sie noch gemeinsam vor Beginn der ersten Arbeitswoche erledigen wollten.

Robin dachte an die notwendigen Gartenarbeiten und Sarah an das Waschen der restlichen Urlaubswäsche. Und nach der Erledigung dieser Arbeiten wollten sie am frühen Abend, wenn die Temperaturen wieder erträglicher wurden, auf der Terrasse grillen.
Es war ja noch ein herrlicher Sommertag.

21

Gleich nach dem Frühstück ging Robin mit dem drängelnden Hund erneut eine Runde. Damit der Dalmatinerrüde seine Geschäfte erledigen konnte, gewährte er ihm die Route über das nahe Parkgelände.
Dort hatte Bellow im Dickicht seine Lieblingsstellen, die er stets zur Befriedigung seiner Bedürfnisse aufsuchte. Das war auch Robin so recht. Obwohl er bei solchen Rundgängen immer einige Hygienebeutel bei sich trug, so entfiel für ihm die Entsorgung des frischen Hundekots. Im Dickicht störte es niemand.

Im Parkgelände traf Robin an diesem späten Vormittag keine anderen Hundebesitzer. Vielleicht waren sie auch in Kenntnis des kommenden Hitzetages weggefahren und vergnügten sich irgendwo an einer sandigen Badestelle. Davon hatte er mit Sarah und dem Hund im zurückliegenden Urlaub an der Westküste genügend ausgekostet. Heute wollten sie zu Hause bleiben.

Als Bellow seine sprunghaften Bewegungen nach einer halben Stunde merklich abbaute, wählte Robin den Nachhauseweg über das nahe Golfgelände. Er wollte unbedingt das Sandloch mit den Fußspuren noch einmal anschauen. Diese Spuren kamen ja von ihrem Grundstück. Das hatte ihm gestern auch der Hund eindeutig mitgeteilt. Robin nahm sich vor, die markanten Fußabdrücke noch einmal genau anzuschauen, um sie dann später mit Gips auszugießen. Falls doch ein Einbruch in ihr Haus geschehen sollte, hätte er verwendbares Beweismaterial von diesen verdächtigen Spuren. Die zwei Formstücke von den Fußabdrücken könnte er dann der Polizei zur Überprüfung übergeben. Ja, so wollte er es tun - weil eben dieses Sandloch nicht weit von ihrer Grundstücksgrenze lag.

Am Beginn des offenen, hügligen Geländes zum Golfclub hin, da wo die Bäume und Sträucher aufhörten, leinte Robin den Hund zur Sicherheit an. Der Dalmatinerrüde sollte auf den gepflegten Flächen nicht unkontrollierbar herumspringen. Das wollte Robin vermeiden. Er wollte sich keinen Ärger mit den Betreibern des Pittwater Golf Club einhandeln.

Bisher prägte ihr Nachbarverhältnis ein freundliches und respektvolles Vertrauen. So erhielten Sarah und er bei ihrer Einzugsfeier hier in Midway Point vom hiesigen Golfclub je einen Gutschein überreicht. Damit schenkte ihnen der Adressat die kostenlose Teilnahme an einem Golfkurs. Doch sie hatten bisher die beiden Gutscheine noch nicht eingelöst. Das lag einerseits an ihrem vorhandenen Desinteresse zu dieser Sportart, andererseits wollten sie sich mit einer verbundenen Mitgliedschaft nicht binden. Den entstehenden Zwang zur Teilnahme an den Spielbetrieb oder an Turnieren lehnten sie ab. In ihrer wenig vorhandenen Freizeit wollten sie eher alleine sein.

Natürlich fanden jährlich auf dem mit neun Spielbahnen ausgestatteten Rasengelände verschiedene Turniere statt. Und obwohl bei einer Spielbahn das Loch nahe ihrer Grundstücksgrenze lag, waren noch nie Golfbälle in ihr Grundstück geflogen. Auch im laufenden Spielbetrieb durch ständig wechselnde Spieler traten bisher keine Fehlwürfe nahe ihres Grundstückes auf. Dass aber irgendwann ein Hartgummiball in ihrem Grundstück landen würde, wussten sie. Das würde sicherlich eines Tages geschehen. Doch das beeinflusste keinesfalls ihre Toleranz zum angrenzenden Golfgelände. Eher bewunderten sie die ständige intensive Rasenpflege um das 10,8 cm starke Loch. Und wenn sie einmal am kunstvoll gebogenen schmiedeeisernen Gartentor standen, registrierten ihre Augen stets diese angrenzende gepflegte Rasenfläche. Deshalb nahmen sie auch das bestehende Restrisiko eines verunglückten Balles gerne in Kauf.

Schon am Rand des hügeligen Geländes vom Pittwater Golf Club bemerkte Robin, dass sich mehrere Personen mit der Pflege der angelegten Spielbahnen beschäftigten. Er sah vier aufgestellte Sprühgeräte, welche die pendelnden Wasserstrahlen ständig um ihre Achse herum verteilten. So stand auch in der Nähe des Sandloches, was er gerade anlief, solch ein Sprüher. Am Ort angelangt, wartete Robin erst den vorüberziehenden rotierenden Wasserstrahl ab, ehe er mit dem Hund ins Sandloch trat. Doch seine Annahme, dass er die gestrigen Fußspuren noch unbeschadet vorfindet, bestätigten sich nicht.
Mit sichtlichem Erschrecken musste er deren totale Verwässerung feststellen. Die gestrigen Spuren waren dadurch gänzlich verschwunden. Sie waren buchstäblich im feinen lockeren Sand zerflossen. Damit konnte er die verdächtigen Fußabdrücke, was er eigentlich vorhatte, nicht mehr mit Gipsmasse modellieren. Diese Chance war nun vorbei.

Als Robin den näher kommenden rotierenden Wasserstrahl des Sprühers bemerkte, flüchtete er schnell wieder mit dem Hund aus dem mehr als zehn Meter breiten Sandloch. Außerhalb wählte er sogleich den direkten Weg zum eigenen Grundstück, musste dabei mit dem Hund um einige Hügel herumlaufen. Auf halbem Weg zum schmiedeeisernen Gartentor stießen sie im flachen Gelände auf eine Rasen mähende Person, welche die Kleidung eines Mitarbeiters vom Pittwater Golf Club trug. Robin erkannte beim Näherkommen sein Gesicht. Es war ein älterer Mitarbeiter des Golfclubs. Schon oft hatte er diese Spielbahn in ihrer Grundstücksnähe gepflegt. So kannte man sich. Und als Robin sich ihm mit dem Hund näherte, stellte dieser den lautstarken Benzinmotor des Rasenmähers ab.

„Hallo Dr. Brown“, begrüßte er Robin freundlich. „Natürlich ist der treue Bellow mit dabei.“

Da auch der Dalmatinerrüde den älteren Herrn genügend kannte, wedelte er sofort mit dem Schwanz. Mit seiner Stupsnase stieß er ihn freundlich an, damit er ihn streicheln möge.

„Hallo Mr. Edwin“, antwortete Robin ihm. „Die fleißigen Arbeiten hier auf dem Golfgelände deuten wohl auf ein baldiges Turnier hin? Es ist doch bestimmt so - oder?“
Mr. Edwin nickte. „Ja, es stimmt. Hier findet bald ein weiteres Turnier zum jährlichen Tasmania Cup statt. Unser Golfclub zählt zum Punktesammeln auch dazu!
„Aha, deshalb ist auch der Parkplatz vor dem Clubgelände voller Autos. Ich habe es beim Hunderundgang bemerkt.“

Mr. Edwin nickte. „Es ist schon erstaunlich", sprach er, „dass manche Spieler so viel Zeit haben. Obwohl das dreitägige Turnier erst am kommenden Freitag beginnt und dann am Sonntag endet, sind schon einige Golfspieler mehrere Wochen hier. Seitdem üben sie meist täglich an verschiedenen Spielbahnen, und das oftmals über Stunden. Und danach fahren sie wieder in ihre umliegenden Hotels!"

„Sehr erstaunlich", bemerkte Robin. „Na vielleicht nehmen sie Urlaub für diese Tage!"

„Möglich, dass das einige Golfspieler tun", antwortete Mr. Edwin. „Aber ich würde hierfür keine Urlaubstage opfern. Übrigens habe ich sie und ihre Frau lange nicht mehr gesehen?"

„Ja, wir waren im Urlaub an der Westküste. Seit gestern sind wir wieder zurück."

„Da habt ihr ja die diesjährige Hitzewelle bisher toll überstanden", lachte Mr. Edwin. „Ich selbst kam hier nicht weg."

„Da fällt wohl der Sommerurlaub ganz ins Wasser?"

„Nicht ganz. Nach dem jetzt anstehenden Turnier, also an dem folgenden Montag danach, da beginnt mein Urlaub. Leider werden dann wohl die derzeitigen Hitzetage vorbei sein. Das Wetter soll ja in nächster Zeit umschlagen."

„Aber eine merkliche Abkühlung würde uns doch bestimmt gut tun", meinte Robin. „Die bisherigen Hitzetage waren doch viel zu heiß, ja sogar mörderisch. Es sei denn, man hatte gerade Urlaub – so wie wir am kühlenden Meer!"

„Ich sehe es an ihrer tiefen Bräune", bestätigte Mr. Edwin."Nur salzige Wassertropfen können so eine dunkelbraune Farbe erzeugen."

„Es waren auch wirklich herrliche Tage", schwärmte Robin.

„Aber ab dem morgigen Tag beginnt unser Alltag wieder.“
„Den habe ich noch kommende Woche zu meistern. Aber dann geht es in den Urlaub.“
„Wohin soll es gehen?“
„Diesmal verlassen wir die Insel und wechseln aufs Festland. Nach Townsville, an die nordöstliche Küste wollen wir.“
Robin lachte. „Na, dort bleiben die heißen Temperaturen doch noch Monate bestehen. Da beginnen wir hier in Tasmanien schon zu klappern.“
„Das stimmt schon, aber unser Urlaub hat mehr Tauchcharakter. Und da auch meine Frau eine begeisterte Wassersportlerin ist, bestand schon lange unser Wunsch darin, einmal am Großen Barriereriff tauchen zu können.“
„Aber Vorsicht“, mahnte Robin, „dort in den Gewässern der größten Korallenbank der Erde sollen viele Haie sein!“
„Keine Angst, wir tauchen in Gruppen“, zerstreute Mr. Edwin die gegebenen Hinweise. „Und wir tauchen auch nur, wenn keine Haie in der Nähe sind.“
„Ja, so eine herrliche Unterwasserwelt könnte mich auch reizen“, träumte Robin. „Aber hierzu muss ich erst noch meine Frau zum Tauchen begeistern.“
„Ach, das wird schon mit der Zeit. Ihr seid doch noch beide jung und könnt noch so viel im Leben meistern“, bemerkte Mr. Edwin. „Jedenfalls, wer das Tauchen einmal erlernt hat, wird es niemals mehr sein lassen. Es ist ein wunderbares Hobby. Und man ist mit der Natur ganz eng verbunden.“
„Ich werde es mir merken.“
„Entschuldigen sie Mr. Brown, nun muss ich aber weiter mähen. Ich habe noch einige Rasenflächen auf dem Gelände zu mähen.“

„Gehört dazu auch noch das Harken der Sandflächen?", fragte Robin.

„Heute nicht", antwortete Mr. Edwin. „Nur kurz vor einem Turnier mache ich so etwas."

„Aber das Nässen der Sandflächen - ist das auch notwendig?"

Mr. Edwin schaute ungläubig. „Die Sandflächen werden niemals mit den Sprühern genässt. Das würde nur den Graswuchs fördern."

Da zeigte Robin zur etwa 80 Meter entfernten Stelle hin. „Das geschieht gerade mit dem dortigen Sandloch."

„Tatsächlich, wie kann das nur sein!", entgegnete Mr. Edwin sichtlich erschrocken. „Den dortigen Rasensprenger habe ich selbst am frühen Vormittag aufgestellt und auch verankert. Da streifte der rotierende Wasserstrahl nicht die Nähe des Sandloches. Sollte sich etwa die Verankerung von selbst gelöst haben? Das kann nicht sein!"

Mr. Edwin eilte nun zum besagten Sandloch und Robin folgte ihm mit dem Hund. Dort am Rasensprüher angelangt, untersuchte der Mitarbeiter des Golfclubs unverzüglich das nicht verankerte Gestell.

„Den hat jemand um 20 Meter versetzt", fluchte Mr. Edwin. „Und dabei hat diejenige Person den Kreis des rotierenden Wasserstrahles natürlich außer Acht gelassen. Ich denke, das kann nur meine Hilfskraft getan haben."

Nachdem Mr. Edwin das Gestell vom Wassersprüher wieder weiter weg vom Sandloch neu aufgestellt und verankert hatte, bedankte er sich bei Robin.

„Wissen sie, die heutigen Hilfskräfte sind nicht mehr die zuverlässigen Personen von gestern. Vor Jahren war das vollkommen anders. Da habe ich eine Anweisung gegeben und die wurde immer exakt ausgeführt. Heute muss ich es oft zwei- bis dreimal erläutern und hinterher trotzdem das Ergebnis korrigieren – so wie jetzt gerade.“

„Mhm, verstehe“, murmelte Robin.

Gemeinsam schritten sie zum Rasenmäher zurück. Und unterwegs erklärte Mr. Edwin dem Zuhörer noch einiges über das Golfspiel. Vieles verstand Robin. Aber was er nicht verstand, wollte er auch nicht hinterfragen. Er wollte ja nicht Golf spielen. Auch Sarah nicht.

Plötzlich lachte Mr. Edwin. „Da fällt mir noch etwas Komisches ein. Das muss ich ihnen noch erzählen. Es hat sich vor vielen Wochen zugetragen und an einem Tage voller Regenschauer - sozusagen an einem Schlechtwettertag. Da jagte ein starker Schauer den anderen. Weil da kein Spielbetrieb stattfinden konnte, hab ich in unserer Werkstatt gearbeitet und hab mir angestaute Reparaturen vorgenommen. Doch ein nachfragender Golfspieler wollte trotzdem unbedingt spielen. Der Grund dafür wäre sein notwendiger Nachholebedarf in der Spielpraxis. Er könne nicht auf schönes Wetter warten. Die kommenden Turniere würden bald anstehen - was eine gute Vorbereitung erfordere. Also, er ließ nicht locker. Nichtdestotrotz wollte ich als verantwortlicher Platzwart dies an jenem frühen Vormittag nicht gestatten. Die Bedingungen hierzu waren einfach nicht gegeben.

Ja, sie waren sogar fürchterlich. Wegen des klitschigen Rasens bestand erhebliche Gefahr zur Verletzung. Als schließlich der Spieler anbot, seine Trainingseinheiten in Eigenverantwortung übernehmen zu wollen, hab ich mich überreden lassen. Ich habe ihm hierzu die notwendige Ausrüstung gegeben. Nur mit passenden Stiefeln konnte ich ihm nicht helfen - weil eben alle verfügbaren Stiefel im Club zu klein waren. Seine übergroße Schuhgröße hatte ich nicht vorrätig. Aber ohne das Tragen von Stiefeln wollte ich die Spielbahnen nicht frei geben. Da ist der Spieler zornig geworden und verschwand. Da nahm ich erleichtert an, dass der Spieler endlich das Training an diesem total verregneten Tag aufgegeben hätte. Doch gegen Mittag war er wieder zurück. Und er hatte neu gekaufte Stiefel in seiner Größe bei sich. Ich habe darüber gestaunt und gefragt, woher er sie hätte. In Hobart hätte er sie in einen Spezialgeschäft gekauft.“

„Ja, ich kenne das Geschäft“, bestätige Robin. „Es hat sich auf Übergrößen in der Bekleidung spezialisiert.“
„Ja, jedenfalls war ich über seine erstaunliche Beharrlichkeit so sehr beeindruckt, dass ich ihm die komplette Golfausrüstung geliehen habe. Danach hat der Spieler bei strömenden Regen bis in den späten Nachmittag geübt.“
„Sicherlich hat er dann auch auf dieser Spielbahn hier geübt!“, mutmaßte Robin. „Sie gehört ja mit dazu.“
„Natürlich“, antwortete Mr. Edwin. „Aber er hätte keine Bälle über die Spielbahn hinaus geschlagen. Also es wäre kein Ball in ihrem Grundstück gelandet. Jedenfalls hat er es mir beteuert.“
„Wir haben auch nichts bemerkt“, meinte Robin. „Dann wird es auch so gewesen sein.“

„Aber Mr. Brown, einmal müssen sie mit so einem verirrten Ball
schon rechnen. Irgendwann wird es geschehen."
„Dafür haben wir auch die Glocke an unserem Gartentor
angebracht. Das Schlagen dieser Glocke werden wir bestimmt
nicht überhören. Wochentags ist meine Frau im Atelier. Und an
den Wochenenden bin ich ja selbst meistens zu Hause. Dazu
kommt noch unser wachsamer Hund Bellow!

Als der Dalmatinerrüde seinen Namen hörte, bellte er ein paar
Mal. Robin graulte seinen Hals.

„Also sollte sich doch einmal ein Golfball in unserem
Grundstück verirren, werden wir keine Probleme bereiten. Es
muss nur laut geläutet werden."
„Okay, das werden wir, wenn es einmal passieren sollte, genau
so beachten", entgegnete Mr. Edwin. „Übrigens muss jeder
berechtigte Spieler bei uns vor seiner Zulassung zuerst die Spiel-
und Platzordnung unterschreiben. Und in dieser steht auch drin,
dass bei Ballverlust das betroffene angrenzende
Fremdgrundstück, also euer Grundstück, nicht betreten werden
darf. In solchen Fällen muss der Spieler es sofort dem
verantwortlichen Platzwart melden. Also so eine Sache muss mir
oder einem Vertreter von mir mitgeteilt werden. Kein Golfspieler
ist berechtigt, den verschossenen Ball aus ihrem Grundstück zu
holen - sondern nur der eingesetzte Platzwart oder ein Vertreter
von ihm."
„Dafür sind wir sehr dankbar", lobte Robin. „Aber seitdem wir
hier in Midway Point wohnen, ist bisher nichts passiert. Das
weist schon auf die gewissenhafte Arbeit der Clubleitung und

besonders auch auf ihre gute Arbeit hin."

Mr. Edwin lächelte. „Aber das ist doch mein Job. Also nicht so viel loben. Auch ich muss mich ständig verbessern."

„Ja, man muss tatsächlich immer am Ball bleiben. Das ist auch mein persönlicher Leitfaden."

„Ach so, das wollte ich ihnen noch sagen", sprach Mr. Edwin. „Ich musste letztendlich den Stiefelbestand an größeren Stiefelgrößen für den Golfclub ergänzen. Das habe ich aus Sicherheit wegen der kommenden Regentage getan."

„Ach so, wegen des von ihnen vorhin erläuterten Spielers!"

„Ja, der Spieler hatte eine Übergröße. Aber als ich dann einige Zeit später genauer auf die einzelnen Schuhgrößen der Spieler geachtet habe, stellte ich fest, dass die Übergrößen doch häufiger vorkamen."

„Welche Übergrößen meinen sie da", wollte Robin wissen.

„Na in unserem früheren Bestand waren Stiefelgrößen bis 45 vorhanden. Das galt in unserer Planung als normal. Aber nun mussten wir uns darauf einstellen: Jetzt haben wir uns korrigiert."

Robin lachte. „Ja bei den nachrückenden Generationen werden die Füße immer größer. Das kenne ich selbst von meinen Studenten. Da gibt es schon einige mit Schuhgrößen weit über die Größe 45 hinaus."

„Was wird dann wohl in 20 oder 30 Jahren sein", spekulierte Mr. Edwin. „Dann haben wir es vielleicht mit Schuhgrößen bis 50 zu tun!"

„Die Zeit wird es uns zeigen", meinte Robin.

„Jedenfalls habe ich hier auf dem Golfgelände etwa seit drei Wochen viele Spuren von übergroßem Schuhwerk bemerkt. Aber zu wem sie im laufenden Spielbetrieb gehören, ist für mich nicht wichtig. Bisher gab es ja auch keine Regelverstöße."

Am Rasenmäher wieder angelangt, verabschiedete sich Robin vom verantwortlichen Platzwart.
„Und wie lange soll es heute noch gehen?", fragte er noch.
„Bis etwa 16.00 Uhr, dann ist alles abgemäht. Bis dahin sind auch die Rasenflächen genügend mit Wasser vollgesaugt!"
„Ja, den Rasensprüher werde ich jetzt auch auf dem Grundstück aufstellen müssen", überlegte Robin. „Also dann Tschüß."
„Tschüß. Und richten sie ihrer Frau viele nette Grüße von mir aus."
Robin nickte. Mit dem Hund entfernte er sich von der noch nicht ganz um das Loch fertiggemähten Rasenfläche.
Bald ertönte erneut das Geräusch des Benzin-Rasenmähers. Mr. Edwin setzte seine gewissenhaften Rasenmähenarbeiten fort.

Während der wenigen Meter bis zum schmiedeeisernen Gartentor bedachte Robin die Worte von Mr. Edwin. Und er bewertete sie besonders wegen der verlorengegangenen Fußabdrücke im Sandloch.
Vielleicht gab es überhaupt keinen Bezug zu seinem Verdacht, dass diese Fußspuren etwas mit ihrem Grundstück zu tun hatten. Aber dann dachte er an Bellow. Der Dalmatinerrüde konnte sich doch nicht geirrt haben, als er die frische Spur fand und dann verfolgte! Oder doch?

Jedenfalls wusste er nun von Mr. Edwin, dass hier auf dem Golfplatz mehrere Spieler mit Schuhübergrößen am Spielbetrieb teilnahmen.

22

Als Robin mit dem Hund das Grundstück über das Gartentor betrat, sah er Sarah gerade Wäsche aufhängen. An etlichen Leinen flatterten im leichten Wind die verschiedenen Kleidungsstücke – Unterwäsche, Hosen und Hemden. Aber er sah auch Handtücher, Tischdecken und Bettwäsche an den Leinen hängen.
Selbst ihre Arbeitsbekleidungen baumelten herum.

„Du hast dich ja heute mächtig ins Zeug gelegt", sprach Robin etwas ironisch zu Sarah. „Ich glaube, du hast alles gewaschen, was dir gerade zwischen die Finger kam."
„Ja, ich hatte heute eben Lust dazu", antwortete Sarah. „Denke daran, dass wir am morgigen Tag wieder arbeiten müssen. Du an der Uni und ich im Atelier. Da wird die Zeit für Hausarbeiten knapp. Und wenn man sich einmal etwas vorgenommen hat, sollte man es auch durchziehen."
„Ja, du hast recht."
„Also dann tue selbst etwas", meinte Sarah und sah Robin an. „Wolltest du nicht mähen und danach den Rasensprenger aufstellen. Und die vergrasten Blumenrabatte um den Terrassenbereich lagen auch in deinem Plan."
„Das habe ich wirklich alles vor."

Nun war Sarah richtig in ihrem Element, sprühte vor Ehrgeiz. „Dann fang am besten gleich im Terrassenbereich an. Hier sollte die Blumenfläche schon gepflegt aussehen. Denke daran, wir wollen heute am späten Nachmittag grillen.“

„Okay, ich werde hier beginnen“, antwortete Robin.

„Danach kannst du dir die Rasenfläche vornehmen. Aber den Bereich, wo die Wäsche hängt klammerst du heute aus. Diese Fläche kannst du dir irgendwann in der Woche vornehmen.“

„Ja, ja - ich fange gleich an“, beruhigte Robin ihre aufgekratzten Hinweise zu seinem geringen Arbeitselan.

„Aber Liebling, ich meine es doch nicht böse“, fügte Sarah hinzu. „Der Tag ist doch schnell vergangen. Lass uns eher den Nachmittag und den Abend dafür mehr genießen. Weißt du, jeder von uns sollte jetzt seine Arbeiten durchziehen.“

Robin nahm ihre Aufforderung nicht übel. Eher schätzte er ihren unheimlichen Arbeitselan, der sie ergriff, wenn sie einmal eine Aufgabe angefangen hatte. Ein Entrinnen oder eine Aufgabe vor Erledigung kam da für Sarah nicht in Frage. In solchen Momenten konzentrierte sie ihre gesamte Energie auf die laufende Abarbeitung, da lehnte sie eine Kompromissbereitschaft ab.

Also widmete sich Robin sofort den Gartenarbeiten. Weitere Aufforderungen von Sarah wartete er nicht mehr ab. Selbst hatte er doch diese Arbeiten für heute eingeplant. Also musste er jetzt durch.

So begann er von einer Terrassenseite aus mit seinen Reinigungsarbeiten. Zwischen den Blumen entfernte er jegliches gewachsene Gras, füllte anschließend die gelichteten Flächen mit frischen Rindenmulch auf. Und hatte er eine Seite geschafft, strahlten die verschiedenen Blumen in den gesäuberten Flächen wieder intensiv.

Anschließend folgte die zweite, dann die dritte Randfläche im ganz neuen Glanz.

Robin inspizierte nach Beendigung noch einmal sein Werk und hatte selbst Freude daran. Die mit Bohlen ausgelegte Terrasse hatte wieder eine anschauliche Blumenumrandung erhalten. Natürlich fegte er gleich zur Abrundung seiner erfolgten Arbeiten die gesamte Terrasse.

Danach mähte er die möglichen Rasenflächen, stellte dort den Rasensprenger auf.

Während seiner Gartenarbeiten blieb der Dalmatinerrüde stets in seiner Nähe. Meistens legte er sich nah seines Herrchen. Von da aus verfolgte er sein ganzes Tun.

Als aber dann der von Robin aktivierte Rasensprüher sein rotierendes Nass umherspritzte, erwählte er einen weiter entfernten Platz.

*

So war es mittlerweile früher Nachmittag geworden. Ehe Robin sich ins Haus zum Duschen zurückzog, bereitete er noch schnell den steinernen Grillofen vor. Dieser stand, von der Hausseite betrachtet, am linken Rand der Terrasse.

Gerade als er damit fertig war, kam Sarah aus dem Haus. Sofort schaute sie die Resultate der erfolgten Gartenarbeit von Robin an. Da staunte sie über die von jeglichen Unkraut gereinigten, nun wieder ganz neu wirkenden Blumenflächen. Und sie bemerkte auch alle angrenzenden sauberen Ränder zum frisch gemähten Rasen.

„Liebling, das sieht jetzt alles wieder toll aus", sprach sie darüber sichtlich angetan.

Und als sie bemerkte, dass Robin ihre lobenden Worte auch ehrlich annahm, küsste sie ihm auf seine Wange. Da roch sie seinen körperlichen Schweiß.

„Auch ich bin jetzt mit der Wäschearbeit soweit fertig. Weißt du, wir sollten uns noch vorher duschen, bevor wir uns gemütlich auf die Terrasse setzen."

„Ja, ich sollte es auf alle Fälle tun. Du hast ja jetzt bestimmt meinen Schweiß gerochen. Und schaue nur meine Hände an – die sind total dreckig von der Holzkohle."

„Na ich habe doch auch geschwitzt. Und weil ich mich nach der getanen Hausarbeit unbedingt auffrischen muss, dusche ich mit dir gleich mit. Also lass uns jetzt gehen."

Sarah ging voraus. Robin bemerkte in ihren Augen einen erwartenden Blick, aber da war sie schon im Haus verschwunden. Genau in dem Augenblick, als Robin ihr folgen wollte, stupste der Dalmatinerrüde mit seiner Schnauze an sein rechtes Bein. Natürlich wollte der Hund ihn begleiten. Doch Robin verwies Bellow zum Bleiben auf der Terrasse. In der kurzen Abwesenheit von Frauchen und Herrchen sollte der Hund das Grundstück bewachen.

Das begriff Bellow. Deshalb ließ Robin die Terrassentür offen. So konnte der Hund jederzeit zu ihnen ins Haus gelangen.

Robin folgte Sarah in das obere Geschoss. Als er dort das Badezimmer betrat, stand Sarah längst unter der perlenden

Dusche. Gerade hatte sie ihre langen schwarzen Haare geschäumt.

Als er dann etwas später nackt zu ihr trat, bat sie ihn, dass er ihren Rücken doch bitte einschäumen möge. Da käme sie nicht mit den Händen hin.

„Gerne", sagte Robin. „Aber ich sollte zuerst meine schmutzigen Hände etwas reinigen. Sonst bekommst du womöglich den ganzen Dreck ab."

„Okay, ein bisschen sauber solltest du sie schon vorher machen. Aber dann werden sie im warmen Wasser von alleine sauber."

Sarah stupste Robin an, damit er kurz unter den Duschstrahl trete, um seine Hände zu säubern. Deshalb trat sie aus dem warmen Duschstrahl, stellte sich rücklings zu ihm.

Nachdem Robin sich schnell die beiden Hände etwas gereinigt hatte, trat er wieder aus dem Duschstrahl. Dann begann er sogleich Sarahs Rücken mit duftenden Duschöl einzureiben.
„Ach herrlich", seufzte Sarah. „Massiere weiter so - aber jetzt mehr mit den Fingerspitzen."

Robin gab sich dabei die größte Mühe, wobei er es nicht verhindern konnte, dass ihr makelloser Körper seine männlichen Gefühle zunehmend erhitzte. Sein stolzes Stück wuchs zusehends.

Beim späteren Abduschen zog Sarah ihn mit unter den Duschstrahl der vielen warmen Wassertropfen. Bewusst lehnte sie ihren Rücken eng an ihn. Sogleich spürte sie sein erhärtetes

Ding oberhalb ihres Pos am unteren Rücken, was nach oben wegrutschte, sich dort anlehnte. In Kenntnis, was es war, griff sie mit ihren beiden Händen nach hinten. Sanft befühlte sie die erregende Erscheinung, die natürlich in der eng nach oben anliegenden Lage noch mehr aufquoll.
„Dein riesiger Strolch hat sich ja seit unserer letzten Nacht wieder gut erholt", stellte sie lustvoll fest.

Robin begann zu stöhnen. Er umschlang ihren Körper mit seinen Händen, fühlte ihre festen Brüste, spielte an den beiden aufgerichteten, erregten Warzen.
„Gut machst du das", hauchte sie. „Ich beginne zu schweben. Bitte vergiss nicht meinem Hafen zu löschen - er hat zu brennen begonnen."

Robin verstand ihre gewünschte Aufforderung. Und in der gleichen Lage suchte er mit seiner rechten Hand ihre Hügelberge zwischen den schlanken Beinen. Kaum gefunden, ließ er Zeigefinger und Mittelfinger darin verschwinden. Als die beiden Finger genügend tief in der nassen Höhle waren, begann er alsbald darin sanft mit ihnen zu kreisen.

Dass die beiden Hände von Sarah immer noch seinen Liebesdiener umfassten, spürte Robin in ihren zuckenden Fingern.
Wohl hatte er jetzt mit seinen zärtlichen Vibrationen eine solche erotische Hitze in ihrem Unterleib erzeugt, dass Sarah zu explodieren begann.
Laut schrie sie auf. Eine zittrige Welle durchströmte ihren

Körper, ließ sie taumeln. Blitzartig suchte sie mit ihren beiden Händen einen besseren Halt, als dort, was sie noch umschlang. Bald fand sie diesen in den nahen Armaturen der Dusche an der Fliesenwand. Dort verharrte sie in dieser Stellung über eine Minute.

In dieser Zeit kostete sie ihren erlebten Orgasmus aus, registrierte die inneren überschäumenden, stoßartigen Wellen in ihrem Körper.

Dann drehte sie sich dankbar zu Robin, küsste ihn zärtlich.

„Du sollst auch bald nicht mehr leiden müssen", flüsterte sie ihm zu. „Ich werde deine liebende Frau sein. Aber vorher sollte dein Körper so erfrischt werden, wie du es mit mir getan hast. Zuerst kommt der Rücken dran, dann folgt dein Vorderteil."

Willig drehte sich Robin um und Sarah schäumte seinen Rücken und den gut ausgebildeten Po mit duftender Pflegedusche ein. Hier verweilte sie mit ihren beiden Handtellern einige Augenblicke, befühlte die beiden muskulösen Becken. Dann forderte sie Robin auf, damit er unter den perlenden Wasserstrahl trete, was er auch gleich tat. Schnell erfassten die herabströmenden warmen Wasserperlen seinen Kopf und den Rücken, entfernten den gesamten Schaum. Alles floss nach unten ab.

„Jetzt stelle bitte den Strahl weniger ein", dirigierte Sarah ihn sanft, noch selbst erhitzt vom eigens erlebten Orgasmus, „und drehe dich zu mir, komm aus dem Duschstrahl."

Als Robin ihr seine Vorderseite zuwandte, erregte sein stolz aufgerichteter Liebesstab erneut ihre Aufmerksamkeit.

„Wie immer, stark und mächtig", sprach sie erneut beeindruckt.

Sarah begann zuerst seine behaarte Brust, dann den Bauch und die Taille einzuschäumen. Dabei berührte sie oftmals, mehr zufällig als mutwillig, sein steifes, überhartes Glied – aber ohne jegliche Anstalten zu dessen Ergreifen zu machen. Das brachte das Ergebnis, dass in Robin die sexuelle Anspannung um so mehr wuchs. Und diese steigerte seine in der Liebe erfahrene Frau noch mehr, indem sie die intime Zone ihres Mannes beim weiteren Einschäumen einfach ausließ.

Ihre kreisenden Finger bearbeiteten weiter seine Oberschenkel bis hinab zu den kräftigen Waden. Als sie diese Körperflächen mit erzeugtem Schaum versehen hatte, bat sie Robin in den Duschstrahl zu treten. Da ließ Robin den sanften, noch warmen Duschstrahl über Kopf und Körper rinnen.
„Jetzt bleib darunter", forderte Sarah ihn auf. „Verschränke deine Arme über den Kopf, schließe dabei die Augen."

Robin tat es in seiner angespannten sexualen Lage sofort. Nun hoffte er auf eine baldige Erlösung.

Sarah kniete sich vor Robin hin. Dabei erreichte ihr Gesicht die vorzügliche Höhe zu seinem Liebeskrieger. Hier erreichte der sanfte Duschstrahl mit seinen vielen warmen Wassertröpfchen auch ihr Gesicht. Und so tropfte es nur so von ihrem Kopf herab. In dieser Stellung schaute sie mit zwinkerten Augen zu Roberts Gesicht nach oben.
„Tue es jetzt", bettelte er. „Ich kann es nicht mehr aushalten."

Sarah betrachtete sein Glied, was sich genau vor ihrem Mund in der vollsten Ausdehnung präsentierte.

Die herunterprasselnden Wasserperlen brachen an ihm und flossen an beiden Seiten weg. Mit der rechten Hand umfasste sie das warme Stück. Aber da ihre kleinen Finger wegen der erreichten Dicke des Gliedes dieses nicht umfassen konnten, benutzte sie hierzu die Finger der beiden Hände. Dann legte sie langsam den roten Kopf vollkommen frei. Diesen unterzog sie mit den ständig rinnenden warmen Wasserperlen zuerst einer sanften Reinigung.
Schon bei dieser Vornahme röchelte Robin. Und dann noch mehr, als Sarah nach erfolgter Reinigung den roten Kopf mit ihrer Zunge mehrmals ableckte. Dabei jauchzte Robin mit steigernden Entzücken. Doch das sollte bald in stöhnenden Lauten übergehen. Es war Sarah, die es verursachte. Nach mehreren erfolglosen Versuchen hatte sie es endlich geschafft, den entrollten mächtigen, roten Kopf in ihrem Mund aufzunehmen. Und im Schlund ihres Mundes drückte sie nun kraftvoll mit der Zunge gegen den wüsten Eindringling, um ihn wieder hinauszubefördern.
Diesen Vorgang wiederholte sie einige Male, zwar immer langsam, doch dafür mit fühlender Leidenschaft. Robins Körper begann zu zittern.

Als Sarah an den zuckenden Körperreaktionen von ihm merkte, dass der Erguss unmittelbar bevorstand, nahm sie den roten Kopf aus ihrem Mund. Da sie das Strömen selbst bemerken wollte, bewegte sie kurz vor der Explosion mit allen Fingern die

Oberhaut des Liebeskriegers, so dass sie diese über den roten Kopf schob und dann wieder zurück. So kam der von Sarah gewollte Augenblick.

Ein mächtiger Samenstrahl spritzte mit voller Wucht gegen Sarahs Wangen, wobei der Duschstrahl sogleich alles wieder wegspülte. Es folgten auch noch nachdrückende Schübe, doch diese spritzten nicht mehr.
Robin stöhnte beim Erguss laut. Und mit seinen Händen hielt er sich an den Armaturen der Dusche fest. Sein Stöhnen verflachte kaum, weil eben Sarah damit fortfuhr, die kaum noch samenspendende Erscheinung in ihrem Mund aufzunehmen. Als dies geschehen war, reinigte sie mit ihrer Zungenspitze die Öffnung des roten Kopfes, schluckte die Reste mit ihrer Spucke.

Es vergingen wohl ein paar Minuten, ehe Sarah ihre Stellung im Knien aufgab. Als sie aufstand, stand das steife Glied immer noch in vorzüglicher Haltung. Doch sie schob es seitlich weg, als sie mit ihren beiden Armen den sportlichen Oberkörper von Robin umfasste. Ganz eng drückte sie ihren Körper an seinen. Dabei fühlte Robin ihre aufgerichteten Brustwarzen. Sofort nahm er seine Hände von den Armaturen, umschlang damit ihren nassen schlanken Körper. Gleichwohl drückte auch er sie ganz eng unter den noch warmen perlenden Duschstrahl an sich.
„Hat es dir gefallen?", hauchte sie.
„Da fragst du noch!", antwortete er noch sichtlich erschöpft. „Du hast mich erneut in den siebten Himmel befördert."
„Das wollte ich auch."
„Und es ist dir wieder gelungen", hauchte Robin. „Du bist in der

Liebe so erfahren - viel mehr als ich."

„Na weil ich in der Liebe geil veranlagt bin", flüsterte Sarah. „Aber nur bei wahrer Liebe. Und wir lieben uns doch sehr – nicht wahr Robin."

„Du wirst immer meine einzige Frau bleiben, die ich liebe und immer lieben werde", sprach Robin in ihr Ohr. „Dafür habe ich dich doch auch geheiratet."

„Küsse mich", antwortete Sarah.

Und bald fanden sich die beiden Lippen. Und ihre Zungen rührten alsbald gefühlvoll ineinander. Sarah dirigierte alles. Dabei erhöhte sie langsam ihre eigene Intensität. Schließlich löste sie ihren Mund und stupste Robin zärtlich an.

„Tue es noch einmal", forderte sie ihn auf. „Besuche mich noch einmal."

Schnell fand Robins rechter Finger die Öffnung unterhalb ihrer buschigen schwarzen Schamhaare. Und er begann das Liebesspiel der suchenden Berührungen, welche Sarah kannte, liebte und beglückte. Geschmeidig und spiralförmig trieb er es so lange, bis sie plötzlich ihre Arme um seinem Hals warf und aufschrie. Bei dieser Aktion umklammerten sofort ihre schlanken Beine das Becken seines Körper. Kaum war dies geschehen, rutsche sie mit ihrem Unterkörper hoch und runter – als wenn sie etwas suchen würde, was sie auch tatsächlich fand. Es war Robins stolzes Stück, was in erhaltener Stärke in die ganz nasse Öffnung rutschte. Denn eher jetzt selbstzufrieden damit zu fühlen, als aktiv werden zu können.

In dieser mehr zufälligen Liebesstellung verharrten sie unter dem noch warmen Wasserstrahl. Und so durchlebten sie noch einige wohltuende Sekunden im tiefen Ineinandersein.

Vielleicht wären sie noch länger in dieser Stellung verharrt, aber nun verlor das fließende Wasser zusehends an Wärme.

„Jetzt trage mich so ins Bett", bat zärtlich Sarah. Noch enger umklammerte sie den muskulösen Körper von Robin. „Lass uns alles bitte noch ein paar Minuten genießen."
Robin nickte. Im seitlichen Umdrehen stellte er den Duschstrahl ab. Dann trat er aus der Duschecke. Dabei hielt Sarah ihre Umklammerung bei ihm aufrecht, selbst den noch steifen Eindringling behütete sie.

So schritt Robin in dieser Stellung ins nahe Schlafzimmer zum Rundbett. Dort legte er sich zuerst auf seinen Rücken, wobei Sarah auf ihm und noch immer fühlend vereinigt, liegen blieb.

Sobald Robin ruhig lag, kuschelte Sarah ihren schlanken Körper in der besten für sie oben liegenden Stellung an ihn, parkte in ihrem Unterleib den noch standhaften Eindringling. Dann suchte sie seine Hände, vergrub darin ihre Finger.

Obwohl sie beide noch vor Nässe tropften, störte es sie nicht. Es war ja noch Hochsommer und dazu heute noch ein Hitzetag.

„So wie wir jetzt liegen, werden wir jetzt noch ein paar Minuten ruhen", sprach Sarah. „Ich hoffe, dass dein Kamerad noch etwas durchhält und ich seine Steife noch eine Zeit lang fühlen kann. Das wird auch dir gut tun.“

Und sie fügte noch hinzu: „Und wenn wir dann aufstehen, kannst du den Grill anwerfen!“

„Ja, so soll es sein“, murmelte Robin. Zufrieden schloss er seine Augen.

Und alsbald entschwanden beide in süße Träume.

23

Der bellende Dalmatinerrüde holte beide aus dem tiefen Schlaf. Genau seitlich an der Stelle, wo Robin lag, stand er. Und ganz intensiv forderte er die erwachenden Liebenden zum Aufstehen auf.

Plötzlich aus den Träumen gerissen, waren Sarah und Robin zuerst sehr perplex. Verblüfft schauten sie sich um.
Wo waren sie?
Warum bellte der Hund?
Wie spät war es?

Doch schnell erkannten sie die Situation. Robin schaute auf die Standuhr im Schlafzimmer und erschrak.
„Oh Gott, es ist ja schon kurz nach 18.00 Uhr. Über zwei Stunden haben wir geschlafen.“
„So spät ist es schon“, gähnte Sarah. „Wenn Bellow uns jetzt nicht geweckt hätte, dann hätten wir wohl durchgeschlafen!“
„Aber wir haben ja einen klugen Hund“, meinte Robin. „Er kennt eben die Zeit genau!“

Robin drehte sich im Bett dem Hund zu, der nun neben ihm stand. Ausgiebig lobte er ihn - streichelte ihn. Dabei röchelte Bellow vor Freude. Doch bald stupste er seine Schnauze in die streichelnde Hand des Herrchens.
„Der Hund will, dass ich aufstehe“, meinte Robin. „Es ist ja auch seine Rundenzeit.“

„Dann solltest du jetzt vor dem Grillen mit dem Hund auch schnell noch eine Runde gehen", überlegte Sarah. „In der Zwischenzeit bereite ich hierzu alles vor und stelle es schon auf die Terrasse."
„Das ist die beste Lösung Okay!", stimmte Robin zu.

Die beiden Nackten standen auf, kleideten sich an.

Robin überlegte. „Vor dem Gehen werde ich jetzt noch die Holzkohle anzünden. Dann ist die richtige Glut vorhanden, wenn ich zurück bin."
„Aber bitte nicht länger als 30 Minuten weg sein", bat Sarah.
„Genau deshalb will ich jetzt die Holzkohle anzünden. Da kann ich nicht länger wegbleiben."

Und so, wie sie es gerade besprochen hatten, organisierten sie den weiteren Ablauf.

Als dann Robin zur selbst vorgegebenen Zeit wieder zurückkam, hatte Sarah natürlich schon alles perfekt vorbereitet. Der große hölzerne Terrassentisch war zum Essen eingedeckt. Auch standen darauf viele Gewürzschalen und einige kleine Flaschen verschiedener Soßen. Und auf einem kleinen Klapptisch, den Sarah neben den Grill gestellt hatte, gewahrte Robin die vollen Teller der von ihm zu grillenden Speisen. Es waren nicht nur Fleischstücke, sondern auch eingewickelter Käse und selbstverständlich biologische Kost. Darauf achtete Sarah – weil für sie beide eine ausgewogene Ernährung eben ganz wichtig erschien.

Und da sie und Robin regelmäßig Sport trieben, hielten sie es werktags auch mehr mit biologischen Lebensmitteln als mit fleischigen Erzeugnissen.

Da nun die Holzkohle im Grillkasten durchgängig glühte, eine gleichmäßige Hitze nach oben spendete, begann Robin mit dem Grillen. Nach selbst zurechtgelegter Speisenfolge legte er die einzelnen Häppchen auf das Gitterrost. Und sobald er deren Grillende einschätzte, sammelte er die fertigen Sachen in daneben bereitstehenden, dekorativen Porzellanschalen.

Sarah, die ihm beim Grillen zusah und oftmals an ihrem Wasserglas nippte, bekam Hunger. Bald fragte sie, wann nun alles fertig sei, was Robin mit *Gleich* beantwortete.

Da der Hund jetzt besonders nach dem abgestellten gegrillten Fleisch schielte, dabei schon mit seiner Zunge leckte, sagte Sarah:
„Du solltest noch vor dem Essen den Hund füttern, sonst finden wir keine Ruhe."
„Mhm, daran habe ich diesmal nicht gedacht", entschuldigte sich Robin. "Kannst du das heute vornehmen?"
„Nein, das gehört zu deinen Aufgaben", empörte sich Sarah lächelnd. „Ich selbst habe alles erledigt. Deshalb bleibe ich jetzt sitzen."

Und weil Robin nichts darauf sagte, meinte sie noch schalkhaft:
„Du musst sowieso noch einmal in die Küche und den Wein aus dem Kühlschrank holen. Du weißt doch, auch die Getränke

gehören zu deinen Aufgaben!"

Nun lächelte auch Robin über die strikte Beibehaltung ihrer gemeinsam vereinbarten Aufgabenstellungen. Aber das fand er selbst gut so. Somit wusste jeder über seine Aufgaben Bescheid. Jeder kannte seine häuslichen Pflichten und Freiheiten. So erledigte er willig die restlichen Positionen. Gleichzeitig brachte er das Kofferradio mit, in welchem er eine CD mit klassischer Musik einlegte und sanft ertönen ließ.

Rundherum wurde es noch ein gelungener Sonntagabend. Ja, er wurde zum würdigen Abschluss ihres wunderbaren sommerlichen Urlaubs. Und er war ja auch ihr letzter Abend vor dem baldigen Alltagsgeschehen. Ab Montag begann beiderseitig die erste Arbeitswoche nach den Urlaub.

Es war wohl der gut schmeckende, kühle trockene Wein, der ihre Gemüter entspannte. Aber sicherlich auch andere Faktoren. Wohl auch das gegrillte Essen, was in allen Belangen geschmacklich gelungen war, wohl ihre gefüllten Mägen - auch der des Hundes, wohl auch die leisen Töne der klassischen Musik, die das Radio noch spielte, wohl auch die zur Abendstunde noch herrschenden warmen Temperaturen, welche um die 23 Grad Celsius betrugen und wohl dazu ein noch wolkenloser dämmender Himmel. Das alles besänftigte und verlockte sie zum weiteren Verweilen auf der Terrasse.

So wechselten sie nach dem Essen ihren Standort zu den gepolsterten Liegen. Diese stellten sie so aneinander, dass sie in

Richtung der nahen Wasserfläche schauen konnten. Doch bevor sich Sarah darauf bequem machte, zündete sie vorher noch die Kerze in der danebenstehenden großen Laterne an. Ebenso die Kerzen von den in den Blumenflächen aufgestellten Glasständern.

Und weil Bellow diesen neuen Standort als gesonderten Ruheort kannte, legte er sich dort sogleich neben seinem Herrchen nieder.

Robin platzierte noch den hölzernen Barwagen in seiner Nähe. So konnte er den Nachschub an Getränken, ohne aufstehen zu müssen, garantieren. Und auf der oberen Platte des Wagens konnten sie auch die Weingläser abstellen.

Als dann beide gemütlich auf den gepolsterten Liegen lagen, schauten sie in Richtung der im verblassenden Abendlicht vor ihnen liegenden Wasserfläche.
Das Wasser von der Lagune endete ca. 20 Meter vor ihnen. Dort plätscherte es ganz leicht, getrieben von einer leichten Abendbrise. Es schien so, dass das auslaufende Wasser dort eher nur das sandige Ufer streicheln würde, als dass es aufschlug.

Über der immer dunstiger werdenden Wasserfläche zogen die ersten Nebelschwaden dahin. Jetzt herrschte hier wohltuende Stille. Diese wurde nur ab und zu von vereinzelten Entenschreien unterbrochen.
Schweigend und in Demut versunken, nippten beide an ihren neu aufgefüllten Weingläser.

Sarah streckte ihre schlanken, braun gebrannten Beine zu denen von Robin hin. Sie suchte den Kontakt.

„Was für ein herrlicher Abend!", flüsterte sie. „Was für ein würdiger Abschluss unseres tollen Urlaubs!"

„Ja, der heutige Abend hat eine besondere Note!"

„Unser Urlaub an der Westküste war bisher unser schönster Urlaub", bemerkte Sarah. „Unheimlich viel Kraft hat er mir gegeben."

„Mir auch", sagte Robin. „Es war an der Westküste wohl die salzige Meeresluft und das Geschrei der Möwen. Das hat mich zum sofortigen Abschalten bewogen und das habe ich bei der lässigen Sichtung der Post bemerkt. Die Uni lag in weiter Ferne."

„Ja, da hab ich ja auch die überraschende Mitteilung über meinem Großauftrag erhalten."

„Worüber du begeistert warst!"

Sarah nickte. „Weißt du, während unseres Urlaubs passte wirklich alles zusammen: Die heißen Tage, die tollen sandigen Strände, unsere sonnigen Badetage, die vielen Strandgänge, die unternommenen Ausflüge. Und natürlich unsere Liebe. Alles war traumhaft schön, fast überperfekt - geradezu himmlisch."

Sarah kuschelte sich an Robin. „Zwar beginnt unser Alltag wieder, doch von den wunderbaren Tagen werde ich lange zehren. Ich werde sie für schlechte Tage konservieren. Dann werde ich mich einfach daran erinnern."

„Das solltest du tun", überlegte Robin, „denn nur im Urlaub gibt es die ewige und ideale Liebe."

„Wie meinst du das?"

„Na so ein Erholungsurlaub soll doch nach dem Musiker

Menuthin die holprigen Stellen des regulären Lebens ausgleichen!"

„Meinst du etwa den bekannten amerikanischen Violinisten Yehudi Menuthin?"

Robin nickte.

„Ja, eigentlich ist an seiner Aussage was dran!", antwortete Sarah lächelnd. „Man kann sagen, dass der Urlaub tatsächlich die Zeit ist, in der man zum Erholen eingespannt wird."

„Nichts entspannt so wie die Unentrinnbarkeit. Deswegen beruhigt uns die Natur und erregt uns die Welt" - das hat der französische Philosoph Theodore Jouffroy gesagt."

„Du mit deinem Philosophieren!", ächzte Sarah. „Aber man sagt ja, dass die Philosophie die Lehrmeisterin des Lebens wäre."

„Deshalb habe ich eben Philosophic studiert", erwiderte Robin stolz. „Ich will streitbar sein und die Gesetze der Natur beachten. Ich will dem Brauch die Vernunft zeigen. Letztendlich will ich als Mensch sein analysierendes Urteil mit dem Irrtum konfrontieren, na eben sein Gewissen der öffentlichen Meinung gegenüberstellen."

„Ja, deshalb liebe ich dich so sehr, weil du ehrlich und bescheiden bist. Ich kann in dein Herz schauen - es auch fühlen. Und deine guten Ratschläge gibst du nicht mit lauter Stimme. Na weil sie eben von Herzen kommen und zu Herzen gehen. Ich bin wirklich stolz, so einen Professor der Philosophie als Mann zu haben!"

„Vorsicht!", mahnte Robin. „Heutzutage gibt in meinem Berufszweig Professoren der Philosophie, aber keine Philosophen."

„Du hast mir darüber schon erzählt!"

„Ja, ich ärgere mich oft über Kollegen“, antwortete Robin. „Denn um ein Philosoph zu sein, ist es nicht genug, nur geistreiche Gedanken zu haben oder irgendwo an einer Universität zu lehren“
„Sondern ...!“
„Man muss die Wahrheit so lieben, dass man auch nach ihr lebt. Also heißt das: Man muss einfach und unabhängig leben, dem Großmut verfallen und vertrauensvoll sein.“
„Doch - so lebst du“, bestätigte Sarah. „Aber du kannst mit deinem großen Krieger auch herrlich lieben!“

Robin beugte sich zu Sarah und küsste sie. Anschließend sagte er: „Es gibt auch noch die folgende Wertung: *„Ein Philosoph ist, wer*
sich keiner Lust versagt!“
„Und wer sagt das?“
„Du weißt es nicht?“
Sarah schüttelte den Kopf.
„Das Zitat stammt von Giacomo Casanova“, klärte Robin auf.

Da leuchteten die Augen von Sarah und sie hauchte: „Du bist mein alleiniger Casanova. Und ich wünsche mir, dass dein mächtiger Krieger mich sehr oft besucht.“
„Das geschah ja in den letzten 24 Stunden genügend.“
„Wir beide haben es so genossen!“
„Ja, es war wunderschön“, seufzte Robin in Erinnerung.

Eng aneinanderliegend, lauschten sie in die Stille hinein. Längst war der Horizont dunkel geworden. Die mondlose Nacht breitete überall seinen schwarzen Mantel aus. Die vom Wasser herankriechenden Nebel steuerten langsam auf ihren ufernahen Standort zu. Langsam wurde es ungemütlich.

Als Robin die fast ausgetrunkene Weinflasche vom Barwagen in seine Hand nahm und den Rest ausschenken wollte, wehrte Sarah ab.
„Nein, danke", sagte sie. „Ich will nichts mehr. Schau, die herumstehenden Kerzen sind abgebrannt. Nur die große brennt noch. Und es wird feucht. Lass es uns jetzt abbrechen, ich werde müde."
„Ja, es ist spät geworden", bestätigte Robin. „Morgen ist unser erster Arbeitstag. Den sollten wir auch ausgeschlafen angehen."
„Ich werde jetzt das Geschirr und die Gläser wegräumen, du erledigst den Rest. Und vergiss bitte nicht den Hund – er muss nochmal Gassi."

Nicht viel später standen Sarah und Robin von den gepolsterten Liegen auf, begannen die geplanten Aktivitäten umzusetzen. Und nachdem Sarah ihren Teil erledigt hatte, teilte sie Robin mit, dass sie sich ins Schlafzimmer zurückzieht.

Robin ließ sich nun Zeit – heute stand ja keine Liebe mehr an. So trank er noch den restlichen Wein aus. Erst dann räumte er von der Terrasse die Sachen weg, die ihm notwendig schienen. Als es geschehen war, ging er mit dem drängelnden Hund, nun angeleint, noch eine kleine Runde.

Nachdem sie das Grundstück über die im großen eisernen

Eingangstor eingebaute Tür verlassen hatten, bellte der Hund plötzlich wie wild. Sein Augenmerk richtete er konzentriert auf einen sich entfernenden Schatten. Dabei zerrte er mächtig an der Leine.

Robin disziplinierte den Dalmatinerrüden. Natürlich wollte der Hund wegen seiner ausgeprägten sensiblen Wahrnehmung der davon eilenden schattigen Gestalt hinterherstürzen. Doch bald verschwanden die Umrisse zwischen den Bäumen und Sträuchern des nahen Parks.

Was verbirgte sich dahinter?

War es ein Mensch oder ein Tier gewesen?

Vielleicht ein wegrennendes Tier?

Robin tippte auf einen herumstreunenden Beutelteufel. Die Nachbarn hätten ihm schon des öfteren hier herumlaufen gesehen. Und falls es auf der Insel gemäß Zeitungsberichten doch noch einige Tasmanische Tiger geben sollte, hierher zu ihrem Wohnsitz würden sie niemals kommen. Diese hundegroßen Raubtiere mit den charakteristischen Seitenstreifen würden die Nähe zu den Menschen sowieso meiden. Denn durch die Menschen sind sie doch fast über Jahrhunderte gejagt und ausgerottet worden. Eher würden sie einsam und zurückgezogen in schwer zugänglichen urzeitlichen Wäldern der Nationalparks leben. Heute stehen die Tiere unter Naturschutz – falls noch welche leben sollten.

Das alles ging Robin durch den Kopf. Und so legte er sich fest, dass der wahrgenommene Flüchtende nur ein Tasmanischer Teufel, also ein streunender Beutelwolf gewesen sein könnte.

Das war auch für ihn eher glaubhaft. Deshalb, weil er wusste, dass diese Raubbeutler bevorzugt während der Nacht und der Dämmerung jagen und den Tag entweder im dichten Gebüsch oder einem unterirdischen Bau verbringen. Also war gerade ihnen der für den Menschen ungefährliche Beutelteufel über den Weg gelaufen.
Trotzdem vermied Robin das Betreten des Parks. Obwohl teilweise an den Wegen erleuchtet und einsehbar, wollte er den Hund nicht noch einmal beunruhigen.
Und nachdem der Hund seine Geschäfte mehrmals erledigt hatte, ging er mit ihm ins Haus zurück.

Etwas erschreckt vom vorherigen Erlebnis, kontrollierte er zur Sicherheit doch noch einmal im Haus die geschlossene Terrassentür von innen. Da das eingerastete Innenschloss fest eingehakt war, ging er erleichtert ins Obergeschoss. Dort leitete er den Hund zu seinem Schlafplatz.

Nach seiner eigenen Toilette schaltete er die letzten Lampen aus und legte sich zu Sarah. Da sie schon fest schlief, nahm auch er seine Schlafstellung ein.

24

Durch den wunderbaren Urlaub ausgeruht, stürzten sich Robin und Sarah sofort wieder in ihre Arbeit.

Sarah verkroch sich in ihre Künstlerwerkstatt. Dort wollte sie unbedingt ihren noch laufenden Auftrag vorantreiben. Bis zur vertraglichen Fertigstellung standen ihr zwar noch drei Monate zur Verfügung, doch durch die untätigen Tage des vergangenen Urlaubes war ihr logistischer Plan hierzu in Schieflage geraten. Nun musste sie den Fertigungsrückstand aufholen. Diese verlorene Zeit wollte sie durch mehr Fleiß wieder auffüllen.

Da Sarah sehr willensstark war, beeindruckte sie der langsame Umwandlungsprozess des bearbeiteten Steines wenig. Längst hatte sie die projektierte Vorstellung zur Endform in ihr Innerstes verewigt. Somit arbeitete sie täglich an der weiteren und abschließenden Formgebung der Steinskulptur. Auf alle Fälle wollte sie nun vor dem vertraglich vereinbarten Termin die Fertigstellung beenden. Deshalb, weil sie den nahen ersten Großauftrag nicht aus ihrem Kopf streichen konnte. Täglich geisterte er schon in ihr herum.

Als Robin in der ersten Woche nach dem Urlaub Sarah im Atelier besuchte und ihr bei ihren aufwendigen Arbeiten zusah, wurde er nachdenklich. Da verglich er ihre groben Steinmetzarbeiten mit den Arbeiten eines Hauers im Schacht. Es waren sehr aufwendige Arbeiten, die schon einige körperliche Kräfte

abforderten. Und er dachte, dass dieses Kunsthandwerk deshalb auch Steinbildhauerei genannt wird. Solch ein fertiges Kunstwerk summierte so viele Arbeiten, dass der Betrachter diese einfach nicht erfassen kann. Er sieht nur das fertige Endprodukt. Sarah meinte dazu, dass ihr eigentlich nur der letzte Teil der Bearbeitungen an einer steinernen Skulptur Spaß machen würde. Das wäre das Schleifen, genauer gesagt das Feinschleifen der ausdrucksstarken Formflächen. Und damit meinte sie die Gesichtszüge, die Hände, die Augen.
Und weil Sarah eben sehr ehrgeizig war, vergaß sie an solchen Tagen der körperlichen Beanspruchung oft dabei, ausreichend Pausen einzulegen. Da blieben auch ihre selbst eingeplanten Zwischenmahlzeiten meistens auf der Strecke. Den getragenen Mundschutz nahm sie dann nur beim häufigen Trinken kurz ab.

Dass sie aber nicht ganz die Zeit vergaß, verdankte sie an solchen Tagen dem Dalmatinerrüden. Damit es dem Hund im Atelier nicht zu langweilig wurde, ließ sie stets die Eingangstür zum Atelier offen. So konnte Bellow, wenn ihm danach war, im Grundstücksbereich herumlaufen. Dabei nahm er gerne seine bewachende Funktion wahr, lief oft an den Grundstücksgrenzen entlang. Wollten fremde Katzen oder andere Tiere das Grundstück betreten, dann verjagte er sie sofort. Nur bei der Katze vom Nachbarn machte er eine überraschende Ausnahme. Es war die Hauskatze mit dem schwarzen Fell, das viele betupfte, weiße bis helle Flecken aufwies. Vielleicht weil es kein Kater war, mochte Bellow die Katze.
Traf er auf diese Katze, wedelte er freudig mit dem Schwanz. Dann forderte er sie zum Verweilen auf, was die Katze gerne

annahm. Oft ging sie auch zu Sarah ins offene Atelier. Dort im hinteren Bereich legte sie sich einige Zeit auf die mit einer braunen Decke bezogenen Liege und schaute Sarah bei ihren Arbeiten zu. Bemerkte Sarah die Katze, reichte sie beiden Tieren je eine Schale frischer Milch, welche sie gemeinsam, genüsslich und friedlich austranken.

Weil Sarah dann sofort weiterarbeitete, bemerkte sie oftmals auch nicht das Verschwinden der Katze. Irgendwann waren die beiden befreundeten Tiere wieder aus dem Atelier gelaufen und tollten wohl im Grundstücksbereich herum.

Alleine verließ Bellow das Grundstück nie. An den angrenzenden Stellen des Grundstückes zur Lagune hin hätte er es ja dort, wo die Eingrenzung endete, tun können. Aber das hatte er von seinem Herrchen anerzogen bekommen, es nicht alleine zu tun. Da brauchte Sarah also keine Angst zu haben.

Wenn es dem Hund aber danach war, und das geschah so jede vier bis fünf Stunden, dann teilte er es seinem Frauchen bellend mit. Dann blieb Sarah nichts anderes übrig, als ihre Steinmetzarbeiten im Atelier zu unterbrechen, um mit dem Hund eine Runde zu drehen. Manchmal ärgerte sie sich darüber, weil sie dadurch ihre Arbeiten unterbrechen musste. Da war sie meistens gut drauf. Aber während des anschließenden halbstündigen Rundgangs mit dem Hund beruhigte sie sich wieder.

Bellow verhalf somit seinem Frauchen zu ihren benötigten, weil erholenden Pausen, die sie wahrscheinlich sonst nie eingelegt hätte.

So ging Sarah mit dem Dalmatinerrüden gegen neun Uhr

vormittags eine erste größere Runde. Weil der Hund danach meistens zufrieden war, konnte sie anschließend vier bis fünf Stunden in Ruhe durcharbeiten. Erst dann schlug Bellow zur nächsten Außenrunde an. Aber ab etwa 18.30 Uhr legte er sich an das geschlossene eiserne Schiebetor und schaute in Richtung der zuführenden Uferstraße. Da erwartete er sehnsüchtig das baldige Eintreffen seines Herrchen.

Doch das pünktliche Eintreffen zu dieser Zeit gelang Robin nicht immer. Zweimal in der Woche hatte er als tätiger Professor an der Universität von Tasmanien in Hobart, in seinem wissenschaftlichen philosophischen Bereich, Vorlesungen zu halten. Diese lagen zur nachmittäglichen Zeit jeweils am Dienstag und am Freitag und dauerten zweimal 45 Minuten. Hinzu kamen bei ihm durchzuführende Seminare, die er zwar selten selbst persönlich abhielt – was seine beiden Assistenten taten. Aber das bedurfte in der Zusammenarbeit mit ihnen einer ständigen parallelen Kooperation, die natürlich auch seine tägliche Kontrolle ihnen gegenüber mit einschloss. Und jeweils am Mittwoch war Robin den ganzen Tag in Launceston, in der dort angeschlossenen Fakultät tätig.
In dieser Stadt hatte Sarah ja studiert. Dort hatte sie auch Robin kennengelernt. In Launceston hielt er meistens spezielle philosophische Vorlesungen, zugeschnitten auf Fachbereiche anderer berührender Wissenschaftszweige. Diese Vorlesungen fanden dort meistens erst am späten Nachmittag statt. Dadurch traf Robin an diesem Tag oft sehr spät zu Hause ein. Doch jedes Mal, ob es 20.00 Uhr, 21.00 Uhr oder erst 22.00 Uhr wurde, wartete Bellow sehr geduldig am geschlossenen eisernen

Schiebetor auf sein Herrchen. Da legte er sich reglos hin und wartete.

Und wenn Robin dann endlich eintraf, bellte er, was das Zeug hielt. Da konnte er sich vor Freude kaum beruhigen. Natürlich forderte er dann sofort eine gemeinsame Runde von seinem Herrchen ein, die er ihm auch stets gewährte.

Als es einmal stark regnete, wollte Sarah den stur wartenden Hund ins Haus holen. Doch das verweigerte Bellow rigoros. Im prasselnden Regen verharrte er so lange am eisernen Schiebetor, bis sein Herrchen endlich eintraf. Und das hatte drei Stunden gedauert.

Weil sie da sogar futterneidisch wurde, hatte sie zu Robin gesagt, dass sie hoffe, dass er eine ähnliche Liebe auch ihr immer zukommen lasse, genauso wie es der Hund ihm gegenüber täte. Da hatte Robin laut gelacht und geantwortet, dass er sie doch herzhaft liebe und ihr gegenüber genauso ehrlich sei, wie gegenüber dem Hund. Und dass er auch im starken Regen auf sie natürlich warten würde – aber mit einem Regenschirm.

Nun musste auch sie herzhaft lachen und war beruhigt. Anschließend hatten sie sich geküsst.

Die wissenschaftliche Arbeit an der Uni in Hobart hatte Robin eher im Griff als den ständigen amtlichen und administrativen Schriftverkehr. Da er zwei Assistenten in seinem Wissenschaftszweig hatte, welche an ihren eigenen Doktorarbeiten mit seiner Unterstützung arbeiteten, konnte er neben der Abhaltung von Seminaren ihnen auch die

Kontrolltätigkeit von Klausuren übertragen. Das tat er aber sehr unregelmäßig und auch nur dann, wenn er selbst auf irgendeiner internationalen wissenschaftlicher Tagung anwesend sein musste bzw. wenn er als Gastprofessor an einer anderen Universität oder einer amtlichen Stelle einen Vortrag halten sollte. Die hierzu notwendigen Reisetätigkeiten erhöhten dann die Abwesenheit vom verantwortlichen Lehrstuhl, natürlich auch von Sarah, oftmals sehr erheblich.
Bei solchen Lehrreisen konnte es zwei, manchmal sogar bis drei Wochen dauern, ehe er wieder zurückkehrte.

Die gemeinsame Freude danach auf mehr tägliches Beisammensein mit seiner Frau wurde dann schnell getrübt durch den langen Arbeitstag an der Uni. Da musste er an seinem Lehrstuhl den aufgelaufenen Schriftkram mit seiner Sekretärin aufarbeiten, den laufenden Lehrplan kontrollieren, die beiden Assistenten neu unterweisen.
Zudem aktivierte er wieder die eigenen Vorträge im laufenden Lehrplan, beschäftigte sich mit neuen Seminarinhalten, auch mit dem aktuellen Leistungsstand seiner Studenten. Und so weiter, und so weiter!

Infolge der wenig verfügbaren Zeit innerhalb der Woche zueinander, freuten sie sich beide deshalb stets auf das gemeinsame Wochenende. Und es war beiderseitig ein Gesetz, am Sonnabend und am Sonntag daheim keine eigenen Arbeitstätigkeiten durchzuführen. Für diese zwei Tage unterbrachen Sarah und Robin ihren wöchentlichen Arbeitsrhythmus: Sie ihre Arbeiten im nahen Atelier und er jegliche Studien oder schriftliche Aktivitäten zu Hause. An diesen beiden Tagen wollten sie nur füreinander da sein.

So hatten sie sich auch verständigt, am ersten Wochenende nach ihrer ersten Arbeitswoche auf ihrem Grundstück zu bleiben. Da wollten sie noch liegengebliebene häusliche Dinge abarbeiten. Und da die Hitzewelle noch nicht vorbei war, wollten sie nach der getanen Arbeit anschließend am kühlenden Wasser der Lagune verweilen - eigentlich nur zum faulenzen.

25

So wie sich Sarah und Robin für das Wochenende abgesprochen hatten, führten sie ihre geplanten Tätigkeiten durch. Sarah übernahm die Regie im Haus.

Hierzu hatte sie sich ein Programm zusammengestellt. Zuerst wollte sie alle Fenster im wohnlichen Bereich des Hauses putzen, danach die Gardinen aller Zimmer waschen und wieder aufhängen. Anschließend hatte sie noch Staubwischen geplant, auch das frische Beziehen des riesigen Rundbettes im Schlafzimmer.

Für Robin war es ein zu gewaltiges Programm. Deshalb hatte er Angst, dass Sarah sich übernahm.

„Ist das alles nicht zu viel!", sagte er besorgt zu ihr.

„Nicht doch", antwortete sie. „Mir gehen diese Arbeiten eben schnell von der Hand. Da brauchst du dir keine Sorgen zu machen."

„Aber ich kann doch dir dabei helfen", meinte Robin. „Du weißt, dass ich Hausarbeit nicht ablehne. Dazu benötige ich nur die doppelte Zeit."

Sarah lächelte. „Bleib nur bei deinen Gartenarbeiten und den anderen Arbeiten, die mir nicht liegen."

Doch dann überlegte sie es sich doch noch einmal anders.

„Stopp, du hast dich zu früh gefreut. Mit einer Position kannst du mir tatsächlich helfen. Das ist das Staubsaugen."

„Welche Zimmer?", fragte Robin.

„Na, nicht ein oder zwei Zimmer", amüsierte sich Sarah,

„sondern das ist für den gesamten Wohnbereich notwendig.“
„Mhm – also alle Zimmer!“
„Natürlich, wir waren doch drei Wochen in Urlaub.“
„Okay“, sprach Robin weniger begeistert. „Aber weil ich dazu immer viel Zeit benötige, werde ich damit gleich beginnen. Die Gartenarbeiten mache ich dann danach.“

„Nein, warte damit erst einmal. Zuerst muss ich die Gardinen in den Zimmern abhängen. Danach kannst du mit dem Staubsaugen beginnen. Mäh doch vorher erst die restliche Rasenfläche, die du letzte Woche noch nicht mähen konntest. Und wenn du damit fertig bist, bin ich auch mit den Abhängen soweit fertig. Damit solltest du jetzt beginnen. Dann kann ich dort nach dem Waschen die Gardinen aufhängen.“

Damit war Robin natürlich einverstanden. Rasenmähen tat er lieber als Staubsaugen. Später, ja später würde er auch das Staubsaugen erledigen. Das musste heute eben sein. Doch danach konnte er wieder zu seiner Gartenarbeit wechseln – es war ja sein Hobby.

So wie beide es besprochen hatten, erledigten sie die Arbeiten. Sarah wirbelte nur so durch das Haus. Da staunte Robin, wie häuslich seine Frau veranlagt war.
Bei seinen lang andauernden Staubsaugarbeiten bekam er es mit, wie geschwind Sarah die einzelnen Tätigkeiten umsetzte. Als er selbst beim letzten Zimmer anlangte, um es zu saugen, wollte Sarah darin schon wieder die frischen Gardinen aufhängen. Es wären die letzten, meinte sie. Doch eine Pause wollte sie nicht

machen. Deshalb ging sie sogleich ins Erdgeschoss zurück, belegte dort die Waschmaschine mit neuer Wäsche.

Robin war froh, als er seine häusliche Pflicht erledigt hatte. So ging er danach sofort zügig aus dem Haus zu den Blumenflächen hin, welche an drei Seiten um die Terrasse verliefen. Da freute sich auch Bellow, der nur darauf gewartet hatte. Der Hund war bei den rasanten Sauberkeitsarbeiten im Haus nicht erwünscht gewesen. Deshalb wartete er auf der Terrasse ungeduldig auf das Erscheinen von Herrchen oder Frauchen.

Robin streichelte ihn und bat, dass er doch wieder auf der Terrasse Platz nehmen sollte. Bei seinen Gartenarbeiten in den Blumenflächen sollte der Hund nicht darin herumlaufen.

So tickte die Uhr, längst war Mittag vorbei. Gegen 14.00 Uhr kam Sarah aus dem Haus. Sie schritt auf der Terrasse zu Robin hin.

„Ich sehe, dass du auch bald fertig bist", sagte sie. „Alles sieht jetzt wieder einladend aus."

„Aber eine halbe Stunde wird es schon noch dauern", meinte Robin. „Letzte Woche konnte ich nur das Grobe machen. Du bist wohl schon fertig?"

„Na klar. Jedes Zimmer glänzt jetzt wie neu. Und unser Rundbett habe ich auch neu bezogen. Das duftet wieder ganz frisch."

„Ich werde es ja heute Abend mitbekommen."

„Liebling, ich werde mich jetzt für zwei Stunden hinlegen. Die erledigten Arbeiten haben mir schon Kraft gekostet."

„Okay", antwortete Robin. „Bellow wird sowieso von mir bald eine Runde einfordern. Wenn ich hier fertig bin, dusche ich. Danach gehe ich mit dem Hund eine Runde. Anschließend bleibe ich mit ihm auf der Terrasse. Du kannst dich jetzt also ruhig hinlegen. Ich werde dich nicht stören."

„Ist mir diesmal recht", gähnte Sarah und verschwand im Haus.

Nach erfolgter Arbeit und dem anschließenden Duschen wählte Robin diesmal den Weg in Richtung des südlichen Parkgeländes. Dort ließ er den Hund zwischen den vielen kleinen und großen Bäumen frei herumlaufen. Zielgerichtet wählten sie die Richtung zur größten Anhöhe hin, wo Robin dort seine Bank zum Verweilen ansteuerte.

Es war Robins Lieblingsbank. Von hier aus konnte er die mit 600 Metern schmalste mittige Stelle von der kleinen Halbinsel gut überblicken. An diesem bevorzugten Standort verweilte er oft bis zu einer halben Stunde, was auch ihm gut tat. Doch auch andere Hundebesitzer oder Spaziergänger suchten diese Stelle auf. Diesmal saß ein ihm bekannter älterer Mann auf der Bank, der ebenfalls gerade seinen Hund ausführte. Es war Mr. Collin Pier. Sein Wohnhaus stand am Rande des südlichen Parkgeländes. Längst waren sie vertraut und duzten sich. Und da Bellow die Dackelhündin schon gut kannte, spielten sie sofort freudig miteinander.

Durch diese Hundefreundschaft stimuliert, kamen die beiden Herrchen sogleich ins Gespräch.

Robin erzählte einiges vom kürzlichen Urlaub an der Westküste Tasmaniens. Da fragte ihn Mr. Collin Pier, ob bei Robin in der Uferstraße auch eingebrochen worden sei – na wegen seiner fast dreiwöchigen Abwesenheit. Als es Robin verneinte, war der ältere freundliche Wohnungsnachbar darüber sichtlich erstaunt. So erfuhr Robin, dass in den letzten drei Wochen hier in ihrer

Wohngegend mehrere Hauseinbrüche stattgefunden hätten. Noch sei die Polizei über die Ermittlungen nicht hinausgekommen und der oder die Täter würden noch frei herumlaufen. Deshalb sollte Robin alle Details, die vielleicht auf einen Einbruchsversuch im eignen Haus hindeuten, sofort der örtlichen Polizei melden. Das wäre zur schnellen Spurensicherung notwendig. Und das würde auch zur zügigen Aufklärung beitragen. Dann könne sicherlich die Polizei den andauernden Spuk bald beenden.
Da dachte Robin sofort an die unverschlossene Eingangstür zum Atelier, die er vor seiner Abreise in den Urlaub festgestellt hatte. Sollte etwa diese Sache einen Bezug zu den jetzigen Einbrüchen haben?
Aber nach Sarahs späteren Überprüfungen war nichts aus ihrem Atelier entwendet worden. Jedenfalls vermisste sie bisher nichts. Trotzdem sollte er diese Sache noch einmal bei ihr nachfragen.

Als Robin nach einer Stunde ins Wohnhaus zurückkehrte, es war kurz vor 16.00 Uhr, wartete Sarah schon auf der Terrasse. Sie hatte sich in einem hölzernen Liegestuhl bequem gemacht.
„Ich bin noch nicht lange hier, höchstens zehn Minuten", sagte sie zu Robin, der sich zu ihr auf den Rand vom Liegestuhl setzte.
„Hast du gut geschlafen?", fragte er.
„Ja, ganz fest. Und als ich aufwachte, wusste ich für den Moment gar nicht, wo ich bin. Das war so sonderbar."
Robin lachte. „Das kenne ich auch", bemerkte er. „Das passiert mir oft nach einem tiefen Schlaf. Dann warst du tatsächlich tief abgetreten. Und das bedeutet, dass du nun wieder fit sein müsstest."
„Das stimmt. Jetzt fühle ich mich wirklich wieder gut, fast wie

im siebten Himmel. Ich könnte jetzt weiter wühlen."
„Nein, heute ist Schluss mit den häuslichen Arbeiten", sprach Robin erschrocken.

Tatsächlich dachte er, dass Sarah damit erneut beginnen würde. Doch sie beruhigte ihn, legte ihre Hand auf einen seiner Oberschenkel.
„Alle Arbeiten sind getan. Nichts ist mehr übrig", griente sie. Und stolz fuhr sie fort:
„Robin, weißt du, wie ich mich freue, dass unser Haus wieder so sauber ist. Ich bin rundherum ganz tief glücklich."

Da streichelte er ihre Hand, küsste sie kurz. „Ich habe nicht nur eine gutaussehende, intelligente Frau geheiratet, sondern auch eine Meisterin in der Bewältigung von häuslicher Arbeiten. Und noch etwas habe ich vergessen: Dazu eine himmlische Liebhaberin."

Sarahs blaugrüne Augen strahlten, doch sie meinte, eine perfekte Frau wäre sie nicht, nur eine liebende.
„Bestimmt wirst du auch einmal eine gute Mutter sein", träumte Robin.
„Na klar", erwiderte sie. „Ich wünsche mir doch selbst eine große Familie. Aber du weißt es doch. Frühestens geht es erst nach dem kommenden Großauftrag. Und bis dahin werde ich die Pille nehmen."
„Nimmst du die täglichen oder die monatlichen", wollte Robin wissen.
Sarah sah in seine Augen. „Du fragst bestimmt deshalb, weil ich

sie schon ein paarmal vergessen habe einzunehmen."
Robin nickte.
„Damit es eben nicht wieder passiert, stelle ich mich gerade auf
die monatliche Einnahme um ... Übrigens habe ich mir diese
Pillen am vergangenen Mittwoch von unserem Hausarzt Dr.
James Wildson in Hobart aushändigen lassen. An diesem Tag
warst du in Launceston."
„Okay. Das hast du richtig gemacht", antwortete Robin. „Bei
unserer abgesprochenen Planung ist das am sichersten."
„Ja, das ist wirklich besser. Ich brauche nicht mehr
nachzudenken, ob ich die Pille genommen habe oder nicht. Das
hat endlich ein Ende."
In Sarahs Augen brach Feuer aus. „Nun kann ich noch mehr
explodieren. Das wirst du schon heute Nacht erleben."

Und sie erfasste den begehrenden Blick von Robin. Da wussten
beide, dass die kommende Liebesnacht eine besondere werden
sollte.

Robin ging darauf in die Küche, holte zwei Gläser Sekt. Und so
stießen sie liebend und einig miteinander an. Dabei rückte Robin
seine gepolsterte, hölzerne Liege neben Sarah, machte sich
darauf bequem. Das Gespräch lenkte er aber nun auf die
Hinweise, die er beim Hunderundgang vom Hausnachbarn
erfahren hatte. Und so analysierten sie deshalb noch einmal die
Sache mit der von Robin gefundenen offenen Ateliertür.
Sarah bemerkte hierzu, dass sie nach ihrer Ankunft im Hausteil
des Wohnbereiches alles in Ordnung vorgefunden hätte. Da wäre
nichts verändert gewesen. Das träfe auch auf ihr benachbartes

Atelier zu.

„Ich muss tatsächlich in meiner Aufregung die Tür dort vergessen haben abzuschließen. Das war bestimmt im Stress mit Bellow vor der Abfahrt passiert."
„Aber wie kam die Katze in das Atelier?"
„Darüber habe ich mir schon Gedanken gemacht. Bestimmt ist sie reingegangen, als ich die Blumentöpfe in die Blechwanne gestellt habe. Da stand die Tür zeitweise offen."
„Aber das hätte Bellow doch bestimmt gemerkt!"
„Nein, das hat er eben nicht."
Mhm, sehr sonderbar … Übrigens hatte die Katze auch keinen Durst und auch keinen Hunger, als ich sie entdeckte. Für eine Woche der Einsperrung ist das aber schon ungewöhnlich. Mir war eher so, dass sie nur kurz im Atelier war!"
„Aber du warst doch nach deinen eigenen Aussagen damals vor der Abfahrt selbst im Zeitverzug - nicht wahr?"
Robin runzelte an seine Stirn. „Ja – schon."
„Da wird sie mit dir gemeinsam ins Atelier gegangen sein. Du hast es eben da nicht gemerkt!"
„Nein – das kann nicht sein!"
„Und warum?"
„Na weil ich außen alles sehen konnte. Die Scheinwerfer erhellten doch die ganze Außenfläche. Da war im Umkreis der Tür keine Katze zu sehen."
Und dann fügte er noch hinzu: „Die Ateliertür habe ich auch sofort hinter mir zugeschlossen."

Sarah legte ihre linke Hand sanft auf sein rechtes Knie. Damit

wollte sie beruhigend auf Robin einwirken. Er sollte auf andere Gedanken kommen.
„Das wird sich schon noch aufklären“, sagte sie. „Es ist doch nichts weggekommen.“

Als Robin trotzdem weiter nachfragen wollte, wurde es ihr zu bunt.
„Schluss jetzt mit deinen Überlegungen. Füttere jetzt lieber den Hund. Schau, er wartet schon darauf.“

Das tat Robin dann. Und zufrieden legte sich der Hund nach seiner eingenommenen Mahlzeit neben dem Liegestuhl seines Herrchens. Gleichzeitig hatte Robin die Fütterung des Hundes genutzt, um auch den Partytisch mit neuen Getränken und Eiswürfel zu bestücken. Es war doch an diesem Samstagabend noch sehr sommerlich warm– was erneut zu einem längeren Verweilen auf der Terrasse einlud. So nippten sie an ihren gefüllten Gläsern, sprachen über Allgemeines. Da spielte das Thema der offenen Ateliertür keine Rolle mehr.

Als nach einiger Zeit die Sonne dem Horizont ganz nah kam, begann sie ihre rötlichen Strahlen zu malen. Das tolle Bild entstand wie aus dem Nichts auf der flachen Wasserfläche der angrenzenden Lagune.
„Bald naht wieder der grandiose Augenblick“, schwärmte Sarah. „Sieht es nicht wieder beeindruckend aus!“
„Ja, einzigartig“, bestätigte Robin. „Aber bald werden wir solche Bilder am Abend vermissen. Das Wetter soll nächste Woche umschlagen. Dann ist die lange Hitzeperiode zu Ende.“

„Und sie schenkte uns den schönsten Urlaub aller bisherigen Zeiten", schwärmte Sarah.

Träumend sah sie zum mehrfarbigen Horizont. Dort entdeckte sie plötzlich Wolkenberge.
„Schau Schatz", meinte sie, „siehst du dort die dunklen Wolken. Es wird wohl ein Gewitter aufziehen."

Robin betrachtete die fernen Wolken. „Nein, ich glaube nicht. Die Wolken ziehen mehr nach Nordosten hin. Es ist ein lokales Wärmegewitter. Unser heutiger Sommerabend wird trocken bleiben. Wir sind hier sicher."
„Prima. Dann können wir hier auch noch länger verweilen."

Robin mixte zwei neue Gläser, füllte Eiswürfel dazu. Lächelnd verfolgte Sarah seine Handgriffe. Dabei lehnte sie sich ganz entspannt auf der gepolsterten Liege zurück, streckte darauf ihre schlanken gebräunten Beine aus.
Längst war ihr kurzes blumenbetupftes Sommerkleid hochgerutscht, bis nahe ihres weißen Minislips. Dieser bedeckte nur wenig den Intimbereich, so dass seitlich davon die schwarzen Schamhaare nur so herausquollen. Robin bemerkte es natürlich.

Lächelnd schielte er dahin. *„Ja, wir herrschen über den angenehmen Augenblick und werden ihn auskosten."*
„Dein philosophisches Zitat aus irgendeiner Kiste kannst du stecken lassen. Auch wenn deine Blicke mich wohl antörnen", bemerkte Sarah. „Zünde jetzt lieber die große Laterne an. Tu etwas für den herrschenden Augenblick. Das macht das

Kommende viel schöner."

Da Robin keine Zündhölzer bei sich hatte, stand er auf und ging über die offene Terrassentür ins Haus. Sofort folgte ihm Bellow, der nun annahm, dass sein Herrchen fortging. Mehrmals leckte er seine Hand, um mitzugehen.
„Ich bleibe hier", beruhigte Robin den Dalmatinerrüden, streichelte ihm über den Kopf.

Die ein Meter hohe schmiedeeiserne Laterne hatte Sarah einmal auf einem Trödelmarkt in Launceston erworben. Das altertümliche Prachtexemplar beinhaltete auch eine flaschenstarke, etwa 70 Zentimeter hohe gelbe Kerze. Zwischenzeitlich war sie aber schon bis zur Hälfte abgebrannt.

Nachdem sich Robin wieder auf seiner gepolsterten Liege bequem gemacht hatte, wandte sich Sarah ihm zu.
Ihre blaugrünen Augen bemächtigten sich den braunen Augen von Robin.
„Robin, seitdem wir ein Paar sind, hat unsere Leidenschaft zueinander überhaupt nicht nachgelassen. Das beruht doch auf unserer gemeinsamen tiefen Liebe - nicht wahr!"

Angetan von den fangenden Augen von Sarah, ihrer direkten Art und durch den Augenblick der ganz aufgelöst herrschenden Stimmung, wurde das Gemüt von Robin weich. Und so antwortete er Sarah im flackernden Kerzenschein mit feuchten Augen: „Als ich dich das erste Mal sah, war ich sofort in dich verliebt. Da wollte ich dich nicht nur für eine Nacht oder für eine

Affäre haben. Nein, daran dachte ich niemals. Sondern ich wollte dich als meine Ehefrau gewinnen und ewig andauernde Tage und Nächte mit dir planen. Aber so richtig verschmolz ich erst mit dir und wurde glücklich, als ich von dir gelernt hatte, das jeder gemeinsam erlebte Augenblick einen hohen Wert besitzt, das beiderseitige Glück bereichert, es wachsen lässt."

Sarahs Augen strahlten vor Glück. Geschmeidig stand sie von ihrer gepolsterten Liege auf, ging zu Robins Standort. Dort setzte sie sich auf seinen Schoß. Ihre Arme schlang sie um den Kopf von Robin.
„Ja, ich liebe dich auch ganz innig", hauchte Sarah. „Deshalb sollst du auch jetzt von mir hören, dass du ein guter Vater von unseren Kindern sein wirst. Davon bin ich jetzt im Tiefsten überzeugt. Im zwei Jahren werde ich dir unser erstes Kind gebären. Da es etwa fünf Monate nach dem Großauftrag geschehen soll, sollten wir es übernächstes Jahr auf den Weg bringen."
Von den bekennenden Aussagen Sarahs war nun Robin sichtlich angetan. Ganz lieb küsste er ihren Nacken.

Trotz ihrer früheren gemeinsamen Abstimmung, nicht sofort nach ihrer Hochzeit eine Familie gründen zu wollen, sondern es erst auf eine spätere Zeit zu verschieben, war Robin nun doch von den
Worten seiner Frau überrascht. Seit ihrer Hochzeit waren schon mehr als fünf Jahre vergangen. In dieser Zeit äußerte Sarah keinen Kinderwunsch. Und wenn er sie in letzter Zeit an eine Familiengründung erinnerte, wich sie seinen Fragen immer aus

oder sagte, dass der Zeitpunkt dazu noch nicht reif sei. Ihre plötzliche genaue terminliche Benennung des Kinderwunsches begeisterte ihn. Nun war die Sache geklärt. Ab jetzt brauchte er danach nicht mehr nachzuhaken. Zärtlich legte Robin seine beiden Hände auf ihren flachen Bauch.

„Und wenn es soweit ist, soll unser Kind darin prächtig wachsen und dann gesund das Licht erblicken. Ob Junge oder Mädchen - das wäre mir egal. Für dich doch bestimmt auch?"

„Natürlich! Nur gesund soll es sein."

Mittlerweile war es ganz finster geworden. Frösche quakten und erste Nebelschwaden zogen über das nahe Wasser. Sarah drehte ihren Kopf zu Robin, küsste ihn zärtlich. Und je länger der Kuss dauerte, um so mehr begehrte sie ihn.

„Komm lass uns schlafen gehen. Ich will dich."

„Na, hoffentlich bin ich heute locker und nicht verkrampft!"

„Warum?"

„Weil mich dein heutiges Bekenntnis zum Kinderwunsch total überraschte. Das habe ich eigentlich von dir nicht so schnell erwartet. Eher dachte ich, dass deine Entscheidung hierzu doch noch mehrere Jahre dauern könnte."

„Na, weil nun meine inneren Zweifel weg sind und ich mir ganz sicher bin, dass du auch ein guter fürsorglicher Vater sein wirst. Das habe ich dir ja jetzt gerade mitgeteilt. Hierzu bin ich dir als deine liebende und ehrliche Ehefrau auch verpflichtet."

„Danke Sarah, ich bin davon sehr gerührt."

„Davon brauchst du heute aber nicht verkrampft zu sein. Du weißt, wenn ich deinen Schwertkrieger sehe und mich daran entzünde, werden meine Hände ihn schon in Flammen setzen.

Dann wirst du stöhnen und noch mehr wollen ... Komm, lass uns jetzt schlafen gehen."

Sarah ging voran. Robin räumte noch schnell den Partytisch ab, stellte alles in die Küche. Anschließend ließ er Bellow am Grundstücksrand zur nahen Lagune noch einmal pullern.

Als er dann mit dem Hund das Haus betrat, schaute er noch einmal kurz zurück. Der klare sommerliche Abendhimmel hatte seinen dunklen Mantel über die Umgebung ausgebreitet. Nein, die Polsterbelege auf den Liegestühlen brauchte er heute nicht wegzuräumen. Das Wetter schien nachts stabil zu bleiben. Auch war um die Terrasse alles friedlich. Nur einige verirrte Enten schnatterten auf der nahen Wasserfläche.
Robin schloss von innen die Terrassentür. Dann löschte er die Beleuchtung im Erdgeschoss und ging danach die hölzerne Treppe hoch.
Bellow folgte ihm. Vor der Schlafzimmertür legte er sich auf die dort ausgelegte Decke. Robin streichelte ihn noch einmal belobigend.

Anschließend ging Robin eilig in den Baderaum – machte sich frisch.
„Na endlich bist du da, mein Liebster", hauchte Sarah, als er sich später nackt zu ihr ins große Rundbett legte.
„Ich habe mich doch beeilt", sprach Robin und legte sich ganz nah an ihren warmen Körper.

Da Sarah die große Kerze im weißen Windlichthalter, welcher

auf dem Rundtisch in der Ecke stand, angezündet hatte, erzeugte das gedämpfte Licht noch mehr das beiderseitige erotische Verlangen.

Welche makellose Figur empfing ihn! Welches verführerisches Parfüm hüllte ihn plötzlich ein!
Automatisch suchten seine Hände ihre festen Brüste, die in ihrer jugendlichen Unverbrauchtheit noch nicht zu groß waren, so dass sie gut in seinen Handballen passten. Welch herrliche Brüste! Ach, sie waren in ihrer Nacktheit so vergnüglich. Priesen sie doch in sich die blühende Jugend einer jungen Frau. Und die beiden steifen, stehenden Brustwarzen – welch ein Geschenk der Natur. Robin küsste eine davon. Sogleich schmeckte er die sanft aufgetragene Erdbeercreme, welche noch mehr zum Saugen stimulierte.
„Himmlisch", stöhnte Sarah. „Mach weiter so."
Robin küsste auch die andere steife Brustwarze, saugte daran. Niemals wollte er damit aufhören.

Bei seinen Aktivitäten hob Sarah ihren Kopf, bewegte ihn zu seinem hin. Mit ihrer Zunge berührte sie Robins ihr zugewandten Wange, verfolgte dann den Weg zu seiner Ohrmuschel hin. Schließlich dort angelangt, biss sie mehrmals sanft hinein. Und danach bohrte sie ihre Zungenspitze in die Tiefe seines offenen Ohrganges – rührte darin herum.

Dann flüsterte Sarah mit heißem Atem: „Lass unsere Lippen und Zungen vor dem Höhepunkt in der Stellung 69 noch etwas spielen!"

Sarah richtete sich auf, drehte sich so auf Robin kniend, dass ihr Gesicht zu seinen Lenden zeigte. Ihre schmale Taille rückte auf seine behaarte Brust.
Diese erotische Stellung liebte sie sehr. Damit konnte sie mit ihrem Unterleib genau steuern, wie intensiv Robin sie liebkosen soll. Und in dieser Stellung konnte sie gleichzeitig seinen verlockenden Liebesstab deutlich besser erreichen.

Prompt spürte Robin ihren warmen Po, der ein wenig hin und her wippte. Wohl wollte er die angenehmste Stellung finden. Seine Augen erfassten im flackernden Kerzenschein ihren zarten Rücken, ihre schmale Taille, die beiden festen Pobacken. Die ausfüllende fleischige Hülle konnte nicht besser vereinbar sein.

Nun postierte Sarah ihr Hinterteil etwa zwei Handbreit über sein Gesicht. Jetzt wusste Robin, was sie wünschte und was er selbst bald spüren sollte. Und so begann er seine Liebkosungen an ihrer gefurchten Stelle.Viele schwarze Schamhaare umgaben sie. Mit seinen aktiven Händen dirigierte er den feuchten Punkt an seinem Mund, umkreiste mit seiner Zungenspitze die zarte Einfurchung. Sogleich schmeckte Robin die aufgetragene Erdbeercreme, die ihn zum längeren Verweilen verführte.

Da sie beide ganz intim den gegenseitigen Oralverkehr als Vorspiel einsetzten, lag auch bald Robin neben der Spur.

Sarah hatte als erfahrene Liebhaberin längst seinen Liebesstab zu einer außerordentlichen Dicke und Länge verholfen. Ihre warmen Finger hielten nicht nur den hart angeschwollenen

Krieger fest umfasst, sondern sie spielten zärtlich an dessen Vorhaut. Dann hielt sie inne, um den roten Kopf in ihrem Mund aufzunehmen. Doch sie wusste genau, wann sie damit aufhören musste. So entließ sie das Ungetüm wehmütig. Trotzdem leckte sie noch einmal alles ab, am Kopf beginnend, am dicken Schaft entlang bis zu dessen Ende, wo die geringelten Haare begannen. Anschließend verweilten ihre Augen am beseelten Elfenbein, dessen Härte und Weiche, dessen Form und Aussehen, dessen Wärme und Politur sie faszinierten.

Als Sarah wieder die einsetzende Zungenwanderung von Robin mit einem sanften saugenden Biss an ihrer nassen Furche spürte, wanderten alle ihre Gefühle dahin. Stöhnend warf sie den Kopf nach hinten.
Was geschah nur mit ihr? Ihre Sinne begannen verrückt zu spielen.
Ein Vorläufer des Orgasmus?
Schnell verließ sie ihre bisherige kniende Stellung, legte sich neben Robin auf den Rücken. Nun gab es kein Abwarten mehr. Alles in ihr war so aufgewühlt, dass das Vergnügen den baldigen erlösenden Moment einforderte. Es war jener Punkt, an den der überquellende Liebesrausch unerträgliche Hitze in ihrem Unterleib entstehen ließ, welche sogleich ihre nassen Oberschenkel von selbst öffnete und seinem Liebesstab alle Freiheiten zum Eindringen gab.

Ungeduldig hauchte Sarah: „Liebling, komme schnell. Ich bin schon soweit!"

Als Robin auf ihr lag und anfing, seinen Krieger voranzutreiben, fühlte sie, dass sein wertvollstes Stück sofort mit dem Kopf darin verschwand, sodass beide nur das dazwischenliegende intime Haar trennte. Jetzt fühlte sie den Orgasmus kommen. Jetzt weigerte sie sich nicht länger, ihn etwa aufzuhalten.
Berauscht wie sie waren, röchelten sie gemeinsam simultan dem Höhepunkt entgegen, verloren jegliche Zurückhaltung. Stöhnende Ausgüsse der Freude paarten sich mit greifenden Fingern, die sie ineinander verzahnten. Und als sie schließlich gleichzeitig zur Erlösung kamen, schrien sie es beide aus sich heraus.

In diesem unbeschreiblichen Augenblick spürte Sarah ganz genau sein warmes intensives Ergießen tief in ihrem Unterleib. Weitere nachklingende Wellen des diesmal sehr heftigen Orgasmus durchliefen ihrem Körper mehrmals. Voller Glück und Freude genoss sie diese Ergüsse.
Noch lange außer Atem und fest umschlungen, blieben sie in dieser Stellung liegen. Und erst nachdem der Liebesstab erschlafft war, legte sich Robin seitlich von Sarah.

Der liegende Hund vor der offenen Schlafzimmertür wusste die tönenden Laute von Frauchen und Herrchen zu deuten. So blieb er ruhig auf seiner Decke liegen, kam nicht in das Schlafzimmer zum Nachschauen.

Beide Liebenden verwarfen Folgen dieser Nacht, denn Sarah hatte ja die Monatspille eingenommen. Doch ihr heutiger Organismus war so intensiv gewesen, als wäre eine bisherige

Kette gesprengt worden. Es war wohl Sarahs verkündeter Wunsch und ihre innere Freigabe zum gemeinsamen Kind - wenn auch erst in etwa zwei Jahren. Diese bisher in ihrer Ehe verworfene, nun konkrete Familienplanung war heute von ihr beendet worden. Das hatte auch Robin sehr glücklich gemacht. Wohl deshalb war ihr heutiger Liebesakt in totaler gemeinsamer innerer Verbundenheit erfolgt.

Welche Nacht der Nächte, wenn wahre Liebe und gemeinsame Ziele und Treue ineinander verschmelzen, wenn es nicht nur animalische Liebe ist.
Ja, es war bei den beiden Liebenden eine Nacht der freigelegten Geheimnisse. Deshalb entfaltete die Natur das Mysterium Frau vollkommen in ihrer Körperlichkeit, Psyche und Spiritualität. Und so fühlte Sarah auch die ausgelebte weibliche Liebeslust in sich total geeint in einem übersinnlichen Geist.

Dieser einzigartige phänomenale Moment sollte trotz der hemmenden Monatspille alles anders in ihr entwickeln lassen. So suchte sich die geheimnisvolle Natur selbst einen Weg. Und so wurde durch diese starke übersinnliche Kraft der wahren Liebe in ihr ein Kind gezeugt.

Aber das konnten natürlich die beiden ermatteten Liebenden nicht annehmen, geschweige denn im geringsten ahnen. Sarah hatte ja die Monatspille genommen und ihr erstes Kind sollte erst nach etwa zwei Jahren geboren werden - nach ihrem abgearbeiteten Großauftrag.

Berauscht durch das völlige Auskosten ihrer Zärtlichkeiten, ruhten Sarah und Robin dann nebeneinander ausgestreckt auf dem Rundbett. Es war die honigsüße, glückliche Mattigkeit, die ihre Körper lähmten.
Später schliefen sie eng nebeneinander, die beiden Hände ineinander verzahnt, ein.

*

Doch in dieser herrlichen Nacht begann plötzlich Bellow vor der Schlafzimmertür zu bellen.

Als Robin dadurch erwachte, stand schon der unruhige Hund am Rundbett an seiner Schlafseite. Robin schaute auf seine leuchtende Armbanduhr, die auf dem nahen Nachttisch lag – es war zwei Uhr nachts. Warum knurrte der Hund?

Als der Hund bemerkte, dass sein Herrchen wach war, verließ er sofort das Schlafzimmer.
Robin stand auf, um nach der Ursache der Hundeanzeige zu schauen. Die große Wachskerze im weißen Windlichthalter brannte noch. Sie war um etwa drei Zentimeter abgebrannt. Deshalb ging er sofort zur gläsernen Schutzschale, blies die Kerze darin aus.
Sarah schlief weiterhin friedlich – er wollte sie schlafen lassen. Dann verließ er das Schlafzimmer.

Im Flur vor dem Schlafzimmer hörte er den Hund im Erdgeschoss stark knurren. Dazu kratzte er mit den Pfoten an der geschlossenen Terrassentür. Robin streifte sich auf seinem Weg dorthin den Morgenmantel aus dem Bad über, schaltete die Hausbeleuchtung ein. Nachdem er über die hölzerne Treppe ins Erdgeschoss gelangt war, bemerkte er auf der Terrassenseite die aktivierte Außenbeleuchtung.

Der Dalmatinerrüde kratzte an der Terrassentür ganz wild und knurrte.
Robin disziplinierte sofort den Hund mit *AUS*, worauf er sich auch beruhigte. Dann sah er durch die gläserne Scheibe der Tür nach außen. Doch trotz der eingeschalteten Außenbeleuchtung konnte er nichts in der näheren Umgebung erkennen.

Plötzlich wurde es außen wieder finster - die Außenbeleuchtung hatte sich wieder abgeschaltet. Nun konnte er gar nichts mehr erkennen, es war zu dunkel. Eine verschwommene Finsternis hüllte alles ein. Doch dann erhellte erneut für einen kurzen Moment fernes Wetterleuchten die nahe Umgebung. In diesem kurzen Augenblick bemerkte Robin einen umgestürzten Stuhl am Terrassentisch.
Sollte etwa schon wieder ein umherstreifendes Beuteltier durch ihr Grundstück gelaufen sein?, dachte Robin.
Das soll hier in ihrer Umgebung doch recht oft vorkommen.

Indem er von Innen den Schalter zur Terrassenbeleuchtung betätigte, beleuchtete er den äußeren nahen Bereich. Doch er stellte nichts weiter fest.

Als er etwas später hinaustrat, nahm er Bellow nicht mit. Der

Hund wäre bestimmt wild los gerannt. Zurückhalten hätte er ihn da wohl nicht können.

Sobald er den Terrassenbereich betreten hatte, schaltete sich auch wieder an dieser Hausseite die Außenbeleuchtung ein. Mit diesem zusätzlichen Licht konnte Robin nun alles gut überschauen. Doch alles war außerhalb friedlich. Und auch sonst konnte er nichts Außergewöhnliches im Terrassenbereich feststellten.

Schon wollte er ins Haus zurückkehren, als erneutes Wetterleuchten den Himmel erhellte. Diesmal schien es ihm, es wäre schon näher gewesen.
Das veranlasste ihm, die hölzernen Liegestühle mitsamt den Polsterbelegen wegzuräumen.

Als Robin sich wieder neben Sarah legte, nahm das Wetterleuchten zu.
Doch er war längst schon wieder eingeschlafen, als die Vorhänge an den beiden offenen Fenstern in Bewegung gerieten.
Als dann am frühen Morgen schließlich ein starkes Gewitter aufzog und ihn weckte, schloss er schnell die beiden Fenster. Und er dachte, dass der starke Regen dem Rasen gut tun wird. Beruhigt legte er sich wieder neben die tief schlafenden Sarah. Doch der starke Regen löschte auch alle frischen Fußspuren im Blumenbeet neben der Terrasse.

Aber das konnte natürlich Robin in dieser einzigartigen Nacht nicht erahnen.

26

Am folgenden Tag, es war Sonntag, atmete die Natur nach dem nächtlichen Gewitterregen regelrecht auf. Alles Grün roch nicht nur erfrischend, sondern zeigte sich auch in intensiverer Farbe. Es hatte ja in Midway Point über einen Monat nicht geregnet.

Und weil der Himmel wieder blau war und der Tag sich erneut spätsommerlich entwickelte, wollten Sarah und Robin auch nicht in die nähere Umgebung fahren. Nein, dazu hatten sie keine Lust. Eher wollten sie das schöne Wetter nutzen und zu Hause bleiben. Den ganzen Tag wollten sie auf der Terrasse verbringen. Hier am nahen Wasser der Lagune war es wunderbar still. Das schätzten sie sehr.

Es geschah zur frühen nachmittäglichen Kaffeestunde. Zu dieser Zeit hatten die Temperaturen wieder sommerliche Werte erreicht. Da lagen Robin und Sarah auf der Terrasse auf ihren gepolsterten hölzernen Liegestühlen. Ganz bequem hatten sie es sich gemacht und sie genossen es ausgiebig.

Robin las gerade in einer wissenschaftlichen Zeitschrift einen Bericht über eine stattgefundene Tagung. Und wegen der starken Sonneneinstrahlung hatte er seinen hellen cremefarbenen Sonnenhut aufgesetzt. Weil dieser etwas Schatten spendete, zerstreute er das auf den weißen Seiten treffende Sonnenlicht. So konnte er ein wenig besser lesen. Seine Sonnenbrille mit einfachem Gestell unterstützte ihn dabei.

Sarah dagegen hatte, um ihren Körper im Liegestuhl intensiv zu sonnen, einen hellen gelblichen Bikini gewählt. Doch das Oberteil hatte sie abgestreift. Es lag neben ihrem Liegestuhl. Ihre gepolsterte Unterlage bedeckte ein großes weißes Handtuch um es vor ihrem eingecremten Körper zu schützen.

Wegen der intensiv strahlenden Sonne trug Sarah eine modische Sonnenbrille mit bläulichen Gläsern. Und neben ihrem Liegestuhl hatte sie noch einen weißen Bademantel abgelegt. Den wollte sie sich schnell bei einem überraschenden Besuch überstreifen.

Seit sie ab der Mittagsstunde auf der Terrasse verweilten, herrschte eine angenehme Ruhe. Nur einzelne Enten auf der Wasserfläche von der Lagune schnatterten ein wenig. Das störte auch Bellow in seiner Ruhestellung nicht. Ganz friedlich lag er auf dem hölzernen Terrassenfußboden neben seinem Herrchen, döste einfach vor sich hin. Da Robin mit ihm am späten Vormittag eine ausgiebige Runde gegangen war, war er ausgeglichen und zufrieden.

Doch die traumhafte Stille unterbrachen plötzlich Hände klatschende Töne. Zeitgleich schauten Robin und Sarah in die Richtung, woher die Geräusche kamen. Auch der Dalmatinerrüde rührte sich, hob den Kopf und spitzte die Ohren.
„Das Klatschen kam vom Pittwater Golf Club", meinte Robin, „da wird wohl heute Spielbetrieb sein."
„Aber das hörte sich nach vielen Menschen an", erwiderte Sarah. „Das waren viel mehr als sonst."

Robin schaute sie an. „Ja, du hast recht. Ich hatte schon nicht mehr daran gedacht. Auf dieses Wochenende fällt doch ein Spieltag vom Tasmania Cup. Das hatte mir, als wir aus dem Urlaub kamen, der Platzwart schon mitgeteilt. Der Spielbetrieb läuft eigentlich schon seit gestern und endet heute."
„Aber gestern haben wir doch nichts gehört?"
„Da konnten die spielberechtigten Golfspieler den gestrigen Tag zur Generalprobe nutzen. Da übten sie nur und es gab keine offizielle Wertung. Deshalb waren wahrscheinlich auch nur wenige Zuschauer gekommen. Der richtige Wettkampf hat erst heute begonnen. Und weil das Wetter so toll ist, da strömen natürlich die Zuschauer herbei."

Sarah lehnte sich in ihre alten Liegestellung zurück. Was kümmerte sie der nahe Golfplatz mit den vielen Zuschauern. Da sie hierher nicht kamen, konnten sie weiterhin ihre Ruhe genießen.
Und da ihr gemeinsames Interesse für diese Sportart gleich null war, beschäftigten sie sich damit auch nicht. Fand einmal ein Turnier statt, registrierten sie es nur. So auch heute. Und gerade heute wollte sie die warme Sonne noch einmal voll genießen.

Neugierig drehte sie sich zu Robin. Der war weiterhin in seiner wissenschaftlichen Zeitung vertieft. Also verdrängte auch er den nahen Spielbetrieb, nahm ihn nicht zur Kenntnis. Sichtlich beruhigt lehnte sie wieder den Kopf zurück, schloss die Augen. Die Ruhe tat ihr so gut.
Einige warme Windböen, die vom nahen Wasser der Lagune herkamen, wehten über die Terrasse. Sehr angenehm kühlten sie

die beiden Sonnenanbeter.

Plötzlich hörten Robin und Sarah nahe kreischende Jubeltöne mit begleitendem Beifall.
„Das kommt vom vorletzten Spielloch vorm Grundstück", meinte Robin. „Da wird wohl der Golfspieler einen guten Schlag erwischt haben. Na bei dem Beifall!"
„Mhm – bald wird es wohl vorbei sein", sprach Sarah mit geschlossenen Augen. „Dann sind es nur noch wenige Löcher und die Zuschauer zerstreuen sich. Dann werden wir endlich wieder die himmlische Ruhe haben."

Robin nickte dazu. Beruhigt las er in seinem Artikel weiter. Aber bald vernahmen sie näherkommendes Stimmengewirr von vielen Menschen.
Der Dalmadinerrüde hob sofort seinem Kopf. Dabei spitzte er die Ohren in Richtung der Störungsquelle. Unruhig stand er auf und reckte und streckte sich. Dann wollte er flugs an die Grundstücksgrenze zum angrenzenden Golfgelände laufen.

„Halt", rief Robin. „Ich komme mit." Und er sagte noch zu Sarah, dass er doch einmal nachschauen wolle, was sich da generell vor ihrem Grundstück abspielt.

Sarah nickte desinteressiert. Auf ihrem gepolsterten Liegestuhl genoss sie weiterhin die warme nachmittägliche Sonne.

Robin lief direkt zum schmiedeeisernen Gartentor hin. Von da aus hatte er eine gute optische Sicht zum Gelände des Pittwater

Golf Club. Sonst versperrte die große Hecke die Sicht. Der Hund war dort schon zeitiger als sein Herrchen angelangt. Er begann zu bellen.

„Aus", rief Robin.

Bellow gehorschte. Doch er konnte sich kaum beruhigen. Ständig zappelte er herum. Deshalb, weil mehrere hundert Zuschauer auf dem hügeligen Golfgelände einem Spieler mit zwei Begleitern folgten. Sie kamen immer näher. Etwa 100 Meter vor Robins Standort blieben sie in der Nähe eines U-förmigen Sandloches stehen.

Beim genauen Beobachten bemerkte Robin, dass der großgewachsene Golfspieler sehr zögerte, den Schlag am letzten Loch auszuführen. Immer wieder täuschte er den Schlag an, führte ihn aber nicht aus.

Als dazu weitere einzelne Windböen einsetzten, wartete er auf deren Abflauen. Doch dann wollte er nicht länger warten, wechselte den Schlagstock, probierte erneut den Schlag. Doch dann führte er ihn wieder nicht aus. Schließlich trat er von der Schlagstelle zurück.

Robin bemerkte, dass sich der großgewachsene Golfspieler mit danebenstehenden Personen beriet. Wie sollten sie weiter verfahren. Vielleicht, ob er doch bei den stoßartigen Windböen schlagen soll, oder ob es nicht besser wäre, deren baldiges Vorüberziehen abzuwarten.

Als die Entscheidung in der Personengruppe für das Abwarten gefallen schien, bemerkten es sofort die umherstehenden Zuschauer. Direkt wechselte die zwischenzeitlich abwartende

Stille zu einem auswertenden Stimmengewirr.

Weil die seit einiger Zeit von der nahen Wasserfläche der Lagune kommenden stoßartigen Windböen noch nicht nachließen, verließ Robin seinen Beobachtungsstand.
Ohne die weitere Fortführung abzuwarten, ging er zur Terrasse zurück. Dabei nahm er den Hund mit. Denn Robin befürchtete, dass der Dalmatinerrüde am Gartentor alleine nicht still halten würde.

Robin teilte Sarah sofort seine Beobachtungen mit.
„Ja, ich merkte auch hier die heftigen Windböen", sagte Sarah. „Übrigens hat der stoßartige Wind deine Zeitschrift hinweggefegt. Da musste ich hinterherrennen und sie wieder einsammeln."
Dann wies sie mit der Hand nach Westen. „Schau doch mal, dort ziehen mächtige Wolken. Vielleicht gehören sie zu einem Schauer."
„Ja, so wird es wohl sein", bestätigte Robin. „Aber der Schauer zieht in Richtung Hobart - den kriegen wir nicht."
„Dann werden die Windböen auch schnell wieder abflauen."
„Ja, so wird es eintreten!", bestätigte Robin erneut.

Darauf legte er sich wieder genüsslich auf seinen gepolsterten hölzernen Liegestuhl. Und nachdem sich Bellow auch wieder nah zu ihm platziert hatte, nahm Robin erneut die Zeitschrift in seine Hand. Gierig las er in seiner erwählten wissenschaftlichen Lektüre weiter.
Nach etwa 15 Minuten gab Sarah ihre Liegeposition auf. Um aus

der Küche etwas zum Trinken für beide zu holen, rekelte sie sich
hoch. Es sollte Zitronenwasser mit Eiswürfel sein. Als sie nach
ein paar Minuten mit zwei Gläsern des hergerichteten Getränkes
zurückkam, bemerkte sie, dass fast wieder Windstille herrschte.

Das teilte sie Robin mit, der ihr zwar zuhörte, aber seine Augen
nicht vom Artikel ließ.
„Man hört doch gar nichts mehr vom Golfgelände her. Ist das
nicht sehr komisch, Robin? Vielleicht sind die Zuschauer
abgezogen?"

Als Sarah ihm das eisgekühlte Glas Zitronenwasser reichte, legte
Robin die Zeitschrift auf dem hölzernen Terrassenboden ab.
Dankbar nahm er das kalte Glas.
„Vielleicht konzentriert sich der Golfspieler gerade jetzt auf den
Schlag. Die Windböen sind ja fast verschwunden. Und die
Zuschauer verhalten sich in Erwartung des Schlages ganz still."

Kaum hatte Robin die letzten Worte ausgesprochen, erreichte sie
auch raunendes Stimmengewirr vom Golfgelände her.

Der Dalmadinerrüde spitzte sofort die Ohren. Dann sprang er
blitzartig auf und rannte den umlaufenden Plattenweg am Haus
entlang. in Richtung des schmiedeeisernen Gartentores.

Die plötzliche Reaktion des Hundes erschreckte Robin und Sarah
sehr. So sprang auch Robin sofort aus seiner Liegeposition hoch.
Und die beunruhigte, noch liegende Sarah sah ihn mit fragenden
Augen an.

Warum rannte Bellow so plötzlich los?

Gerade wollte Robin nachschauen und den Hund folgen, als dieser schon wieder zurückkehrte. Doch was trug er in seiner Schnauze?
Es war ein Hartgummiball, den er vor Robin fallen ließ. Da lachte Robin erleichtert, streichelte den Hund lobend.
„Sieh an, nun ist es doch einmal geschehen“, sprach er zu Sarah. „Heute ist ein Golfball in unserem Grundstück gelandet!“

Sarah lächelte und meinte, das nun bald die Glocke am Gartentor läuten würde. In Erwartung dieser Störung streifte sie sich ihren weißen Bademantel über.
Kurz darauf läutete auch schon die Glocke am schmiedeeisernen Gartentor.

Robin schritt los. Sarah blieb zurück. Damit wollte sie sich nicht beschäftigen.

Als Robin am Gartentor ankam, standen der Platzwart John Edwin und zwei weitere Personen auf der Golfplatzseite am Tor. Neben dem Platzwart verweilten ein großgewachsener junger und ein weiterer Golfspieler. Bei der größeren Person deuteten seine typisch, weiße Sportbekleidung auf den betreffenden Golfspieler hin. Auch trug er eine hellblaue Baskenmütze mit Schirm. Auf dem vorderen Teil und auch an den seitlichen Flächen der Kopfbedeckung standen Werbehinweise von Sponsoren. Eine Sonnenbrille mit dunklen Gläsern bedeckte seine Augen. Auch hatte er sich weiße Handschuhe übergestreift, wobei er in seiner rechten Hand den Schlagstock hielt. Neben ihm stand noch ein ähnlich bekleideter Golfspieler, welcher eine Schreibmappe in den Händen hielt.

„Hallo, Dr. Robin Brown", rief der Platzwart John Edwin dem heraneilenden Robin entgegen. "Entschuldigen sie die Störung. Wahrscheinlich ist diesmal doch ein Golfball in ihrem Grundstück gelandet. Denn außerhalb finden wir ihn nicht. Der Golfspieler hat sich wohl um ein paar Meter verschätzt."
„Es betrifft sicherlich den neben ihnen stehenden jungen Mann", antwortete Robin. Neugierig begann er ihn zu mustern.
„Ja, es betrifft mich", antwortete sofort der junge Golfspieler. „Die vorangegangenen Windböen haben mich vollkommen aus dem Rhythmus gebracht. Und das gerade beim 7. Loch ... Aber vielleicht kann ich das bisherige Ergebnis noch retten, wenn der Golfball nicht verloren ist. Nach meiner optischen Beobachtung müsste der Ball genau am Gartentor ausgerollt sein, also hier liegen. Übrigens ist mein Name David Pincal."
„Na, meinen Namen haben sie sicherlich schon gehört. Ich heiße Robin Brown."

Die beiden Männer reichten sich am Gartentor in einer großzügig vorhanden Gitterlücke, die Hände. Auch John Edwin reichte ihm seine Hand. Gleichzeitig stellte der Platzwart die dritte neben ihm stehende Person vor.
„Das ist Ranke Cryon - der verantwortliche Listenschreiber."
Auch er begrüßte Robin mit einem Händedruck.

„Wie soll es nun weitergehen, Mr. Cryon?", fragte Robin ihn.

„Nun zuerst müssen wir den Golfball erst einmal finden. Dann feststellen, ob er außerhalb der zugelassenen Bodenfläche gelandet ist. Ist der Golfball außerhalb gelandet, muss ich den Ball als verloren bewerten. Liegt er aber genau in der Grenzlinie, werde ich ihn als weiter bespielbar bewerten. Ist es so, dann muss der Spieler versuchen – wenn er den Golfball nicht aufgeben möchte – vom genauen Standort des verworfenen Balles aus weiterzuspielen. Also der Spieler muss von dort aus versuchen, den Golfball wieder in das normale Spielfeld zurückzuschlagen, um noch einlochen zu können ... So gibt es eben das einzuhaltende Turnier-Reglement vor.“

Robin versuchte es zu begreifen. „Dann muss der Golfball ja von hier aus um die 40 Meter fliegen“, meinte er. „Da ein paar Büsche dazwischen stehen, wird es wohl ein sehr schwieriger Schlag werden!“
„Ja, kein einfacher Schlag“, bestätigte der junge Golfspieler.
„Ach David. Pincal übertreibt wieder einmal“, korrigierte der Listenschreiber Ranke Cryon. „Bei seinen ausgezeichneten spielerischen Fähigkeiten schafft er es mit links.“
„Aber das hängt davon ab, wo er gelandet ist“, erwiderte David Pincal. „Wo ist denn nun der Ball gelandet?“
„Den Hartgummiball habe ich hier in meiner linken Hand“, lächelte Robin. Er öffnete seine linke Hand, zeigte den weißen Ball. Dann reichte er ihn durch das Gartentor dem Listenschreiber. Dieser schaute kurz darauf und bewertete, dass dieser Ball tatsächlich der gesuchte Spielball sei. Der Stempelabdruck wäre darauf gut sichtbar.

„Aber wo ist denn der Golfball genau gelandet“, wollte nun Ranke Cryon von Robin wissen.

„Den genauen Standort der Landung kenne ich nicht. Der Hund hat mir den Golfball in seiner Schnauze auf die Rückseite des Hauses gebracht.“

Der Listenschreiber kratzte sich am Hinterkopf. „Dann kann der Golfball vor oder hinter dem Gartentor nach der Landung gelegen haben. Der Hund kann ja durchaus seinem Kopf durch das Eisengitter bewegen und ihn mit seinen Zähnen ergriffen haben.“

Ranke Cryon trat nun ganz nah an das noch geschlossene, kunstvoll gebogene schmiedeeiserne Gartentor. Hier wollte er sich ein genaueres Bild machen.

Der Hund schwänzelte gerade unruhig um sein Herrchen herum. Dabei beobachtete er weniger den Listenschreiber und den Platzwart, sondern eher den jungen Golfspieler. Sofort trat dieser einen Schritt zurück.

Als John Edwin dies bemerkte, sagte er zu David Pincal, dass er vor dem Hund keine Angst haben müsse. Dabei streckte er seine Hand durch das Eisengitter und streichelte den Dalmatinerrüden. Bellow genoss es. Freudig drückte er sich an das Gitter, wedelte mit seinem Schwanz.

„Sehen sie David, es ist ein gutmütiger Hund. Angst brauchen sie nicht zu haben.“

„Okay, ich habe es registriert. Aber sie sollen auch wissen, dass ich als Kind einmal von einem Hund ganz böse gebissen wurde.

Das konnte ich bis heute nicht verdrängen."
„Ach, damit müssen sie doch einmal fertig werden", antwortete
der Platzwart schmunzelnd. „Streicheln sie doch einmal den
Hund. Das wäre der erste Schritt zur Therapie."

Doch der junge Golfspieler ließ sich nicht überzeugen. Den
gebürtigen Abstand zum Gartentor hielt er bei.

Der verantwortliche Listenschreiber fragte noch einmal Robin,
ob er bestätigen kann, dass der Hund tatsächlich vom Gartentor
kam. Robin bestätigte es.
„Okay", sprach schließlich Ranke Cryon. „Dann werte ich den
Ball als nicht verloren und werde ihn wieder zum Weiterspielen
freigeben. Die Abspielstelle muss ich aber genau auf der
Grundstücklinie im Bereich des Gartentores festlegen. Das
bedeutet, dass von dieser Stelle der Schlag erfolgen muss."

Gleichzeitig bat er Robin darum, dass der Golfspieler zur
Ausführung seines Schlages deshalb das Grundstück betreten
darf.
Damit war Robin einverstanden. Sogleich öffnete er von innen
das Gartentor.
Dabei gewahrte er auch gleichzeitig das Herbeiströmen einiger
Dutzend Zuschauer. Diese kamen in Erwartung des kommenden
Schlages neugierig zur Türöffnung.

Als das Gartentor vollkommen offen stand, legte der
Listenschreiber den Hartgummiball genau auf die
Grundstückslinie in der Tormitte ab.

Bevor nun der junge Golfspieler durch das Gartentor schritt, bat er Robin darum, dass der Platzwart gleichzeitig neben ihm stehen könne. Das würde den Hund sicherlich beruhigen, weil dieser dann ihn nicht als alleinigen Eindringling einstufen würde.
„Ich bitte darum", sagte David Pincal. „Der Hund würde mich bestimmt bei der Ausführung des Schlages irritieren. Meine Konzentration wäre weg."
„Selbstverständlich", antwortete Robin.

Fürsorglich trat er deshalb mit Bellow vom Tor ein paar Meter zurück.
Genau als der junge Golfspieler hinter dem Golfball stehend, den Schlag probierte ohne ihn zu schlagen, sprang der Hund zielgerichtet zu seinem ehemaligen Beutestück. Dort nahm er es blitzschnell in seine Schnauze und rannte in Richtung Terrasse los.
Sofort pfiff Robin ihn zurück, was der Hund auch befolgte. In seiner Schnauze noch fest den Hartgummiball tragend, kam er zu seinem Herrchen zurück.
„Aus", befahl Robin streng. Sofort legte der Dalmatinerrüde den Golfball aus seiner Schnauze vor ihm ab. Robin streichelte ihn kurz und nahm dabei den Golfball wieder in sein Gewahrsam.

"Entschuldigen Sie", sagte er zu den umherstehenden drei verdutzten Personen. „Der Hund betrachtet den Ball eben als sein Beutestück."

Robin schritt zum offenen Gartentor, wo der Listenschreiber auf der Golfplatzseite neben dem Tor stand. Dort gab er ihm gleich wieder den Hartgummiball.

Ranke Cryon lächelte. „Nicht so schlimm", bemerkte er. Sogleich legte er erneut den Golfball an der alten Stelle ab.

Als Robin während dieser Aktion bemerkte, dass der Hund wohl wieder den Hartgummiball sich schnappen würde, schickte er ihn weg.
„Marsch - geh zu Frauchen", forderte er Bellow auf.

Seinem erneuten Befehl unterstützte er noch mit einer hinweisenden Handbewegung. Das zeigte bei dem Hund sofort Wirkung. Winselnd und mit eingezogenem Schwanz lief er auf dem Plattenweg zur Terrasse hin.

Nun trat erneut der junge Golfspieler an den liegenden Hartgummiball. Mehrere Male deutete er den Schlag an. Dann hielt er kurz inne und schlug blitzschnell zu.

Der Golfball flog hoch in die Luft. Es war kein weiter Bogen, eher ein hoher spitzer.
Der Hartgummiball landete auch hinter den dazwischenstehenden Büschen, wohl in der Nähe des anvisierten Loches. Denn sofort ertönte von dort tosender Beifall von den Zuschauern, welche sich am Landeort versammelt hatten. Dieser Beifall deutete auf einen sensationell gelungenen, meisterlichen Schlag hin.

„Da muss der Ball knapp neben dem Loch gelandet sein",

bemerkte der Listenschreiber. „Oder er ist sogar noch beim Ausrollen reingegangen."

Die nun folgenden tosenden Beifallsstürme der Zuschauer schienen eher das Letztere zu bestätigen. Auch Robin gratulierte dem jungen Golfspieler zum Superschlag. Darauf antwortete der junge Golfspieler, dass das ihm das bisher bei bisherigen Turnieren nur selten gelungen wäre.
„Ja, ich kann es bestätigen", sagte der Listenschreiber. „Im Training ist David fast immer der ungekrönte Sieger. Da schlägt er sehr oft viele Asse. Leider hat er bisher seine tolle Begabung bei großen Turnieren viel zu wenig gezeigt. Aber heute sieht es ganz gut aus."

Der Platzwart zupfte am Ärmel des jungen Golfspielers. Damit wollte er ihm signalisieren, dass sie nun wieder das Grundstück gemeinsam verlassen sollten.
Gerade als die beiden Personen durch das offene Gartentor gehen wollten, kam der Dalmatinerrüde um die Hausecke gelaufen. Robin wollte ihm schon wieder zurückweisen, doch Sarah folgte ihm kurz dahinter. Den weißen Bademantel hatte sie fest um ihren Körper geschnürt.

„Ich hab das laute Jubeln der Zuschauer gehört", sagte sie freundlich. „Da bin ich natürlich neugierig geworden."

Der Platzwart, der als Letzter von den beiden verlassenden Personen durch das Gartentor schritt, blieb stehen und drehte sich um.

„Hallo, hübsche Nachbarin, ich grüße sie. Und Entschuldigung für die nachmittägliche Störung. Es wird heute die letzte Belästigung gewesen sein. Es kommt kein Golfspieler mehr.“
„Ach, das war doch keine Belästigung“, meinte lächelnd Sarah.
„Die Hauptsache ist doch, dass der verunglückte Schlag für den Spieler keine niederschmetternde Wertung gebracht hat. Das scheint nach den vielen Jubeltönen der Zuschauer sicherlich nicht der Fall zu sein!“

John Edwin bestätigte, dass der Schlag tatsächlich ein sensationeller Schlag vom Golfspieler war. Und er stellte David Pincal vor.
Da zuckte Sarah merklich zusammen, als sie den Namen hörte. Sollte der ihr noch nicht zugewandte junge Golfspieler etwa David, ihre frühere Studentenliebe sein?
Der schlanke Körper des noch jungen Golfspielers, auch seine Größe entsprachen schon der früheren Statur von David. Und während Sarah sich an Vergangenes erinnerte, drehte sich der abgewandte Golfspieler um.
Tatsächlich, welch ein Zufall – die Person entpuppte sich als ihre frühere Studentenliebe.

„David, du bist es“, entwich es ihr stockend.
„Sarah! Ja, ich bin es“, sagte auch er sichtlich erregt. „Welch ein Zufall! Wohnst du etwa hier?“
Sarah rang nach Worten. „Ja, seit etwa drei Jahren.“
„Sieben Jahre haben wir uns nicht mehr gesehen!“
„Ja, sieben Jahre.“

Jetzt erst bemerkte sie das verdutzte Gesicht von Robin - auch das von John Edwin. Sofort sammelte sie sich wieder. Und sie erläuterte den beiderseitigen Bezug.
„David ist ein ehemaliger Studienkollege aus Launceston.“
„Aha!“, sagte Robin. Und er fragte Sarah, warum er ihn nicht von früher kenne.

Weil Sarah etwas zögerte, sprang sofort David Pascal zur Beantwortung ein.
„Na, weil ich mehrere Semester voraus war“, sprach er sofort. „Außerdem wechselte ich nach meinem Abschluss sofort beruflich nach Sydney - also auf das Festland. Dort nahm ich ein gutes Jobangebot an. Und Sarah musste damals wohl noch zwei Jahre studieren.“
„Ach so, darum kennen wir uns nicht persönlich“, antwortete Robin. „Das leuchtet mir ein.“
Mit einem kurzen Blick streifte er Sarah, die kurz nickte. Da fragte Robin den jungen Golfspieler, ob er die damalige Umsiedlung von der Insel auf das Festland bereut hätte?
„Niemals. Mittlerweile bin ich sehr erfolgreich geworden.“
„Aber in der Kunstszene taucht nach meinem Kenntnisstand der Name David Pincal nicht auf“, stutzte Robin. Dabei runzelte er sich an der Stirn.
„Das ist auch richtig, Dr. Brown“, antwortete der junge Golfspieler. „Ich hab auch nicht Kunstwissenschaft studiert wie Sarah, sondern Wirtschaftswissenschaft. Natürlich mit allen kaufmännischen Randbereichen.“

Nun erinnerte der verantwortliche Listenschreiber daran, dass der

Golfball zügig weitergespielt werden muss. Es würden noch
einige weitere Schläge anstehn. Zudem würden die wartenden
Zuschauer schon unruhig werden. Und zu Dr. Brown gewandt
bemerkte er noch:
„Mit David Pincal können sie doch das Gespräch später
fortführen. Aber zuerst muss er jetzt erst einmal das Spiel
fortsetzen und die restlichen Löcher abarbeiten. Weil er der letzte
Spieler ist, muss er den heutigen Spieltag des Turniers offiziell
beenden."
„Ja – natürlich", ächzte Robin. „Entschuldigen sie, daran dachte
ich im Moment schon gar nicht mehr."

Und zu Sarah sagte er noch, dass das zufällige Treffen nach so
vielen Jahren schon einen weiteren Austausch verdient hätte. Das
wäre doch vollkommen normal.
So war auch Sarah damit einverstanden. Gerne würde sie selbst,
auch Robin, mehr von seinem beruflichen Werdegang auf dem
Festland erfahren wollen. Vielleicht heute noch oder auch
morgen. Und falls er noch länger in Hobart wäre, könnte es auch
ein anderer Tag in der kommenden Woche sein.

David Pincal war damit einverstanden, freute sich darüber. Dann
überlegte er kurz und antwortete:
„Leider geht es bei mir heute und auch morgen nicht. Da liegen
Termine wegen des heutigen Golfturniers, auch geschäftliche
Verabredungen vor. Aber da ich erst am kommenden Mittwoch
aus Hobart abreise, würde es bei mir am kommenden Dienstag,
also übermorgen, klappen. Der Dienstag ist bei mir von
Terminen frei. Da kann ich mich nach jeder Uhrzeit richten."

Robin und Sarah verständigten sich kurz. Schließlich einigten sie sich auf den Dienstagnachmittag. Weil Robin an diesem Tag in der Universität in Hobart war und David Pincal dort in der Stadt eine Hotelbuchung hatte, sollte das Treffen in Hobart stattfinden. Und für Sarah war der Dienstag auch kein Problem. Den ganzen Tag konnte sie zeitlich absichern.

Robin gab hierzu noch zu bedenken, dass sich in seinem vorliegenden Plan zu den Vorlesungen und Seminaren für Dienstag doch noch zeitliche Verschiebungen ergeben könnten. Deshalb wäre erst am Montag eine genaue Verständigung über die genaue Uhrzeit und natürlich den Ort möglich.
„Kein Problem", erwiderte der junge Golfspieler. „Berufliche Verpflichtungen gehen prinzipiell über alles andere. Das ist mir auch heilig. Deshalb werde ich mich danach richten."

Und er reichte Robin eine Visitenkarte von seinem gebuchten Hotel. „Bitte dort eine Nachricht hinterlassen, sobald für Dienstag alles terminlich klar ist."
„Okay. Das wird Sarah tun", antwortete Robin. "Am morgigen Montagnachmittag wird sie zurückrufen."
„Ja, dann erwarte ich deine morgige Mitteilung Sarah", bemerkte hierzu David Pincal. Dabei sah er Sarah erwartungsvoll zu. Diese nickte leicht mit dem Kopf.
„Unser heutiges überraschende Treffen nach so vielen Jahren ist doch ein gutes Omen für mich", raunte stolz David Pincal. „Das ist der hinweisende Fingerzeig, dass ich deshalb das heutige Turnier gewinnen werde."
„Ja, die Chancen stehen dazu heute ganz gut", bestätigte der

verantwortliche Listenschreiber. „Aber dafür muss noch etwas getan werden.“

„Ja, jetzt muss ich wohl weiterspielen“, fügte David Pincal schnell hinzu. "Das Turnier muss ich noch erfolgreich zu Ende bringen.“

Schnell verabschiedeten sich die drei Personen am offenen Gartentor von Robin und Sarah. Dabei entschuldigte der Platzwart sich noch einmal für die aufgetretene nachmittägliche Störung.

„Ist schon Okay“, antwortete Robin. „Sonst ist es doch ruhig hier.“

Robin schloss hinter sich das Gartentor. Bevor er Sarah folgte, warf er noch einmal einen kurzen Blick auf das Golfgelände. Die drei Personen entfernten sich und die wartenden Zuschauer begannen zu klatschen.

Da wandte er sich ab und schritt Sarah hinterher.

27

Sarah war mit dem Hund schon ein paar Schritte vorausgegangen, wartete auf Robin aber an der Hausseite.

„Das Treffen hat mich jetzt ganz schön durcheinandergebracht", sagte sie erregt. „Es sind tatsächlich seitdem sieben Jahre vergangen."
„Ja, ich habe es mitbekommen", antwortete Robin.
Dann dachte er nach und rechnete. „Da warst du damals 20 Jahre alt und im zweiten Studienjahr."
„Ja, so war es", sprach Sarah. „Und wir beide wurden erst ein Paar, als ich das vierte Studienjahr begonnen hatte."
„Dann wohntest du bei mir in Richmond - zwei Jahre später heirateten wir."
„Und ich habe es bis heute nicht bereut", raunte zärtlich Sarah. Einen Schritt ging sie auf Robin zu, küsste ihn innig.
„Du weißt, dass ich dich sehr liebe", hauchte sie.
„Und ich liebe dich auch", bestätigte Robin. „Deshalb verstehen wir uns doch auch so gut."

Gegenseitig ganz fest umarmt, langten sie wieder auf der Terrasse an. Der Hund schritt neben ihnen. Als es sich Robin gerade wieder auf seiner Liege bequem machte, blieb Sarah daneben stehen.
„Weißt du, ich werde jetzt eine Flasche Wein holen", meinte sie.
„Auf diesen plötzlichen Zeitraffer muss ich etwas trinken."

Sarah verschwand im Haus. In der Zwischenzeit vernahm Robin vom Golfgelände her tosenden Beifall von den Zuschauern. Und als Sarah mit der Weinflasche und zwei Gläsern zurückkam, erzählte er es ihr.
„Da kann man ja bei dem Beifall annehmen, dass dein ehemaliger
Studienkollege das heutige Turnier als Sieger verlassen wird."

Sarah reichte Robin die Weinflasche zum Öffnen. „Das würde ich ihm zutrauen. Schon früher hatte er einen sehr ehrgeizigen Charakter. Und manchmal war es sogar super ehrgeizig."

Robin öffnete die Weinflasche, schenkte beide Gläser voll.
„Wie soll ich das verstehen?", sprach er. „Ehrgeiz muss doch sein?"

Und Sarah erzählte ihre Lebensgeschichte mit David aus der damaligen Zeit. Alles erzählte sie – als sie jung mit 18 Jahren nach Launceston kam, um dort Kunstwissenschaft zu studieren. Wie sie David im ersten Studienjahr kennenlernte - zu ihm zog. Und schließlich sprach sie auch über die letzten Monate mit David, über die erfolgte Trennung von ihm. Es wären unüberbrückbare menschliche Gegensätze gewesen. Aber ihre damalige Fehlgeburt erwähnte sie nicht.

„Mhm - du warst eben bei Studienbeginn noch recht unerfahren", versuchte Robin alles zu bewerten.
Dann überlegte er kurz und fragte: „War es deine erste Jugendliebe?"

„Ja, war es", gab Sarah ehrlich zu. „Als ich nach Launceston kam, war ich gerade 18 Jahre alt geworden. Dazu war ich einsam und sehr allein. Da war ich natürlich froh, als ein gutaussehender Student um mich warb. Schnell wurden wir dann ein Paar. Und das andere kennst du ja."

Sarah verließ ihre liegende Position in der Liege, setzte sich aufrecht. Dann umfasste sie Robins rechte Hand mit ihren rechten Fingern.
„Entschuldige Robin, bitte, dass ich dir nicht schon früher darüber erzählt habe. Sicherlich hätte ich es schon tun müssen. So wärst du heute nicht so überrascht gewesen."

Doch Robin nahm es ihr nicht böse. „Weißt du, das Gelingen in einer Ehe hat eben sein Geheimnis und alles Misslingen wohl auch seine Gründe. So hatte auch ich vor unserer Zeit eine Enttäuschung mit einer Frau zu verkraften. Da ging die Liebe auch schief – wir trennten uns. Das ist lange her, da war ich noch auf dem Festland, also bevor ich nach Tasmanien kam. Irgendwann werde ich dir darüber erzählen. Heute aber nicht."

Robin verhakte nun fest seine rechten Fingern mit Sarah rechten Fingern - drückte sie.
„Übrigens fällt mir darüber ein Zitat von deinem deutschen Schriftsteller ein. Das heißt: *„Die Angelegenheiten unseres Lebens haben einen geheimnisvollen Gang, der sich nicht berechnen lässt."*
„Du meinst sicherlich Johann Wolfgang von Goethe."

Robin nickte - lächelte Sarah zu. „Deshalb brauchst du dich dafür nicht zu entschuldigen, weil du mir von diesem David bisher noch nicht erzählt hattest. Wohl lagen bei dir Gründe vor. Okay, auch ich habe dir ja von meiner früheren Enttäuschung noch nichts erzählt. Aber das werde ich irgendwann noch tun.“

Robin lehnte seinen Kopf auf der Liege zurück. „Weißt du, die Hauptsache ist doch, dass bei uns beiden unser jetziges Leben im Mittelpunkt steht und natürlich weiterhin bleibt. Eben nur das zählt. Nur das ist das Wichtigste.“
„Ach du bist so herzensgut, so intelligent“, sagte Sarah gerührt.

Glücklich und zufrieden lehnte sie sich wieder auf der Liege zurück.
Überzeugend bemerkte sie: „Deshalb möchte ich schon, dass du unbedingt beim vereinbarten Treffen mit David am Dienstag mit dabei bist. Meine alte Geschichte mit ihm kennst du jetzt. Diese vergangene Zeit kann ich nicht mehr ausradieren. So ist sie eben gewesen. Gleichfalls sollst du wissen, dass mich nur am Treffen interessiert, was aus ihm geworden ist. Das solltest du mit mir gemeinsam erfahren.“
„Wenn du unbedingt möchtest, dass ich mit dabei sein sollte, werde ich es natürlich absichern. Ansonsten hättest du es auch alleine wahrnehmen können.“
„Nein, du sollst mit dabei sein“, beharrte Sarah.
„Okay, dann lass uns das einmal planen. Am Dienstag habe ich Vorlesung ab 14.00 Uhr. Diese dauert zweimal 45 Minuten. Gegen 15.30 Uhr wäre ich damit fertig. Mit Bearbeitung von Restkram könnte ich gegen 16.30 Uhr frei sein.“

„Das hört sich gut an“, bemerkte Sarah.

„Aber manchmal gibt es auch Änderungen in der Tagesplanung zu den Seminaren“, bremste Robin die Erwartungen. „Die finden dann am Dienstag von 17.00 bis 18.00 Uhr statt. Dafür setze ich zwar oft die Assistenten ein, aber manchmal muss ich sie auch selbst durchführen. Wenn dies also am Dienstagnachmittag notwendig sein sollte, dann wird es wohl bei mir erst gegen 18.30 Uhr etwas werden.“

„Mhm, ja das kann passieren“, begriff Sarah.

„Deshalb sollten wir in der Nähe des Unigeländes eine Gaststätte auswählen“, überlegte Robin. „Da wäre der Weg für mich nicht so lang. Alles wäre dadurch planbarer – egal wann ich von der Uni loskomme.“

„Ja, so machen wir es“, stimmte Sarah zu. „Da kann ich auch das Auto bei dir auf dem Unigelände abstellen.“

„Na klar, du kennst ja die Stelle, wo es meistens geht.“

Sarah nickte. „Dort in der Nähe ist auch ein gemütliches Restaurant. Es liegt genau an der Sandy Bay. Keine 400 Meter vom Unigelände weg. Die Strecke können wir erlaufen. Da werde ich einen Tisch ab 17.00 Uhr bestellen. Und falls es bei dir doch später werden sollte, werde ich den Tisch für den ganzen Abend reservieren.“

„Du meinst wohl das Restaurant Wrest Point!“

„Ja, dort werde ich es zuerst versuchen. Aber dahinter, ganz nahe am Wasser soll auch noch ein weiteres Restaurant sein.“

„Okay, mach es so, wie du denkst. Und am morgigen Tag teile ich dir noch meine Planung für Dienstag mit. Danach musst du dem David noch die genaue Uhrzeit zum Treffen mitteilen.“

„Die Visitenkarte seines Hotels habe ich aber nicht, die musst du noch haben. Die hatte er dir gereicht", erinnerte Sarah.
„Ja, so war es.", sagte Robin.

Sofort kramte er in seiner Hosentasche. Als er die Visitenkarte fand, reichte er sie ihr.
Sarah schaute erstaunt darauf. „Es ist ein sehr teures Hotel, was er gebucht hat."
„Wie heißt es?"
„,.Es ist das Hotel Islington!"
„Ja, ich kenne es", bestätigte Robin die Wertung von Sarah. "Es ist tatsächlich ein sehr teures Hotel. Es ist ein Luxushotel mit fünf Sternen."
„Ach mein Gott", entwich es Sarah.
„Beeindruckend beim Hotel ist seine rustikale Eleganz", bewertete Robin das Aussehen.
„Und wo steht es?", fragte Sarah.
„Es steht genau am Fuße des Mount Wellington", raunte Robin. „Deshalb bietet das Hotel auch eine herrliche Aussicht auf den Berg."
„Und woher kennst du es?"
„Na dort habe ich schon internationale Kollegen abgeholt. Diese hatten das Hotel gebucht. Und einmal haben wir dort sogar an einem Abend gemeinsam gegessen."
„Wow", entfuhr es Sarah.
„Übrigens liegt es auch ganz in der Nähe vom Unigelände."
„Na, dann scheint ja die Wegstrecke von dort aus auch keine Rolle zu spielen."

Damit hatten sich die beiden liegenden Sonnenanbeter für den nächsten Tag verständigt. Und sie erwähnten nur noch einmal den Namen David, als ferner, lang anhaltender, tosender Beifall, vom Golfgelände herkommend, sie erreichte.

„Das war sicherlich der letzte erfolgreiche Golfball gewesen", raunte Robin. "Die Einlochung wird wohl sein Ritterschlag zum heutigen Sieg gewesen sein. Da muss er das heutige Turnier tatsächlich gewonnen haben."
„Ja, zutrauen würde ich es ihm", bestätigte es auch Sarah.

Danach sprachen sie nur noch über andere Dinge und genossen den Ausklang des herrlichen spätsommerlichen Tages.

Gegen 17.30 Uhr ging Robin mit dem Hund eine größere Runde und Sarah bereitete in dieser Zeit das Abendessen vor. Das nahmen sie auch später gemeinsam auf der Terrasse ein. Doch anschließend blieben sie an diesem Abend nicht länger auf der Terrasse. Da gingen sie ins Wohnzimmer und sahen fern.

Sarah ging diesmal zeitig ins Bett. Ihre Gedanken kreisten um das heutige überraschende Erlebnis, begaben sich traurig auf eine Zeitreise. Davon konnte sie nichts verdrängen.

Robin wusste das und er fand es auch normal. Deshalb sah er auch diesmal länger Fernsehen an. Später ging er mit dem Hund noch eine kurze Runde um das Haus.

Und als er spätabends sich neben Sarah legte, schlief sie schon.

28

Sarah telefonierte am folgenden Vormittag mit Robin, der in der Uni Hobart war. Doch er konnte ihr für Dienstag noch nichts Genaues in seiner Dienstplanung mitteilen. Es wäre noch einiges in der Schwebe. Doch davon unberührt, solle sie doch so verfahren, wie sie es gestern abgesprochen hatten.

Sarah bestellte daraufhin einen kleinen Tisch in dem Restaurant nahe des Universitätsgeländes, was sie Robin gestern vorgeschlagen hatte.
Die Gaststätte lag fast an der Wasserfläche der dortigen Sandigen Bucht. Und die Entfernung vom Uni-Gelände bis dahin betrug nur 400 Meter.
Die Tischbestellung für den Abend gab sie mit 17.00 Uhr an. Zur Vorsicht verwies sie auf ein mögliches späteres Kommen.

Dem Service vom Hotel Islington teilte sie als Nachricht für Mr. David Pincal mit, dass sie gegen 16.00 Uhr eintreffen werde. Und David wollte sie anschließend in ihrem schwarzen Jeep mitnehmen und mit ihm direkt zum Uni-Gelände fahren. Das Auto wollte sie in der Nähe der philosophischen Fakultät parken. Die Parkstelle kannte sie. Dort würde auch Robin da zustoßen. Und dann war geplant, dass sie von dort aus gemeinsam zum nahen Restaurant laufen würden.

So sah der mit Robin am Sonntag ausgedachte Plan für Dienstagnachmittag aus.

Als Robin am Montagabend vom Uni-Gelände kam, war er frohgelaunt. Sogleich teilte er Sarah mit, dass er am morgigen Tag eine Stunde zeitiger von seinem Unibetrieb loskommen könnte. Seine zwei Assistenten würden am Nachmittag die fälligen zwei Seminarstunden absichern. Auch wäre kein zusätzlicher Vortrag nach seiner ersten Lesung, die er von 13.00 Uhr bis 14.30 Uhr halten würde, vorgesehen. Somit hätte er ab 15.00 Uhr die Möglichkeit, sich freizumachen.

„Ich werde es auch wirklich absichern", meinte Robin. „Dann könnten wir vielleicht in Hobart noch ein Museum besuchen. Da gibt es ja mehrere. Oder wir laufen bis zum Abendessen woandershin. Die Temperaturen sind doch noch immer sommerlich warm. Vielleicht zum nahen Yachthafen. Dort ist es kühl."

„Das können wir am morgigen Tag noch entscheiden", überlegte Sarah. „Die Hauptsache ist doch, dass du auch wirklich ab 15.00 Uhr frei bist. Übrigens wäre es sensationell!"

„Das werde ich schon so hinkriegen", blieb Robin dabei. „Du solltest deshalb den David etwas zeitiger abholen."

„Dann werde ich ihn schon 15.00 Uhr abholen - eher aber nicht. Ab 15.30 Uhr wirst du wohl dann sicher frei sein!"

„Okay, so machen wir es", antwortete Robin. „Und Bellow lässt du bitte in der Wohnung, nicht im Atelier. In der Wohnung fühlt er sich wohler!"

„Das mache ich. Und vorher gehe ich mit ihm auch noch eine große Runde, damit er durchhält."

Damit hatten sie den Ablauf des Nachmittags für den morgigen

Tag noch einmal konkretisiert. Doch Robin musste ihr heilig versprechen, dass er ihr sofort telefonisch Bescheid sagen solle, falls bei ihm doch kurzzeitige Änderungen eintreten sollten.

Danach sprachen sie auf der Terrasse nicht mehr darüber. Den erneuten spätsommerlichen Abend wollten sie wieder voll auskosten.

29

Sarah telefonierte am folgenden Vormittag mit der Gaststätte, welche in der Nähe des Uni-Geländes lag. Die Bestellung klappte. Das wollte sie auch gleich Robin in der Uni mitteilen. Doch in seiner Sektion war er dort nicht zu erreichen. Deshalb gab Sarah der dortigen Sekretärin die Information, dass ihr Ehemann sofort zurückrufen solle. Das beruhigte Sarah. Denn sie wusste, dass es dann Robin auch sofort tun würde.

Danach ging sie mit Bellow eine kurze Runde, ehe sie ihr Atelier aufsuchte. Dort vertiefte sie sich in ihre künstlerischen Tätigkeiten.
Doch immer wieder ging ihr dabei im Kopf herum, ob das Treffen heute mit David überhaupt angebracht ist.

Vielleicht wäre es doch besser gewesen, es nicht zu wollen. Denn wenn sie ehrlich zu sich selbst war, hatte sie ihm nie verziehen. Auch wenn sie damals bei ihrem letzten Abendessen vor sieben Jahren die von David angebotene Freundschaft nicht verwehrt hatte. So musste sie immer wieder an ihre Studienzeit zurückdenken. An das erste Studienjahr, als sie David kennenlernte, als sie ein Paar wurden. Natürlich war da die Welt noch in Ordnung. Doch als sie im zweiten Studienjahr schwanger wurde, hatte sich auch David verändert. Als sie ihm damals sagte, dass sie ein Kind von ihm erwarte, hatte er sie brutal im Stich gelassen. Aus seinem geplanten Leben hatte er sie gestrichen – einfach so. Da blutete ihr Herz mächtig. Deshalb hatte sie kurz danach auch das Kind verloren.

Damals ging David ohne Erbarmen seinen egoistischen Zielstellungen nach. Als erstes wollte er unbedingt einen sehr guten Studienabschluss erreichen. Dabei sollte ihm nichts ablenken. Gar nichts.

Sein Ziel, einmal frühzeitig Millionär zu werden, wollte er auf keinen Fall aufgeben. Nichts sollte ihm im Weg stehen.

Seitdem waren sieben Jahre vergangen!

Auch wenn sie sich heute wieder begegnen, so ist doch David für sie fremd geworden. Obwohl sie sich beide einmal so nah waren. Doch nach David hatte sie ihre große Liebe in Robin gefunden. Da verheilten schnell alle offenen Narben in ihrem Herzen. Und sie hatte die Zeit mit Robin bisher nie bereut. Gemeinsam lebten sie ein sehr glückliches Eheleben, vertrauten sich 100 %. Das würde sie nie in Frage stellen oder aufgeben wollen. Nein, niemals.

Also war der heutige Treff mit David nur neugieriger Natur. Und weil auch Robin mit dabei war, beunruhigte sie das heutige Treffen mit David nicht. Doch neugierig war sie schon. Gerne würde sie erfahren, was aus ihm nach der Studienzeit geworden war?

David wollte ja Millionär werden!

Zur mittäglichen Zeit ging sie mit dem Hund noch eine größere Runde. Danach suchte sie nicht mehr ihr Atelier auf, sondern bereitete sich auf das Treffen vor – duschte, wählte ihre

Garderobe.

Da sie heute kein Kleid anziehen wollte, wählte sie eine weiße Sommerhose. Und da noch warme Temperaturen herrschten, gefiel ihr nach mehrmaligem Ausprobieren eine charmante Shirtbluse. Diese schien ihr dazu am besten geeignet. Deshalb, weil auch der farbige Stoff die Sicht auf ihre Brustwarzen vereitelte. Sie trug ja keinen BH.

In der farbigen Shirtbluse wirkten auch die Farbmuster rot-ecru-braun-grau mit farbbrillianten inkjet-Druck sehr sanft. Alles passte gut zu ihren langen schwarzen Haaren.

Es folgten die passenden Schuhe, die abgestimmte Handtasche, ebenso die kosmetischen Aktivitäten.

Als sie dann abschließend vor dem Spiegel stand und sich betrachtete, missfiel ihr das rasante schwarze, lockige Haar. Es überdeckte ihre Schultern und ging bis zur Mitte ihres Rückens. Nein, damit wollte sie heute beim Treffen mit David nicht werben. Es schien ihr nicht angebracht. David sollte sie nicht missverstehen.

Deshalb wollte sie nicht mit offenem Haar gehen. So hantierte sie noch einige Zeit mit dem Hochstecken ihrer langen Haare.

Der Hund beobachtete sie die ganze Zeit, schwänzelte in ihrer Nähe des Baderaumes herum. Wohl ahnte er, dass sein Frauchen bald weggehen würde. Ob er mitgehen könne?

Doch als Sarah seine Hundedecke in das Wohnzimmer vom Erdgeschoss legte, begriff Bellow es sofort: Im .Haus sollte er bleiben – es schützen.

„Du bewachst das Haus, bis Frauchen und Herrchen wieder da sind", sagte sie zum Hund.

Ausgiebig streichelte Sarah den Dalmatinerrüden. Dann wies sie ihn an, auf der ausgelegten Decke Platz zu nehmen. Als der Hund es befolgte, lobte sie ihn erneut.

„Ein guter Hund - ein guter Hund", sprach Sarah sanft.

Merklich beruhigte sich Bellow. Friedlich legte er seine Schnauze auf eine seiner Vorderläufe, wartete den weiteren Verlauf der Zeit ab.

Bevor Sarah das Haus verließ, prüfte sie noch einmal, das auch alle Innentüren im Wohnbereich offen waren. Somit konnte sich der Hund im Erdgeschoss frei bewegen.

*

Die Autofahrt nach Hobart mit ihrem schwarzen Jeep verlief sehr zügig. Erst als sie die Tasmanische Brücke vor der Stadt über die Montagu Bay passiert hatte und auf dem Tasman Highway einbog, nahm der Verkehr stark zu. Obwohl sie auf dieser Wegstrecke viel Zeit verbrauchte, kam sie dennoch fünfzehn Minuten zeitiger vor 15.00 Uhr am Ziel an.

Es war der mit Kies ausgelegte Parkplatz vor dem Hotel Islington.

Bevor sie in die Empfangshalle des Hotels ging, telefonierte sie noch einmal mit ihrem Handy. Robin wollte sie erneut in der Uni erreichen. Bisher hatte er noch nicht von dort zurückgerufen. Am

Apparat ertönte die Stimme von seiner Sekretärin. Sofort leitete sie das Gespräch weiter.

„Entschuldige Sarah, dass ich noch nicht zurückrufen konnte", sprach Robin. „Gerade bin ich vom Rektorat gekommen."

„Es bleibt doch bei der Planung", fragte Sarah skeptisch. „Also 15.30 Uhr vor dem Parkplatz."

„Das klappt leider doch nicht - ich komme hier nicht weg."

„Das kann doch nicht wahr sein!", stöhnte Sarah. Doch dann fragte sie sogleich, wann er denn nun wegkäme.

„Ich muss heute ab 16.00 Uhr für einen erkrankten Kollegen eintreten", teilte Robin mit. „Das habe ich vor einer halben Stunde erfahren."

„Wieso denn das?", antwortete Sarah verwirrt. „Du sollst in einem anderen Wissenschaftszweig referieren?"

„Nein, die Studenten kommen zu mir in den Hörsaal. Natürlich referiere ich in meinem philosophischen Bereich."

„Du hättest doch ablehnen können!"

„Habe ich aber nicht, weil der jetzt erkrankte Kollege für mich auch schon einmal eingesprungen war. Da war ich ihm verpflichtet. Deshalb konnte ich auch nicht die Anfrage aus dem Rektorat ablehnen."

„Mhm", räusperte sich enttäuscht Sarah. „Und wie stellst du dir jetzt die weitere Planung vor?"

„Du hast doch bei der Tischbestellung vermerkt, dass wir auch später als 17.00 Uhr kommen können. Also ist das erst einmal abgesichert. Und da ich gegen 17.30 Uhr die Vorlesung beenden werde, können wir gleich danach gemeinsam losmarschieren."

„Na, ob das bei dir so zeitig klappt", antwortete Sarah skeptisch.

„Denke daran, wie oft ich schon auf dich warten musste, wenn ich dich einmal in der Uni abgeholt habe!"

„Okay, okay … Dann komme doch gleich mit David in den Hörsaal. Wählt die hintersten Bänke. Das fällt nicht auf. Meine Orientierung ist, dass ich die Vorlesung gegen 17.30 Uhr beende."

„Und was soll ich in der Zwischenzeit bis dahin unternehmen?", fragte Sarah. „Ich parke gerade mit dem Jeep hier vor dem Hotel Islington. Jetzt kann ich doch nicht wieder nach Hause fahren."

„Aber du weißt doch in Hobart besser Bescheid als ich. Du kennst alle Museen, die Kirchen, wichtige Gebäude. Such doch etwas heraus. Es sind doch nur zweieinhalb Stunden."

„Mhm!" Sarah überlegte, antwortete nicht sofort.

„Oder fahr doch einfach zum Plateau des Mount Wellington", bemerkte Robin. „Das Hotel liegt doch genau am Fuß des Hausberges. Hinzu kommt heute noch das warme Wetter mit wenig Wolken. Da ist doch oben bestimmt die Fernsicht ideal."

„Das ist eine gute Idee", beruhigte sich Sarah. „Hoch zum Hausberg ist auch der Verkehr berechenbarer, als wenn ich in der Stadt herumkurve."

Sarah hörte Stimmen im Hintergrund.

„Hallo Robin, hörst du mich noch!", fragte sie mehrmals ins Telefon. Es wurde diskutiert. Dann vernahm sie Robin erneut.

„Entschuldige die kurze Unterbrechung", sprach er zu ihr. „Also kommt einfach nach dem Besuch des Mount Wellington in den Hörsaal. Dann gehen wir von hier gemeinsam los. Sarah, ich muss jetzt leider das Gespräch beenden. Besuch ist gekommen.

Also dann Tschüss bis später."

Sarah stieg aus ihrem schwarzen Jeep aus, schloss die Tür. Das Auto hatte sie seitlich abgestellt. Denn hier waren noch zwei Parkplätze frei. Als sie zügig über den kiesigen Parkplatz schritt, kam sie an einem parkenden schwarzen Porsche vorbei. Sofort beeindruckte sie die flache Formgestaltung, das beeindruckende Design. Doch das Dach des Sportautos war geschlossen. Deshalb schaute sie neugierig durch die Scheiben. Die Ledersitze hatten eine braune Farbe. Und neben dem Lenkrad zierte ein marmorfarbenes Schaltpult den Blick. Da stutzte sie und verharrte. Der Porsche kam ihr bekannt vor. Das schwarze Sportauto glich haargenau dem Porsche, den sie im Urlaub mit Robin bewundert hatte. Das war beim Einkauf in Strahan. Ja – dort hatte sie ihren Jeep auf dem Parkplatz vor dem Strahan Golf Club abgestellt.

Als sie auch noch den inneren verchromten Rückspiegel, an welchem eine silbrige Kette mit einem kleinen Herz hing, erkannte, war sie sich darüber ganz sicher.
Ach welch ein herrliches Sportauto – es war ihr Traumauto. Erneut bewunderte sie es. Doch als sie auf ihre Uhr sah, schritt sie weiter.

Vor ihr stand das kleine luxuriöse Hotel Islington. Das am Parkplatz stehende historische weiße Haus strahlte durch die kombinierte Mischung von hochentwickeltem Glas, Marmor und Sandstein in einem majestätischen Stil. Es thronte sozusagen majestätisch über Tasmaniens Hauptstadt Hobart mit Blick auf dessen Hausberg Mount Wellington.

Robin hatte ihr erläutert, dass es elf wunderbare Zimmer haben soll. Darunter fünf Zimmer im ursprünglichen alten vorderen Haus und sechs Gartenzimmer in der dahinterliegenden modernen Erweiterung. Das alte Haus wäre 1847 errichtet worden. Versteckt auf der Rückseite der neuen Erweiterung würde sich auch ein wunderbarer Garten befinden. Dort wäre eine 100-jährige Weide zu bewundern.

Jetzt konnte sie Robins Hinweise nachvollziehen, dass das gesamte Haus in einem luxuriösen Kolonialstil ausgestattet war. Mit vielen Kaminen, mit verschieden farbigen Marmorböden, mit historischen Möbeln, mit eleganten sanitären Einrichtungen. Und auch mit einer unglaublichen Sammlung von Kunstgegenständen und Gemälden an den Wänden.
Die inneren separaten Bars sollen alltägliche Weine, Biere und lokalem Gin, Whiskey und Wodka anbieten. Selbst eine ausgedehnte Ehrenbar stünde im Garten jederzeit zur Verfügung. Auch wäre das Hotelrestaurant ein kulinarischer Genuss. Hier würde ein talentierter Koch geschmackvolle Gerichte anbieten, die aus einer Mischung lokaler und europäischer Einflüsse bestünden. Und wäre man einmal drinnen, würde die Außenwelt regelrecht verschwinden. Man wäre in einer anderen Welt.

Alle diese Eindrücke vom Hotel Isington hatte ihr Robin erzählt. Und sie schienen sich alsbald zu bestätigen.

Als Sarah den Empfangsbereich des Hotels betrat, strahlte dieser sofort rustikale Eleganz aus. Harmonisch stimmte hier alles überein – die Möbel, die Lampen, der Marmorfußboden, die hölzernen Wände, der Kamin. Die Ausstattung wirkte friedvoll und entspannt. Jawohl - Robin hatte mit seinen Schilderungen den Nagel auf den Kopf getroffen.

Sarah überschaute den Wartebereich. In einer seitlichen Sitzgruppierung gewahrte sie David. Gerade stand er auf. Da er ihr Kommen bemerkt hatte, winkte er und kam auf sie zu.
„Hallo Sarah! ... Schön, dass wir uns heute noch einmal sehen“, begrüßte er sie. „Und natürlich bist du superpünktlich, so wie du es früher immer warst.“

David trug eine sanfte, hellblaue sommerliche Kombination. Dazu abgestimmte graue geflochtene Lederschuhe. Sein dunkelblaues Hemd in Farbe und hochmodischer Schnittart ergänzten seine gut wirkende Gesamterscheinung. Genau war seine gesamte Kleidung bis ins Detail modisch abgestimmt. Selbst seine in den Händen gehaltene raffinierte lederne Börsentasche füllte das Auge. So penibel und ausdrucksstark war er auch schon zur damaligen Studentenzeit, dachte Sarah.

„Hallo David“, antwortete sie. „Du wartest wohl schon ein paar Minuten auf mich?“
„Ja, ich sitze hier schon einige Zeit im Empfangsbereich. Du siehst ja selbst, wie gemütlich es hier ist.“
„Das Hotel ist tatsächlich beeindruckend. Von außen wirkt es schon, doch im Innern sogar noch besser. Und dazu hat es noch eine ausgezeichnete Lage.“

„Du meinst hier zum nahen Mount Wellington.“
Sarah nickte.
„Deshalb habe ich auch hier frühzeitig ein Luxus-Zimmer im Erweiterungsbau zur Gartenseite hin gemietet“, erläuterte David. "Da ist die Sicht zum Hausberg ausgezeichnet.“

Und David erzählte weiter, dass er sich hier im Hotel sehr wohl fühle. Seit sieben Tagen wäre er hier in Hobart - wegen des Golfturniers vom vergangenen Wochenende. Doch während dieser Tage hätte er es bisher nicht geschafft, einmal die Bergspitze zu besuchen.

Als Sarah seine Aussage hörte, ergriff sie sofort die Vorlage.
„Das können wir jetzt gleich nachholen“, sagte sie zu David. „Dazu haben wir etwa zwei Stunden Zeit.“

Zwar davon überrascht, nickte David sofort. „Das ist ein sehr guter Vorschlag“, meinte er. „Der gefällt mir.“
Und lächelnd sagte er noch zu Sarah: „Da habe mir schon überlegt, was wohl bis zum Abendessen geplant sei. Denn dein Mann kommt doch sicherlich erst gegen 18.00 Uhr von der Uni weg.“
Sarah schaute überrascht. „Woher weißt du das?“
„Na weil ein Professor eben viel Arbeit hat. Da fällt in sein Verantwortungsbereich Vieles rein. Bei ihm werden sich sicherlich immer neue Bearbeitungen anstauen, die ständig beseitigt werden müssen. Dazu kommen noch die ständigen Vorlesungen.“
„Du kennst dich aber unwahrscheinlich gut aus“, meinte Sarah.

"Arbeitest du etwa auf dem Festland in einer Universität?“
„Natürlich nicht. Aber in Melbourne habe ich beruflich mit der dortigen Universität einige Berührungspunkte. Deshalb kenne ich genügend die Uni-Situation.“

Sarah gab sich damit zufrieden. „Also der Plan sieht so aus“, begann sie zu erläutern, „dass wir jetzt zum Mount Wellington hochfahren. Dann werden wir oben alles anschauen. Und da das Wetter heute gut ist, wird die dortige Fernsicht bestimmt okay sein.“
David nickte und hörte weiter aufmerksam zu.
„So gegen 17.00 Uhr werden wir dann wieder nach Hobart runterfahren. Da dies nicht lange dauert, können wir gegen 17.30 Uhr im großen Hörsaal von dcr Uni sein. Dort werden wir auch Robin treffen. Und nach Ende seiner Vorlesung gehen wir von dort dann gemeinsam los. Das ausgesuchte Restaurant kann man gut zu Fuß erreichen. Es liegt von der Uni nur 400 Meter weg, ganz nah am Wasser von der Sandigen Bucht.“
„Dann lohnt es sich ja nicht, hier noch länger zu verweilen“, meinte David. „Wir sollten gleich losgehen.“

Sarah nickte. Gemeinsam verließen sie den Empfangsbereich. Doch vor dem Hotel blieb David plötzlich auf dem befestigten Plattenweg stehen.
Nachdenklich fragte er Sarah, ob sie beide gemeinsam in einem Auto fahren wollen oder jeder mit dem eigenen. Falls sie es so wolle, müsste er doch noch einmal in sein Hotelzimmer zurück, um den Autoschlüssel zu holen.
Aber Sarah bestand auf eine gemeinsame Fahrt. Und sie verwies

auf ihren schwarzen Jeep, der für die Bergstraße besser geeignet sei als ein normales Auto – was er sicherlich auch fahren würde.

Da lächelte David. Nun war er sich relativ sicher, dass Sarah nicht wusste, was für ein Auto er selbst fuhr.

Als sie dann gemeinsam auf der geräuschvollen Kiesfläche des Parkplatzes zum schwarzen Jeep schritten, passierten sie auch den schwarzen Porsche.
„Ist das nicht ein tolles Auto", sagte David beim Vorbeigehen.

Sarah bejahte natürlich seine Bemerkung. Da fragte er spontan, ob sie ihren früheren Studentenwunsch, einmal einen Porsche zu fahren, noch immer verfolge. Oder ob sie den alten Traum aufgegeben hätte.
„Nein, das habe ich nicht", antwortete darauf Sarah. „Aber wie ich es jetzt damit halte, das ist so, wie es ein Spruch vom deutschen Dichter Friedrich Schiller ausdrückt: *„Leben heißt träumen. Weise sein heißt angenehm träumen!"*
„Ich kenne einen ähnlichen Spruch. Und zwar: *„Jugend träumt. Alter rechnet!"*. David bemerkte dazu, dass er aber nicht wüsste, wer das sagte.
„Nein, so sehe ich es nicht", antwortete Sarah. „Ich glaube eher, dass die Träume nicht die Vernunft träumt, sondern der Wunsch. Also nicht der Kopf träumt, sondern eher das Herz."
„Aber Kolumbus musste doch auch von Indien träumen, um Amerika zu finden", warf David ein. „Also man sollte nicht nur die Schatten unserer Träume verwirklichen. Tut man das, verschläft man schnell das ganze Leben."

„Quatsch! Natürlich kann man seinen Träumen nachjagen“, konterte Sarah. „Aber man sollte es nur mit angezogener Handbremse tun. Eben weil es viel schlechter ist, von den Träumen gejagt zu werden.“

Nachdenklich schaute sie ins Gesicht von David. „Weißt du, dein früherer Ehrgeiz hieß Leidenschaft, die alle anderen Leidenschaften im Zaum gehalten hat. Bestimmt jagst du jetzt immer noch danach, einmal Millionär zu werden?“

Davids lächelte. „Der ans Ziel getragen wurde, darf niemals glauben, es erreicht zu haben. Denn jede Bewegung im Leben verläuft in anderer Zeit und gebärt ein neues Ziel.“
„Bist du etwa schon Millionär?“
„Schon seit einigen Jahren!“, lachte David. „Ja, jedes Gelingen hat sein Geheimnis. Und alles Misslingen wahrlich seine Gründe.“
„Ja doch“, antwortete darauf unbeeindruckt Sarah. „Das könnte ich dir schon zutrauen. Und sollte es tatsächlich so sein, werde ich nicht danach fragen, ob es mit ehrlicher Arbeit geschah!“
„Ach, ich schätze deine Loyalität“, argumentierte David. „Früher, zu unserer Zeit, warst du auch schon so.“
„Erinnere mich nicht an unsere vergangene Zeit. Damals warst du es doch, der mich in Stich ließ. Daraufhin habe ich das Kind verloren.“
„Ja, das war sehr grausam von mir“, bemerkte David.

Die wenigen Schritte bis zum schwarzen Jeep schwiegen beide. Und als sie in den Jeep einstiegen, nahmen sie den Mount

Wellington noch einmal in den Blick. Vor ihnen lag majestätisch der Gipfel des Vulkankegels, der eine Höhe von 1.271 Metern aufwies. Da die Spitze des Berges frei von Wolken war, würde es wohl auch ein lohnenswerter Besuch werden.

Vor dem Hotel Islington herrschten am frühen Nachmittag noch angenehme Temperaturwerte um die 23 Grad Celsius. Es waren spätsommerliche Werte.

Was sollte sich daran schon heute ändern?

30

Zumindest bis zum Abzweig war die Straße noch gut befahrbar, die Autofahrt gemütlich. Dann wurde es aber steil. Die Autostraße verlief um den Berg herum. Stellenweise wurde es sogar verdammt eng. Doch zu ihrem Glück waren heute nicht viele Touristen unterwegs. Es kamen ihnen nur wenige Personen entgegen.

Das Gespräch im Auto führte meistens David. Mehrfach entschuldigte er sich bei Sarah über sein früheres schändliches Verhalten. Und er sagte ihr, dass er sich in familiären Ansichten total verändert habe. Seine früheren Fehlentscheidungen ihr gegenüber seien aber nicht mehr rückgängig zu machen. Jetzt hätte er zu den früheren Vorkommnissen angestaute innere Schuldprobleme, die ihn in heutiger Zeit stark beschäftigen würden. Am liebsten würde er heute, wenn es ginge, ihre gemeinsam verlebte Zeit heiligen wollen.

„David, deine heutige Selbsteinschätzung in höchsten Ehren, aber in den vergangenen sieben Jahren ist viel geschehen. Ein Jahr nach unserer Trennung habe ich Robin kennen- und lieben gelernt. Und wir sind seit fünf Jahren glücklich verheiratet. Robin ist der Mann meiner Träume. Er ist lieb, einfühlsam, zuverlässig und dazu sehr intelligent. Und er wird auch ein guter Vater sein.“

David war erstaunt. „Ihr habt noch keine Kinder?“

„Nein", meinte Sarah. „Aber bilde dir darauf nichts ein. Das haben wir gemeinsam für die ersten Jahre so abgesprochen"

„Das ist doch auch eure Sache", sprach darauf David. Doch in seiner Stimme lag ein zufriedener Akzent, den Sarah nicht registrierte.

„Dass du jetzt glücklich bist, das freut mich ehrlich", fuhr er fort. „Du sollst nur wissen, dass ich wegen meiner Schuldgefühle mir bisher immer wünschte, dir helfen zu können. Ja, das war bisher mein Wunsch - falls wir uns noch einmal begegnen sollten. Nun hat der Zufall es zustande gebracht. Wenn du jetzt also keine Hilfe brauchst oder nicht möchtest - okay, okay. Natürlich achte ich das. Da kannst du gewiss sein, dass ich niemals mehr gegen deinen Willen handeln werde. Aber vielleicht brauchst du doch irgendwann einmal Hilfe. Dann werde ich zur Stelle sein, um dich unterstützen."

„Danke", entfuhr es Sarah. „Dein Angebot ehrt mich. Aber ich denke schon, dass dafür Robin für mich da ist. Und falls ich doch einmal Hilfe benötigen sollte, dann wird es mein lieber Gatte tun."

Anschließend hingen die beiden mehr ihren Gedanken nach, als dass sie im Jeep miteinander sprachen. Was sie während der gut asphaltierten Auffahrt im Auto nicht bemerkten, war, dass es mit jedem Höhenmeter ein bisschen kälter und windiger wurde. Als Sarah dann endlich oben auf dem großen Parkplatz mit ihrem schwarzen Jeep ankam, waren es hier 10 Grad Celsius weniger als in Hobart. Dazu pfiff ein steifer, unangenehmer Wind. Das alles bekamen sie erst beim Aussteigen mit.

Da Sarah keine wärmende Jacke mit hatte, improvisierte sie sofort. Zur Vorsicht, um eine Unterkühlung zu vermeiden, ergriff sie die ockerfarbene Reservedecke im Auto. Diese lag immer quer auf den Rücksitzen.

Die Decke streifte sie über ihre farbige sommerliche Shirtbluse. Sofort wurde es ihr wieder wärmer. Dann gingen sie über verschiedene bequeme Holzpfade, die sie zu diversen Aussichtsplattformen führten.
Schon auf dem Weg dorthin bewunderten sie die noch ferne Wolkenkulisse. Es waren dicke, hoch aufgetürmte Wolken, die in ihre Richtung zogen. Aber sie waren noch weit vom Hausberg entfernt.
So präsentierte sich ihnen die tieferliegende Stadt Hobart noch in guter Sicht.

„Schau, in der Ferne sieht man Regenschwaden", bemerkte David. „Das sieht nach einem heranziehenden Regenschauer aus."
Sarah stutzte. „Der heutige Wetterbericht sagte aber nur einzelne Schauer im Norden der Insel voraus – hier im Süden nicht."
„Was wohl nicht zutrifft!", antwortete schmunzelnd David. „Da haben wir Glück, dass der Gipfel noch nicht verhüllt ist."

Auf dem sicheren Holzpfad schritten sie langsam an der verglasten größeren Aussichtsplattform vorbei. Obwohl nun der Wind immer mehr auffrischte, wollten sie ganz nach vorne gehen. Es war doch noch schönes Wetter. Deshalb bevorzugten sie eher die davorliegende, großzügig ausgebaute, offene

Aussichtsplattform.

Als sie dort an das feste Geländer herantraten, kamen sie aus dem Staunen nicht mehr heraus. Hobart erschien ihnen von oben so winzig klein. Nur mit Mühe konnten sie die einzelnen Punkte in der Stadt lokalisieren, an denen sich üblicherweise Einheimische und Touristen orientieren. Ganz einfach zu finden war die mächtige Tasmanische Brücke. Majestätisch überspannte sie fast 1,4 Kilometer den Derwent River. Das markante Bauwerk verband die Innenstadt mit den östlichen Vororten und dem Flughafen. Rechts davon ragte ein ikonischer Rundturm aus den Silhouetten der Häuser heraus. Und daneben konnte man den Hafen mit größeren und kleineren Schiffen gewahr werden.

Sarah zeigte mit einer Hand dorthin. „Schau, dort neben der Brücke ist der hohe Turm vom Wrest Point Hotel zu sehen. Na ich meine den Rundturm!"

„Ja, ich sehe ihn."

„Dort hinter dem Rundturm befindet sich die Gaststätte Piere One. Dort werden wir heute Abend speisen."

„Das Restaurant kenne ich", warf David ein. „Das ist eine sehr romantische Gaststätte mit toller Speisekarte und edlen Weinen. Und sie liegt genau am Wasser."

„Du warst schon dort?"

„Ja, das war vor drei Jahren. Da hatte ich einmal mehrtägige Absprachen im Geschäftsviertel Hobart CBD. Deshalb habe ich kurzerhand im nahen Wrest Hotel übernachtet."

David lehnte sich zurück, lächelte. „Es waren sehr erfolgreiche geschäftliche Tage. Ich habe da mit Geschäftsleuten im dortigen preisgekrönten Restaurant gespeist. Das befindet sich im Rundturm in der 17. Etage."

Und David erinnerte sich weiter. „Übrigens ist die dortige moderne Küche auf australische Gerichte mit französischem Einfluss spezialisiert."

„Kenne ich auch", bemerkte Sarah. „Mit Robin habe ich dort schon gegessen!"

„Jedenfalls habe ich in jenen Tagen mit Geschäftsleuten die näheren Bars und Restaurants besucht- auch das Piere One. Und wir hatten es nicht bereut: Fantastische Küche, tolle Weine, tolle Whiskys. Dazu ausgezeichneter Service."

„Dann sind wohl durch deine geschäftlichen Tätigkeiten mehr die Hotels, die Restaurants und die Bars dein Zuhause?", fragte Sarah.

„Ja – zur Zeit schon. Gegenwärtig bin ich nur wenig in meiner Villa."

„Du wohnst in einer Villa?", staunte Sarah. „Nicht in einer Wohnung?"

„Wenn du mich so direkt danach fragst: In beiden Teilen ab und zu."

Etwas verwirrt sah Sarah zu David hin und erwiderte, dass sie das nicht so richtig verstehen würde.

„Na mein Anwesen befindet sich auf dem Festland, im Bundesstaat Victoria. Es liegt etwa 180 Kilometer südwestlich von Melbourne. Genau vor dem Grundstück führt die weltbekannte Uferstraße Great Ocean vorbei und dahinter ist dann schon das Meer. Übrigens traumhaft schön."

„Und dazu du hast auch noch eine Wohnung?"

„Ja, eine Eigentumswohnung in Sydney. Die habe ich mir dort vor zwei Jahren zugelegt. Das wurde notwendig, weil ich in dieser Stadt mehrmals im Monat geschäftlich sein muss. Und in Sydney wollte ich nicht mehr in den Hotels übernachten.“

Sarah bohrte nun nicht weiter. So ein Zigeunerleben würde sie, selbst Robin, niemals führen wollen. Nein – niemals würden sie beide es tun. Gemeinsam hatten sie sich in Midway Point ein warmes Nest geschaffen. Und sie lebten dort sehr glücklich und zufrieden. Dann erschrak sie selbst über sich, über ihre bisher treibende weibliche Neugier.

Warum wollte sie alles über Davids Leben in den vergangenen sieben Jahren erfahren? Ja, warum eigentlich?

Nötig hatte sie es nicht. Es waren sieben Jahre, wo jeder seines Glückes Schmied suchte. Jedenfalls hatte sie Robin gefunden – ihren liebenden, intelligenten und treuen Traummann. Nein, sie wollte nun nicht weiter bei David nachfragen, um in seinem Leben herumzuhorchen. Zudem lebt David in einer anderen Welt. Die war ihr vollkommen fremd.

Einige Zeit sahen sie sprachlos zur überschaubaren Stadt hinunter.
„Eigentlich wirkt Hobart von hier oben, als sei die Stadt eher einer beschaulichen Vergangenheit als einer hektischen Zukunft zugewandt“, stellte David fest.
Damit beendete er das kurze gemeinsame Schweigen.
„Na wohl deshalb“, antwortete Sarah, „weil Hobart eben von

seiner Geschichte geprägt ist."

„Überblickt man die einzelnen Stadtteile, so gehen doch die meisten Gebäude darin kaum über zwei Stockwerke hinaus. Kaum vorstellbar in Sydney. Da stehen umgekehrt massenhaft Wolkenkratzer."

„Aber gerade darum ist mir Hobart so ans Herz gewachsen", warf Sarah ein. „Jeder Stadtteil hat seinen eigenen Flair, hat schöne Lokale, Einkaufszentren oder Gassen mit altertümlichen Häusern, die hübsch anzusehen sind. Und die Stadt hat viele Museen, die jeder Tourist unbedingt anschauen sollte."

„Und die wären?"

„Da nenne ich dir drei Museen, die du einmal anschauen solltest, wenn du wieder einmal in der Stadt bist", erläuterte Sarah. „Das wichtigste ist das Tasmanische Museum mit der Kunstgalerie. Die Ausstellung zeigt Exponate zur Natur und Geschichte der Insel. Und die dortige Galerie beinhaltet eine umfassende tasmanische Gemäldesammlung … Übrigens kannst du dort in einer alten Filmaufnahme auch den legendären Tasmanischen Tiger sehen."

„Ja, das interessiert mich schon!"

„Ein weiteres wichtiges Museum, was einen Besuch wert sein sollte, ist das Seemuseum von Tasmanien. Dort findest du viele Erinnerungen an die schnellen Klipper und Walfänger von früher, als sich Hobart zu entwickeln begann. Und im weiteren Geschichtsmuseum erfährt man vieles über die vergangene Besiedlung der Insel und über den früheren Alltag der Siedler."

David war über die wertvollen Hinweise von Sarah dankbar. Und so sagte er ihr, dass er diese Museen bei einer kommenden

Geschäftsreise nach Hobart besuchen werde.

„Dann solltest du auch den Salmanco Platz nicht vergessen. Der beherbergt viele Restaurants, Kunstgalerien und Geschäfte aller Art. Dort findet jeden Samstagvormittag ein beliebter Markt statt.“

Gerade wollte Sarah auf den Standort des Platzes mit ihrer rechten Hand aufmerksam machen, als plötzlich eine Wolke über den Berggipfel zog. Eine größere weitere Sicht war dadurch verhindert. Als die Wolke dann weg war, blieb die Sicht trotzdem vernebelt. Da entdeckten sie, dass der heranziehende Regenschauer den Stadtrand von Hobart erreicht hatte. Schon hüllte eine dicke Regenfront die mächtige Tasmanische Brücke ein. Und sie bewegte sich in Richtung des Hausberges weiter.

„Der Schauer wird uns hier wohl erst in einer halben Stunde erreichen“, bemerkte David. „Da haben wir noch ein bisschen Zeit.“

Doch plötzlich entstanden im Vorgelände des Berges, tief unter ihnen und unabhängig vom nahenden Schauer, neue Wolken. Zuerst waren sie nur schemenhaft sichtbar. Doch beim weiteren Erklimmen des Berges wurden sie immer größer. Zusehends nahtlos aneinandergereiht, erreichten sie bald ihren Standort. Sofort sank auf dem Berggipfel die Sichtmöglichkeit. Und ein verstärkter wehender Wind brachte einen weiteren Temperatursturz.

„Nun wird es aber ungemütlich“, meinte Sarah.

Noch mehr zog sie die umhüllende Decke an sich. „Wir sollten in die verglaste Aussichtsplattform wechseln."

David stimmte zu, denn auch er begann zu frösteln. So verließen sie schnell mit anderen Besuchern die offene Plattform. Und sie folgten dem bequemen Holzpfad in Richtung ihres anvisierten Zieles.
Als sie dann endlich innerhalb der verglasten Aussichtsplattform standen, spürten sie nichts mehr vom kühlen Wind. Hier waren sie davor geschützt. Zwar war es hier wieder angenehm, doch die Fernsicht wurde nicht besser. Eher verschlechterte sie sich noch mehr. Durch einsetzenden Nieselregen wurde es um sie herum plötzlich merklich dunkler. Folglich entstand an den Innenflächen der Glasscheiben ein nasser Belag. Sie begannen anzulaufen.

Doch durch eine überraschende Wolkenlücke, die Helligkeit brachte, konnten sie kurzzeitig nach unten, in das Bergvorland schauen. Von den letzten Häusern von Hobart, die am Stadtaußenrand standen, sahen sie aber nichts mehr. Die Regenstreifen hatten sie schon geschluckt.

Weil die Regenfront nur noch wenige Kilometer vom Berggipfel entfernt war, verfielen einige Besucher in Panik. Natürlich wollten sie noch vor der kommenden Nässe ihre abgestellten Autos auf dem Parkplatz erreichen. Weil sie eben keinen Regenschirm mit hatten.

Andere wollten hier im sicheren Gebäude so lange verharren, bis der Regenschauer abgezogen wäre.

„Es hat jetzt keinen Sinn mehr zu bleiben“, sagte Sarah. „Man sieht ja fast nichts mehr. Und die Abfahrt vom Berg nach Hobart wird sich auch hinziehen. Auch wir sollten jetzt gehen. Vielleicht kommen wir noch trocken bis zum Auto.“

David nickte „Von hier oben haben wir doch bei bestem Wetter alles gesehen. Also war der Ausflug hierher doch letztendlich erfolgreich.“

Zügig liefen sie mit anderen Besuchern über das Plateau zum weiträumigen Parkplatz hin. Noch war es trocken. Nur ein heftiger Wind blies. Doch das Schauspiel war gravierend, was sich nun auf ihrer Wegstrecke abspielte. Innerhalb weniger Minuten hüllte sich der Gipfel des Hausberges von dichten Wolken ein. Und obwohl es erst einmal 16.30 Uhr war, wurde es schlagartig dunkel. Sofort umgab sie ganz dichter Nieselregen, der von der heranrauschenden Regenfront abgelöst wurde. Doch vor deren Eintreffen erreichten sie gerade noch den Jeep. Genau als sie einstiegen, peitschte ein prasselnder Regen auf das Dach des Autos. Da waren beide froh, nicht mehr den plötzlichen Wetterwidrigkeiten ausgesetzt zu sein.

Beim Einschalten des Motors stellte Sarah fest, dass das Außenthermometer vom Auto nur noch acht Grad Celsius anzeigte.

„Ich werde jetzt die Heizung einstellen“, meinte sie. „Was für ein Temperatursturz! Das ist ja richtig kalt geworden.“

Die Rückfahrt verlief tatsächlich, zumindest für die ersten

Kilometer, sehr schleppend. Starker Nebel und intensiver Regen bildeten eine Einheit. Sie verhinderten ein schnelleres Fahren. Dazu liefen die Scheiben an.
Und obwohl Sarah das Luftgebläse auf „Max" eingestellt hatte, löste sich der nasse Belag nicht auf.
David half Sarah dabei, sie von innen ständig abzuwischen. Letztendlich störte auch die hohe Frequenz der laufenden Scheibenwischer beim Fahren. Doch je tiefer sie den Berg herunterkamen, umso besser wurde wieder die Sicht. Oben am Bergplateau waren es streckenweise, trotz eingeschalteten Scheinwerfern, nur 20 Meter gewesen. Doch als sie endlich die Wolkenschicht durchfahren hatten, wurde die Umgebung wieder klarer. Sofort konnten sie auch weiträumiger sehen. Und da nun mittlerweile das Auto auch warmgelaufen war, gab es keine Scheibenprobleme mehr.

„Du kannst jetzt die Heizung wieder ausschalten", bat David. „Es ist jetzt fast zu warm."

Sarah schaltete die Heizung aus und sah auf ihre Uhr. Es war kurz vor 17.00 Uhr.
„Wir liegen super in der Zeit", stellte sie zufrieden fest. „Trotzdem fahre ich gleich zur Uni."

David belächelte sie. Weil es Sarah bemerkte, fragte sie sogleich David: „Kennst du den französischen Schriftsteller Montherland?"

David schüttelte den Kopf. „Ich halte es eben so, wie er einmal sagte: „*Die erste Tugend einer Liebenden ist Pünktlichkeit. Alles übrige ist sekundärer Natur.*"

David schwieg.

„Sag mal", unterbrach Sarah das Schweigen. „Wie kommst du denn heute Abend von der Gaststätte aus in dein Hotel? Hast du darüber schon nachgedacht?"
„Das ist schon geregelt", antwortete David. „Ich lasse mich vom hoteleigenen Kurierdienst abholen. Das ist doch im Service des Luxushotels enthalten."
„Wow", raunte Sarah.
„Für mich ist das normal. Ich bin doch oft auf geschäftlichen Reisen - also viel unterwegs. Da nutze ich natürlich diesen Service."
„Hast du denn keine feste Beziehung."
„Na so eine Frau, die es mit mir aushält, habe ich seit unserer Trennung nicht mehr gefunden. Also seit unserer früheren Beziehung habe ich nichts Festes mehr gehabt."
„Dann ist wohl deine frühere Leidenschaft für mein zartes Geschlecht erloschen!", wollte Sarah wissen.
„Ach, keineswegs", antwortete David schnörkelhaft. „Wenn man Geld hat, bieten sich viele schöne Frauen an. Und wenn ich einmal Lust und die nötige Zeit habe, wähle ich mir eben eine Frau."
„Dann hast du seit unserer Trennung vor neun Jahren nur kurze Liebschaften gehabt - also nichts Verbindliches."

David nickte.

Mittlerweile hatten sie die abführende Bergstraße verlassen.
Erste Häuser der Außenbezirke von Hobart tauchten auf.

31

Als Sarahs schwarzer Jeep auf das Gelände der Universität einbog, zogen die letzten Regenwolken aus dem Stadtteil. Langsam drifteten die Schwaden die Berghänge zum Mount Wellington hoch.

Plötzlich zeigte sich hier die nachmittägliche Sonne wieder. Sofort erzeugte sie erneut die vorherigen spätsommerlichen Temperaturen.
In dampfender Luft beschienen ihre Strahlen die unterschiedlichen Gebäude auf dem Universitätsgelände. Nun wirkte der im Regennass glänzende graue Straßenasphalt hier ganz frisch gereinigt. Und im satten Grün leuchtete die Rasenfläche.

Nahe am Haupteingang fand Sarah auch eine freie Parklücke. Da hatte gerade ein Fahrer wenige Minuten vorher die Parkfläche verlassen.
„Das klappt ja wie nach Protokoll“, bemerkte Sarah. „Sonst ist hier alles voll. Na fast immer.“
„Und du weißt, wo wir jetzt hinmüssen ?“, fragte David.
„Na zum Hörsaal, wo Robin immer seine Vorlesungen hält“, meinte Sarah beim Aussteigen.

So durchschritten sie anschließend den verglasten Eingangsbereich, betraten das Hauptgebäude. Sarah steuerte direkt auf eine seitlich angebrachte, gläserne Mitteilungstafel hin.„Schau", rief sie, „hier stehen Vermerke über die wöchentlichen Vorlesungen und Seminare: Vielleicht gibt es doch einige Änderungen."

Unter den verschiedenen Fakultäten fanden sie schnell die zutreffende Fakultät Geisteswissenschaften, darunter die aktuellen Veranstaltungen.
Ein roter Zettel deutete auf eine Änderung hin. Tatsächlich betraf es die heutige zusätzliche philosophische Vorlesung von Prof. Dr. Robin Brown.
So stand auf dem Zettel vermerkt, dass die Vorlesung durch die Zusammenlegung des wissenschaftlichen Themas *„Krise der heutigen kapitalistischen Ökonomie"* von zwei Lehrstühlen wegen des erwarteten hohen Besuchsandranges kurzfristig in einen größeren Hörsaal verlegt wurde.
„Also doch nicht der sonstige Hörsaal", bemerkte Sarah. „Aber den anderen Hörsaal kenne ich. Da war ich schon einmal. Ist nicht weit von hier."

Sarah schritt zügig voran. Gemeinsam verließen sie wieder das Hauptgebäude. Da im weitläufigen Universitätsgelände die unterschiedlichen Gebäude von den vielen Fakultäten standen, hätte ein Fremder sicherlich Probleme beim Suchen gehabt. Das traf aber nicht auf Sarah zu. Auf dem Unigelände kannte sie sich glänzend aus.
So gelangten sie nach wenigen Minuten zu einem größeren Rundbau. Die hinweisenden Schilder am Eingang bestätigten ihr Zielobjekt. Im anvisierten Gebäude befand sich der gesuchte Hörsaal. Dann folgten sie den im Inneren an den Flurwänden

angebrachten Hinweisschildern.

Als sie in die Nähe des Hörsaales kamen, vernahmen sie plötzlich lang andauernde, laut klopfende, ins Trommeln ausschweifende Töne.

„Die Laute kommen aus dem Hörsaal", meinte Sarah lächelnd. „Das sind die tosenden Beifallsbekundungen der Studenten. Gleich sind wir da."

Nach Öffnen der Doppeltür hinter der letzten oberen Sitzreihe tönte es im großen Hörsaal immer noch laut. Da er zum Bersten gefüllt war, mussten sie sich anfänglich viel umschauen. Freie Plätze fanden sie nicht. Alle hölzernen Sitzplätze in den einzelnen Reihen, von oben nach unten, waren belegt. Ganz unten im vortragenden Bereich sah Sarah den verharrenden Robin. Es schien so, dass er das Abflauen der klopfenden Töne abwarten wollte.

Neben ihm stand ein kleiner Tisch, an welchem ein Assistent aus seinem Lehrstuhl saß. Dieser blätterte in Unterlagen.

Um doch noch eine Sitzgelegenheit zu finden, schauten Sarah und David weiterhin intensiv umher - entdeckten aber nichts. Ihre ständige Suche bemerkte eine in der letzten Reihe sitzende Studentin. Sofort zeigte sie zu einer Ecke hin. Dort standen noch gestapelte Stühle. Dankbar für den Hinweis, entnahmen sie dem Stapel die zwei Stühle und platzierten sich hinter der letzten Reihe.

Während ihrer erfolgreichen Aktion war es im Hörsaal still geworden.

Bald darauf tönte die Stimme des Referenten: „Dankbar habe ich eure Aufmerksamkeit beim Erläutern der materialistischen Dialektik und der Erkenntnistheorie mitbekommen. Das sind zwar für viele Studenten trockene Themen, aber ich sage euch: Die Inhalte sind gerade in unserer Zeit der global übergreifenden Integration sehr aktuell – deshalb höchst interessant ... Nun soll ich über den Begriff „*Geisteswissenschaften*" noch etwas sagen. Okay – ich werde es tun."

Ohne Manuskript begann Prof. Dr. Robin Brown seine Ausführungen vorzutragen. Dabei lief er ein paar Schritte zwischen dem seitlichen Rednerpult und dem kleinen Tisch hin und her und gestikulierte.

„Was versteht man eigentlich unter Geisteswissenschaften? Ich sage es kurz zusammenfassend: Das ist ein Begriff zur Bezeichnung einer methodisch und systematisch zusammengehörigen Klasse von Wissenschaften, die sich im Laufe des 19. Jahrhunderts akademisch herausgebildet haben. Und sie bestimmen sich wissenschaftstheoretisch nach Gegenstandsbereich und Methodik und vor allem durch ihren Gegensatz zu den Naturwissenschaften ...
... Die Geisteswissenschaften wurden so als historisches Wissen aufgefasst, die die Welt des Geistes in seinen geschichtlichen Ausprägungen verstehen und interpretieren soll. Zu den Ausprägungen sind u.a. gemeint: Sprache, Kunst, Literatur, Philosophie, Religion, Recht, Moral ...
... Und spricht man von geisteswissenschaftlichen Berufen, dann ist das auch eine Sammelbezeichnung für Berufe, deren typische

Tätigkeiten sich auf die Auseinandersetzung mit den geistigen und kulturellen Aktivitäten des Menschen beziehen. Das trifft auf Geschichte, Sprache, Kunst, Religion, Literatur, Gesellschaft, öffentliches Leben, Meinungsbildung und Erziehung zu ...

... Natürlich ist die Voraussetzung hierfür, dass man ein spezielles geisteswissenschaftliches Studium absolviert hat. Und habt ihr einmal Geisteswissenschaften studiert, stellen die erworbenen Abschlüsse meist keine geschützte Berufsbezeichnung dar. Sie dienen nur als Ausgangspunkt für viele berufliche Tätigkeiten. Da meine ich Tätigkeiten zum Beispiel im Bildungswesen, in wissenschaftlichen Instituten, politischen Organisationen, Behörden, Museen, Verlagen Verbänden, Stiftungen usw. ...

... Und fragt man nach der amtlichen Klassifizierung der geisteswissenschaftliche Berufe, werden hier zugeordnet: Philologen, Philosophen, Pädagogen, Religions- und Naturwissenschaftler, Historiker, Archäologen und ...“

Jetzt stutzte der Referent, sah zu seinem Assistenten und fragte ihn, was noch zu ergänzen wäre.

„... Völkerkundler und Musik- und Theaterwissenschaftler“, antwortete leise der Assistent.
Dabei erinnerte er an die schon verstrichene Uhrzeit. Der Vortragende nickte und wiederholte laut die Ergänzungen.

Nach einer kurzen Sprachpause wandte er sich noch einmal an die Studenten.
„Am Ende der heutigen Vorlesung noch ein paar Worte zu Euch und noch ein paar allgemeine Worte ... Natürlich könnt ihr hier

an der Universität von Tasmanien noch innerhalb der Fakultäten wechseln. Zu eurem Glück bietet die Universität von Tasmanien viele Studienrichtungen in wissenschaftlicher Vielseitigkeit an. Doch wer sich für eine Ausbildung in der Fakultät für Geisteswissenschaften entschieden hat, wird nicht enttäuscht sein oder werden. Die Wissensvermittlung erfolgt nach neuestem wissenschaftlichen Stand und auf moderner Grundlage. Und die Studienabschlüsse sind Diplom oder Magister, zunehmend auch Bachelor oder Master ... Gibt es speziell zu meinem Lehrstuhl noch Fragen!"

Eine Studentin in vorderster Reihe meldete sich. Interessiert fragte sie, ob die heutige Philosophie überhaupt schon Antworten auf die weitere Entwicklung der Welt gefunden hätte!

Da nickte der Redner über die verstandene Frage - ging dabei ein paar Schritte. Dann wandte er sich wieder an alle Studenten.

„Da muss ich euch sagen, dass hierzu die aktuelle Philosophie nicht ausreichend vorbereitet scheint", fuhr der Vortragende fort. „Denn viele nationale und internationale Universitäten, die heute die Philosophie lehren, beschränken sich ganz auf die Rekonstruktion der Klassiker ...
... Deshalb, weil es besonders im 18. Jahrhundert, dem Zeitalter der größten Annäherung von Philosophie, Theologie, Wissenschaft und Kunst, hätte gelingen können, eine übergreifende philosophische Theorie zu entwickeln. Doch dies geschah nicht. Also beim damaligen Stand war eine Vereinheitlichung der früheren Wissenschaften möglich. Man

hätte es schaffen können. Doch heute scheint dieses philosophische Begreifen aller Wissenschaften in einem theoretischen System unmöglich. Und angesichts dieser ausgebliebenen Vernunft sprechen deshalb heute schon einige meiner Kollegen vom Ende der Philosophie."

Der Referent blieb am kleinen Tisch stehen. Mit umherschweifendem Blick schaute er in die Runde der vor ihm sitzenden Studenten. Nun herrschte im gefüllten Hörsaal eine gespenstige Stille. Wohl hätte man ein Blatt fallen gehört. Dann sprach der Professor mit energischerer Stimme weiter:

„...Gerade in unserer Gegenwart, wo die Naturwissenschaften ihre metaphysische Naivität verlieren und methodische Reflektionen anstellen,

...Gerade in unserer Zeit, wo die Probleme der Menschheit und die globalen Krisen immer sichtbarer werden,

… Ja, gerade heute wächst um so mehr eine Nachfrage nach philosophischer Orientierung.

Deshalb habe ich in meinem Lehrprogramm den Versuch einer übergreifenden theoretischen Vereinheitlichung aller Wissenschaften aufgenommen. Da laufen gegenwärtig in meiner Fakultät einige Forschungsprojekte, die sich an die Veränderungen anpassen. So hat mit der rasanten Entwicklung von Naturwissenschaft und Technik und der damit verbundenen Veränderung unserer Welt auch die Philosophie einige andere und auch neue Gesprächspartner bekommen. Es sind Ärzte, Wissenschaftler oder auch Künstler. Sie sind heute für den Philosophen die wichtigsten Ansprechpartner, um Wesensfragen des menschlichen Seins zu ergründen.

… Denn je moderner die Technik, desto konservativer muss auch mit den menschlichen Ressourcen umgegangen werden. Dafür müssen Wissenschaftler verpflichtet werden, Gedanken der Gesellschaft in ihr Handeln aufzunehmen. Es darf in der Gegenwart und in der Zukunft keinesfalls zu einer Entfremdung zwischen Forschung und Gesellschaft andererseits kommen. So muss die Gesellschaft jetzt schnell lernen, noch aktiver als bisher in wichtige orientierungsweisende Forschungen einzuwirken.

… Das sollten zunehmend zu schaffende Ethikkommissionen, die sich aus Philosophen, Juristen, Vertretern gesellschaftlicher Gruppen zusammensetzen, tun. Hier denke ich natürlich besonders an Forschungen in der medizinischen Gentechnologie.

… Denn es wäre schlimm, wenn die Forschung ein reiner Wettlauf nach neuen Ergebnissen wäre – ohne Rücksicht auf das, was die Gesellschaft über diese Dinge denkt. Hier wäre auch ein allgemeines Sittengesetz, auf das sich etwa Rechtsprechung und Politik stützen könnten, neu zu erarbeiten. Denn es ist bei dem heutigen wachsenden Individualismus in der modernen Kultur nur noch in Umrissen festzustellen.

… Überdies ist es angebracht, über die Erfolgsethik neu nachzudenken. Hier muss der äußere Erfolg, also der individuelle

oder soziale Nutzen, den Wert sittlicher Grundsätze und Handlungen wieder mehr bestimmen. Da findet man in der Gegenwart schon wieder erschreckende Diskrepanzen im zielorientierten Handeln einer Person oder sogar einer Institution. Diese wieder aktuell erhöht auftretenden Tricksereien verkörpern eine neue Erscheinungsform in der Qualität der gegenwärtigen Ausbeutung. Da wollen viele Menschen schnell zu Geld kommen - wollen Millionär werden!"
Der Referent unterbrach kurz, indem er aus einem Wasserglas, was auf dem Rednerpult stand, ein paar Schlucke trank.

„Letztendlich spielt dabei die Moral als System von Wertvorstellungen auch eine bestimmende Rolle. Weil sie eben Teil des kulturellen Systems ist, ist sie deshalb auch in den einzelnen Gesellschaften der historischen Epochen, ja sogar zwischen unterschiedlichen Gruppen einer Gesellschaft verschieden. Und da die Moral insgesamt die Handlungen und Einstellungen nach Gut und Böse ordnet, haben dabei Vermeidungsimperative, zum Beispiel das Tabu, eine zentrale Bedeutung.
Denn das Tabu soll letztendlich den Menschen von seinen angeborenen vitalen Antrieben, wie Nahrung, Sexualität, Geltung, Besitz und Sittlichkeit, abhalten oder ihn bremsen. Eher soll sie zugunsten der Akzeptanz der Bedingungen des sozialen Zusammenlebens als Zweck, nicht als Mittel, dienen.

… Hierfür nenne ich die Gerechtigkeit und Anerkennung der Rechte einer fremden Person sowie anderer Menschen."

In der folgenden kurzen Sprechpause deutete der Assistent mit einem hinweisenden Blick erneut auf die gegenüber befindliche Wanduhr. Gut sichtbar war sie am Rangende der Sitzreihen an der Wand angebracht worden. Mit schon fünfzehn Minuten war die heutige Vorlesung deutlich überschritten. Deshalb wartete der Referent auch keine weiteren Fragestellungen von den Studenten ab.

„… Also unsere heutige Welt erlebt eine rasante wissenschaftliche,technische Revolution, die an uns Menschen nicht vorbeigeht. Dabei darf der Mensch aber nicht selbst auf der Strecke bleiben. Deshalb gibt es auch auf all diese heutigen Erscheinungen nicht nur in den Geisteswissenschaften, sondern auch in anderen Disziplinen noch viel zu wenige Antworten.

… Ja – mittlerweile existiert schon ein erheblicher, sogar dramatischer Nachholbedarf darin. Nun ist es unbedingt an der Zeit, diesen Zustand zu beenden. Daran akut zu arbeiten, sind wir jetzt und zukünftig verpflichtet. … Ich danke für eure heutige Aufmerksamkeit!"

Damit beendete Prof. Dr. Robin Brown seine reichhaltigen Ausführungen zum heutigen philosophischen Thema. Und weil er gerade am Ende seiner Vorlesung am Tisch stand, setzte er sich sogleich zu seinem Assistenten.

Während er Platz nahm, begann starkes Klopfen auf den hölzernen Schreibplatten einzusetzen. Im Hörsaal entstand höllischer Lärm von den bekundeten Zustimmungen der Studenten. Parallel dazu setzte bald Bewegung in den einzelnen Sitzreihen ein. Viele Zuhörer verstauten die Schriftblätter in ihren Taschen, andere standen schon auf. Anschließend strömten die Studenten zu den zwei Ausgängen hin. Sofort entstanden dort zunehmend Staus. Eine Doppeltür befand sich in der Nähe des Referenten, unten seitlich. Und die andere war dort, wo Sarah und David bei ihrer Ankunft durchgegangen waren.

Da an den beiden Ausgängen nur langsam der Andrang nachließ, mussten Sarah und David noch einige Zeit ganz oben im Rangbereich warten. Erst nach geraumer Zeit konnten sie nach unten zu Robin gehen. Doch an den kleinen Tisch kamen sie nicht heran. Viele Studentinnen, aber auch einige Studenten umringten ihn. Deshalb drängelte sich Sarah solange durch die Menge, bis sie bei Robin war. David blieb außerhalb der Gruppe stehen und wartete.

Gerade als es Sarah bis zum Tisch geschafft hatte, beantwortete Robin Fragen einer gutaussehenden Studentin. Sie hatte lange blonde Haare, trug dunkle Jeans mit einer ergänzenden, ähnlich farblichen hochmodischen Bluse.

Als Robin seine Frau bemerkte, lächelte er ihr zu und unterbrach sofort das Gespräch mit der Fragestellerin.
„Entschuldige bitte", sprach er zur hübschen Studentin. Und dabei sah er zu den noch wartenden übrigen Studenten. „Entschuldigt bitte. Aber ich habe noch einen anschließenden sehr wichtigen Termin mit meiner Frau und einem Gast. Deshalb muss ich jetzt abbrechen. Richtet bitte deshalb eure weiteren Fragen an meinen Assistenten Gerett Huber."

Dabei wies er auf den neben ihn Sitzenden. „Falls keine Klärung mit ihm möglich sein sollte, könnt ihr auch einen Termin mit mir vereinbaren. Das bewerkstelligt dann Gerett … Okay!"

Und zur nun sehr enttäuschten, neben ihm stehenden Studentin sagt er noch: „Da meine Beantwortung zu deiner Frage noch nicht vollständig war, kannst du dir einen Termin bei Gerett holen. Er verwaltet meinen Terminkalender."
„Danke", antwortete erfreut die hübsche Studentin. „Ich werde es gleich tun."
Anschließend verabschiedete sich Robin von seinem Assistenten und stand vom Tisch auf. Beim Gehen ergriff er die Hand von Sarah.
„Schön, dass du zur rechten Zeit gekommen bist", sprach er leise und zärtlich zu ihr. „Die Studenten hätten mich hier bestimmt noch eine längere Zeit aufgehalten."
„Und du hättest natürlich alle Fragen ausführlich und nett beantwortet, natürlich dabei total die Zeit vergessen", sprach Sarah etwas verärgert..
„Ja – sicherlich. Du kennst mich ja!"

Sarah lächelte. Und sie teilte Robin mit, dass sie mit David auf dem Mount Wellington war. So, wie er es ihr empfohlen hatte. Bei den letzten Worten von Sarah gelangten sie zu David. Dieser wartete außerhalb der Gruppe - etwas seitlich.

„Hallo, Prof. Dr. Brown", grüßte David höflich.
„Was soll die förmliche Anrede", bemerkte Robin. „Hier an der Uni geht es untereinander familiär zu. Da spielen Titel und

Nachnamen keine wichtige Rolle. Man ist per Du und spricht sich einfach mit dem Vornamen an … Also, hallo David!"

„Entschuldigung. Eigentlich müsste ich es noch aus meiner früheren Studienzeit wissen. Aber seit sieben Jahren bin ich von der Uni weg. Seitdem arbeite ich in geschäftlichen Kreisen. Da spricht man eine andere Sprache."

„Okay, ich verstehe", meinte Robin. „Aber bitte jetzt wieder umstellen … David, ich habe gerade von Sarah gehört, dass ihr auf dem Hausberg von Hobart wart. Wie hat dir der Mount Wellington gefallen?"

„Wunderbar. Und da herrschte anfänglich auch eine tolle Fernsicht", schwärmte David. „Man konnte die Stadt von oben bis ins Detail überschauen. Doch dann kamen leider viele Wolken. Leider war von da an nichts mehr zu sehen. Als später auch noch Regen einsetzte, wurde es kalt und ungemütlich."

„Es hat heute geregnet?", fragte Robin erstaunt. „Davon habe ich doch gar nichts mitbekommen!"

„Na weil du bestimmt immer in den Räumen warst", bemerkte Sarah. „Wie sollst du das auch registriert haben. Es sei denn, du hättest einmal aus dem Fenster geschaut. Aber das tust du doch kaum."

Robin nickte. Und dann berichtete Sarah über die ungemütliche Phase, als sie auf dem Berggipfel infolge des heftigen Windes zu frieren begannen. Auch darüber, wie sie zum Auto flüchteten und dann bei Starkregen vom Berg herunterfuhren. Da lachte Robin und zeigte zum Fenster. „Aber schaut, die Sonne scheint doch wieder. Da brauchen wir beim Laufen zur Gaststätte keinen Regenschirm."

Nun lächelten auch Sarah und David.

Gemeinsam verließen sie den Hörsaal, der sich inzwischen geleert hatte. Nur um den kleinen Tisch im Vortragebereich harrten noch einige Studentinnen. Sicherlich wollten sie sich vom Assistenten Gerett Huber einen Termin für den Professor geben lassen.

Zu dritt schritten sie zum Gebäude der Philosophischen Fakultät, wo Robin dort kurz noch einmal seinem Büroraum aufsuchte. Wie versprochen, kam er auch schnell zu den beiden Wartenden zurück. Dann gingen sie gleich los, durchschritten das weitläufige Uni-Gelände.

32

Die spätsommerliche Abendsonne hatte fast alle Wege und Straßen wieder abgetrocknet. Nur noch vereinzelte Pfützen deuteten auf einen vorübergezogenen Regenschauer hin. Dieser hatte die Luft vollkommen gereinigt. Deshalb kam ihnen das Gehen in Richtung des nicht weit entfernten Rundturmes vom Wrest Point Hotel wie ein Spaziergang vor.

Nach etwa 20 Minuten gelangten sie zur Promenade des Hotelkomplexes. Es lag im Uferbereich des Flusses Dervent. Und genau dort befand sich auch das beliebte Restaurant Pier One.

Als sie es gerade ansteuerten, beschien noch einmal intensiv die abendliche Sonne die nahe und nähere Umgebung. Besonders der daneben befindliche Yachthafen mit den vielen ankernden Schiffen vermittelte ein tolles Farbbild. Ebenso einige noch segelnde Boote im glänzenden, schimmernden Wasser. Sicherlich suchten sie noch ihren abendlichen Ankerplatz.

Den Eingang zum modernen Restaurant, das regelrecht das Wasser berührte, wies ihnen eine in bläulichem Neonlicht weithin sichtbare Werbung. Es war der Schriftzug *„Pier One Restaurant & Bar"*.

Nachdem sie das moderne und helle Qualitätsrestaurant betreten hatten, stellten sie fest, dass es mit Gästen voll gefüllt war. Als der aufmerksame Empfangskellner nach den Wünschen der neuen Gäste fragte, verwies Sarah auf ihre telefonische Bestellung. Und sie nannte den Namen Dr. Brown. Sogleich begleitete eine freundliche Kellnerin die drei Gäste zum reservierten Tisch. Sein Standort lag, wie von Sarah telefonisch gewünscht, auf der Wasserseite. Von hier hatten sie einen ausgezeichneten Blick zur glitzernden Wasserfläche des Flusses Dervent.

Gerade neigte sich die untergehende Sonne dem westlichen Horizont. Da nahmen die drei Gäste mit sichtlichem Vergnügen am eingedeckten Tisch Platz. Und sobald sie sich gesetzt hatten, reichte ihnen auch schon die Kellnerin je eine Speise- und Getränkekarte. Sofort lasen sie darin.

Die gut gestaltete Karte beinhaltete viele hinweisende Empfehlungen über Vorspeisen, kleine Speisen, große Platten, Menüs und abschließende Desserts.

Die Vielzahl an Möglichkeiten verwirrte sie anfänglich. Sie konnten sich noch nicht entscheiden.

Als nach wenigen Minuten erneut die nette Kellnerin kam, um an ihrem Tisch die Bestellung aufzunehmen, herrschte hier immer noch Ratlosigkeit vor.

„Lasst uns erst die Getränke bestellen", schlug Robin vor. „Das Essen können wir doch danach noch aussuchen."

„Okay", sagte David. „Das lasst mich übernehmen. Ich richte mich nach euren Wünschen."

Schnell einigte man sich auf einen trockenen australischen Weißwein. Nicht in normaler Flaschengröße, sondern es sollte eine 1,5 Liter Magnum-Flasche sein. Dazu spritziges Wasser. Doch bevor die Kellnerin den Tisch verließ, bestellte Sarah für sich noch *„Arktisches Brot"*.

Die Bestellung von Sarah verfolgte Robin neugierig.
„Nimm es doch auch, du wirst es nicht bereuen", bemerkte Sarah. „Es schmeckt wirklich gut!"

Als Robin die noch am Tisch wartende Kellnerin danach fragte, bestätigte sie, dass die gewählte Vorspeise wirklich eine sehr leckere sei und gut zum trockenen Weißwein passe. Dabei verwies sie auf die Seite vier der Speisekarte. Robin und auch David lasen sogleich die Zusammenstellung:

> *„- Warmes Butterhaus, hergestellt aus kultivierter Butter*
> *- Tomaten mit Zutaten von Rosmarin- und Olivenöl*
> *- Dunkles geröstetes Brot mit Zwiebelbutter. "*

„Liest sich nicht schlecht", meinte Robin. „Okay - ich bestelle es auch."
„Ich schließe mich an", sagte David schnell. „Ich kenne die Vorspeise zwar auch nicht, aber ich werde sie probieren. Ich lasse mich überraschen."

Die freundliche Kellnerin notierte drei *„Arktische Brote"* und verließ den Tisch.

„Warum heißt die Vorspeise eigentlich so?“, fragte Robin. „Die einzelnen Zutaten sind doch nicht eiskalt.“

„Na darin steckt eben Phantasie“, lachte Sarah. „Vielleicht herrscht in den eisigen Breiten die heimliche Sehnsucht nach so etwas.“

Daraufhin lachten alle drei. Und Robin meinte darauf ironisch, dass man bei so einer Anwendung von Sehnsucht vieles in der Gesellschaft umschreiben müsste. Das wohl in etlichen Bereichen.

Schon brachte ein anderer Kellner die bestellte Magnum-Flasche Wein, dazu eine Flasche spritzigen Wassers. Nach dem erfolgreichen Kosten von Robin nahm der Kellner die Füllung der großen Weingläser und der kleineren Gläser mit spritzigem Wasser vor.

Dankend nickten die Gäste dem Kellner zu, der dann den Tisch verließ. Sofort griffen sie gemeinsam nach ihren gefüllten Weingläsern. Gleichzeitig tippte David sein Weinglas an den Kopf der Magnum-Flasche.

„Am Beginn des Dinners möchte ich nicht versäumen, einen Toast auf den heutigen Abend auszusprechen. Es ist für mich eine besonders große Ehre, dass ich dich, Sarah, nach sieben Jahren wiedersehen konnte. Und dabei auch deinen Mann kennenlernen kann. Dafür danke ich euch beide dafür, dass ihr so ein gemeinsames Treffen ermöglicht habt. Lasst uns auf den heutigen Abend anstoßen. Möge er uns allen wohlwollend in Erinnerung bleiben … Zum Wohl! … Zum Wohl!“

Zustimmend prosteten sie sich gegenseitig mehrfach zu. Dabei vergaß Robin nicht Sarah zu loben, da sie erst durch ihre gewissenhafte Organisation diesen heutigen Abend absicherte. Daher stießen sie auch auf sie an.

Als sie sich später die gebrachte Vorspeise munden ließen, stöberten sie erneut in der Speisekarte. Welche Hauptspeise sollte es sein?
Sarah wollte unbedingt ein Krabbengericht. Das fand sie im angebotenen Hauptgericht „*Platte Marktfische*“. Mehrfach las sie die hierzu vermerkten Hinweise:

> *„Krabben in Pfanne mit Koriander gebraten mit den Zutaten: Chili & Zitronengras, die Kokosnuss-Brühe mit enthaltenen Grün, dazu gebratener Butternuss-kürbis-Salat, Rote Beete und reichlich Ziegenkäse. “*

Da war natürlich für sie die Bestellung klar.

Robin und David dagegen wollten keinen Fisch essen. Oft nippten sie an ihren Weingläsern. Dabei suchten sie emsig in der Speisekarte weiter. Doch es dauerte schon einige Zeit, ehe sie sich entschieden hatten.
Letztendlich entschloss sich Robin für ein Fleischgericht mit den leckeren Angaben:

> *„Gegrilltes zartes Steak vom Rind, mit butterartigem Kartoffelpüree, Rosenkohl und leicht gerösteten Erbsen, dazu einen kleinen Dekanter Rotwein.“*

Und David fand nach langen Zögern ein delikates Ziegengericht, was er als sehr lecker einstufte. Hierzu stand in der Speisekarte:

> *„Delikater Ziegenkäse mit braunen Pilzen, geröstetem Lauch, leicht gedünsteten Schalotten, dazu mit knusprigen Croutons in ausgewählten Gewürzen hergerichtet."*

Als sie dann die Bestellungen bei der Kellnerin aufgaben, wollten sie erst nach dem Hauptgang das nachfolgende Dessert bestimmen.

Durch die angenehme Atmosphäre im Restaurant, den ausgezeichneten Standort des Tisches mit der wunderbaren Aussicht auf den Fluss Dervent, die freundliche und nette Art des bedienenden Personals und auch durch die Vorfreude auf das bestellte Qualitätsessen herrschte am Tisch eine aufgelockerte Stimmung.

So sprach Robin zu David, dass wohl sicherlich mehr oder weniger der Zufall das heutige Treffen organisiert habe. Und weiter: „Und weil du, David, in den letzten Tagen viel Privates über Sarah und mich erfahren hast, sind wir beide natürlich auch neugierig auf deine Person geworden. Wie ist deine Entwicklung in den sieben Jahren verlaufen?"

David lächelte. „Selbstverständlich werde ich gleich darüber sprechen. Darauf ist doch der heutige Abend ausgerichtet - nicht wahr!"

Sarah und Robin nickten.

„Übrigens habe ich Sarah während des Ausfluges zum Mount

Wellington schon einiges erzählt. Natürlich war das nicht alles."

David nippte am Weinglas. „Was wollt ihr wissen? Fragt einfach frei von der Leber weg!"
Robin wandte sich an Sarah. „In euren Gesprächen haben bestimmt mehr private als berufliche Dinge eine Rolle gespielt! Da liege ich doch bestimmt richtig ... Oder?"
„Ja, das stimmt schon", bestätigte Sarah ruhig. „Nach den sieben Jahren des Nichtsehens wollte ich schon wissen, wie da das Leben von David verlaufen ist."
„Nach den Kenntnissen der Psychologie fragt eine Frau danach immer zuerst. Sarah, das ist doch vollkommen normal", beruhigte er seine Frau. Dabei legte er zärtlich seine rechte Hand auf ihre linke.
„Weißt du David, was mich als Mann interessiert? Das ist eher dein beruflicher Werdegang nach dem Studium. Also was geschah mit dir beruflich nach Lounceston!"

Da fast alle Weingläser ausgetrunken waren, schenkte der vorbeischauende Getränkekellner aus der Magnum-Flasche nach. Dann inspizierte er andere Tische.

David erinnerte Sarah an seinen damaligen verrückten Ehrgeiz, den er zu seiner Studienzeit auslebte.
„Weil ich damals meine Lebensvorstellungen mit den gewählten Studienfächern gepaart habe, habe ich alles um mich herum verdrängt. Und eigentlich war es damals auch nicht nur der bevorstehende Abschluss an der Uni, sondern ich habe damals nur so von eigenen Geschäftsideen gestrotzt."

David räusperte sich, trank einen ausgiebigen Schluck aus seinem Weinglas, sprach konzentriert weiter.

„Nachdem ich mir genügend Fachwissen an der Uni angereichert hatte, entwickelte ich ein zukünftig umsetzbares Firmengeflecht. Und das konnte ich dann in Laufe der folgenden Jahre eben erfolgreich umsetzen.“

„David, du hast in der Uni-Zweigstelle Launceston studiert. Und Sarah sagte mir, dort hättest du den Studienbereich Wirtschaftswissenschaften studiert.“

„Ja, so war es. Und den eigenständigen Studiengang mit den Fachbereichen Volkswirtschafts- und Betriebswirtschaftslehre habe ich auch noch mitgenommen.“

„Dann hättest du doch schon nach sechs Semestern mit Bachelor abschließen können?“, meinte Robin. „Sarah sagte mir, dass du viel länger studiert hast!“

„Das stimmt. Das Studium der Wirtschaftswissenschaften war damit für mich noch lange nicht zu Ende. Ich habe noch drei Semester angefügt und dann mit dem Bachelor of Science abgeschlossen.“

„Danach wolltest du auf das Festland wechseln“, warf Sarah ein. „Jedenfalls hast du es mir damals vor sieben Jahren gesagt – wenn ich mich so daran erinnere.“

„Ja, so war es auch. Ein Freund hatte mir ein tolles Jobangebot eines Unternehmens mit Sitz in Sydney vermittelt. Es war ein Managerposten. In dieser Firma musste eine Führungsposition neu besetzt werden, weil ein angestellter Mitarbeiter aus Altersgründen dort gerade ausgeschiehten war. Da diese Planstelle mit dem Abschluss eines Master Studiums ausgelegt war, studierte ich die akademische Einheit nach. Und das tat ich parallel zu meinen täglichen beruflichen Anforderungen.“

„Wow“, raunte Robin. „Die zwei verschiedenen Schuhe konntest du in den zwei Jahren unter einen Hut bringen?“

„Na, einfach war es nicht“, meinte David. „Das war schon eine große Belastung. Aber zwei Faktoren haben mir dabei geholfen: Erstens lagen Arbeitsstelle und Uni in der Stadt nicht weit voneinander entfernt. Und zweitens konnte ich meine Arbeitszeit als Manager selbst einteilen.“

„Meine Hochachtung zu dieser erbrachten Leistung“, lobte Robin ehrlich.

„Aber das war noch nicht alles“, ergänzte David. „In diesen zwei Jahren habe ich mehrere Firmen gegründet, stabilisiert und auch in die Gewinnzone gebracht.“

Robin staunte. „Das ist doch fast übermenschlich“, sprach er leise. „So eine erfolgreiche Dreierbearbeitung kenne ich nicht. Das grenzt wahrlich an Zauberei.“

Verwirrt griff er zum Weinglas, trank daraus einen tiefen Schluck. Dann lehnte er sich nachsinnend und sprachlos auf dem Stuhl zurück.
Auch Sarah griff zum Weinglas. Doch bevor sie daraus trank, fragte sie David noch, ob er auch die Wahrheit spreche und sie beide nicht auf die Schippe nehme.
„Nein Sarah, es ist tatsächlich die Wahrheit“, antwortete David. „Und zwar deshalb, weil ich sie dir auch persönlich schulde. Im brutalen alltäglichen Geschäftsleben ist dies bei mir natürlich weniger der Fall. Aber das ist eine vollkommen andere Sache.“

Robin meldete sich wieder. „Mhm, alles von dir Gesagte hört sich zwar menschlich sehr außergewöhnlich und wahrheitswidrig an. Aber nehmen wir an, du hast tatsächlich die Wahrheit gesagt. Es kann ja sein - warum auch nicht. Damit ich das aber verstehe, gestatte die Fragen: Was treibt dich eigentlich zu diesen, nach meiner Meinung nach außergewöhnlichen Zielen an? Und falls es bei dir der persönliche Ehrgeiz sein sollte, die andere Frage: Hast du keine familiäre Heimat, die dich bremsen könnte?"
Im sehr lockeren, keinesfalls gereizten oder angespannten Gespräch, lehnte sich David in seinem Stuhl zurück. Dann streifte er mit einem kurzen Blick Sarah und wandte sich Robin zu. „Alles liegt sicherlich in meiner angeborenen ehrgeizigen Persönlichkeit begründet. Da kann ich nichts machen … Ja, es ist schon eine mächtige innere Triebkraft, die mich vorantreibt. Sozusagen ist sie meine familiäre Heimat."
Robin überlegte. „Nun gut, wenn du es so siehst. Aber ganz ohne feste Frau im Leben - das funktioniert nicht. Wenigstens nicht auf Dauer."
David lachte und sagte, dass das schon gut funktionieren würde.

Und er erläuterte Robin, warum er bisher alle seine beruflichen Ziele erreichen konnte. Wohl deshalb, weil es keine täglichen Ablenkungen gegeben habe. So konnte er bisher stets jeden Tag ganz individuell den Ablauf planen und gestalten. Die zeitlichen Abstriche, welche nun einmal feste Beziehungen kosten, konnte ich mir bisher nicht leisten. Meine ehrgeizigen Ziele standen damit nicht im Gleichklang."
„Von der ständig begrenzten Zeit kann ich auch ein Lied singen", raunte Robin.

Nachdenklich sah er zu Sarah. „Aber das Zeitproblem begleitet uns das ganze Leben. Denn selbst die größte verfügbare Zeit ist begrenzt – wie eben alles im Leben begrenzt ist."

„So habe ich mich bisher stets an Napoleon orientiert", meinte David. „Der sagte einmal über das Zeitproblem: *Es gibt Diebe, die nicht bestraft werden und dem Menschen das Kostbarste stehlen - Die Zeit!*"

„Ich glaube eher, wenn man die Zeit gut anlegt, dann hat man auch Zeit genug", ereiferte sich Robin. „Übrigens fällt mir hier ein italienisches Sprichwort ein. Es heißt: *„Wer keine Zeit hat, der ist ärmer als der ärmste Bettler!*"

Doch David war darüber nicht beeindruckt. „Aber in allen Zitaten steckt doch der Hinweis, dass man auf die Zeit aufpassen sollte", argumentierte er weiter. „Und genau wegen dieser vorhandenen Begrenztheit habe ich stets nur die effektivste Zeit herausfiltriert. Und das habe ich bisher tatsächlich geschafft."

David schaute Sarah und Robin abwechselnd an. „Als sich dann folgerichtig bei mir die beruflichen Erfolge einstellten, wusste ich, dass mein damals gewählter Weg der richtige war."

Robin wiegte mit dem Kopf. „Alles schön und gut. Aber jetzt frage ich dich nicht nur als Professor der Philosophie, sondern auch als ein mehrere Semester studierter Psychologe: Hast du bisher überhaupt keine Niederlagen einstecken müssen? Das meine ich so, dass man in einer solchen Situation froh ist, einen lieben Partner zu haben, der einem hilft, alles durchzustehen. Gemeinsam ist alles eben leichter. Das wiegt dann tausendmal

mehr als vorher geopferte, berufliche oder andere Zeiteinbußen.
Das ist eben das Positive an einer funktionierenden
Partnerschaft.“

Im gleichen Moment dachte Sarah an ihre glückliche Ehe mit
Robin. Und obwohl sie wegen seiner beruflichen Belastungen oft
allein war, hier dachte sie an die mit seiner Professorentätigkeit
verbundenen Vorlesungen auf nationalen und internationalen
Universitäten und Kongressen, empfand sie das keinesfalls
schädigend in ihrem Zusammenleben. Beide hatten die gleichen
Lebensvorstellungen, liebten und vertrauten sich. Sie war sehr
glücklich.

David antwortete nicht sofort. Durch sein Zögern wollte er ein
wenig Zeit zum Nachdenken gewinnen.
Zu Hilfe kamen ihm dabei zwei auftauchende Serviererinnen.
Gerade brachten sie das bestellte Hauptessen komplett an ihren
Tisch.
Bedingt dadurch, galt ihre ganze Konzentration dem servierten
Essen. Doch dabei beschäftigten sie schon Gedanken und
Überlegungen. Sicherlich würden sie nach dem Essen noch
einmal darauf zu sprechen kommen. Jetzt erst einmal genossen
sie die hervorragend hergerichteten Speisen.

Und sie wurden beim Verzehr ihrer Speisen nicht enttäuscht. So
fielen während und nach dem Essen viele lobende Worte über die
ausgezeichnete Küche. Jeder fand sein eigenes Gericht besonders
gelungen.
Als wenig später die nette Kellnerin vorbeischaute, um die leeren

Teller mitzunehmen und nach dem Rechten zu schauen, teilten sie es ihr mit. Gleichzeitig bestellten sie ihre ausgesuchten Desserts. Sarah und Robin wählten als Nachspeise:

„Im Honig gebackener roter Apfel mit gewürzten Pudding, Haselnusscreme und mit Apfelwein in Apfelsorbet hergerichtet."

Und David entschied sich für:
„Gegrillte Banane, hergerichtet mit Schokoladenpudding, Erdnussbutter-Eis und gerösteten Nüssen."
Da die Makroflasche fast leergetrunken war und auch das spritzige Wasser einen Nachschub bedurfte, wollte David beides noch einmal nachbestellen. Doch Sarah wies Robin darauf hin, dass sie ja beide noch Auto fahren müssten. Deshalb sollten sie nichts Alkoholisches mehr trinken. Das bejahte Robin, wollte aber neben dem spritzigen Wasser auf einen abschließenden Whisky nicht verzichten.

David, ein langjähriger Whisky-Fan, war darüber begeistert. Sofort pries er die tasmanische Single-Malt-Whisky-Marke *Lark*. Es wäre ein zweimal Destilierter und hätte 46 %. Und geschmacklich würde er dem schottischen Whisky sehr ähneln. Deshalb sei er das Aushängeschild der *Lark Destillery*, Australiens bester Whisky-Brennerei. Doch Robin wollte bei seiner tasmanischen Whisky Marke *Hellyers* bleiben. Dieser Whisky hätte eine besonders seidige Milde und würde nach Buttergebäck mit Honig und Vanille schmecken.

Nachdem sie die Bestellung am Tisch aufgegeben hatten, nutzte Sarah die Zwischenpause in der Speisenfolge, um sich einmal frisch zu machen. Sie verließ den Tisch und ging in Richtung der Toiletten.

Es war wohl der schnell servierte Whisky, der Robin und David dazu anspornte, das langjährig gereifte Getränk wiederholt genüsslich zu trinken. Während sie dabei das Whiskyglas sanft schwenkten, fachsimpelten sie über die Reifezeiten der verschiedenen Whisky-Sorten. Diese würden je nach Marke zwischen fünf und zehn Jahren liegen, wobei der Reifeprozess in kleinen 100 Liter-Fässern aus Eichenholz geschehe.
Schnell hatten sie das erste Glas geleert. Und da Sarah noch nicht zurückgekehrt war, bestellten sie jeweils zwei neue Whisky in ihren Marken. Beim Erhalt tauschten sie jeweils ein Glas untereinander aus, sodass es ihnen möglich war, die beiden Marken zu vergleichen.

Durch ihre Gespräche waren sie angestachelt worden, ob tatsächlich die beiden Marken so unterschiedlich schmecken würden. Um es genau herauszufinden, führten sie deshalb eine blinde Verkostung durch.
Die Beurteilungen trafen auch anfänglich auf die jeweilige Marke zu. Doch je länger sie an beiden Marken nippten, um so mehr verwässerte auch ihre Beurteilungskraft.

Als Sarah dann zurückkam und sich wieder setzte, bemerkte sie sofort die fortgeschrittene Heiterkeit am Tisch.
„So kannst du doch nicht mehr Autofahren", sprach sie besorgt

zu Robin. „Du hast jetzt schon viel zu viel Alkohol im Blut!"
„Da habe ich mir schon eine Lösung ausgedacht", lallte Robin.
„Und welche?"
„Ich fahre mit dir im Jeep", erläuterte Robin. „Mein Auto lasse
ich einfach auf dem Uni-Gelände stehen."
„Und morgen?"
„Morgen Vormittag nehme ich den Überlandbus nach Hobart."

Da lachte Sarah erleichtert. „Ist wohl die beste Lösung", meinte
sie. Und sie ließ sich nun schnell von der ausgelassenen
Stimmung anstecken.
Doch Wein trank sie nicht mehr - nur Wasser.
Als ihnen die dekorativ sehr eindrucksvoll angerichteten
Desserts serviert wurden, bestaunten sie die erneute
Meisterleistung.
„Ich habe wirklich schon in vielen Gaststätten und Restaurants
gegessen, doch hier sind wirklich Meisterköche am Werk", lobte
David. „Jeder einzelne Gang verdient eine Goldmedaille!"
„So sehe ich das auch", bejahte Sarah. Und sie erinnerte Robin
daran, dass sie beide doch schon öfters hierher gehen wollten.
„Ja, es stimmt so – aber die liebe knappe Zeit", raunte Robin mit
schlechtem Gewissen. Doch dann lachte er laut und meinte, er
hielt sich eben als Philosoph an Sophokles ...."

Sarah sah ihn fordernd an. „Und was sagte der alte Grieche?
Spuck es aus!"
Robin lächelte und er fragte David, ob er Sophokles kenne.
David nickte. „Natürlich kenne ich ihn, den griechischen
Tragiker, Philosoph und angesehenen Amtsträger. Und ich

glaube, er lebte noch vor der Römerzeit.“

„Ausgezeichnet, alles stimmt“, urteilte Robin zufrieden. „Und nun sage ich euch, wie Sophokles einmal die Zeit beurteilt hat. Darüber sagte er: „*Wer Großes vorhat, lässt sich gerne Zeit!*“

„Tolle Aussage“, meinte David. „Könnte auch zu mir passen. Zumindest bei einigen Entscheidungen.“

„Eigentlich trifft das auf alle Menschen zu“, warf Robin ein. „Denn der Mensch ist allgemein veranlagt, träge zu sein. Und so lässt er sich eben in vielen Dingen viel Zeit.“

Als sie noch beim Verspeisen des Dessert beschäftigt waren, fragte David Sarah so beiläufig, was sie gegenwärtig künstlerisch machen würde. Und Sarah erwähnte ihre realisierten kleineren Kunstprojekte, welche sie bisher immer erfolgreich mit künstlerischer Hand umsetzen konnte.

„Und größere Projekte?“, fragte David.

„Die hatte ich bisher noch nicht. Aber ich hoffe, dass sie eines Tages kommen werden“, gab sich Sarah optimistisch

„Ja, das denke ich auch“, stimmte David ihr zu. „Obwohl, dabei sollte man nie vergessen, dass so ein Großauftrag auch gefährlich werden kann. Da denke ich neben den künstlerischen Schwierigkeiten auch an die begleitenden juristischen und ökonomischen Fallen, die ja oft in solchen Aufträgen stecken!“

„Ach, da habe ich überhaupt keine Angst“, antwortete Sarah selbstbewusst. „Künstlerisch sowieso nicht.“

Zärtlich legte sie ihre linke Hand aufs Robin rechte. „Und sollten juristische und finanzielle Fragen auftauchen, lasse ich mich von Robin beraten. Denn ich habe nicht nur einen lieben, sondern auch einen allwissenden Professor als Mann.“

Nachdenklich schaute David zu den beiden Turtelnden. Dabei trank er seine beiden Whiskygläser aus.
„Darauf lass uns noch einen Whisky trinken“, bat David einladend.

Robin nickte, wollte aber bei seiner Marke bleiben.
„Okay“, sagte David und bestellte noch einen Whisky Marke *Lark* und einen Whisky Marke *Hellyers*.
„Aber danach hört ihr mit den Trinken auf“ bat Sarah innig. Und dabei sah sie David mit bittenden Augen an. „Robin kann sich zu Hause nicht sofort hinlegen“, erklärte sie. „Auf ihn warten noch wichtige terminliche Verpflichtungen.“
„Welche?“, fragte Robin ungläubig.
„Na, den Hund hast du wohl vergessen?“
„Ach so, du meinst die ausgiebige Hunderunde!“ Robin tippte sich an seine Stirn. „ Übrigens wird Bellow zu Hause schon an der Tür warten. Ja, darum werden wir wohl nach dem Drink auch aufbrechen müssen.“
„Schade“, antwortete David. „Aber das respektiere ich.“
„Und was machst du mit dem übrigen Abend?“, wollte Robin wissen.
„Das Hotel Islington kann noch warten. Da werde ich mich noch nicht holen lassen. Wahrscheinlich werde ich noch einmal ins Casino vom Wrest Point Hotel gehen - ist ja von hier aus gleich um die Ecke.“
„Bist du etwa Spieler?“, fragte Robin.
„Nein, ein Spieler bin ich nicht – eher ein strategischer

Schachspieler!"
„Im Casino muss man auch Glück haben."
„Daran glaube ich nicht", meinte David. „Denn Glück stellt sich erst nach Schwerstarbeit ein. Da muss man schon etwas getan haben."

Schon brachte die Kellnerin die bestellten zwei Whisky. Robin bat sie zur Anfertigung der Rechnung. Als die Kellnerin danach fragte, ob sie getrennt oder alles zusammen ausweisen soll, wies sofort David darauf hin, dass er alles bezahlen wolle. Also es sollte eine Sammelrechnung sein.

Sarah und Robin wollten es nicht. Doch David ließ sich davon nicht mehr abbringen.

Mit dem Anstoßen auf das letzte Glas bedankte sich David noch einmal bei Sarah für den erlebnisreichen Ausflug zum Mount Wellington, für ihre nette Begleitung und bei beiden für den wunderbaren Abend. Und es würde ihn besonders nach den sieben Jahren der Kontaktlosigkeit freuen, dass Sarah sich nun im künstlerischen Bereich etabliert habe. Mehr als überzeugt wäre er, dass sie bald zu einer großen Künstlerin reifen werde. Auch vergaß er nicht lobende Worte an Robin zu richten, weil er ihn nicht nur als einen guten Professor der Philosophie, sondern auch als einen allwissenden Menschen kennen- und schätzen gelernt habe. Und zum Schluss lud er beide, falls sie einmal in der Nähe seines Wohnortes wären, zu sich ein. Hierzu reichte er Robin und Sarah je eine persönliche Visitenkarte.
„Und denkt daran", waren seine abschließenden Worte, „in

unserer kapitalistischen Welt geht nichts ohne Beziehungen. Vielleicht kann ich euch doch einmal helfen, ob im wissenschaftlichen, künstlerischen oder finanziellen Bereich."

Sarah und auch Robin empfanden die Worte rührend und sogar weltlich gesprochen, keinesfalls künstlich.
Beide gaben David recht, dass es ein gelungener Dinner in einem ansprechenden Restaurant war. So prosteten sich David und Robin mit ihren Whiskygläsern und Sarah mit ihrem Glas spritzigen Wassers zu.
Nach dem Absetzen der Gläser nickte Robin mit einem Augenzwinkern Sarah zu. Und da Sarah verstand, dass sie einen größeren Bezug zum heutigen Treffen hatte als Robin, übernahm sie die vertretende Antwort.

„Danke, David für das, was du gesagt hast. Da spreche ich auch im Namen von Robin – nicht wahr!"
Robin nickte zustimmend. Und Sarah sprach darauf zu David, dass es schon richtig gewesen sei, dass sie sich nach der zufälligen Begegnung am vergangenen Sonntag noch einmal getroffen haben. So konnte in gemütlicher Atmosphäre ein beiderseitiger respektvoller Austausch erfolgen. Und man erfuhr, was mit dem Einzelnen in den vergangenen sieben Jahren geschehen war. Dabei wandte sich Sarah ihrem Mann zärtlich zu und sagte stolz, dass sie als liebende Frau jedenfalls in dieser Zeit ihr großes Glück gefunden hätte.
Da suchte Sarah die Lippen von Robin, küsste ihn innig, der natürlich davon überrascht war. Doch dankbar über die bekundete Liebe seiner Frau, küsste auch er ganz zwanglos.

David, ebenfalls überrascht, schaute weg. Erst nachdem sich Sarah und Robin wieder getrennt hatten, sah er beide wieder an.

„Dann möchte ich auf euer Glück anstoßen", sprach er beeindruckt und ergriff sein Whiskyglas.
„Gerne", antwortete Sarah.

Sogleich nahm Robin sein Whiskyglas und Sarah ihr halbvolles Glas mit spritzigem Wasser.

„Also auf eure Liebe", wiederholte David. „Zum Wohl!"

So leerten sie gemeinsam die Gläser. Danach bedankte sich Sarah bei David noch einmal für sein respektvolles Verhalten. Und sie vergaß dabei nicht, auch im Namen von Robin, David weitere Erfolge bei seinen vielseitigen Geschäften zu wünschen, ebenso bleibende Gesundheit.
Bezüglich seiner ausgesprochenen Einladung gab sie aber keine Zusicherung. Sarah hielt sich da bedeckt.
„Sicherlich wird das Leben darauf irgendwann eine Antwort geben", meinte sie. „Robin und ich werden deine Einladung auf alle Fälle nicht vergessen. Vielleicht klappt es irgendwann einmal."

Gerade bei den letzten Worten brachte die Kellnerin die Rechnung und legte sie David vor. Dieser schaute nur kurz darauf und bemerkte, dass alles in Ordnung sei, außer einem noch zusätzlichen Whisky der Marke *Lark*. Noch ein weiteres Glas davon wolle er gerne trinken. Auch wies er die Kellnerin an, dass sie doch bitte die neue Rechnung mit Bewirtungsbeleg ausstellen möge.

Als diese gegangen war, standen Sarah und Robin auf. Auch David stand mit auf. Da sie vorher alles gesagt hatten, fiel die folgende Verabschiedung auch nur kurz aus. Dafür aber sehr freundlich.

„Auf Wiedersehen", sagte David zu Robin und Sarah.
„Alles Gute", sprach Sarah:
Robin lallte: „Bis zum nächsten Whisky."

Sarah hakte Robin ein, damit er bei den nahen Treppen nicht stolperte.
Beim Gehen schaute Sarah noch einmal instinktiv kurz zum Tisch zurück.
Da bemerkte sie, dass David ihr sonderbar nachsah. Doch da kam auch schon die Kellnerin an seinen Tisch. Sie brachte ihm den bestellten Whisky.

Sein nachdenkliches Nachschauen bestand nur einen winzigen Augenblick, doch sie hatte es registriert.

Wie sollte sie den komischen Blick von David deuten?

Ende Teil 1

Fortsetzungen
folgen
in den Teilen

Teil 2
NEBELIGE TASMANSEE

Teil 3
FLINDERN ISLAND .

DANKSAGUNG

Von der Trilogie hätte ich das erste Buch „MIDWAY POINT"
niemals fertigstellen kennen ohne die Unterstützung vieler kluger
Menschen.

So sei mein grenzenloser Dank ausgesprochen

- an meine liebe und aufmerksame Frau Marjon: Für Deinen
einzigartigen Blick auf die Dinge, für Deine Liebe, Anteilnahme
und grenzenlosen Optimismus, für die vielen guten Ratschläge
und auch für das leckere Essen.
Somit konnte ich beim Schreiben stets Hindernisse überwinden.

- an meinem Grafiker Peter Funke: Für Deine gelungene
Bildgestaltung des Buchdeckels. Ein großes Dankeschön dafür,
dass Du das vorgeschlagene Bildmotiv nicht nur gut umsetztest,
sondern dass Du auch durch die Fußspuren im Sand eine Menge
an Nachdenklichkeit in das Bild projiziert hast.

- an meinem Lektor Alexander Planken: Für Deine Bereitschaft
zur sorgfältigen Bearbeitung und Beratung. Dafür, dass Du als
Endredakteur mit Akribie nicht nur die einzelnen Wörter und
Sätze, sondern auch die Handlungsabläufe überprüft hast. Ich
danke Dir für deine gut ausgeprägten Fähigkeiten zur
Verbesserung der Formulierungen und zur Erkennung von
inhaltlichen Fehlerteufeln.
Jetzt ist aus meinem Manuskript ein viel besseres Buch

geworden.

- an meinem Grafiker Mirko Zschirnt: Für Deine abschließenden Bearbeitungen zum Layout der beiden Buchdeckel und des Buchrückens. Meine Bewunderung gilt Deinen fantasievollen Spürsinn für die richtige Umsetzung der Wortplatzierungen, so dass der Leser alles schnell erfassen kann.

- an meinem technischen Experten Gordon Thielsch: Für Deine gewissenhafte Tätigkeit, meinen Computer stets am Laufen zu halten. Besonders für Dein Wissen und für Deine Bereitschaft, auf jeden meiner Hilferufe prompt zu reagieren, sei mein besonderer Dank ausgesprochen.

- an meine befreundete Fotografin Brigitte Schlüter: Für die andauernde tolle Zusammenarbeit. Es ist schon für mich als Autor sehr wichtig, so eine vertrauenswürdige Person an meiner Seite zu wissen. Deine wunderbaren Fotos begeistern mich immer wieder - verkörpern sie doch eine umsichtige Findung der detaillierten Dinge. So freue ich mich auf unser zweites gemeinsame lyrische Buch.

- an meine Förderin Christine Friedrich: Für Deine sanften Nachfragen, wann nun endlich meine weiteren Buchprojekte erscheinen. Meine Hochachtung für Dein würdiges Alter von bald 90 Jahren, was Dich natürlich als Liebhaberin der Literatur berechtigt, mir einen benötigten Tritt in den Allerwertesten zur schnelleren Buchfertigstellung mitzuteilen. Dafür Danke für die weisen und stets freundschaftlichen Hinweise. Natürlich sende ich bald ein druckfrisches Exemplar – versprochen.

So danke ich allen erwähnten Personen dafür, dass sie mir beim Schreiben des Thrillers auf verschiedenste Weise geholfen haben.

Weil dieses Buch „MIDWAY POINT" das meine ist und es dennoch Mängel und Fehler enthalten sollte, dann sind sie

natürlich allein die meinen.

Blumberg, Juni 2019
Hajo Ykert

3. Buch: *Glücklich Sein* / ca. 80 Seiten, davon 76 farbig;
in Bearbeitung .

Aus der Thriller-Trilogie
SPUR DES TASMANISCHEN TIGERS die Bücher:

1. Buch: **MIDWAY POINT** / 396 Seiten,
(ISBN 978-3-945461-07-5)

2. Buch: **NEBELIGE TASMANSEE** / ca. 440 Seiten,
vor Veröffentlichung

3. Buch: **FLINDERN ISLAND** / ca. 460 Seiten,
in Bearbeitung .